Zu diesem Buch

Erst viele Jahre später bekannte sich Tania Blixen als Autorin dieses Romans, den sie 1943 in der bedrückenden Zeit der Besetzung Dänemarks geschrieben, aber als Übersetzung bezeichnet und unter dem Pseudonym Pierre Andrézel veröffentlicht hatte. Zwei junge Waisen und Kindergespielinnen werden von einem anglikanischen Pfarrer als Pflegetöchter in die Abgeschiedenheit eines französischen Landguts mitgenommen. Als die beiden Mädchen finsteren Leuten begegnen, erscheinen sie schließlich als rächende Engel. In die aufregenden Ereignisse hineinverflochten sind aber auch zwei Liebesgeschichten.

«Ein mit hoher Könnerschaft komponierter Reißer voller Spannung» (Hanns Grössel, Süddeutsche Zeitung).

Karen Blixen-Finecke, als Erzählerin unter den Namen Karen Blixen, Tania Blixen und Isak Dinesen bekannt, wurde am 17. April 1885 auf dem alten Familienbesitz Rungstedlund in Nordseeland/Dänemark geboren. Sie studierte in Kopenhagen, Paris und Rom Malerei. Nach der Heirat mit dem schwedischen Baron Bror Blixen siedelte sie 1914 nach Kenia über, wo das Ehepaar eine Kaffeefarm übernahm. 1931 kehrte sie in ihre Heimat zurück. Obschon Tania Blixen bereits vorher gelegentlich Erzählungen veröffentlicht hatte, entwickelte sich ihr literarisches Talent erst in Afrika, wo sie – wie sie selbst äußerte – «zu schreiben begann, um sich während der Regenzeit zu unterhalten». Bekannt wurden vor allem ihre Erinnerungen «Afrika, dunkel lockende Welt», von Sidney Pollack unter dem Titel «Jenseits von Afrika» verfilmt. Es entstanden aber vor allem phantastische Prosastücke, die stark an die deutsche Romantik anklingen, die versponnene Atmosphäre E. T. A. Hoffmanns neu erstehen lassen und an Poe wie an Hauff und Andersen erinnern. Tania Blixen starb am 7. September 1962 in Rungstedlund.

In der Reihe der rororo-Taschenbücher erschienen außerdem: «Sieben phantastische Geschichten» (Nr. 5006), «Schicksalsanekdoten» (Nr. 5421), «Wintergeschichten» (Nr. 5951), und die nachgelassenen Erzählungen «Gespensterpferde» (Nr. 5711); überdies Judith Thurmanns epochale Biographie «Tania Blixen – Ihr Leben und Werk» (Nr. 13007).

Tania Blixen

Die Rache der Engel

Roman

Ins Deutsche übertragen von
Thyra Dohrenburg

rororo

Rowohlt

Die dänische Originalausgabe
erschien bei Gyldendal, Kopenhagen,
unter dem Titel «Gengaeldelsens Veje»
Titel der englischsprachigen Ausgabe:
«The Angelic Avengers»

Die deutsche Erstausgabe erschien 1959
unter dem Pseudonym Pierre Andrézel

Umschlaggestaltung Katja Maasböl

Veröffentlicht im Rowohlt Taschenbuch Verlag GmbH,
Reinbek bei Hamburg, Februar 1992

Satz: Garamond (Linotronic 500)
Gesamtherstellung: Clausen & Bosse, Leck
Printed in Germany
980-ISBN 3 499 12630 3

Diesem Roman liegt eine wahre Begebenheit zugrunde, die in den französischen Polizeiannalen aus den Jahren 1840/1841 aufgezeichnet ist.

Zwei Freundinnen

Ein einsames junges Mädchen

Ein blondhaariges junges Mädchen mit Namen Lucan Bellenden saß an einem Frühlingsabend tief in Gedanken versunken in einem großen, hübschen englischen Landhaus am Fenster. Ihr goldenes Haar hing ihr, nach der Mode jener Zeit, in langen Korkenzieherlocken über den Nacken herunter, sie trug ein schlichtes schwarzes Kleid. Ab und zu krampfte sie ihre Finger im Schoß zusammen oder flocht sie zwischen den dichten Falten ihres Kleides ineinander, es war eine einzige Bewegung.

Lucan war eine arme Waise. Schon als Kind hatte sie ihre Mutter verloren, und vor einem Jahr, als nach dem Tode ihres Vaters ihr Elternhaus aufgelöst wurde, waren ihre jüngeren Brüder bei den Verwandten untergebracht worden, die sie zu sich nehmen konnten. Sie selbst mußte nunmehr auch versuchen, ihr täglich Brot zu verdienen. Sie war einige Monate Gesellschafterin bei einem reichen alten Fräulein, die in ihrer Jugend eine Schönheit gewesen war und deren Herz noch immer vor Eifersucht Funken sprühte, wenn ihre weißhaarigen oder kahlköpfigen Verehrer das Whistspiel oder das Punschglas vergaßen, um dem hübschen Mädchen mit den Augen zu folgen. Lucan war in ihrem reichen Haus einsam gewesen und hatte das Gefühl gehabt, nicht ein einziges menschliches Wesen dort, nicht einmal der Papagei im Käfig oder nur ein mit Seide bezogener Lehnstuhl im Zimmer sei ihr freundlich gesonnen. Aber sie war so jung, daß sie bei alledem in ihrem Herzen den Glauben bewahrte, ihr sei für die Zukunft etwas Schönes und Glückliches beschieden. «Es wird alles bald ganz anders werden», dachte sie. Als die alte Dame plötzlich starb, erhielt sie durch ein Büro in London eine Anstellung als Erzieherin in dem Haus, in dem sie nun saß.

Der Hausherr war ein reicher Geschäftsmann, ein ansehnlicher und angesehener Mann mit einer stattlichen, selbstbewußten Haltung, aber zurückhaltend und wortkarg. Er war Witwer und hatte drei Kinder, zwei Mädchen und einen Knaben. Seine Frau hatte ihm eine große Mitgift zugeführt, war aber gesundheitlich so zart, daß ihr Leben bei der Geburt jedes Kindes in Gefahr geschwebt hatte. Herr Armworthy wünschte sich vor allem anderen in der Welt einen Sohn, der dereinst das große Geschäft übernehmen sollte, das er selbst gegründet hatte. Es war in seinen Augen ein harter Schlag, daß seine beiden ersten Kinder Mädchen waren. Endlich, nach jahrelangen Reisen ins Ausland und Aufenthalten in Badeorten brachte seine Frau den so glühend ersehnten Sohn zur Welt, und dessen Geburt kostete sie das Leben. Ein noch schwereres Leid harrte des einsamen Mannes – es stellte sich heraus, daß der hübsche kleine Knabe blind war. Er zog sich danach fast ganz von aller menschlichen Gesellschaft zurück und ging mehr und mehr in seinem Geschäft auf. Er kehrte selten und nur für ein oder zwei Tage in sein Landhaus «Fairhill» und zu seinen Kindern zurück.

Lucans Vater war Gelehrter gewesen, ein hochbegabter Botaniker, der seiner Zeit voraus und daher von dieser kaum anerkannt war. Er hatte Freunde unter ausländischen Wissenschaftlern, und einer von diesen war der französische Arzt Dr. Braille, der die Blindenschrift erfunden hatte. Lucan hatte den berühmten Mann im väterlichen Hause gesehen und zugehört, wenn er seine Erfindung beschrieb. Sie wußte selbst einiges über Blindenschrift, und das war der Grund, weshalb Herr Armworthy unter vielen Bewerberinnen das junge Mädchen als Lehrerin für seine Kinder eingestellt hatte. In ihrem Herzen dankte Lucan ihrem Vater für dies Glück und hatte das Gefühl, er folge ihr mit den Augen und werde ihr helfen. Der kleine Knabe war noch zu jung, um lesen zu lernen, aber Lucan spielte mit ihm und lehrte ihn Kinderlieder singen und faßte bald eine Zuneigung zu dem aufgeweckten, unglücklichen Kind, das ihren eigenen jungen Brüdern ähnlich war. Sie fühlte sich hier auf dem Lande glücklicher und freier als in ihrer ersten Stellung in der Stadt. Selbst in den Wintermonaten, wenn der Garten weiß vom Rauhreif dalag, hatte sie sich tagtäglich auf ihren Spaziergängen mit den Kindern an seiner Schönheit erfreut, und hier konnte sie, wenn sie mit dem Knaben spielte, selber lachen, und es ward ihr leicht ums Herz. Jetzt nahte der Frühling, und ihr war so, als beginne nun die glückliche Zeit, auf die sie gewartet hatte. Von nun an würde jeder Tag ihr immer mehr Freuden bringen.

Sie merkte, daß der Hausherr ihre Arbeit und ihre Liebe zu ihren Schülerinnen schätzte. Er hatte ein paarmal mit ihr über die Zukunft seines Sohnes gesprochen, und dies mußte ein Beweis für sein Vertrauen zu ihr sein: denn die alte Haushälterin hatte Lucan, als sie ihre Stellung antrat, erklärt, daß dies ein Thema sei, welches Herr Armworthy niemals berühren werde und vor dem sie sich hüten müsse.

Es hatte sie erstaunt und ihr geschmeichelt, daß ein Mann, der annähernd so alt war wie ihr Vater und so viel klüger und erfahrener als sie selbst, ihr aufmerksam zuhörte, wenn sie ihm von ihren Beobachtungen und Plänen berichtete – wenn er hin und wieder einmal darüber lächelte, beschlich sie ein leises, erstauntes Gefühl des Mitleids, das Lächeln trat steif und mühsam auf seinem Gesicht hervor, und es kam ihr der Gedanke, daß er offenbar des Lächelns entwöhnt sei.

Er nahm sich nun mehr Zeit für seine Kinder und hatte im letzten Monat seinen Aufenthalt im Landhaus einen oder zwei Tage länger ausgedehnt. Als die Witterung milder wurde, nahm er hin und wieder den Jungen und seine Gouvernante auf eine Wagenfahrt in die Umgegend mit, wo andere große, saubere Landhäuser inmitten ihrer Gärten lagen. Lucan war nie zuvor in einem bequemen Wagen mit hübschen Pferden gefahren. Sie kannte von ihrem Vater her Pflanzen und Blumen und hatte ihre Freude daran, die Anlagen rings um Fairhill anzuschauen und zu beobachten, wie die ganze schöne Landschaft grün wurde, und auf den Wagenfahrten die wilden Blumen zu sammeln, die sie besonders liebte.

Eine Woche vor jenem Samstagabend, als sie so nachdenklich am Fenster saß, kam Herr Armworthy früher als gewöhnlich zu seinem Landhaus hinaus und ließ den kleinen Knaben ins Wohnzimmer holen. Er hörte ihm eine Stunde lang zu, wie er eifrig berichtete, was er und seine Gouvernante im Lauf der Woche alles vorgehabt hatten, und ließ sich die Liedchen vorsingen, die Lucan ihn gelehrt hatte und zu denen sie ihn auf dem Klavier begleitete.

Als das Kindermädchen den Knaben wieder nach oben holte, bat Herr Armworthy das junge Mädchen, noch etwas sitzen zu bleiben und ihm Gesellschaft zu leisten. Er begann sie über ihre eigene Kindheit und ihr Elternhaus auszufragen. Lucan erzählte ihm, wie sie aus dem Internat, das die Schwester seines Vaters leitete, an das Sterbebett ihrer Mutter geholt worden war und wie sie späterhin ihrem Vater den Haushalt geführt und versucht hatte, ihn in seinem Kummer zu trösten. Sie gleiche ihrer Mutter, sagte man, daher hatte sie besser als irgend jemand sonst ihn aufheitern können, wenn er niedergeschlagen und voller Trauer war. Es war lange her, seit Lucan mit einem Menschen über ihr Zuhause gesprochen hatte, sie vergaß ihre Zurückhaltung dem schweigsamen Mann gegenüber und erzählte ihm unbefangen von ihren Brüdern, von ihren Spielen und Entdeckerfahrten in der engeren Heimat. Zuletzt hielt sie inne, beschämt, weil sie so viel von sich selbst geredet hatte.

Herr Armworthy saß still da und sah sie freundlich und teilnahmsvoll an. «Ich kann mir denken», sagte er nach kurzem Schweigen, «daß Ihre Jugend und Ihr gutes Herz und Ihr Vertrauen zu den Menschen den Glauben an das Glück des Lebens selbst dem zurückgeben müssen, der so viel in dieser Welt verloren hat.» Er ergriff ihre Hand, die auf der Sofalehne zwischen ihnen lag, und führte sie sanft an seine Lippen.

Sie stand wortlos und erregt auf, und er erhob sich gleichzeitig und geleitete sie ritterlich zur Tür. Als er ihr diese offenhielt, mußte sie dicht an ihm vorbeigehen, und da legte er einen Augenblick seinen Arm um ihre Schultern und drückte sie ganz leicht an sich. Ihr Vater pflegte sie immer so zu halten, wenn sie ihm gute Nacht wünschte, ihr war es so, als sei er es leibhaftig, der sie freundlich liebkoste. Für einen Augenblick gab sie der sanften Berührung nach – dann war sie auch schon, von einem leichten Schwindel erfaßt, aus der Tür und die Treppe hinauf in ihr Zimmer gelaufen.

Als sie am nächsten Morgen, nachdem Herr Armworthy in die Stadt gefahren war, aus der Schulstube, wo sie die beiden Mädchen unterwiesen hatte, einen wirklich sauberen, wohlgeformten Brief zu schreiben, nach unten kam, überreichte sein Diener ihr einen

Brief von ihm. Er schrieb kurz und ernst, er bitte sie, ihm zu verzeihen, wenn er sie erschreckt oder vielleicht gar gekränkt habe. Er habe den Wunsch, sich ihr zu erklären, und er bitte sie, ihm am nächsten Samstag, wenn er zu Abend gegessen habe und die Kinder zu Bett gebracht seien, im Wohnzimmer eine Unterredung zu gewähren.

Zu Anfang machte der Brief keinen besonders starken Eindruck auf das junge Mädchen. Aber im Verlauf der Woche wuchs seine Bedeutung für sie. Sie war außer mit ihrem Vater nur wenig mit anderen Männern in Berührung gekommen und hatte nie in ihrem Leben einen Freierbrief erhalten. «Es handelt sich hier um meine Zukunft, mein ganzes Leben», dachte sie.

Es hatte sie bisher manchmal gewundert, daß ein so bedeutender Mann, von dem seine ganze Umgebung mit Hochachtung sprach, ihr zuhörte, wenn es um ernsthafte Dinge ging, seine Kinder und deren Zukunft. Aber daß er sie lieben könnte, das erschien ihr nicht erstaunlich. Sie wußte oder fühlte, daß jedes unschuldige Mädchen einem Mann das ganze Lebensglück bedeuten konnte.

Erst als sie gegen vier Uhr den Wagen, der den Hausherrn zurückbrachte, auf dem Kies vor der Eingangstür hörte, bemächtigte sich ihrer eine starke Erregung bei dem Gedanken, daß sie am nämlichen Abend und ohne einen Menschen zu haben, mit dem sie sich beraten konnte, über ihr Schicksal entscheiden sollte. Während sie am Fenster saß und darauf wartete, daß die Uhr über der Stalltür neun schlagen würde, versuchte sie, sich über ihr eigenes Herz klarzuwerden.

Lucans Entschluß

«Es ist ja unmöglich, ich kann ihn doch nicht heiraten, denn ich liebe ihn nicht.» Dies war Lucans erster Gedanke gewesen, als sie Herrn Armworthys Brief erhielt. Aber hier am Fenster wurde sie unruhig, es ahnte ihr, daß alle Menschen, die sie kannte, falls sie ihnen von seinem Anerbieten erzählen würde, ihr raten würden, es anzunehmen.

«Nein, Vater würde mir das nicht geraten haben», dachte sie, aber gleich darauf fiel ihr ein, wie ihr unbekümmerter Vater, als er den Tod nahen fühlte, sich bei dem Gedanken an die Zukunft seiner Kinder und namentlich seiner einzigen Tochter große Sorgen gemacht hatte. Hätte er gewußt, daß ein reicher und angesehener Mann sie bitten würde, seine Gattin zu werden, wäre er wohl leichteren Herzens gestorben. Sie wünschte, es wäre noch hell genug, so daß sie in den Park hinuntergehen könnte, als ob sie unter den hohen Bäumen die Gedanken an diese Geschichte abschütteln oder dort einen Bundesgenossen finden könnte. Aber es war schon Abend, und sie mußte im Hause bleiben.

Ihr fiel ein, wie ihr Vater oftmals über sie gelacht hatte, weil sie, ebenso wie ihre Mutter, in jeder Angelegenheit sofort ihren Standpunkt einnahm und sich hinterher weigerte, die Dinge von einem anderen Gesichtspunkt aus zu betrachten.

«Die allererste Bedingung, mein Kind», sagte er, «wenn man sich wie ein vernünftiger Mensch benehmen will, ist Phantasie.»

Sie versuchte, sich in ihrer Phantasie alle Möglichkeiten vor Augen zu führen und Herrn Armworthys Bewerbung zu erwägen und zu durchdenken. Genau so wie Robinson Crusoe auf der verlassenen Insel, dachte sie, wolle sie ihre Rechnung aufstellen und jedes Plus und Minus ehrlich eintragen.

Als ihre Gedanken nach einem Ausgangspunkt suchten, machten sie bei dem blinden Knaben halt, der jetzt im Nebenzimmer lag und schlief. Er war ihrer Obhut anvertraut und hatte in diesen Monaten täglich ihre Gedanken beschäftigt; wenn sie aber seinem Vater einen Korb gab, dann konnte sie nicht länger im Hause bleiben, und sie mußten sich trennen. Sie versuchte, sich in dem Schmerz, den diese Aussicht ihr bereitete, selber Trost zuzusprechen.

«Es gibt viele andere», so dachte sie, «die ihn besser erziehen können als ich. Aber werden sie ihn auch verstehen?» fuhr sie in ihren Überlegungen traurig fort. «Er ist launenhaft und eigensinnig. Werden sie Geduld mit ihm haben?»

Sie schweifte in ihrem Sinnen von dem blinden Kind zu ihren eigenen jüngeren Brüdern ab, die jetzt in verschiedenen Häusern bei fremden Menschen untergebracht waren. Als Frau eines reichen Mannes würde sie ihnen im Leben weiterhelfen können. Der

Älteste hatte sich so glühend gewünscht, Wissenschaftler zu werden wie sein Vater, und bitterlich geweint, als er seine Schule aufgeben und anfangen mußte, Buchhaltung zu lernen, um später eine Anstellung in einem Büro zu bekommen. Es war undenkbar, daß Herr Armworthy, wenn er sah, wie gut und klug die Jungen waren, nicht Interesse für sie fassen und sie in die besten Schulen tun werde. Was für eine Freude würde es sein, sie dort zu besuchen und in den Ferien mit Herrn Armworthys eigenen Kindern im Park herumlaufen zu sehen! Sie dachte an ihres Vaters alte Magd, die so tief betrübt gewesen war, als sie von ihnen allen Abschied nehmen mußte – wie glücklich würde diese sein, wenn sie das große, schöne Haus und sie selbst als Hausfrau darin sehen würde.

«O Gott», dachte sie in tiefem Erschrecken, «dies alles weise ich zurück! Gehöre ich denn zu den Menschen, die nur an sich selber denken? Oder was ist es denn, das zu verlieren mir einen solchen Schauder einflößt, wenn ich Herrn Armworthy heirate? Das Glück? Aber vieles von dem, woran ich eben gedacht habe, verstehen doch die Leute gemeinhin gerade unter Glück. Was ist es denn, was ich selbst vom Leben erwarte und wonach es mich immer verlangt und worauf ich gehofft habe?» Ihr eigenes Herz antwortete ihr sogleich und laut: «Es ist die Liebe.»

Ihre Eltern hatten einander geliebt, und ihre Liebe hatte sie glücklich gemacht, in Bedrängnis und schwerer Zeit. Sie selbst hatte, ehe sie in die Welt hinauskam und sich umsah, niemals an die Möglichkeit einer Ehe ohne Liebe gedacht. Wenn sie sich eine solche Ehe ausmalte, wurde ihr kalt, als sei sie in einen Keller hinabgestiegen.

«Ist es denn gar nicht denkbar», fragte sie sich selbst, «daß ich Herrn Armworthy lieben kann?» Nein, es war nicht denkbar, er war alt, in allem verschieden von ihr, er war schon einmal verheiratet gewesen. «Das ist es vor allen Dingen», dachte Lucan bei sich, «das macht es mir ganz unmöglich, ihn zu heiraten. Er hätte noch älter sein können, als er ist, und seine Stimme noch trockener, und es wäre dennoch möglich gewesen. Aber er hat schon einmal ein junges Mädchen geküßt und einen Ring an ihren Finger gesteckt, er ist schon einmal, vor vielen Jahren, mit seiner

Braut von der Kirche in sein Haus gefahren. Und was bedeutet es überhaupt», dachte sie weiter, «auf die Liebe Verzicht zu leisten?»

Ohne jegliche Anstrengung von ihrer Seite, so als werde es ihr von jemandem anders gezeigt, entrollte sich vor ihr das Bild. Nie mehr würde sie, als Herrn Armworthys Ehefrau, die Bücher zu öffnen wagen, die ihr in Leid und Kummer Trost gespendet hatten, nie mehr Musik hören, nie mehr sich an frischen Blumen erfreuen. Denn dies alles enthielt ein Entzücken, eine Süße in der Welt, die es dann nicht mehr für sie geben würde. War es denn möglich, ohne dies alles zu leben?

«Nein», flüsterte sie, «nein, das Leben ist keine solche Wüste. Das Herrliche, wonach es mich verlangt, das gibt es auch. Ich will, ich muß daran glauben.» Während sie ihrem eigenen leisen Flüstern lauschte, kehrten, gleich einem Echo, Herrn Armworthys Worte wieder zu ihr zurück: «Ihre Jugend und Ihr gutes Herz können den Glauben an das Glück selbst dem zurückgeben, der alles verloren hat.»

Sie war ganz aufgeregt. So war es in Wahrheit eigentlich sie, die etwas zu geben hatte. Der reiche Mann, der Herr in dem großen, vornehmen Hause, war es, der sich in Not befand und ihrer bedurfte. Sein Leben war unfruchtbar gewesen, nun bat er sie, es zum Erblühen zu bringen. Sein Herz war so kalt gewesen, selbst seinen Kindern gegenüber; nun reichte er es ihr, damit sie es erwärme.

Sie vermeinte, in diesem Augenblick zurück- wie auch vorausschauen zu können, und viele Dinge, die sie bisher nicht verstanden hatte, lägen klar vor ihr. Es war die Welt der reichen und sieghaften Menschen, die Welt, die die Macht besaß und sie mit Grausamkeit anwandte, die ihrem Vater entgegengearbeitet und ihre Mutter durch ständigen Kummer ins Grab getrieben hatte und die sie selbst mit Hochmut angesehen hatte, als sie angstvoll in deren Dienst eintrat; diese Welt war es, die heute abend, in der Gestalt eines einsamen Mannes, zu ihr kam und um ihre Hilfe bat. Und diese wollte ihr dafür alles das schenken, womit sie vorher geprahlt hatte: Reichtum, Macht und das Ansehen der Menschen.

Lucan fühlte sich in der tiefen Stille des Lenzabends von einem eigentümlichen Stolz durchströmt. In dem Anerbieten dieser fremden Welt lag eine Genugtuung, die nicht ihr allein galt, sondern ihrem Vater und seinen Freunden. Aber sie schüttelte ganz langsam den Kopf. Ihr Vater war darauf vorbereitet, seine Arbeit für die Anerkennung dieser harten Welt und die sichere Zukunft seiner Kinder zu geben, ihre Mutter hatte das Leben selbst gegeben. Jetzt bot diese Welt ihr ihren Reichtum für etwas weit Geringeres an – denn sie war kein bedeutender, hochbegabter Mensch wie ihr Vater, nicht edel und selbstlos wie ihre Mutter. Aber nun sollte diese Welt ausnahmsweise einmal sich eine Absage holen. Heute abend mochten diese Menschen selber einmal erfahren, wie es war, zu bitten und ein Nein zu erhalten. Sie mußte an ihr altes Fräulein denken und an so viele Dinge, die ihr in deren Hause widerfahren waren, und empfand so etwas wie Triumph dabei.

«Nein», dachte sie gleich darauf, «es ist nicht schön, so zu denken. Ich werde diesem armen reichen Manne zeigen, daß ich ihn verstehe und ihm dankbar bin, ich will gern sein Anerbieten ehrenvoll nennen. Ich will Frieden schließen mit all dem, was er in meinen Augen verkörpert. Aber ich will ihn nicht heiraten. Nein, und wenn mein Vater selbst hier einträte und mich bäte, es zu tun, so würde ich ihn nicht heiraten.»

Sie blickte über den Park. Der könnte ihr Besitz sein, er war es gewissermaßen einige Stunden lang wirklich gewesen. Das ganze Haus mit allem, was daran war, hatte in diesen wenigen Stunden ihr gehört. Lucan hatte nur geringe Erfahrung, was ein großes Haus und die Stellung und das Ansehen, das dazugehörte, eigentlich zu besagen hätten. Aber sie war ein junges Mädchen und wußte, sie war hübsch. Sie mußte an ein Kleid denken, das eine Dame auf einer Abendgesellschaft des alten Fräuleins getragen und von dem sie lange Zeit hinterher geträumt hatte. Es war aus rosa Seide gewesen, und seine vielen Garnierungen bestanden aus echten Spitzen. Ein solches rosa Kleid würde sie, als die Gattin des Herrn Armworthy, selber tragen dürfen. Es würde in ihrem Zimmer herausgelegt werden und auf sie warten. Sie stand einen Augenblick am Fenster und strich mit den Händen an dem alten, schwarzen Merinokleid hinunter, und sie spürte es in den Fingern, wie es wäre, wenn man über schwere Seide striche.

Da schlug die Uhr neun. Lucan wurde ganz bleich, und ohne einen Blick in den Spiegel zu werfen oder ihre langen Locken zu richten, ging sie aus dem Zimmer und stieg die Treppe hinunter.

Gespräch am Abend

Das große Wohnzimmer mit den schweren, dunklen Vorhängen und Möbeln war von der Lampe nur schwach erhellt; aber das Feuer im Kamin brannte lichterloh. Über dem Kamin hing ein Porträt von der verstorbenen Ehefrau des Herrn Armworthy, und im Schein der Flammen, die hochzüngelten oder zusammensanken, schien es sich zu bewegen. Lucan begegnete den Augen des Porträts, es war, als ruhten sie leidvoll auf ihr. Vielleicht waren sie überhaupt zwei gegen einen hier in diesem Zimmer – und auf wessen Seite stand die tote Frau?

Herr Armworthy saß vor dem Kamin mit einem Buch auf den Knien, aber es hatte nicht den Anschein, als ob er lese. Er erhob sich, als das junge Mädchen eintrat, und führte sie zu einem Sessel, seinem eigenen gegenüber. Er überlegte kurze Zeit, bevor er zu sprechen anhub, und seine Worte kamen langsam und mit einiger Anstrengung.

«Ich bin Ihnen dankbar, Fräulein Lucan», sagte er, «daß Sie gekommen sind und mit mir reden wollen. In dieser ganzen Woche habe ich, was immer ich auch vorgehabt habe, an Sie denken müssen.» Er machte eine kurze Pause. «Ich habe mir auch das Gespräch überlegt, das wir jetzt führen werden. Und ehe ich überhaupt beginne, habe ich ein Anliegen an Sie. Es fällt mir nicht ganz leicht, mich so aufrichtig auszusprechen, wie ich es jetzt Ihnen gegenüber tun werde – und Sie selbst dürfen nicht in die Lage gebracht werden, einen übereilten Entschluß fassen zu müssen. Sie sollen mich daher bis zum Ende anhören, ohne selbst etwas zu sagen. Wir wollen abmachen, daß Sie als gutes, gehorsames Kind», er lächelte ein wenig, «still dasitzen, während ich rede, und danach das Zimmer verlassen, ohne mir zunächst Ihre Antwort mitgeteilt zu haben.» Er blickte weg. Lucan dachte: «Es fällt ihm schwer, etwas zu erbitten, er hat es nie zuvor getan.»

«Mein Leben», hub Herr Armworthy nach einer weiteren Pause von neuem an, «war ohne Romantik. Ich glaubte, daß ich infolge meiner Natur keinerlei Bedürfnis danach hätte. Aber als ich jetzt meinte, das Leben beinahe hinter mir zu haben, kreuzt Ihre Jugend und Unschuld meinen Weg. Die Kraft meiner Gefühle hat mich selbst überrascht und beunruhigt. Es ist für mich etwas ganz Unerwartetes, daß mein ganzes Geschick, wenn ich dies Wort anwenden darf, von einem anderen Menschen abhängen soll – von einem jungen Mädchen. Und doch bin ich der Vorsehung dankbar, weil sich mir dadurch die Aussicht auf ein Glück eröffnet hat, von einer anderen Art, als ich es mir bis dahin hatte vorstellen können. Ich werde heute abend», sagte er nach kurzem Überlegen, «mit Ihnen über Tatsachen reden, die Ihnen prosaisch vorkommen mögen. Aber Sie dürfen mir glauben, nichts liegt mir ferner, als unsanft an dem Reichtum von Gefühl zu rühren – dem schönen Glauben an das Gute in der Welt –, der mich zuerst an Ihnen bewegt und ergriffen hat und von dem ich nun selbst ein neues, spätes Glück für mich erwarte oder erhoffe.

Aber ein langes Leben hat mich darüber belehrt, was die rein äußerlichen, materiellen Umstände für den Menschen bedeuten. Sie selbst, Fräulein Lucan, haben viel durchgemacht, Zustände erlebt, denen Sie nicht hätten ausgesetzt sein dürfen und an die ich häufig mit Mitgefühl gedacht habe – Alleinsein, Unsicherheit, harte Arbeit –, weil Sie keine feste materielle Grundlage für Ihr Dasein hatten. Ich habe den Wunsch, Ihnen diese zu geben, gerade weil ich mir denke, daß die Fülle Ihrer Natur in derartigen glücklichen Verhältnissen sich so recht entfalten kann, dem zur Freude, der Zuneigung für Sie empfindet. Nein, unterbrechen Sie mich nicht, liebes Kind», sagte er und nahm sanft ihre Hand, die auf der Sessellehne lag, «denken Sie an unsere Abmachung.

Sie sind jung und haben das Leben vor sich. Ich hege den Wunsch, Ihnen Ihre Lebensumstände von vornherein und für Ihr ganzes Leben zu sichern. Ich weiß nicht, wie Sie sich ein solches glücklicheres Dasein am liebsten vorstellen, und Sie wissen es vielleicht nicht einmal selbst. Vermutlich haben Sie von Reisen ins Ausland geträumt – sehr gern würde ich Ihnen die Kunstschätze von Florenz oder die Ruinen Roms zeigen. Oder Sie haben vielleicht den Wunsch, Ihre schöne musikalische Begabung auszubilden, was mir selbst lieb wäre. Vielleicht könnte Wohltätigkeit gegenüber den unglücklich Gestellten Ihr gutes Herz befriedigen. Über alles dies können wir später sprechen. Was Sie auch wählen mögen, so glaube ich, es Ihnen in reicherem Maße zukommen lassen zu können, als Sie selbst, in Ihren kargen Lebensverhältnissen, es sich bisher haben ausmalen können.

Es wird mein größtes Glück sein, Sie anleiten zu dürfen. Ich beobachte, daß Sie eine Vorliebe für das Land haben, für Garten und Blumen. Ich hatte die Absicht, Ihnen ein schönes Haus, nach Ihrem eigenen Geschmack, außerhalb der Stadt –»

«Außerhalb der Stadt?» rief Lucan überrascht aus.

«Ja», erwiderte er, «so nahe, daß meine Reise nicht zu lang zu sein braucht – und dennoch, zu nahe wage ich, wie Sie verstehen werden, es Ihnen nicht zuzumuten. Ich weiß, Sie werden eine wahre Freistatt und Erholungsstätte für den Mann daraus machen, der in diesem Leben Leid zu tragen hatte und für den Ihre Unerfahrenheit allein schon eine eigenartige Anziehung darstellt. Ich würde glücklich sein, jede Stunde, die ich erübrigen kann, dem kleinen Paradies zu widmen, das Sie mir dort schaffen könnten.»

Seine Augen ruhten auf der Gestalt des jungen Mädchens. Im Schein des Kaminfeuers glänzten ihre Haare wie Gold, Wangen und Hals zeigten eine feine, tiefe Glut, die blauen Augen mit den dichten Wimpern waren weit geöffnet und begegneten den seinen mit forschendem, erstarrtem Glanz. Er war in diesem Augenblick stolz, sowohl auf sie, die sie so reizend und unschuldig war, als auch auf seine eigene Macht über sie. Er wandte den Blick wieder ab, damit er nicht in die Versuchung käme, sie in seine Arme zu nehmen und den jungen, blühenden Körper an sich zu ziehen.

«Sehen Sie, Lucan», sagte er erregt, da er so weit gekommen war, eine vertraulichere Anrede ihr gegenüber gebrauchen zu dürfen, und noch erregter, als er den Schauer spürte, der das junge Mädchen durchrann, «ich war in einer eigentümlichen Lage.» Er schwieg ein paar Sekunden.

«Wie hoch ich meine edle, verstorbene Frau achte, so gab es doch keinerlei Gefühl zwischen uns von jener Art, die ein junges Mädchen wie Sie romantisch nennt. Nach ihrem Tode war mein

Haus einsam und eintönig für mich. Unter anderen Verhältnissen hätte ich versuchen können, es durch eine neue Ehe mit einer Dame aus meinen eigenen Kreisen glücklicher zu gestalten. Aber, wie Sie wissen, hat mich ein Unglück betroffen: mein Sohn ist blind. Er ist, wie Sie ja selbst gesehen haben, ein hochbegabtes Kind. Ich habe die Hoffnung nicht aufgegeben, daß er durch sorgfältige Ausbildung, trotz seines Unglücks, dereinst imstande sein wird, meine Firma weiterzuführen. Falls ich aber in einer neuen Ehe einen jüngeren Sohn bekäme, würde ein Konflikt unvermeidlich sein, ich wäre gezwungen, meinem älteren, ohnehin benachteiligten Sohn Unrecht zuzufügen.»

Er fuhr mit veränderter Stimme fort: «Sie dürfen indessen nicht daran zweifeln, daß ich Ihnen in allen Lebenslagen zur Seite stehen werde. Sie haben mir von Ihren Brüdern erzählt. Ich habe gesehen, daß diese Knaben Ihnen sehr teuer sind –»

«Nein», unterbrach Lucan ihn schroff und sehr leise, «Sie dürfen nicht von meinen Brüdern sprechen.»

«Doch, mein Kind», sagte er freundlich, «ich möchte gerade gern von ihnen sprechen. Es sind, wie ich verstehe, begabte Knaben ohne praktischen Sinn, wie Ihr Vater –»

«Nein», sagte Lucan abermals im Flüsterton, «Sie dürfen meinen Vater nicht erwähnen.»

«Doch, glauben Sie mir», sagte Herr Armworthy, «ich hege Achtung vor Ihrem Vater. Ich habe mich über ihn erkundigt, er hätte ein glücklicheres Los verdient, als ihm zuteil geworden ist. Ich habe zuweilen», fuhr er fort und lächelte ein wenig, «die Zuneigung, die ich für Sie empfinde, mit seiner eigenen verglichen. Ich bitte Sie, sich getrost darauf zu verlassen, daß ich, was Ihnen auch widerfahren möge, Sie mit der gleichen Fürsorge umgeben werde, die er an den Tag gelegt hätte, wenn er dazu imstande gewesen wäre. Wenn ich sage, ich wolle Ihren Brüdern beistehen, sosehr ich es vermag – und mein Beistand sollte nicht ganz gering eingeschätzt werden –, so erkennen Sie daran, daß jeder, der Ihnen nahesteht, gleichzeitig auch mir teuer ist.»

Er stockte plötzlich, blickte wieder weg und gleich darauf zu dem jungen Mädchen hin. Nach kurzem Zögern erhob er sich und erwartete, daß auch sie aufstehen werde. Als sie sitzen blieb, völlig reglos, so als habe sie gar nicht bemerkt, daß er seine Haltung verändert hatte, hob er sie sanft vom Sessel auf, und es schien ihm, als taumele sie in seinem Arm. Ihre Erregung ging auf ihn über.

«Und nun», sagte er, «sollten Sie die Nacht verstreichen lassen, bevor Sie mir Ihre Antwort geben.» Seine Stimme bebte, und sie spürte dasselbe Beben in seinem Arm.

«Gute Nacht!» sagte er. «Es wird mir schwer, mich in dieser Weise von Ihnen zu trennen. Ein Gutenachtkuß wäre vielleicht nur recht und billig für mich. Aber ich will mir dies Recht jetzt nicht nehmen und nicht hier. Bald – bald hoffe ich, es fordern zu können, in einer Umgebung, die Ihnen die Aufrichtigkeit meiner Gefühle beweisen soll.»

Er unterbrach sich jäh. Das Gesicht des gesetzten, zurückhaltenden Mannes wurde tiefrot, er verstummte und vergaß, das junge Mädchen zur Tür zu begleiten. Unbeweglich blieb er vor dem Feuer stehen und sah ihrer schlanken Gestalt nach, als sie, wortlos und ohne ein Zeichen der Zustimmung oder Ablehnung, das Zimmer verließ.

Flucht

Lucan kam so betäubt oben in ihrem Zimmer an, als habe ihr jemand einen Schlag auf jede Wange versetzt. Das furchtbarste war ihr in den ersten Minuten, daß sie Herrn Armworthy nicht gezeigt hatte, wie tief sie ihn verachtete. Sie setzte sich auf einen Stuhl, stand auf und setzte sich auf einen anderen. Ein paarmal stieg ihr eine glühende Röte ins Gesicht und wich dann wieder. Bevor sie zu ihrer Unterredung mit Herrn Armworthy hinunterging, hatte sie in Gedanken ihren Vater und ihre Freunde um Beistand angerufen und sich bei ihnen Rat gesucht. Jetzt kam es ihr so vor, als gebe es auf der ganzen Welt keine anderen Menschen als den Mann, der sie beleidigt hatte, und sie selber.

Sie trat ans Fenster und sah im Halbdunkel die Umrisse der hohen Bäume im Park. Langsam kehrte alles, was sie gedacht, als sie vor einer Stunde auf diese niedergeschaut hatte, wieder zu ihr zurück.

Sie hatte sich selber gefragt, ob es möglich sei, daß sie Herrn

Armworthy jemals lieben könne. «Und wenn ich ihn geliebt hätte», dachte sie jetzt, «hätte ich dann tun können, was er verlangt hat? Nein, dann wäre es hundertmal furchtbarer gewesen. Wenn ich ihm hätte mein ganzes Leben schenken wollen und er hätte mir statt dessen einen Teil seines eigenen angeboten, die Zeit und die Gefühle, die er neben wichtigeren Dingen erübrigen könnte – dann wäre ich an seinem Vorschlag gestorben!»

Während sie sich ihrer beider Gespräch wiederholte, mit zuckenden Lippen vor sich selber wiederholte, was er gesprochen hatte, und unsicher nach den Antworten suchte, die sie ihm hätte geben müssen, wurde ihr tief drinnen in ihrem Bewußtsein klar, daß sie von hier fort mußte. Sie hatte sogar, ohne recht zu wissen, was sie tat, eine Schublade herausgezogen und einige Sachen herausgenommen, ihr Portemonnaie, in dem sie den Vierteljahreslohn aufbewahrt hatte, der ihr kürzlich ausgezahlt worden war, ein Nachthemd und ein Paar Handschuhe. Jetzt stand sie still da und versuchte, sich zu einem Entschluß aufzuraffen.

Sie wollte um keinen Preis der Welt Herrn Armworthy wieder von Angesicht zu Angesicht gegenübertreten, sie mußte sofort weg, noch in dieser Nacht. Ganz methodisch, als handele es sich um eine längst geplante Reise, packte sie die Kleidungsstücke, die sie am meisten brauchen würde, in einen alten ledernen Reisesack, der ihrem Vater gehört hatte. Sie wagte aber nicht, das Haus über die Treppe zu verlassen – der eine oder andere von der Dienerschaft könnte sie hören, könnte herauskommen und mit ihr reden. Sie wußte auch nicht, ob sie allein die schwere Haustür öffnen konnte.

Sie mußte sich auf einem anderen Weg davonmachen. Vor ihrem Fenster war ein Balkon, und vom Erdboden rankte sich ein alter Efeustamm bis zu dessen Brüstung herauf. Sie hatte früher schon manches Mal im Scherz gedacht, daß man auf dessen Ästen wie auf einer Leiter in ihr Zimmer heraufklettern könnte. Sie war nicht schwindelig, und ihr blieb kein anderer Ausweg.

Sie konnte nicht mit dem Hut auf dem Kopf vom Balkon hinunterklettern, da dieser ihr den Ausblick nach allen Seiten versperrte; daher band sie ihn mit den Hutbändern an ihrem Reisesack an und band dann den Sack mit ihrem Schal um ihren Körper fest.

Als sie auf den Balkon hinaustrat und die kühle Nachtluft spürte, schloß sie für eine Minute die Augen. Ihre Gedanken gingen zu den schlafenden Kindern, sie wünschte, sie könnte sich von ihnen verabschieden. Aber es war zu gefährlich – und es waren ja auch Herrn Armworthys Kinder; sie hätten ihr vielleicht eines Tages eine ebenso furchtbare Überraschung bereiten können wie der Hausherr. Sie nahm allen Mut zusammen, schwang sich über die Brüstung und suchte in den Zweigen des Efeus einen Halt für ihren Fuß.

Der Reisesack stieß mehrmals gegen die Hausmauer, und sie war nahe daran, das Gleichgewicht zu verlieren. Ihr Kleid blieb hängen und schob sich über ihr Knie hoch, so daß sie mit glühenden Wangen dachte: «Es ist gut, daß mich niemand sehen kann.» In dem Stockwerk unter ihrem eigenen Fenster war noch ein weiterer Balkon. Sie hätte sich gern dort ausgeruht, aber sie sah hinter der Tür Licht; es fiel ihr ein, daß dahinter Herrn Armworthys Schlafzimmer lag, und schwang sich taumelnd und in großer Hast über das breite Sims des Balkons. Ein Zweig hakte sich in diesem Augenblick an ihrem Haar fest, als ob er sie anhalten wollte; aber er brach ab, und ein paar Minuten später streckte sie ihren Fuß so weit nach unten, wie es ihr möglich war, und fühlte unter sich den Erdboden.

Reisig und Blätter hingen in ihrem Haar, sie hatte sich die eine Hand blutig zerschrammt, und ein Strumpf war zerrissen. Sie glühte von der Anstrengung und vor Triumph, aber ihre Beine zitterten, so daß sie sich ein wenig setzen mußte, die Stirn gegen die Knie stützend. Dann stand sie auf, nestelte ihren Hut vom Reisesack und setzte ihn auf.

Das schwere eiserne Gartentor wurde nachts abgeschlossen, aber sie wußte durch ihre Spaziergänge mit den Kindern von einem Türchen in der hinteren Gartenmauer, das mit einem Haken von innen verschlossen wurde, und diesen Weg schlug sie ein. Als sie das Türchen hinter sich zumachte, beendete sie einen Abschnitt ihres Lebens – die Sorglosigkeit der letzten Monate, die Entschlußlosigkeit der letzten Tage und das Entsetzen des heutigen Abends. Sie war jetzt mancher Hoffnungen und Illusionen beraubt, sie war arm wie früher, sogar ärmer, aber frei.

Sie hatte, seit sie als erstes oben in ihrem Zimmer die Schublade herausgezogen hatte, gewußt, was sie tun wollte, und sie machte sich unverzüglich auf den Weg zu ihrem Ziel. Um halb zwölf Uhr kam die Nachtpostkutsche an einer Wegkreuzung vorbei, nur eine Viertelstunde zu Fuß von Herrn Armworthys Haus entfernt, und hielt dort, wenn Fahrgäste aufgenommen werden mußten. Die vier kräftigen Gäule würden sie schnell von dannen führen, und ihre Gedanken klammerten sich an diese und an den Postillion, der sie lenkte. Ein paarmal mußte sie unterwegs stehenbleiben, um den schweren Ledersack abzusetzen, sie hatte Angst, zu spät zu kommen, und lief, so rasch sie konnte, aber sie wollte nicht rennen, so weit sollte Herr Armworthy sie nicht treiben! Als sie aber, ihrer Meinung nach in erstaunlich kurzer Zeit, an der Wegkreuzung ankam, hörte sie die Kirchturmuhr im Dorf elf schlagen und wußte nun, daß sie rechtzeitig gekommen und nun gerettet war.

Der Mond war inzwischen aufgegangen, und die ganze Landschaft um sie her lag in einem silberklaren Dunst. Sie konnte weit über das offene, hügelige Land blicken. Das Gras war naß von Tau. Lucan war selten zu so später Stunde draußen gewesen und niemals allein, aber sie hatte keine Angst. Wie ein Mensch, der dem Gefängnis entronnen ist, strebte sie nach weitem Raum und Einsamkeit.

Erst in diesem Augenblick kam es ihr zum Bewußtsein, daß sie nicht wußte, wohin sie fahren sollte. Der Gedanke, aus Herrn Armworthys Haus fortzukommen, hatte sie bis zu diesem Punkt getrieben, wo sie sich jetzt befand; weiter in die Zukunft hatte sie nicht gedacht. Wie sie wußte, ging im Laufe der Nacht eine Postkutsche nach Norden ab und eine nach Süden. Beklommen und traurig dachte sie, sie könne ebensogut in die eine wie in die andere Richtung fahren, es gab in ihrem ganzen Leben nichts, das für sie die Entscheidung treffen konnte.

Ihre Verwandten würden entsetzt sein, wenn sie ihre Zuflucht zu ihnen nähme, aus einer Stellung entwichen, von der sie in ihren Briefen nur mit Freude erzählt hatte. Wenn sie eine neue Stellung suchen wollte, würde man dort nach Empfehlungen fragen, und sie mußte vielleicht noch einmal mit Herrn Armworthy Verbindung aufnehmen. Und dennoch mußte sie irgendwohin.

Ach, dachte sie, ihr Vater hatte recht, man brauchte im Leben Phantasie. Aber sie selbst war ein unerfahrenes Mädchen ohne Phantasie. Sie hatte jetzt ebensoviel Angst, die Postkutsche könne kommen, ehe sie ihren Entschluß gefaßt hatte, wie sie vorher Angst gehabt hatte, daß sie zu spät käme.

In ihrer Not wußte sie sich nicht anders zu helfen, als das Alphabet von Anfang bis zu Ende durchzugehen, um womöglich dadurch auf den Namen eines Menschen oder eines Ortes zu stoßen, der ihr als Zuflucht dienen konnte. Sie war fast bis ans Ende gelangt, ohne daß ihr etwas eingefallen wäre, und schon der Verzweiflung nahe, als ihr im letzten Augenblick bei dem Buchstaben Z ein Name durch den Kopf schoß und plötzlich in der Finsternis um sie her ein großes Licht aufleuchten ließ. Zosine! «Gott! Zosine!» dachte sie, «Liebe Zosine! An dich habe ich lange nicht gedacht. Aber nun mußt du mir helfen!»

Zosine war im Internat ihre beste Freundin gewesen. Diese Schule war eigentlich einer anderen sozialen Schicht vorbehalten gewesen als der, zu der Lucan gehörte, und wurde zum größten Teil von Töchtern reicher und vornehmer Leute besucht. Aber ihre Tante, die Schwester ihres Vaters, die sie leitete, hatte ihr den Zugang verschafft, und Lucan hatte dort eine glückliche Zeit verlebt. Es hatte sich herausgestellt, daß Zosine und sie am selben Tag geboren waren, und die anderen Mädchen in der Klasse nannten sie daher «die Zwillinge».

Die beiden Mädchen hatten damals einander Freundschaft geschworen, und Zosine hatte Lucan in den Ferien oftmals eingeladen, mit ihr in das Haus ihres Vaters nach «Tortuga» zu kommen.

Sie hatte sogar geschrieben: «Nichts von all dem, was mich hier auf Tortuga zerstreuen soll, macht mir Vergnügen, da du nicht herkommen und es mit mir teilen willst.» Aber nachdem Lucan beim Tode ihrer Mutter von der Schule genommen worden war, hatte sie von ihrer Freundin nichts mehr gehört noch gesehen.

Die Erinnerung an Zosine wirkte auf das einsame Mädchen an dem Kreuzweg wie ein Strahl von Leben und Wärme. «Vielleicht», dachte sie, «waren es Zosines Pläne von Flucht und Abenteuer und unsere nächtlichen Spaziergänge, daß ich jetzt an sie habe denken müssen.»

In diesem Augenblick hörte sie Wagengeratter und sah an einer Biegung der Landstraße die Lichter der Postkutsche auftauchen und näher kommen.

Reisegefährten

Die Diligence rumpelte gleichmäßig durch die mondbeschienene Landschaft vorwärts mit ihrer Fracht von schläfrigen Fahrgästen, die unter der trüben Laterne an der Decke mit den Köpfen nickten, husteten und die Scheiben blank rieben, um nachzusehen, wie weit man gelangt war.

In der einen Ecke saß ein junges Mädchen ganz zurückgelehnt, ihren Reisesack neben sich. Sie merkte jetzt, daß sie müde war und ihr alle Glieder weh taten. Ab und zu schlug ihr das Herz so heftig wie in jenen Minuten, als sie auf ihrer Flucht die Hausmauer hinab in den Ranken baumelte.

Aber sie war nicht mehr allein, sie hatte eine Reisegefährtin, Zosine saß neben ihr. Alles, was mit Zosine zusammengehörte, war kindlich, schön und heiter. Zosine hatte vornehme Kleider gehabt, Hüte und Halbhandschuhe, die sie Lucan immer lieh, wenn sie in die Kirche gingen oder mit der Schule Spaziergänge machten. Sie bekam von zu Hause Schachteln mit kandierten Früchten geschickt und teilte sie mit ihrer Freundin. Der Gedanke an das unbekannte Haus, von dem all diese Herrlichkeiten stammten, hatten Lucan beschäftigt und in Anspruch genommen, seit sie zwölf Jahre alt war. Jetzt versuchte sie wieder, sich eine Vorstellung davon zu machen und von dem Empfang, den es ihr bereiten würde, wenn sie, als eine Fliehende, dort Schutz suchte.

Sie wußte, Zosine hatte, ebenso wie sie, ihre Mutter verloren und liebte, ebenso wie sie, ihren Vater über alles auf der Welt. Herr Tabbernor war ein sehr reicher Kaufmann, das, was man unter einem Millionär versteht. Er hatte große Besitzungen in Westindien, und sein Vater und Großvater hatten sie vor ihm gehabt und waren mit reichen adligen Damen verheiratet gewesen.

Zosines Mutter allerdings war nicht reich gewesen, aber eine Schönheit, sie war Französin und kam aus St. Domingo, und nach ihr war Zosine benannt worden. Zosines Vaterhaus mußte, nach allem, was Lucan darüber gehört hatte, ein Paradies auf Erden sein und von phantastischer und einziger Art. Viele tropische Bäume und Sträucher waren von weit her dorthin gebracht und in dem Park angesiedelt worden. Es gab dort Treibhäuser mit seltenen Blumen und Früchten und ein ganzes gläsernes Haus mit kleinen Affen und Papageien. Eine seltsame und exotische Gestalt im Hause selbst war auch die alte Negerin Olympia, die so dick war, daß sie kaum durch die Tür ging. Sie war die Amme von Zosines Vater gewesen und mußte uralt sein, aber sie gehörte zu einem besonderen Stamm, der nie alterte, sie war noch immer so jähzornig und schwatzhaft wie ein Papagei und würde sicher hundert Jahre alt werden. Wenn Zosines Papa, wie seine Tochter behauptete, so groß und gewichtig sei wie ein Elefant, so sei das auf die übernatürliche Kraft in der Milch seiner Amme zurückzuführen. Olympia, sagte Zosine, sei ein wahrer Engel und gleichzeitig auch ein bißchen ein Teufel! Wenn Olympia einmal der Mund stillstünde, dann sei das Ende der Welt sicherlich nahe.

Zosine war als kleines Kind selbst in Westindien gewesen, sie war späterhin mit ihrem Papa in Frankreich und auch in Italien gereist und freute sich schon auf künftige große Reisen. «Es soll keinen Himmelsstrich in der Welt geben», sagte sie, «der nicht auf Zosine Tabbernor herniedergeschaut hätte!» Sie besaß zwei Reitpferde, deren Namen Lucan sich noch entsann. In Lucans Erinnerung wirkte sie wie ein Falter, der ständig in der Sonne flatterte.

Während der Fahrt fielen Lucan immer mehr Dinge ein, die mit Zosine zusammenhingen. Da war ihre Tante Arabella, Herrn Tabbernors Kusine, ein altes, ungemein häßliches und ungemein reiches Fräulein, das in früheren Zeiten, bevor Zosines Vater seine Frau kennengelernt hatte, so halb und halb mit ihm verlobt gewesen war und aus diesem Grunde niemals geheiratet hatte. Sie war Zosines Patentante, betete sie an und schenkte ihr alles, was sie begehrte. Da war auch ihr Vetter Ambrose. Ambroses Mutter war Papas Lieblingsschwester gewesen und hatte den Sohn eines Earls geheiratet. Nachdem dieser all ihr Geld durchgebracht hatte, starb er, und Papa nahm sich des einzigen Kindes seiner jüngsten Schwester an; er steckte den Jungen in eine gute Schule und wollte, daß er dereinst sein eigenes Geschäft weiterführen sollte. Ja, er rechnete gewiß damit, daß aus Ambrose und seiner eigenen Tochter zu gegebener Zeit ein Paar würde! Aber da irre Papa sich nun, sagte Zosine, denn Ambrose sei ein Laffe, der Schulden mache und sie sich von Papa bezahlen lasse. Alle diese Menschen, die in den Vorstellungen ihrer Kindheit eine Rolle gespielt hatten, würde Lucan jetzt vielleicht mit eigenen Augen zu sehen bekommen.

Durch den dichten Morgennebel begann es hell zu werden. Lucan blickte über eine fremde Landschaft und sah die Weiden weiß von Tau daliegen und die Sonne im Dunst des Erdreichs zartrosa aufglühen. Es war, als gehöre das anbrechende Morgenlicht mit zu ihrer Flucht und ihren Gedanken an Zosine. Sie hatte den Wagemut gehabt und ihr Schicksal selbst in die Hand genommen. Und die erste Auswirkung dessen war ein Sonnenaufgang.

In Staines wechselte die Postkutsche die Pferde; die Reisenden stiegen aus. Ein junger Landwirt, dem eine Büchse über der Schulter hing und der Lucan angestarrt hatte, seit es hell geworden war, wartete an der Wagentreppe auf sie und reichte ihr die Hand, um ihr beim Aussteigen zu helfen. Sie lehnte es aber ab, mit ihm und den anderen ins Gasthaus zu gehen, und blieb draußen stehen. Sie schauerte in der Morgenluft ein wenig zusammen und hüllte sich in ihren Schal. Sie hörte durch das offene Fenster, wie ihre Mitreisenden heißen Grog und Brot bestellten, und fühlte, daß sie selbst abgespannt war: eine Tasse Tee würde ihr gutgetan haben. Aber sie wußte nicht, wie sie dem Kellner oder dem Mädchen im Gasthaus ihre Wünsche mitteilen sollte, denn es war gewiß zu ungewöhnlich, daß ein junges Mädchen in dieser Weise allein reiste.

Eine zweite Postkutsche, die von Westen kam und nach London fahren sollte, hatte ebenfalls vor der Poststation haltgemacht, und die Kutscher waren dabei, die Gespanne zu wechseln. Lucan vertrieb sich die Zeit damit, ihnen zuzusehen. Der Nebel war dichter geworden, und der Dampf von den Gäulen mischte sich mit ihm. In diesem Augenblick wurde sie einer Dame gewahr, die dastand und sie ansah.

Die Dame war grau gekleidet und hatte einen kleinen grauen Schleier auf dem Hut. Sie war so lautlos herangekommen, daß es dem jungen Mädchen so war, als sei sie eins mit dem Morgennebel und habe sich aus ihm herausgelöst. Im ersten Augenblick erschrak sie fast und forschte in Gedanken, ob es wohl jemand sei, der sie wiedererkannt habe. Aber sie beruhigte sich gleich wieder, als sie sah, daß die kleine Dame ihr zulächelte. Sie war auch ganz davon überzeugt, daß sie diese Gestalt oder dies Gesicht nie zuvor gesehen hatte.

Die Dame mochte etwa fünfzig Jahre alt sein, sie war eckig und flachbrüstig, hatte ein längliches Gesicht und eine breite Nase. Es sah aus, als habe sie viel zu viele Zähne, als daß sie alle in ihrem Munde Platz hätten. Ihr Gesicht und ihre Hände hatten fast die gleiche graue Farbe wie ihr Hut und Schal. Sie stand dauernd da und lächelte Lucan freundlich an, aber sie sprach lange Zeit kein Wort.

Dann sagte sie: «Ich sah Sie, als Sie aus dem Reisewagen stiegen, Fräulein. Ich selber kam mit dem Wagen aus der anderen Richtung. Warten Sie hier auf jemand?»

Lucan erklärte ihr, ein wenig schüchtern, daß sie allein sei. «Würde es Ihnen nicht guttun, mit hereinzukommen und eine Tasse Tee zu trinken?» fragte die alte Dame. «Es ist Zeit genug!» Sie hatte eine tiefe Stimme und kam augenscheinlich aus einer fernen Gegend des Landes; sie betonte beim Sprechen andere Silben als andere Leute.

«Sie sollten nicht zögern», sagte sie, «ich habe selber eine Tasse heißen Tee nötig und würde gern Gesellschaft haben.»

Die fremde Dame war der erste Mensch, der mit Lucan sprach, seit Herr Armworthy ihr gute Nacht gesagt hatte, sie nahm ihre Freundlichkeit als ein gutes Vorzeichen und dankte zustimmend für die Einladung.

Drinnen in der Gaststube war eine Ecke durch einen Wandschirm von dem übrigen Teil des Raumes abgetrennt, und hier konnten reisende Damen eine Erfrischung zu sich nehmen. Lucan brachte ihr Haar in Ordnung und setzte vor einem kleinen Spiegel an der Wand ihren Hut gerade auf. Die kleine ältliche Dame schien das Reisen gewohnt zu sein, ließ sich jedenfalls von dem Kellner nicht ins Bockshorn jagen – sie war es vielleicht gewohnt, als Duenna aufzutreten, denn es machte den Eindruck, als baue sie einen weiteren Wandschirm um Lucan auf, und sie trieb allein durch ihren Blick den neugierigen jungen Mann aus dem Zimmer, der sich mit dem Bedienen Zeit ließ, um das hübsche Mädchen zu betrachten.

«Reisen Sie wirklich ganz allein, Fräulein?» fragte sie, während sie ihren Tee tranken. «Ja, ich bin allein», sagte Lucan.

«Aber dann kommt doch wohl jemand und holt Sie ab, wenn Sie den Reisewagen verlassen?» fragte die Dame wieder.

«Nein, das glaube ich nicht», sagte Lucan und wurde ein wenig rot.

Die alte Dame blieb eine Weile stumm, bewachte aber mit einem Blick aus einem Paar runder grauer Augen über ihrer Teetasse das junge Mädchen.

«Treten Sie eine Stellung an?» fragte sie unvermittelt. «Dann will ich nur hoffen, daß es eine gute Stellung ist. Sie sind hübsch und sehen verständig aus, Sie müßten eine Stellung haben, die gut bezahlt wird. Es ist für hübsche junge Mädchen ein Vergnügen, feine Kleider und Hüte zu besitzen, ein Armband oder eine kleine Nadel, mit der man den Schal feststecken kann. Die Jugendzeit geht so schnell vorüber.»

Der heiße Tee und eine frische Semmel hatten Lucan das Herz sehr erleichtert, sie dachte: «Diese kleine Dame sieht ganz aus wie eine Fee aus dem Märchen. Ob sie mir jetzt nicht anbieten wird, einen Kürbis in eine Kutsche und vier kleine Mäuse in Pferde zu verwandeln? – Nein, ich habe ja Pferde und Wagen! Wenn sie die Pferde nur nicht in Mäuse verwandelt, so daß ich nicht weiterkomme!»

«Aber Sie werden doch jedenfalls dort erwartet, wo Sie hinwollen?» fuhr die Fremde fort zu fragen. Lucan hatte keine Lust, abermals mit Nein zu antworten, sie schüttelte den Kopf. Die alte Dame trank schweigend zwei Tassen Tee. Als wisse sie nicht recht, wo sie mit ihren großen Zähnen hin sollte, schien sie es sich angewöhnt zu haben, zu kauen oder die Zähne leicht gegeneinander zu reiben, wenn sie nicht redete. «Nun ja, das geht mich allerdings nichts an», sagte sie plötzlich.

Die anderen Reisenden begannen die Gaststube zu verlassen, um wieder ihren Wagen zu besteigen. Lucan wollte ihren Tee bezahlen und stand auf.

«Das können wir später in der Postkutsche erledigen», sagte ihre Reisegefährtin, «denn denken Sie, meine Liebe, welches Pech ich gehabt habe! Ich habe dort, wo ich herkomme, eine sehr wichtige Sache vergessen, für mich die allerwichtigste. Ich glaube tatsächlich, ich werde gleich umkehren und denselben Weg zurückfahren müssen, den ich gekommen bin, und mit demselben Postwagen, den auch Sie benutzen. Da können wir es uns ein Stündchen gemütlich machen und einander unterwegs ein wenig kennenlernen.»

Sie gingen zusammen aus der Gaststube. Als sie sich aber der Diligence näherten, die jetzt frische Pferde vorgespannt hatte, verlangsamte die alte Dame ihren Gang, blieb schließlich ganz stehen und schüttelte mit einem gespannten, nachdenklichen Gesicht zweimal ihren Kopf.

«Nein», sagte sie, «nein, es geht doch nicht. Ich muß mich hier von Ihnen verabschieden, Fräulein.» Lucan reichte ihr die Hand.

Die alte Dame sah sie starr an. «Ich könnte Ihnen ja meine Adresse geben», sagte sie zögernd, «wenn Sie später einmal nach London kommen sollten und eine Stellung suchen.» Sie unterbrach sich zum zweitenmal selbst und sagte in kurzem, fast ärgerlichem Ton: «Nein, nein, es läßt sich nicht machen.» Sie blieb stehen, wo sie stand, aber das junge Mädchen sah, wie sie ihr mit den Augen folgte, als sie in die Postkutsche stieg, bis diese sich in Bewegung setzte.

Jetzt, da es hell geworden war, kam der Wagen schneller vorwärts. Das Gasthaus mit seinen vielen Stallungen und den großen Getreidediemen und hohen Rüstern, die es umgaben, waren bald außer Sicht. Als der Morgen weiter vorgeschritten war, brach die Sonne durch den Nebel. Der junge Landwirt mit der Büchse ließ nicht davon ab, Lucan anzustarren, so daß sie schließlich den Schleier ihres Hutes ganz herunterzog. Dahinter wohlverborgen, dachte sie ab und zu erstaunt an ihre Begegnung im Gasthaus.

Zosine

«In Xenabu ließ Kublai Khan
Ein majestätisch Lustschloß sich errichten.»

Der Anfang eines Gedichts, das sie mit ihrem Vater gelesen hatte, kam Lucan in den Sinn, als sie durch den großen Park schritt. Sie sah sich um, blieb stehen und ging weiter, ihr helles Antlitz war von einem stillen, glücklichen Glanz übergossen.

«Tortuga» gehörte tatsächlich zu jener Zeit zu Südenglands Sehenswürdigkeiten. Fast hundert Jahre lang hatten seine Besitzer, die weit gereist waren und Sinn für Natur, Kunst und feines Handwerk hatten, ihre Zeit und ihre Mittel dazu verwandt, es zu erschaffen und zu vervollkommnen. Der erste von ihnen hatte das Haus erbaut und Garten und Park angelegt, der nächste, der mit der Witwe eines Adligen verheiratet war, hatte den Landsitz verschönert, vor allem durch eine Anzahl hübscher künstlicher Teiche und Kanäle. Der dritte, der jetzige Besitzer, der alles fertig vorfand, hatte, gleichsam aus spielerischer Laune, eine Menge überflüssiger, phantastischer Einzelheiten hinzugefügt, so daß man nun von allen Seiten her neue, überraschende und bezaubernde Eindrücke erhielt. Er hielt seinen Besitz im Sommer einige Wochentage gastlich geöffnet, und so lustwandelte in Garten und Park eine Fülle von Herren und Damen und Kindern, die häufig von weit her kamen und die sich an den Herrlichkeiten von Tortuga schier nicht satt sehen konnten.

In dem hellen Licht dieses Maienmorgens war die romantische Landschaft so schön, daß es kaum zu fassen war, die Luft war frisch und milde, und allüberall duftete es von Laub und Blumen.

Lucan kam durch eine ganze Allee blühender javanesischer Kirschbäume heran, die über ihrem Haupt zu schwimmen schienen wie Wolken reinsten Rosenrots. Etwas weiter hinten hingen die feinen, silberglänzenden Zweige einer chinesischen Weide, deren Blätter noch kaum entfaltet waren, wie ein zarter Wasserfall über einem tiefgrünen Teich, in dem schwarze Schwäne schwammen.

Hier setzte Lucan sich einen Augenblick auf eine Bank. Sie hatte nicht daran gedacht, daß sie in diese reiche Umgebung nicht hineinpaßte, daß ihr Kleid einen langen Riß hatte und daß der Strumpf, den sie nachts kaputtgerissen, sich ganz aufgeribbelt hatte, so daß sie ihn hinter einem Strauch im Park auszog und nun – da sie meinte, es sei besser, auch den anderen auszuziehen – barfüßig in ihren verstaubten Schuhen ging. Sie dachte: «Es ist unbegreiflich, daß Menschen dies alles ersinnen können, und ebenso unbegreiflich, daß sie das Vermögen haben, es in die Wirklichkeit umzusetzen.»

Der Reichtum, den sie aus Herrn Armworthys Haus bis jetzt gekannt hatte, war klobig und sozusagen selbstbewußt gewesen, er hatte sie nicht in Versuchung geführt. Aber dies war wie jene Stätten, die sie in ihren Träumen erblickt hatte. An dem großen Eingangstor hatte der Pförtner, der vor seinem Pförtnerhaus stand, sie und ihren Reisesack mit einem Blick gestreift und ihr zugenickt, so, als erwarte er sie. Im Park sah sie Gärtner bei der Arbeit, sie harkten die Wege oder gingen mit Blumenkörbchen an ihr vorüber, auch sie sahen sie an, so, als sei sie erwartet und willkommen.

Auf der anderen Seite einer breiten Terrasse, wo klare Springbrunnen plätscherten, lag nun das Haus vor ihr, in der Morgensonne leuchtend, mit einer riesigen Doppeltreppe und einer Reihe weißer Säulen. Hier waren einige Bedienstete damit beschäftigt, bunte Lampen aufzuhängen. «Ob sie das jeden Tag machen», dachte Lucan, «damit sie abends sitzen und sich an den farbigen Lichtern ergötzen können?»

Ein alter Diener kam aus dem Haus und gab den Leuten Anweisungen. Sie erinnerte sich, daß Zosine von ihres Vaters altem Diener John erzählt hatte, und meinte, ihn in der würdevollen kleinen Gestalt mit den abgemessenen Bewegungen wiederzuerkennen; und sie nahm ihren Mut zusammen, ging auf den Alten zu, nannte ihren Namen und fragte, ob es möglich sei, mit Fräulein Zosine zu sprechen.

Nachdem der Diener sie einen Augenblick aufmerksam gemustert hatte, forderte er sie auf, ihm zu folgen, und nahm ihren Reisesack. Als sie bis ans Haus gekommen waren, schien er zu überlegen, ob er sie durch den Haupteingang hineinführen sollte oder durch einen Seitenflügel, als auch schon eine junge Dame in gestreiftem Kleid zwischen den Säulen auf die Treppe hinaustrat.

Sie rief ihm mit heller, klarer Stimme einen Befehl zu, stockte, beschattete die Augen mit der Hand und rief überrascht aus:

«Wen bringst du denn da?» Es war Zosine.

Lucan blieb stehen und sah sie an, während der alte Diener ehrerbietig näher ging, die junge Dame lief schnell ein paar Schritte die Treppe hinunter. Lucan erkannte in der schlanken, leichten Gestalt ihre Freundin wieder. Aber sie war nicht darauf vorbereitet, daß Zosine jetzt erwachsen und eine elegante Dame geworden sei; sie war heftig und glücklich erregt. Zosine sprach ein paar Worte mit dem Alten und kam dann rasch auf sie zu, hielt jählings inne und sah sie mit einem Paar klarer Augen an.

«Lucan Bellenden?» sagte sie langsam. «Was wollen Sie hier? Wer hat Sie geschickt?» Lucan erschrak und wurde traurig, weil Zosine sich nicht an ihre frühere Freundschaft zu erinnern schien. Ihr Herz schlug heftig, und sie dachte, um alles in der Welt müsse sie dies Hindernis überwinden. Die beiden jungen Mädchen musterten einander für einen Augenblick ernst.

«Ja, ich bin Lucan», sagte sie, «ich komme auf eine Einladung, die ich vor vielen Jahren erhielt. Vieles hat sich für mich seitdem verändert. Mein Vater ist gestorben. Ich habe kein Zuhause mehr. Ich bin von dem Ort, wo ich war, geflüchtet, um zu dir zu kommen.»

«Lucan?» sagte Zosine wieder gedehnt und gleich darauf nachdrücklicher, gleichsam überrascht oder ergriffen: «Geflüchtet? Sagten Sie, Sie seien geflüchtet? Weshalb?»

Lucan hatte die Absicht gehabt, Zosine um den Hals zu fallen. Sie war froh gewesen, als der alte Diener ihren Reisesack nahm, weil sie nun beide Arme dafür frei hatte; jetzt streckte sie nur traurig die eine Hand hin, mehr um Lebewohl als um guten Tag zu sagen. «Ja, ich bin ein Flüchtling», sagte sie mit bebender Stimme, «wenn du mich nicht aufnimmst, dann weiß ich nicht, wohin ich mich wenden soll.»

Zosines klare, weitgeöffnete Augen waren starr auf Lucans Antlitz gerichtet. Sie nahm die Hand, hielt aber nach wie vor ihren eigenen Arm ausgestreckt und erhielt so den Abstand zwischen ihnen aufrecht.

«Ein Flüchtling», wiederholte sie tiefernst, «wie ist das Gefühl, ein Flüchtling zu sein?» Plötzlich, so als habe die Berührung ihre schlummernde Phantasie geweckt, stieg eine feine, frohe Röte in ihr Gesicht.

«Lucan!» rief sie. «Bist du es, kommst du heute hierher? Nein, wie ist es nur möglich, daß ich nicht gleich gesehen habe, wer du bist!»

Sie warf sich ihrer Freundin in die Arme, riß sich wieder los, um sie anzuschauen, und umarmte sie von neuem. «Kommst du endlich?» rief sie. «Und gerade heute! Du bist genauso reizend wie früher! Nein, du bist noch hübscher geworden!»

Für ein paar Sekunden sprach keine von ihnen. «Ich habe dich gleich wiedererkannt», sagte Lucan alsdann errötend und glücklich, «aber wie bist du schön geworden und so elegant!»

«Ich?» rief Zosine aus. «Nein, ich bin nicht schön! Sie sagen es zwar alle miteinander, aber nur, um mir eine Freude zu machen. Eine junge Dame muß ja reizend sein, sonst tut der Papa einem leid. Ich habe zwar eine Taille, aber du, du hast ja einen richtigen Busen.»

«Oh, hier ist es so schön, es ist wunderbar, hier zu sein», sagte Lucan.

Sie redeten, um zu reden, so wie wenn Freundinnen sich leicht und sanft liebkosen. «Es ist großartig, daß du heute gekommen bist», sagte Zosine und holte tief Luft.

«Wieso heute?» fragte Lucan verwundert.

«Ich habe heute Geburtstag!» rief Zosine. «Ich werde achtzehn, und Papa gibt einen Ball für mich.»

«Du hast Geburtstag?» rief Lucan und überlegte. «Dann habe ich ja auch Geburtstag.»

«Natürlich, du hast auch Geburtstag», sagte Zosine, «hast du das vergessen? Und ist denn niemand anders da, der daran gedacht hat?»

Sie trat ein paar Schritte zurück und musterte Lucan aufmerksam vom Scheitel bis zur Sohle. «Du kommst ganz allein hier an», sagte sie erstaunt und nachdenklich, «du bist weit gereist! Dein Kleid ist ganz staubig, und du hast keine Strümpfe an! Du bist so blaß, Lucan, was ist mit dir los?»

Der Wechsel zwischen Verzweiflung und Freude in diesen letzten Minuten hatte in Wirklichkeit Lucans Kräfte völlig erschöpft, ihr wurde schwarz vor Augen, und sie wankte.

«O Gott!» rief Zosine erschrocken. «Du bist krank, du wirst ohnmächtig.» Sie schlang beide Arme um Lucan. «Lehne dich an mich», sagte sie, «ich helfe dir. Hol doch Marie», rief sie dem alten Diener zu, der noch immer etwas abseits stand und Lucans Reisesack hielt. «Wir müssen dich hineintragen.»

«Nein, ich kann gehen», sagte Lucan leise, aber im selben Augenblick wurde ihr schwindlig. Sie schloß die Augen und erfaßte nicht genau, was um sie her vorging, bis sie in einem hübschen kleinen Zimmer in einem Lehnsessel saß und Zosine ihr ängstlich ein Glas Wein an den Mund hielt.

«Gottlob», rief Zosine erfreut, «jetzt siehst du doch ein wenig besser aus. Nun kommt doch etwas Farbe in deine Wangen! Du hast vielleicht heute noch gar nichts zu dir genommen, und du bist vielleicht weit gegangen. Marie», rief sie einem zierlichen jungen Mädchen in schwarzem Kleid und mit einer kleinen weißen Schürze zu, die sie in die Stube hineinbegleitet hatte, «geh und sag dem Herrn, ich hätte ihm eine große, erfreuliche Neuigkeit zu berichten. Meine beste Freundin ist heute hergekommen, um mir zu helfen.»

Lucan sah sich im Zimmer um. Mitten in Tortugas überschwenglicher und phantastischer Pracht war dies die süßeste und bezauberndste Stube, in der sie sich jemals aufgehalten hatte. Die rosa Wände waren mit feinem, weißem, gefälteltem Musselin bezogen, der oben von einer kleinen Röhre zusammengehalten war. Das Himmelbett war in der gleichen Weise ausgeschlagen, und die vielen hübschen Möbel waren mit einem hellen Stoff mit lauter Rosen darin bezogen.

Zosines Blick folgte dem ihren auf der Wanderung durch das Zimmer. «Siehst du», sagte sie triumphierend, «dies Zimmer ließ ich vor sechs Jahren herrichten, als ich dachte, du würdest kommen und mich besuchen. Und du ließest mich sitzen und kamst nicht. Aber jetzt hab ich dich, und diesmal, kannst du mir glauben, lasse ich dich nicht wieder los! Wenn es etwas gibt, wovor dir bange ist oder worüber du traurig bist, so verlaß dich auf mich. Ich tue alles in der Welt für dich. Ja, alles in der Welt», fügte sie langsam und ernsthaft hinzu, «und wenn du geflüchtet bist, wie du sagst, dann sorge ich dafür, daß dich keiner findet. Es gibt nichts auf der ganzen Welt, was ich nicht für einen Flüchtling tue.»

Das rosa Kleid

«Was doch in dieser Welt alles geschieht!» rief Zosine. «Was für ein alter Schurke, ein Verführer geradezu! Warum bist du nicht schnurstracks zur Königin gegangen?»

«Zur Königin?» fragte Lucan erstaunt.

«Ja, zu unserer entzückenden Königin», sagte Zosine. «Ihre Majestät ist nur vier Jahre älter als wir. Du wirst doch einsehen, daß sie in ihrem eigenen Reich ein junges Mädchen nicht so grausig behandeln läßt. Oder wenn die Sache zu abscheulich ist, als daß sie sich damit abgeben könnte, dann würde sie den Prinzgemahl dazu veranlaßt haben – ein herrlicher Mann, ich habe ihn selber gesehen –, diesem gräßlichen Menschen die Leviten zu lesen.»

Lucan hatte bis zum Nachmittag in den tiefen Kissen des Himmelbetts unter der seidenen Decke geschlummert. Kurz nachdem sie eingeschlafen war, zog ein Walzer durch ihre Träume. Dadurch wurde sie halb wach und hörte, wie Zosine, die noch bei ihr saß, sagte: «Es ist das Orchester, das übt im Ballsaal unter uns.»

Etwas später merkte sie verschwommen, wie Zosine und ein sehr beleibter alter Herr mit langem vornehmem weißem Backenbart an ihrem Bett stand. Zosine klammerte sich an ihn und sprach leise und in starker Erregung mit ihm, aber Lucan konnte nicht hören, was sie sagten.

Als sie ganz wach wurde, waren die Vorhänge in der Stube vorgezogen, und alles schien in einem feinen rosa Nebel zu verschwimmen. Sie schaute erstaunt auf ihre eigenen Arme, die in Ärmeln aus Battist staken, mit breiten Spitzen daran. Sie entsann sich, daß Zosine und deren Kammerzofe sie ausgekleidet hatten, ihr eines von Zosines Nachthemden angezogen und sie zu Bett gebracht hatten. Unter Maries forschendem Blick hatte Lucan sich zum erstenmal ihres alten Kleides geschämt.

«Du mußt nicht so schüchtern sein», sagte Zosine, «wir haben doch früher schon in einer Stube zusammengehaust, und wir sind seit damals bestimmt nicht häßlicher geworden.»

Lucan hatte auch ein Tablett mit dem Frühstück ans Bett bekommen, und Zosine hatte ihr den Löffel in den Mund gesteckt, als sei sie ein kleines Kind; sie hatten zusammen gelacht wie in der Schule. Und dann war sie eingeschlafen.

Jetzt saßen die beiden jungen Mädchen, Lucan in einem Morgenrock von Zosine, Arm in Arm auf dem Sofa, und Lucan hatte ihrer Freundin alles erzählt, was ihr begegnet war. Es war, als ob ihr Unglück hier in der Stube sich verflüchtige, sie lächelte über Zosines Zorn und Empörung.

«Du hast recht, wir wollen nicht mehr an ihn denken», sagte Zosine, «sein Bild ist es nicht wert, in deinem hübschen, süßen Köpfchen einen Platz zu haben. Aber ich glaube», fügte sie nachdenklich hinzu, «du bist ein Mädchen, das hier auf dieser Welt furchtbar viel erleben wird.»

«Ach nein, da irrst du dich», sagte Lucan, «weißt du noch, wenn du mich in der Schule auf Abenteuer mitnehmen wolltest, dann war ich immer viel zu furchtsam? Mir ist heute nacht der Gedanke gekommen, daß mein Vater recht hatte, wenn er sagte, ich hätte gar keine Phantasie.»

«Aber vielleicht ist es in der Welt gerade so eingerichtet», meinte Zosine, «daß das Schicksal für die Menschen sein Interesse einbüßt, die sich selbst etwas ausdenken können, es läßt sie alles ganz ruhig in der Einbildung erleben. Aber für dich wird das Schicksal seine ganze Phantasie aufwenden!»

«Heute abend», sagte sie kurz darauf, «müssen wir unser Gehirn anstrengen und uns etwas ganz Vortreffliches ausdenken! Ich möchte so gern, daß du die Allerschönste auf meinem Ball bist, und wir müssen einmal sehen, welches von meinen Kleidern dir am besten steht. Sie werden dir bestimmt passen, wir waren immer gleich groß, und ich glaube, wir sind es noch.»

Sie nahmen feierlich vor dem Spiegel, Rücken gegen Rücken, Maß aneinander und stellten fest, daß sie tatsächlich gleich groß waren. «In der Schule», sagte Zosine, «war mein Haar ebenso lang und hübsch wie deines. Aber ich bin im vergangenen Winter krank gewesen, darum ist es abgeschnitten worden. Goldenes Haar ist aber viel hübscher als braunes, ich habe dich immer um dein Goldhaar beneidet. Indes, um das Richtige herauszufinden», rief sie plötzlich, «müssen wir Olympia mit dabeihaben!»

In Herrn Armworthys Haus wäre Lucan fast gestorben vor Entsetzen, wenn sie plötzlich der alten, kohlschwarzen Frau von Angesicht zu Angesicht gegenübergestanden hätte. Aber hier war es nur so, als ob Zosine ihr in einem Bilderbuch, das sie selbst als Kind gekannt hatte, Seite für Seite zeige. Olympia sah, wie sie dort in der Tür erschien, genau so aus, wie Lucan sie sich vorgestellt hatte. Sie war so dick wie ein Nilpferd und füllte die ganze Türöffnung aus, und sie hatte etwas Bedächtiges und Gutmütiges an sich wie ein großes, wildes Tier im zoologischen Garten. Sie hatte eine kleine, bunte seidene Haube auf, das Gesicht darunter wurde nach unten breiter, so daß die feisten Wangen den Hals fast verbargen. Ihre Bewegungen waren schwerfällig, hatten aber dennoch eine seltsam fremdartige, wiegende Anmut.

Aber Olympia war auch stumm wie ein Bild in einem Buche. Zosine hatte doch gesagt, sie sei schwatzhaft wie ein Papagei, jetzt sprach sie kein einziges Wort, und es kam Lucan so vor, als ob die schwarzen Augen, ja selbst ihre Arme, die von ihren Seiten schlaff herniederhingen, so etwas wie wilde, stumme Verzweiflung ausdrückten. «Sie ist alt geworden», dachte Lucan, «und nun sehnt sie sich gewiß in ihr eigenes Land zurück.»

Zosine stellte Lucan mitten ins Zimmer, und die alte Negerin setzte sie in einen Lehnstuhl gerade gegenüber. «Schau», sagte sie, «ich habe für den Ball heute abend drei neue Kleider von Papa bekommen! Ich kann mich nämlich nie lange vorher entschließen! Meine Mama war Französin – die Ärmste, ihre Eltern emigrierten während der Revolution nach Westindien, und sie hat ihr Frankreich niemals wiedergesehen. Deshalb bin ich der französischen Flagge treu, und da ist also ein rotes Kleid, ein weißes und ein blaues. Das rote ist allerdings nicht richtig blutrot wie die Fahne, aber rosa ist es immerhin. Und ich glaube, dies wird dir am allerbesten stehen.»

Lucan war es, als ob sie träume, da sie in dem einen Kleid dasjenige wiedererkannte, das sie im Haus ihres alten Fräuleins gesehen hatte und an das sie später so oft hatte denken müssen. Es bestand aus schwerer, ganz heller rosa Seide mit breiten Spitzen um die Schultern und an den Garnituren. Und diese Garnituren waren obendrein noch mit Moosröschenknospen befestigt, so leibhaftig und frisch, als seien sie eben erst aus dem Garten geholt worden. Für den Rock allein waren bestimmt mehr als zwanzig Ellen Stoff verwandt worden, und als Lucan an dies alles dachte, färbten sich ihre Wangen rosa wie das Kleid. Sie warf ihrer Freundin einen glücklichen, verträumten Blick zu. «Ja, dies sollst du tragen!» sagte Zosine.

Vor dem Spiegel sah das junge Mädchen mit zunehmender Erregung, wie sie in eine vornehme Dame verwandelt wurde, von so bezaubernder Schönheit, daß es ihr den Atem völlig verschlug. Zosine ersann mit einem Eifer, als putze sie eine Puppe heraus, ständig neue Dinge. Sie schickte Marie weg, eine Kette zu holen, Ohrringe, Blumen für Lucans schönes Haar, und zuletzt noch ein Paar kleine weiße Handschuhe mit ausgezacktem Rand. Sie sah die alte, schwarze Frau ärgerlich an, die so stumm dasaß, als ob sie gar nicht sehe, wie Zosines Meisterwerk voranschritt und vollkommener wurde. Nur einmal, als Olympia an den Spitzen um Lucans Schulter etwas richten mußte, nahm sie eine ihrer langen Locken in die Hand und schien über deren Farbe und Glanz zu staunen. Während die drci Frauen in ihr Vorhaben vertieft waren, kam der alte Diener, den Lucan im Garten gesehen hatte, herein, um sich einen Bescheid wegen des Balls heute abend zu holen. Aber Zosine schickte ihn fort.

«Ich möchte lieber bei dir bleiben», sagte sie, «Papa wird es schon erledigen. Ach, dann wird er müde und muß den Ball frühzeitig verlassen und zu Bett gehen! Und das soll er auch dürfen. Denn er ist so furchtbar fett, der liebe Papa, daß sein Herz keine Anstrengungen aushält.»

Sie trat einen Schritt zurück und seufzte tief auf vor Befriedigung. «Du bist entzückend», sagte sie, «wenn ich bloß so aussehen würde.»

«Das ist doch aber nur ein Spiel, ein Scherz», rief Lucan aus, «und ich will deine Kleider nicht.»

«Oh, du kannst meinetwegen noch mehr haben», rief Zosine

plötzlich. Und als hätten ihre Einfälle keine Grenzen, riß sie die Schranktüren weit auf, zog alle Schubfächer im Zimmer heraus und warf deren Inhalt auf das Bett und die Sofas.

Haufen von feinem, duftendem Linnen, seidene Strümpfe und Röcke bedeckten im Nu die Möbel in der Stube, Hüte und Schals kamen hinterdrein, zusammen mit kleinen, zierlichen Schuhen, Paar um Paar. Lucan erinnerte sich plötzlich ganz betäubt, was die alte Dame im Gasthaus zu ihr gesagt hatte. Konnte dies Zauberei sein, die Wirkung einer magischen Kraft? Sie versuchte, ihre Freundin zu hindern.

«Zosine, Zosine!» rief sie. «Halt ein! Denkst du, ich nehme dies alles an? Du hast ja selber gar nichts mehr.»

Zosine hielt inne. «Ich muß dir etwas erzählen», sagte sie plötzlich ernst, «von morgen ab laufe ich ohnehin nicht mehr in all diesen Dingen herum. Es ist das beste, du bekommst sie.»

Lucan fragte sich, ob ein großes Ereignis, eine Veränderung im Leben ihrer Freundin bevorstehen mochte. Zosine würde vielleicht heiraten, ihre Brautausstattung lag bereit, und dies war der Grund, weshalb sie so frischweg ihre ganze Jungmädchengarderobe verschenkte. Während sie noch Zosines Hand festhielt, die sie ergriffen hatte, um sie in ihrem wilden Spiel aufzuhalten, sah sie ihr forschend und lächelnd ins Gesicht.

«Sag mir», sagte sie eindringlich, «kommt dein Vetter Ambrose heute abend her?»

«Ambrose?» sagte Zosine, stand still und schaute sie ebenfalls an. «Wie kommst du darauf, mich nach dem zu fragen?»

«Du hast früher so viel von ihm gesprochen», sagte Lucan, «ich dachte, du schwärmst ein wenig für ihn. Und du mußt es mir doch erzählen, wenn du im Begriff bist, dich zu verloben!»

«Ach, der arme Ambrose», rief Zosine lachend, «er ist gerade der einzige von meinen Freunden, den du heute abend nicht zu sehen bekommst. Er hat einen fürchterlichen Schnupfen und kann nicht auf meinen Ball kommen. O doch, er ist ein schneidiger Kerl. Aber weißt du was: morgen kommt er sicher an und teilt mir mit, daß er mich gar nicht will! Und ich werde mir deswegen auch nicht das Leben nehmen. Ich denke heute abend nicht an Freier», fügte sie ernsthaft hinzu.

In Zosines ganzem Wesen lag etwas, das Lucan verwirrte. Es war so, als gingen unter der kindlichen, gedankenlosen Oberfläche Wogen verborgener Spannung oder Leidenschaft hin und her. Lucan konnte sich unmöglich vorstellen, daß ihre Freundin Leid oder Sorgen kannte. Aber sie dachte: «Wenn sie immer in so heftiger Gemütsbewegung ist und so schnell die Stimmung wechselt, wie ist es ihr nur möglich gewesen, so lange zu leben, bis sie achtzehn wurde?»

Zosine betrachtete sie, als wolle sie ihre Gedanken lesen. «Aber nun höre her», sagte sie langsam, «du wirst heute abend die Königin des Balles sein, und alle Herren werden dir den Hof machen. Aber du darfst dich in keinen einzigen verlieben. Doch», fügte sie nach einer Pause im selben Ton hinzu, «wenn du es fertigbringst, daß einer von ihnen sich so in dich verliebt, daß er sich auf der Stelle erklärt und wir eure Verlobung beim Souper verkünden können, dann darfst du es tun. Sonst aber nicht. Wenn du mich lieb hast», rief sie und warf die Arme um Lucans Hals, «dann mußt du mir das versprechen und es schwören.»

Zosines Geburtstagsball

Ein Ball ist für ein junges Mädchen nicht allein ein Erlebnis, es ist eine Offenbarung. Wenn sie tanzt, begreift sie, weshalb sie auf Erden wandelt. So, wie der Dichter im Augenblick der Eingebung, hingerissen und wie im Schwindel, sich selbst als den Deuter des Weltalls ansieht, so erkennt das junge Mädchen, wenn sie zum ersten Tanz antritt, ihr eigenes und das Wesen der ganzen Welt. Der Dichter ist in einem solchen Augenblick nur Geist. Aber das junge Mädchen ist in hohem Maße Leib, und die Seligkeit besteht für sie in der vollkommenen Harmonie zwischen Geist und Materie. Ihre Glieder sind beseelt, beflügelt und gebieten, die himmlischen Mächte selber steigen in den Ballsaal hinab und gehorchen.

Lucan war in der Schule zum Tanzunterricht gegangen, ohne eine besonders begabte Schülerin gewesen zu sein. Sie wußte selber nicht, daß sie, wenn ein großes Orchester sie trug und ein kühner Tänzer sie führte, tanzen konnte, als sei sie walzend auf die

Welt gekommen. Zosine hatte dafür gesorgt, daß ihre Ballkarte vollgezeichnet war, oder sie hätte dafür gesorgt, wenn nicht die feurigen jungen Ballöwen sich von selbst um das Mädchen in dem rosa Kleide gedrängt hätten. Beim ersten Walzer und Lancier war es die Verzauberung des Tanzes an sich, die sich ihrer bemächtigt hatte, aber nach dem zweiten Walzer wurde die Natur des jungen Mädchens einen Schritt weiter mit fortgerissen, und da war es Eros selber, dessen Gewalt sie erlag. Sie war verliebt, aber ihr Gefühl galt gleicherweise allen Kavalieren, so daß es ihr unmöglich war, dem einen vor dem anderen den Vorrang zu geben. Treuherzig gestand sie sich, wenn Herr Armworthy ihr allabendlich einen Ball versprochen hätte, so hätte sie sein Anerbieten in Erwägung ziehen können. Die übrigen jungen Balldamen betrachteten mit wachsender Aufmerksamkeit und Eifersucht das unbekannte, hübsche Mädchen. Die alten Damen, die ihre Töchter oder Nichten als Chaperons begleiteten, führten ihre Stiellorgnons an die Augen.

Drei große Kronleuchter unter der Decke strahlten auf ein wogendes Meer von Farben, schönen Stoffen und leuchtenden Gesichtern hinab. Der Ballsaal und die anstoßenden Räume waren mit Blumen angefüllt, und die seidenen Kleider der Damen waren selber großen Blumensträußen gleich. Die schwarzen Herren in ihren Fracks schienen nur anwesend zu sein, um die heitere weibliche Anmut hervorzuheben, einzelne, die in Uniform waren, machten auf Lucan den Eindruck, als wetteiferten sie einerseits mit ritterlicher Koketterie mit ihren Waffen und legten diese gleichzeitig Lucans eigenem Geschlecht zu Füßen.

Die hohen Fenster des Ballsaals führten unmittelbar auf die Terrasse hinaus. Hier ergingen sich die Paare zwischen den Tänzen unter langen Girlanden von bunten Lampen. Am Ende des Saales lag ein Wintergarten, in seinem gedämpften Licht konnte man Palmen unterscheiden, Riesenfarnkräuter und Schlingpflanzen mit niederhängenden Blütentrauben, und mitten auf dem getäfelten Estrich schoß aus einem Becken ein klarer Wasserstrahl in die Höhe.

Herr Tabbernor hatte mit seiner Tochter den Ball eröffnet. Allerdings schwenkte der beleibte Herr ihre leichte Gestalt nur einige wenige Male herum, aber in diesen wenigen Sekunden war zu erkennen, daß er einstmals ein begnadeter Tänzer gewesen war, und in dem Lächeln, das er hervorrief, lag Bewunderung. Es war, als sei ein majestätischer Elefant einen Augenblick herumgewalzt.

Für Lucan war der Hausherr, mit dem sie vor dem Ball nur eine kurze Zeit gesprochen hatte, ein freundlicher Beschützer, weil er, trotz dem Unterschied in Alter und Umfang, Zosine ähnlich war. Die starke Lebhaftigkeit und die Selbstsicherheit des jungen Mädchens waren in der riesigen Maske des alten Herrn abzulesen, waren aber hier in einer eigentümlich milden und großartigen Ruhe gesammelt und gefestigt.

«Diese Menschen», dachte Lucan, «wissen nicht, was Sorgen sind. Sie kennen gar nicht den Alltag so wie ich.» Sie versuchte sich auszumalen, wie es wohl sei, in dieser Weise zu leben.

«Dies ist meine beste Freundin», hatte Zosine gesagt, als sie schon darauf warteten, daß der erste Wagen mit Ballgästen vor dem Haustor vorfahren sollte und während der alte Diener John die Lichter auf der Treppe anzündete. «Gib ihr einen Kuß, Papa, Das wird sie dir gestatten, obwohl sie sonst spröde ist und aus einem Turm entsprungen und durch einen Wald gelaufen ist, weil ein alter Herr wie du danach getrachtet hat, sie zu küssen.»

Zwischen den Tänzen ging Herr Tabbernor von einer Gruppe der Ballgäste zur anderen und machte den jungen Balldamen seine Komplimente oder scherzte mit ihnen. Bei einer dieser Promenaden wurde Lucan auf einen jungen Mann aufmerksam, der, ohne daß sie sich eigentlich erklären konnte warum, gegen die übrige Gesellschaft abstach. Er war außerordentlich elegant gekleidet, mit gelocktem und pomadisiertem Haar, und es kam ihr vor, als folge er Herrn Tabbernor mit aufdringlicher Bewunderung, wo dieser sich im Saale auch befand. Während der alte Herr mit ihr sprach, trat der junge Mann hinzu, ließ sich vorstellen und sagte ihr einige übertriebene Artigkeiten, bevor er im Kielwasser des alten Herrn wieder davonschwebte. «Er wird», dachte sie, «ein junger Mann aus Herrn Tabbernors Geschäft sein, der zu eifrig darauf bedacht ist, Karriere zu machen.»

Als sie und Zosine kurz darauf beisammen saßen, sagte Zosine zu ihr: «Da hast du eine Eroberung gemacht! Und du darfst diesem jungen Herrn ruhig den Kopf verdrehen und ihn so weit treiben, daß er seine übrigen Verpflichtungen im Stich läßt!»

«Jetzt kommt der Kotillon», sagte Zosine später am Abend zu ihrer Freundin. «Und nun habe ich eine Bitte an dich. Papa hält es nicht aus, uns die ganze Nacht hindurch all die hübschen Dinge zu sagen. Er hat es nötig, ganz behaglich im Wintergarten zu sitzen und zuzusehen, wie wir anderen uns vergnügen. Es wäre furchtbar lieb von dir, wenn du ihm Gesellschaft leisten und ihm gestatten würdest, während des nächsten Tanzes eine seiner abscheulichen Zigarren zu rauchen. Es ist eine fürchterliche Angewohnheit, die die Leute sich in Westindien zulegen. Die jungen Herren tun mir allerdings leid! Aber ich selbst kann meine Gäste nicht im Stich lassen, und Papa soll sich nicht so ganz verlassen fühlen!»

Lucan seufzte ganz leise auf, weil sie auf den Tanz verzichten sollte, aber sie wollte Zosine gern den Gefallen tun. Sie ging mit ihr und ihrem Vater zusammen, der sich lächelnd bei ihr bedankte, quer durch den Saal zum Wintergarten hinüber. Die warme, feuchte Luft dort drinnen duftete nach Erde und Pflanzen und vielen exotischen Blumen.

An den Eingang zum Wintergarten waren zwei große Sessel gerückt, die Glastüren waren zurückgeschoben worden, hinter ihnen bildeten die hohen Palmen und Pflanzen ein grünes Dickicht, es war, als sitze man am Rande eines Tropenwaldes. Zosine sagte:

«Sitz jetzt aber ganz still, Papa, und hab gut auf mich acht, wie ich mich amüsiere.» Sie wandte sich, bevor sie ging, noch einmal um und legte die Arme um ihres Vaters Hals. «Wie die beiden sich doch lieben und einander verstehen», dachte Lucan.

Herr Tabbernor bat Lucan um die Erlaubnis zu rauchen und zündete sich eine große Zigarre an. Er saß ganz still, wie Zosine ihm befohlen hatte, und verfolgte mit einem kleinen Lächeln die Vorgänge im Ballsaal.

«Es ist eine hübsche Melodie», sagte er und erzählte Lucan, daß er selber in seiner Jugend Cello gespielt und immer große Freude an Musik gehabt habe.

«Wenn man mehr als das halbe Leben hinter sich hat», sagte er, «kommt einem häufig der Gedanke, daß man seine Zeit mit einem Streben, einem Ehrgeiz vertan hat, der keinen wirklichen Wert besitzt, und daß man es versäumt hat, das zu tun, wozu man in Wahrheit Lust hatte. Ich kenne Ihren Vater dem Namen nach», fügte er nach einer kleinen Weile hinzu, «und habe seine Bücher gelesen. Sie haben mir dazu verholfen, daß ich erkannte, wie jedes kleine Teil der Schöpfung ihren Zusammenhang bestätigt. Als Kind lebte ich in Westindien, dort, wo einige dieser Pflanzen herstammen, die uns hier umgeben. Ich habe mich häufig danach gesehnt, dorthin zurückkehren zu können. In der letzten Zeit habe ich oft gedacht, daß man sein Alter vielleicht am besten wie jene frommen alten Einsiedler verbringen sollte: unter dem Wipfel einer Palme, während die Schatten der Vögel und die kleinen Affen dort oben einem um die Füße spielen, wobei man aus jedem einzelnen kleinen Ding auf das Wesen des Ganzen schließt.»

«Zosine ist mein einziges Kind», sagte er kurz darauf, «ich hatte immer gewünscht, sie hätte eine Schwester. Ich selber hatte drei Schwestern, die Leute nannten sie die Grazien von Tortuga. Zweien von ihnen erging es gut im Leben, die dritte hatte ein trauriges Schicksal. Aber sie hielten immer zusammen. Als sie erwachsen waren, schenkte mein Vater jeder von ihnen einen hübschen Schmuck, der eine bestand aus Opalen, der zweite aus Nephriten und der dritte aus Smaragden. Sie ließen aber drei der schönsten Steine herausnehmen und sie in drei Ringe einsetzen, so daß aus den Anfangsbuchstaben der Steine das Wort ‹one – eins› entstand.* Diese Ringe nahmen sie mit sich ins Grab. Ich möchte wünschen, daß Sie Zosine eine solche Schwester sein könnten. Ach, sie ist sicher ihrem Vater viel zu ähnlich.»

Er versank in tiefes Nachdenken, raffte sich aber wieder auf und zündete sich eine neue Zigarre an. «Ich werde Ihnen eine seltene Blüte holen», sagte er lächelnd, «die müssen Sie aufbewahren, sie ist mein Dank, weil Sie mir einen Tanz geopfert haben.»

Er erhob sich langsam und ging ein paar Schritte zwischen die Palmen hinter ihnen hinein. In diesem Augenblick tanzte Zosine mit dem jungen Herrn mit dem pomadisierten Haar vorüber. Eine Sekunde dachte Lucan erschrocken an die Möglichkeit, daß Zosine in diesen jungen Mann verliebt sein könnte und ihn gegen den

* Anm. d. Übers. Auf englisch: Opal, Nephrite, Emerald.

Willen ihres Vaters heiraten wollte und daß dies der Grund ihrer versteckten Unruhe und der Wehmut des alten Herrn sei. Gleich darauf kam Herr Tabbernor zurück und setzte sich in seinen Sessel. In den Fingern der einen Hand hielt er die Zigarre und in der anderen eine weiße, stark duftende Blüte, die er wortlos dem jungen Mädchen überreichte.

«Ja, die kenne ich», sagte Lucan und freute sich über ihr Wissen. «Es ist eine Orchidee, eine Blüte der Vanillepflanze. Sie wächst an feuchten Orten und auf Bäumen.» Sie hielt sie vor ihr Gesicht und atmete den süßen Duft ein. «Blumen kann man doch immer wiedererkennen», sagte sie. «Im Duft kann man sich nicht irren. Sie können sich nicht für etwas anderes ausgeben, als was sie sind.»

«Nein», sagte Herr Tabbernor.

Ein seltsamer Ballkavalier

Die wechselnden Runden des Kotillons schlängelten sich im Ballsaal bald hierin, bald dorthin und brachten alle Augenblicke neue, bezaubernde Überraschungen. Ein kleiner Wagen, dem zwei Angoraziegen vorgespannt waren und der mit Sträußen hoch beladen war, kam hereingefahren, wurde umzingelt und geplündert, und gleich darauf regneten wie unter einem eleusischen Wolkenbruch Hunderte von Rosen von der Decke hernieder. Bei der nächsten Runde wurde eine bunte, vergoldete Pagode hereingetragen, und ein kleiner Chinese verteilte von hier aus Fächer und feine silberne Glöckchen. Im Saale zwitscherte und schwirrte es wie in einem Vogelkäfig. Die jungen Mädchen, die Arme voller Blumen, glühten in dem Glück, Erfolg zu haben, und die begehrtesten Tänzer paradierten, die Brust von Sternen und Bändern bedeckt, wie alte Feldherren.

Herr Tabbernor legte ab und zu seine Zigarre aus der Hand, um bei einer besonders anmutsvollen Runde zu klatschen. Zosine hatte sich für einen Augenblick aus der langen Kette herausgewunden; von ihrem weißen Kleid umwogt, kam sie zum Wintergarten gelaufen und befestigte ein kleines Bukett an dem Frackaufschlag ihres Vaters, und dann war sie auch schon wieder fort. Andere hübsche Mädchen folgten Zosines Beispiel, und wenn diese wieder in den Saal zurückflogen und in den Tanz hinein, warf der alte Herr ihnen Kußhände zu, sprach aber kein Wort. Lucan hatte selbst viele Buketts auf dem Schoß liegen, obwohl sie zu jedem Tanz nein gesagt hatte. Sie dachte: «Ach, vielleicht darf ich in diesem Haus doch eine Zeitlang bleiben, einen Monat oder eine Woche! Vielleicht währt dieser Traum noch eine kleine Weile.»

Herr Tabbernor räusperte sich ein paarmal, hielt die Zigarre vor sich hin und sagte: «Schauen Sie, da tanzt nun Zosine. Alle diese liebenswürdigen jungen Herren bewundern oder verehren sie. Aber einige verehren sie, weil sie ein reiches Mädchen ist, und andere, obgleich sie ein reiches Mädchen ist, die Tochter eines Millionärs. Es gibt vielleicht auch unter ihren Rittern einige idealistisch veranlagte Jünglinge, die sie verehren, der Tatsache zum Trotz, daß sie die Erbin so vieler Millionen ist. Aber in jedes Bewußtsein ist sie, unvermeidbar, in der einen oder in der anderen Bedeutung, der goldene Vogel, kurz gesagt: das reiche Mädchen. Man hat, wie Sie wissen, Bildnisse von Heiligen auf Goldgrund gemalt. Die Heilige bleibt zwar dieselbe, auch wenn man den goldenen Hintergrund fortnimmt, aber das Bild würde dadurch doch völlig die Eigenart wandeln. Das gleiche würde mit dem Bild unserer reizenden Zosine in den Augen der Welt und ihrer Verehrer der Fall sein, wenn der goldene Hintergrund, auf dem sie sie jetzt sehen, mit einemmal verschwände.»

«Nein, das ist unmöglich», sagte Lucan.

«Doch, glauben Sie mir, ich kenne die Welt», sagte Herr Tabbernor, «und kann man es diesen jungen Menschen vorwerfen, daß es sich so verhält? Nein, das kann man nicht. Die Liebe zum Schönen ist der Trieb, der die Menschen weitergebracht hat, auf ihr ist unser ganzes Leben aufgebaut. Sie wird uns auf den Schulen und den Universitäten eingeimpft, vielleicht ein wenig unbedacht. Man kann ohne sie kein kultivierter Mensch sein – und dann ist es überhaupt zweifelhaft, ob man ein kultivierter Mensch sein kann, ohne Schulden zu machen. Es bedarf langjähriger Studien, vielleicht der fortgesetzten Arbeit durch mehrere Generationen, um uns so weit zu bringen, daß wir wirklich begreifen und fühlen, Liebe ohne Spitzen ist eine ziemlich laue Angelegenheit. Die ganze

Spitzenindustrie, die, wie Sie, meine liebe junge Dame, vielleicht wissen, Hunderte von Arbeiterinnen beschäftigt, hat ihren Ursprung und ihre Berechtigung in dieser kultivierten Auffassung. Und sind wir erst einmal so weit gelangt, was ist dann bei einem ritterlichen Mann, einem wirklichen Gentleman, eine Folge dieser Einsicht? Daß er eine Frau, die er vergöttert, nicht der Situation aussetzen möchte, ihm eine Liebe zu bieten, die – ohne Spitzen – weder seiner noch ihrer würdig ist. Es ist nicht etwa mangelnde Ehrfurcht vor der Frau, die ihm dies verbietet, es ist genau das Gegenteil, es ist gerade unsere Hochachtung vor der Frau im allgemeinen, und insbesondere vor der jungen Dame, die wir verehren.

Alles», fuhr Herr Tabbernor fort, «was die Menschheit von der barbarischen Vorzeit an gewirkt und ausgerichtet, hat im Grunde nur dem Streben gedient, der Frau eine solche Umgebung zu schaffen, die zu ihr paßt und ihrer würdig ist. Wir haben bis jetzt noch bei weitem nicht dies Ziel erreicht – erst in einigen hundert Jahren werden wir der Frau, der Perle in unserem Dasein, die Fassung geben können, auf die sie Anspruch hat. Die ganze Welt ist nämlich, wie bekannt, im Werden, und vieles von dem, was unternommen wird, ist lediglich ein Versuch. Aber die Vorsehung hat uns sehr umsichtig zugleich ein Ziel und einen Maßstab gegeben in Ihrem göttlichen Geschlecht. Ein junges Mädchen wie Zosine oder wie Sie selber ist uns anderen um hundert Jahre voraus. Wir wissen es und tun liebend gern unser Äußerstes, damit unsere barbarische Welt Sie einhole und Ihnen entspreche. Ist es uns aber unmöglich, die Aufgabe zu lösen – was bleibt uns unglücklichen Barbaren dann noch zu tun? Nichts weiter, als unseren Hut zu nehmen und zu sagen: Schönen Dank für das Ideal, das Sie mir beschert haben. Die plumpe Wirklichkeit zieht sich hiermit, in meiner traurigen Gestalt, zurück. Niemand kann das mehr bedauern als ich selber.»

Lucan war erstaunt, den alten Herrn so sprechen zu hören, selbst seine Stimme kam ihr verändert vor, sie antwortete nicht. Er saß eine Zeitlang schweigend da, räusperte sich dann abermals und sagte:

«Eigentlich sollte ich nicht über Frauen sprechen. Es ist nicht mein Gebiet. Ich bin Geschäftsmann, wie Sie wissen. Geschäfte, auf die verstehe ich mich. Geld, Abrechnungen, Zinseszinsen und so fort, das sind meine Interessen, und nur hin und wieder einmal, in einem freien Augenblick wie eben jetzt, gestatte ich mir, mich mit der Schönheit des Lebens zu befassen. Ich hätte nicht übel Lust, Ihnen von dem letzten großen Geschäft zu erzählen, das ich gemacht habe: Ihre Gedanken, wage ich zu behaupten, würden dabei von einem Schwindel ergriffen werden. Die Geschäftswelt, die mein Element ist, ist voller schwerer Probleme, Enttäuschungen und Betrug. Stellen Sie sich vor, meine schöne junge Dame, daß ein Weinhändler der Weinmenge, die er verkauft, zehn Prozent Wasser beimischt – würde er nun neun Gallonen Wasser mehr hinzusetzen, so würde das Gemisch ebensoviel Wasser enthalten wie Wein. Wie viele Gallonen Wein hatte er dann im Anfang?»

Lucan erwog einen Augenblick die Möglichkeit, ob der alte Herr, während er ihr eine Blüte hinter den Palmen pflückte, sich insgeheim und unversehens einen starken Trunk zu Gemüte geführt habe. Er seinerseits erschien indessen sehr ruhig und mit seiner langen Rede sehr zufrieden und fuhr fort:

«Wenn Sie die Geschichte meiner Kindheit und Jugend vernähmen, würden Sie, während Sie mich bewundern für das, was ich im Leben erreicht habe, mich zugleich bedauern, wenn Sie hören, was es mich an aufreibender Arbeit gekostet hat. Der Mensch wäre glücklicher, wenn er des Geldes nicht bedürfte, sondern wirklich, wie manche Leute versichern, in idyllischer Genügsamkeit leben würde.»

Lucan fiel keine Antwort ein, und ihr Schweigen schien Herrn Tabbernor plötzlich zu beunruhigen. Nach kurzer Pause fragte er sie:

«Wovon hatten wir gesprochen, ehe ich ging, um eine Blume für Sie zu pflücken?»

«Sie hatten von Ihren Schwestern gesprochen», sagte Lucan.

«Von meinen Schwestern?» rief Herr Tabbernor aus. «Nein, das ist unmöglich. Und doch, natürlich, sprachen wir von meinen Schwestern. Die eine ist in der Tat zu bedauern! Sie würden mir zustimmen, wenn Sie ihren Sohn kennten. Wir sprachen doch nicht etwa von ihm?»

In diesem Augenblick war der Kotillon zu Ende, die Musik verstummte, und die tanzenden Paare verteilten sich.

Zosine kam, noch immer außer Atem vom Tanz, in den Wintergarten. «Nun, liebster Papa», sagte sie, «hast du lange genug hier drinnen gesessen, gleich einem seltenen Götzenstandbild, das über uns wachte! Nun erlaube ich dir, ins Bett zu gehen. Aber ehe du uns verläßt, möchte ich dir die allerletzte Blume aus unserem Kotillon schenken, zum Zeichen dafür, daß du ein bezaubernder Mann bist.»

Herr Tabbernor erhob sich sehr langsam und mit großer Mühe, und Lucan fühlte sich in ihrer Vermutung bestärkt, daß er getrunken haben mußte. Auf den Arm seiner Tochter gestützt, ging er durch den ganzen Saal, immer ungemein langsam und mit einer fast übertriebenen Würde. Ein paarmal blieb er stehen, um mit einem seiner Gäste ein paar Worte zu wechseln. Am Ende des Saales kam er zu dem jungen Mann, den Lucan mit so viel Widerwillen hatte mit Zosine tanzen sehen. Er blieb vor ihm stehen und faßte lächelnd seinen Rockaufschlag.

«Ich hoffe», sagte er mit großer Freundlichkeit, «daß Sie sich unterhalten haben. Ich bin ein alter Mann, ich muß Sie nun verlassen. Aber in meinem Bett hier gerade über Ihnen werden die Klänge der Musik mich noch erreichen. Ich werde in Gedanken alle diese entzückenden und fröhlichen jungen Menschen begleiten und, das versichere ich Sie, in besonderem Maße Sie selbst.»

Sein alter Diener erwartete ihn an der Tür, und er ließ Zosines Arm los, um sich auf John zu stützen. Vom Ballsaal aus konnte man seine umfangreiche Gestalt verfolgen, wie er sehr langsam, Stufe um Stufe, die breite Treppe hinanstieg.

Zosine blickte ihm ein paar Sekunden nach und wandte sich dann wieder mit glänzenden Augen dem Gedränge im Ballsaal zu.

Gespräch im Morgengrauen

Die Kerzen in den Kronleuchtern waren fast heruntergebrannt, und der Morgenhimmel vor den Fenstern begann sich rot zu färben, die Gäste verabschiedeten sich. Entgegen der Gepflogenheit sollte diesmal niemand auf Tortuga übernachten – Papa, sagte Zosine, habe gewünscht, daß sie ihr erstes Jahr als erwachsene Dame allein und nur in seiner Gesellschaft beginnen solle. Sie machte vor den vornehmen alten Damen ihren Knicks, umarmte ihre Freundinnen unter den jungen Mädchen und ließ sich wohl fünfzigmal von den jungen Herren die Hand küssen. Der letzte, der das Haus verließ, war der junge Laffe mit den Locken. Eine Kutsche nach der anderen rollte davon, und der Ballsaal stand leer.

«Jetzt ist es vorüber!» sagte Zosine und holte tief Luft. «Gott sei gelobt! Komm jetzt mit mir!» Sie nahm Lucan bei der Hand und zog sie hastig mit sich die Treppe hinauf. Auf dem breiten Treppenabsatz blieb sie einen Augenblick stehen und lehnte sich an ihre Freundin, sie war sehr blaß geworden. Dann öffnete sie die Tür gerade vor ihnen.

Das große Zimmer, in das sie eintraten, ebenso wie das mächtige Himmelbett mitten im Raum, war mit rotem Brokat ausgeschlagen. Am Fußende des Bettes standen, wie die Zeugen an einem Sterbelager, der alte Diener John und die Negerin Olympia. Der alte Mann war sehr blaß, die Schwarze war vollkommen stumm, aber während ihre Arme vorher schlaff herniedergehangen hatten, hielt sie sie jetzt über ihrer riesigen Brust gekreuzt. Ihr Gesicht war von Tränen überströmt, schien aber trotzdem in einem seltsamen, geheimen Triumph zu leuchten. Im Himmelbett lag Herr Tabbernor, die Decke, auf der seine langen, weißen Whiskers ruhten, hoch hinaufgezogen. Er schnaufte mehrmals schwer, aber als er den Kopf wandte und seiner Tochter ansichtig wurde, sprang er mit überraschender Leichtigkeit flugs aus dem Bett, schnaufte noch ein paarmal und rief: «Endlich!»

Zosine sah nicht zu ihrem Vater hin, sondern zu John. Der alte Diener nickte ernst. «Es ist alles in Ordnung, gnädiges Fräulein», sagte er mit zitternder Stimme. «Der Herr ist aus dem Hause fortgekommen, ohne daß auch nur eine Seele es gesehen hat. Er ist jetzt unterwegs. Und mit den Pferden, die er überall zum Wechseln zur Verfügung hat, kann er vor Mittag in Southampton und vielleicht schon an Bord sein.»

«Gott sei gelobt!» rief Zosine wieder und hob beide Arme in die Höhe.

Herr Tabbernor trat langsam vor den großen Spiegel an der Wand, zog seinen schwarzen Frack aus und nahm von Schultern und Bauch ein paar dicke Kissen ab, die er über den Fußboden schleuderte. Er betastete vorsichtig seine Wangen und schnitt eine Grimasse, dann nahm er seinen schönen, wallenden weißen Bakkenbart ab und schickte ihn denselben Weg wie die Kissen. Zuletzt hob er den ganzen blanken, glänzenden Schädel und das vornehme, ehrwürdige Nackenhaar vom Kopf und drehte sich zu den jungen Mädchen um. Er war in weniger als einer Minute in einen großen, fülligen, schneidigen jungen Mann verwandelt.

«Würdest du dir nun», sagte er zu Zosine gewandt, «wenn du künftig an mich denkst, immer vergegenwärtigen, daß ich Onkel Theodore zuliebe eine ganze Ballnacht lang in einem Daunenkissen ausgehalten habe? Ich kann mir nunmehr genau vorstellen, wie ich in dreißig Jahren aussehen werde und wie einem dann zumute ist, wenn man das Gesicht des Mädchens, das man umarmt, in mehr als drei Fuß Entfernung hat.»

Zosine legte dem jungen Mann die Arme um den Hals und gab ihm einen Kuß. «Ich werde dich mein ganzes Leben lang als meinen besten Freund ansehen, Ambrose», sagte sie. «Jetzt werde ich Papa nie mehr widersprechen, wenn er sagt, an dir sei mehr Gutes, als man meinen sollte.»

Sie sah zu Lucan hinüber, die zu Stein erstarrt war, und lächelte leicht. «Du armes Ding», sagte sie. «Du weißt nichts und meinst wohl, Ambrose und ich seien nicht mehr recht bei Sinnen. Komm und setz dich zu mir. Ich bin selbst so müde, daß ich nicht mehr auf meinen Beinen stehen kann. Aber ich werde dir alles erzählen!

Meinen Papa hat ein großes Unglück getroffen», sagte sie und holte tief Luft. «Eine seiner Spekulationen ist ihm fehlgeschlagen. Er hat alles verloren, was er auf dieser Welt besitzt. Und als ob dies nicht genügte, haben böse Menschen, die Papa mit Mißgunst verfolgten, den Leuten eingeredet, er habe Betrügereien gemacht und sei ein Schwindler. Man wollte Papa ins Gefängnis bringen!» Ihre Lippen zuckten, sie mußte eine Weile warten, ehe sie fortfahren konnte.

«Du wirst verstehen», sagte sie, «daß dies nicht geschehen durfte. Papa hat kein sehr starkes Herz, er hätte im Gefängnis sterben können, noch ehe er das furchtbare Mißverständnis aufgeklärt hätte. Wir mußten ihn fortschaffen, nach Westindien, wo sie ihm nichts anhaben können und von wo aus er alles klären kann. ‹Gebt mir ein halbes Jahr›, sagte Papa, ‹dann ist die Tabakernte auf Cuba eingebracht, und ich bin wieder ein reicher Mann, ja reicher, als ich je gewesen bin.› Dann werden seine Feinde wohl ihre Bosheit bereuen!

Ja, Papa mußte flüchten, genau wie du, und vor einer schrecklicheren Gefahr! Wir hatten gehört, daß die Polizei noch heute nach Tortuga kommen und ihn abführen wolle. Nur weil Papa einen großen Namen hat und viele Freunde und weil er ständig größere Summen für wohltätige Zwecke weggegeben hat als irgendein anderer Mann in England, erwies man ihm die Freundlichkeit zu warten, bis mein Geburtstag vorüber sei. Aber sie bewachten ihn, selbst hier in seinem eigenen Hause! Die Polizei hatte einen geheimen Spitzel auf den Ball geschickt. Sie haben nicht daran gedacht, daß Ambrose und John, Olympia und auch ich nicht gerade auf den Kopf gefallen sind, wenn es sich um Papa handelt. Sie wußten nicht, daß am Ende des Wintergartens eine Fensterscheibe war, die man öffnen und an die man eine Leiter anstellen kann. Als Papa zwischen den Palmen verschwand, eine Blume für dich zu holen, öffnete er das Fenster und stieg mit Johns Hilfe hinunter. Stell dir meinen armen, dicken Papa auf einer Leiter vor!

Ambrose hatte sich seit dem Mittagessen im Wintergarten versteckt gehalten, so ausstaffiert, wie du ihn dort gesehen hast. Er war es, der hervorkam und sich neben dich setzte, während Papa verschwand. Solange der Polizeispitzel Papa in seinem Sessel und mit seiner Zigarre sitzen sah, mußte die Polizei glauben, sie hätte ihn sicher in den Krallen. Die große Gefahr trat in dem Augenblick ein, als er durch den Ballsaal gehen mußte. Aber da waren die Leute alle ganz benommen von der letzten Runde des Kotillons. Und Ambrose ist, wie du siehst, Papa sehr ähnlich und spielte außerdem seine Rolle gut. Spielte er sie gut, als er mit dir redete?»

Lucan versuchte, von Staunen überwältigt, sich ihre Unterhaltung im Wintergarten ins Gedächtnis zurückzurufen. «Nein, er war so verändert», sagte sie, «daß ich dachte, er sei betrunken.»

«Ja gewiß, er hatte ja auch verlangt, daß man ihm eine Flasche

Sekt dorthin bringe», rief Zosine, «aber Ambrose ist immer am vernünftigsten, wenn er etwas getrunken hat.»

Sie stand vom Sofa auf, trat ans Fenster und sah hinaus. «Diesen Weg hat er genommen», sagte sie, «dort draußen fährt er jetzt dahin. Er ist ganz ruhig und denkt an uns. Ja, denk an mich, Papa. Ich werde alles für dich tun, was es auch sei!»

Sie wandte sich langsam zu den anderen um. «Niemand, nein niemand», rief sie leidenschaftlich aus, «kann verstehen, was ich in diesen Tagen durchgemacht habe. Niemand weiß, wie furchtbar es für mich gewesen ist, daß Papa als Betrüger verdächtigt wurde. Aber Gott sei gelobt, jetzt ist alles gut. Und nun bin ich so müde», sagte sie langsam, «ich dachte, so müde kann ein Mensch gar nicht sein außer im Grab. Es ist furchtbar, in Spannung zu leben und um sein Leben bangen zu müssen. Man denkt, es sei kurzweilig und abenteuerlich! Ja, das ist es. Aber seht ihr, wenn die Gefahr vorüber ist, dann stirbt man.»

«Ich glaube, du meinst, was du sagst», erwiderte Ambrose, «und das ist ja alles, was man von einer Dame erwartet. Aber ich bezweifle, daß du weißt, wovon du sprichst. Bist du dir darüber im klaren, daß morgen das Konkursgericht kommt und das ganze Haus beschlagnahmt? Du besitzt nicht das kleinste bißchen mehr auf dieser Welt, meine arme Kusine.»

«Was», rief Zosine aus, «hat das zu bedeuten, wenn nur Papa in Sicherheit ist!»

«Ich verstehe mich auf Gläubiger», sagte Ambrose nachdenklich, «es ist unangenehm, mit ihnen umgehen zu müssen. Aber diese», fuhr er fort, «werden dir wohl gestatten, deinen Schmuck und deine Kleider zu behalten, und wenn du sagst, die Möbel in deinen Zimmern seien dein persönliches Eigentum, so nehmen sie sie dir ebenfalls nicht. Und das ist doch immerhin was.»

«Und du denkst», rief Zosine aus, «ich möchte auch nur das allergeringste von alledem behalten? Solange Papa reich war, da war alles, was er besaß, auch das meine. Nun mag alles, was ich auf der Welt besitze, mit ihm gehen. Ich werde auf meinen bloßen Füßen fortgehen, ich werde lieber Blumen auf der Straße verkaufen, als daß ich etwas von den Menschen annehme, die Papa verdächtigen.»

«Oh, du wirst schon nicht auf bloßen Füßen zu gehen brauchen», meinte Ambrose darauf, «ich baue auf Tante Arabella! ‹Amor vincit omnia› – es ist Lateinisch, und ich hab es in der Schule gelernt. Sie hat Onkel Theodore ihr ganzes Leben lang angebetet, und sie ist eine der reichsten alten Jungfern in England. Es ist eine bekannte Tatsache, daß du sie mal beerbst. Nun zahlt sie dir sicherlich mit Freuden einen Vorschuß auf dein Erbteil aus, damit ihr beiden Hand in Hand dasitzen und von Onkel Theodore reden könnt.

Im übrigen», sagte Ambrose kurz darauf, während er, wie er es während der ganzen Unterhaltung getan hatte, mit seinem Taschentuch vorsichtig die Schminke vom Gesicht abnahm, «sieht es für mich ernster aus. Bis zu diesem schönen Morgen bin ich der leichtsinnige, aber charmante Ambrose Leppinghall gewesen, der einstmals Teilhaber seines reichen Onkels werden und ihn beerben würde. Wenn ich aber heute über den Piccadilly gehe oder in meinen Klub komme, dann bin ich nichts weiter als der armselige Taugenichts Ambrose Leppinghall, der tatsächlich zu nichts anderem nütze ist, als guten Menschen in der Versuchung ein warnendes Beispiel zu sein. Nun wohl», schloß er mit einem kleinen verzerrten Lächeln, «Onkel Theodore hat es mir ständig vorgehalten, daß ich eine Spielernatur sei. So werde ich denn dieses Spiel auch zu Ende führen. Onkel Theodore war selbst eine Spielernatur, vielleicht liegt in dem Spiel, das er getrieben hat, etwas, das ihm noch in diesem Augenblick Vergnügen macht.»

Lucan hatte mit Unruhe und mit Kummer um ihrer Freundin willen dieser Unterhaltung zugehört. Sie hatte selbst ihren Vater verloren und hatte dadurch allein und schutzlos in der Welt gestanden. Aber in ihrem eigenen Leid hatte nichts von Scham oder Zweifel oder Angst um den Verlorenen gelegen, und das, so erschien es ihr, mußte viel schwerer sein. Jetzt erhob sie sich in starker Erregung und schlang ihre Arme um Zosine.

«Zosine», rief sie, «dein Vater sagte heute nacht zu mir, ich solle dir eine Schwester sein. Ich bin es gewöhnt, arm zu sein. Du hast mich aufgenommen, als ich in Not war und allein auf dieser Welt. Laß mich nun bei dir bleiben und versuchen, dir zu helfen!»

Der Nachruf für eine gefallene Größe

Nachdem die Sonne schon aufgegangen war und den Ballkleidern der jungen Mädchen und Ambroses unordentlichen Anzug einen Schein von Unwirklichkeit verliehen hatte, so als seien sie die Figuren in einer Maskerade, sprachen die Zurückgebliebenen noch von dem Geflüchteten.

«Herr Tabbernor», sagte der alte John feierlich, «war ein Herr, wie ich seinesgleichen niemals wiederfinde. Die Herrschaft weiß selber nicht, woran es liegt, wenn wir in einer Stellung zufrieden sind. Sie meint oft, daß wir am liebsten bei einem geachteten, verständigen und sanftmütigen Herrn Dienste annehmen, bei dem man weiß, was man von ihm halten soll. Sie bestrebt sich nach ihren besten Kräften, im Umgang mit uns verständig und sanftmütig zu sein. Aber sehen Sie, Fräulein Zosine, und Sie, junger Herr Ambrose, geachtet, verständig und sanftmütig, das kann ich selber sein. Ich übertreibe sicherlich nicht allzu sehr, wenn ich rundheraus behaupte, ich bin es. Und daß, unter Gleichgestellten, der eine befehlen und der andere gehorchen muß, das ist widersinnig und unwürdig unter Menschen.

Niemand wußte den einen Tag, was Herr Tabbernor am nächsten zu tun gedachte – so zu leben, könnte ich gar nicht aushalten. Aus diesem Grunde war es großartig und merkwürdig, ihm zu dienen, so als ob man dem lieben Gott im Himmel diente. Es konnte ihm sehr wohl einfallen, mir eine goldene Uhr mit Diamanten zu schenken. Gott weiß, was ich damit sollte! Er konnte zu einem begreiflichen Ansinnen nein sagen und wußte selber nicht, weshalb. Wenn ihm alles glückte, dann war er ungeduldig, als ob es ihn ärgere, daß er sein Geld nicht schnell genug los wurde. Wenn aber Gefahr sich einstellte, und das ist schon mehrmals der Fall gewesen, und wir anderen in großer Unruhe schwebten, dann war Herr Tabbernor so still und sanft wie eine Katze, die schnurrt. Und im Unglück zeigte er der Welt ein strahlendes Gesicht. Ich war hier im Haus, als die gnädige Frau starb. Ich bin selbst Witwer, Fräulein Zosine, ich klagte nicht, ich glaube, ich trug meinen Verlust, wie die Leute sagten, mit Würde. Aber ein strahlendes Gesicht hätte ich nicht zur Schau tragen können.

Wie soll ich denn nun, nachdem ich bei Herrn Tabbernor gedient habe, bei einem anderen Menschen in Dienst gehen, der sich im Grunde nicht viel von mir unterscheidet, abgesehen davon, daß er ein größeres Haus hat, mehr Silber, Pferde und Wagen? Für mich ist es gut, daß ich hier im Haus etwas gespart habe. Dazu war Herrn Tabbernors Haus wirklich gut geeignet. Indes, wenn Sie mich wollen, junger Herr Ambrose, so könnte ich mir wohl vorstellen, bei Ihnen Diener zu werden.»

«Ja, das ist jetzt nicht zu machen, John», sagte Ambrose. John seufzte tief auf und zog sich bis zur Wand zurück.

Als er schwieg, trat die Negerin Olympia in die Mitte des Raumes. Sie blickte sich langsam darin um, schlug sich vor die Brust und hob die Stimme. «Ich möchte von meinem Herrn erzählen, Herrn Tabbernor», sagte sie, «jetzt, wo er fort ist. Alles, was John gesagt hat, ist nur eines weißen Mannes Lob, eine dünne Brühe. Aber ich bin eine Wilde! Ich bin so viele Jahre in euren Straßen gegangen, aber ich mag noch immer nicht geradeaus gehen. Nun will ich rufen und klagen, als stünde ich im Urwald. Mein Herr, der zugleich mein Kind war, fuhr übers Meer und nahm mich nicht mit, obwohl es gut gewesen wäre, wenn ich nach San Domingo zurückgekommen wäre, wo ich zuerst seine Amme war. Wäre ich es nicht geworden, so wäre ich damals Kummers gestorben. Jetzt kann ich hier vor Kummer sterben.

Als ich vierzehn war, Fräulein Zosine und Sie, junger Herr Ambrose», sagte Olympia weiter und atmete tief auf, «da war ich so wunderhübsch wie eine Blume. Ich gehörte einer vornehmen Familie in einem großen Haus, dem Haus des Großvaters von Euerm Vater. Ich war bei den Töchtern dort Kammerjungfer und schmückte sie zum Ball, und sie schmückten mich dann ihrerseits. Wenn ich ihr Haar gepudert hatte, puderten sie aus Scherz das meine, sie schnürten mich in ihr Schnürleibchen ein, und meine Taille war schlanker als eine der ihren, das werden Sie heute kaum glauben!

Als der älteste Sohn achtzehn wurde, schenkte der alte Herr mich ihm. Es war in den guten Familien der Brauch, solange die Söhne nicht alt genug waren, um sich mit weißen jungen Damen aus anderen guten Familien zu verheiraten, ihnen ein gutaussehendes, anständiges Negermädchen zu schenken. Die Schwestern wußten nichts davon, dergleichen erfuhren die vornehmen jungen Mädchen wahrlich nicht, diese Engel. Als sie es aber sahen, daß er mich so lieb hatte, lachten sie über ihren Bruder und nannten mich Ambroses Venus, denn er hieß Ambrose wie du, und Venus bedeutet Sweetheart. Aber meinem alten Herrn kamen Bedenken, weil Herr Ambrose mich allzu lieb hatte, er schickte seinen hübschen Sohn auf die Reise und verheiratete mich mit einem ganz guten Neger, dessen Namen ich nicht mehr weiß.

Nun gibt es etwas auf unserer Insel, auf San Domingo, wovon ihr nichts wißt. Wir haben dort unsere eigenen Gebräuche, nachts und draußen im Wald. Wir haben eine große Schlange, Zauberei, davon versteht ihr gar nichts. Wir trafen uns im Wald und sangen und tanzten, wir opferten der großen Schlange junge Ziegen. Und der, der die Schlange am besten kennt und weiß, was sie verlangt, und dem alle folgen müssen, wenn er etwas befiehlt, der heißt dort Papa le Roi. Es ist der große Priester, so wie hier in England der Erzbischof selber, Gott segne ihn. Mein eigener Großvater ist Papa le Roi gewesen, bis er starb, ein schöner, großer Mann. Als er aber tot war und wir keinen Priester mehr hatten, ging es zurück mit den Tänzen im Wald, die Schlange hungerte, das Ganze war nur noch ziemlich kümmerlich.

Um jene Zeit», fuhr Olympia fort und starrte vor sich hin und schien sich mehr und mehr in ihre eigenen Gedanken zu verlieren, «kam ein entsetzlicher Mann nach San Domingo. Er war Sklavenhändler gewesen, das mochte ja nun ganz in Ordnung sein, und er war sehr reich. Aber er baute nur ein kleines Haus, weit von anderen Weißen entfernt, und suchte keine Verbindung mit einer der guten Familien, und sein Geld vergrub er im Sand. Er war ein fürchterlicher Mensch. Zwar war er ein weißer Mann, aber er war grau. Er war jetzt so alt, daß er nicht mehr zur See fahren konnte, und zu dem Ort in England, aus dem er stammte, getraute er sich nicht zurückzugehen nach allem, was er getan hatte.

Ja, fürchterlich war er. Er war auf Menschenfleisch aus, genau so wie die Leoparden nachts. Irgend jemand hat von ihm erzählt, daß sein Schiff gesunken wäre und er sich mit einem anderen Weißen und mit einem Schwarzen in einem Boot gerettet hätte. Sie hungerten in dem Boot, und die beiden Weißen töteten zuerst den Schwarzen und aßen sein Fleisch, hinterher losten sie darum, wer dann drankäme, und unser alter weißer Mann gewann und fraß auch noch seinen Kameraden auf, bis er selber von einem Schiff, das vorüberkam, gerettet wurde. Von dieser Zeit her hatte er an Menschenfleisch Geschmack bekommen und wollte nicht gern ohne sein! Andere sagten aber, er habe es in Afrika bei unserem eigenen Stamm gelernt. Gehört es sich aber für einen Weißen, Menschenfleisch zu fressen? Es gab auch solche, die sagten, er habe sich dem Satan verkauft, den die Weißen haben und von dem in der Bibel geschrieben steht. Davon verstehe ich nichts.

Er sagte nun zu uns: ‹Ich bin in Afrika gewesen, wo eure Vorfahren lebten, genau dort. Ich kenne euren eigenen Stamm, so wie er ist, bevor die Leute ihn nach Amerika verfrachteten. Ich habe den alten Zauber gelernt und größere Schlangen gesehen, als ihr jemals mit euren Augen geschaut habt. Ich bin jetzt Papa le Roi.›

Das war garstig, meine Kinder», fuhr Olympia fort. «Daß schwarze Völker in der schwarzen Nacht Zauberei machen, das gehört sich so. Aber was hat ein Engländer da zu suchen? Er konnte nicht singen, seine Stimme war schwach. Aber er war dennoch ein mächtiger Mann. Er konnte nicht ohne uns leben, und bald konnten wir auch nicht ohne ihn leben. Es waren nie zuvor so viele in den Wald gekommen wie damals. Oh, es herrschte Freude, wir schrien laut!

Und nun sprach der weiße Mann: ‹Die Schlange fordert, daß wir ihr Ziegen ohne Hörner opfern sollen.› Oh! Oh! und so verschwand ein Kind, und bald darauf ein zweites! Aber sie kamen immer nur unter den Kindern der Plantagenneger fort, niemals unter denen der Hausangestellten.

Ich hatte aber selbst ein Kind», fuhr die alte schwarze Frau fort, «aber ich hatte mir ja gedacht, ich würde eines weißen Mannes Kind bekommen, einen Sohn von dem jungen Herrn Ambrose. Mein alter Herr und die gnädige Frau ließen das Kind taufen, und da sagte der Neger, mit dem ich verheiratet war, den Namen habe ich vergessen: ‹Wir haben ein getauftes Kind. Es wird besser sein, wenn wir nicht mehr zu den Nachttänzen gehen.› Aber das gefiel unserem Papa le Roi nicht, kann ich euch sagen, er wollte nämlich, daß ich, weil ich am besten tanzte, im Walde mit dabeisein sollte. Er wollte außerdem, ob nun ein Grund dafür vorhanden war oder nicht, über alle Menschen zu sagen haben. Und dieser graue weiße Mann, der nicht in einem einzigen ordentlichen Haus verkehrte und kein Fuhrwerk hatte, über den sich meine Fräulein lustig machten, der ging auf der Straße an mir vorbei und sagte: ‹Kommst du?› So war ich denn im Wald immer weiter mit dabei.

Als Fräulein Eulalia, mein fünftes Fräulein, Hochzeit feierte, da gab es ein großes Fest, das kann ich euch sagen. Zwanzig Gänge bei der Tafel und ein Orchester von dreißig Musikanten im Saal, nach denen getanzt wurde. Ambrose war nun auch mit der jungen Dame, mit der er verlobt war, heimgekehrt. Er sagte zu mir: ‹Komm Olympia, und sei bei mir diese allerletzte Nacht.› Ach, es war mehr, als ich ertragen konnte, ich konnte nicht widerstehen, wenn er so zu mir sprach und mich anfaßte. Der Neger, mit dem ich verheiratet war, der war betrunken und lag draußen im Garten. Wir hatten es so süß zusammen wie zwei Engel, das könnt ihr mir glauben, Fräulein Zosine, und Sie, junger Herr Ambrose. Er sagte: ‹Du sollst um meinetwillen nichts in der Welt verlieren, Olympia.›

Als ich aber am nächsten Morgen früh zu meinem Hause zurückkam», sagte Olympia mit furchtbarer Stimme, «da war mein Kind nicht da.

Da kam es mir so recht in den Sinn, daß es mein Kind war, und ich fand es wunderbar, daß es kohlschwarz war. Da klang es schauerlich in meinen Ohren, was der weiße Priester von der Ziege ohne Hörner gesagt hatte. Ich schrie und weinte im Morgengrauen so laut, daß alle Neger angelaufen kamen. Sie schrien und weinten wohl mit mir, aber sie sagten zu mir: ‹Sag nichts! Sonst erfahren der Herr und die Frau, wo die anderen Kinder geblieben sind, und daß wir darüber Bescheid gewußt haben.› Ich mußte selber daran denken, was wohl des Herrn Ambroses junge Dame sagen würde, wenn sie erführe, daß wir des Nachts zusammen geschlafen hatten. Ich sagte daher aus, ich hätte auf meinem Kind gelegen und es sei erstickt, und ich hätte es begraben, und die anderen sagten, sie wären beim Begräbnis mit dabeigewesen.

Aber ich konnte nicht aufhören zu schreien», fuhr Olympia mit leiserer Stimme fort.

«Ich hörte selber, wie ich schrie, und dachte: ‹So muß ich schreien, bis ich den weißen Papa le Roi getötet habe!› Die Herrschaft sagte: ‹Olympia ist ganz außer sich.› Die Braut und der Bräutigam kamen, ganz schlaftrunken, zu mir herunter. Die Braut sagte: ‹Es ist nicht auszuhalten mit dieser Heulerei, Olympia.› Aber das Lämmchen weinte selber mit mir. Aber Fräulein Clara, die das Jahr davor geheiratet hatte, sagte: ‹Es ist die Milch, die quält sie. Ich nehme sie als Amme für das Baby, dann kommt sie auf andere Gedanken.› Die gnädige Frau sagte: ‹Nein, nicht solange sie so schreit, das kann auf die Milch schlagen.› Aber Fräulein Clara ist nun immer ihrem Sohne, deinem Papa, ähnlich gewesen. Sie antwortete nur: ‹Ach Unsinn, Mama.› Ich schrie: ‹Ich will nicht eines weißen Kindes Amme sein! Ich sehe den Kopf von einem weißen Teufel an meiner Brust, ich sehe den Kopf einer großen Schlange, die an mir saugt.› Aber man legte mir das Kind in den Arm.

O Zosine», rief Olympia, «dein Papa war ein mächtiger Mensch! In seinem kleinen Mund war eine solche Kraft, daß sie die Verzweiflung und Wut aus meinem Herzen sog. Wenn er satt war und schlief, dann konnte ich selber schlafen. Ihr werdet euch ja alle miteinander erinnern, wie er lächeln konnte? So lächelte er mich zuallererst an. Er kannte mich, er heftete seine Augen auf mich ebenso wie gestern, als er Abschied von mir nahm. Kein anderer Mensch auf der Welt hätte mir damals helfen können, aber er war nicht wie andere Menschen. Als er sprechen konnte, sagte er: ‹Olympia ist lieb.› Sollte ich nicht jetzt zur ganzen Welt laut über ihn sprechen? Oh, ob nicht das Konkursgericht und alle seine Gläubiger verstehen, daß sie ihn freilassen müssen um seiner Amme willen?»

Olympia holte tief Luft und sah sich ernsthaft und stolz nach allen Seiten um, wie wenn sie unsichtbaren Feinden trotzen wollte. «Sollte ich nicht», sagte sie langsam, «wenn ich es vermöchte, ihm diese vom Leibe halten können, so lange, wie ich selber lebe?» Sie steckte die Hand tief in eine Tasche ihres faltenreichen Kleides und holte eine schwere, alte Pistole hervor.

«Sie werden es nicht wagen, ihm zu nahe zu treten, solange meines Herrn Olympia auf ihren beiden Beinen steht.» Mit ihrer freien Hand hob sie ihr Kleid ein wenig hoch, um ihren Zuhörern zu zeigen, wie kräftig diese beiden Beine noch waren, und die Mündung der Pistole auf den Fußboden richtend, zog sie damit einen Kreis um sich selber, nickte Zosine und Ambrose zu und steckte die schwere Waffe wieder in ihre Rocktasche. «Wir hätten jedenfalls zusammen wegfahren sollen, Master Theodore und ich», sagte sie.

Sie hielt inne, verschränkte die Arme über ihrer Brust und legte ihr Gesicht darauf.

Zosine hatte ihrer Erzählung nur halb zugehört. Lucan saß stumm vor Schrecken über das, was sie vernommen hatte. Ambrose sagte: «Weißt du denn nicht, was aus deinem alten Teufel von Priester geworden ist?»

«Doch», entgegnete Olympia und blickte stumpf hoch. «Das weiß ich wohl. Er hing eines Morgens an einem Strick auf dem Boden seines Hauses.»

Auf den Trümmern

Lucan hatte gesagt, sie sei es gewohnt, arm zu sein, und hatte gemeint, ihre Erfahrungen könnten Zosine zugute kommen. Aber sie sah schon am folgenden Tag, daß die Trümmer, denen sie hier gegenüberstand, anderer Art waren als die bedrängten Verhältnisse, die sie bis jetzt gekannt hatte. Sie fühlte oder dachte unbestimmt, früher habe sie gleich einem Vogel zur Winterszeit in ein Nest gesammelt und darüber gewacht, ein Nest, das ihrem Vater und ihren Brüdern Schutz in dieser Welt gewähren konnte. Hier aber stand sie inmitten eines riesigen Gebäudes, das ein Erdbeben umgestürzt hatte, noch immer stürzten stündlich neue Mauermassen um sie her zusammen, so daß ihr grauste und sie in ihrer ersten, unwillkürlichen Eingebung am liebsten geflohen wäre.

Zosine sprach in diesen Tagen nur wenig und überließ alle Entscheidungen ihrer Freundin. Es fügte sich fast von Anfang an so, daß das junge Mädchen im Hause die Befehle erteilte, daß sie es war, an die sich die Leute wandten, wenn ein Entschluß zu fassen war, und Lucan war selbst erstaunt, wie leicht sie sich in den ungewohnten Verhältnissen zurechtfand. Sie war als eine Fremde und als ein Flüchtling in ein Haus gekommen, das so prächtig und großartig war, wie sie es sich nie hätte vorstellen können. Drei Tage später war sie sozusagen Herrscherin darin, aber das Haus selber schien um sie herum zu versinken.

Sie wagte nicht, Zosine in eine Zeitung schauen zu lassen, und kaum, ihrerseits eine auseinanderzufalten. Denn alle Zeitungen von England brachten in diesen Tagen mit großen Überschriften die «Tabbernor-Affäre» oder den «Tabbernor-Skandal» auf der ersten Seite.

Lucan hatte früher für ihren Vater die Buchführung gemacht, sie wußte einiges über Geschäfte, wenn auch in bescheidenem Umfang. Zosine redete von den Spekulationen ihres Vaters, wie sie über das Wetter redete, und wußte in Wirklichkeit nur wenig davon.

Aber aus ihren Eröffnungen und aus dem, was sie selber um sich herum vernahm, meinte Lucan schließen zu können, daß Zosines Vater sich auf sehr große Spekulationen eingelassen hatte. Es handelte sich dabei um Tabak auf Cuba, und Herr Tabbernor hatte darauf hingearbeitet, den Handel mit bestimmten Sorten ganz an sich bringen zu können, aber das war nicht unter seinem Namen geschehen und in England nicht bekanntgeworden. Großes Mißgeschick, Feuer und Schiffbrüche hatten ihn betroffen. Er hatte sein flüssiges Kapital eingesetzt und seine Papiere beliehen, zuletzt sogar Tortuga mit allem, was dahin gehörte. Und als seine Gläubiger damit drohten, seine Besitztümer einzuziehen, hatte er, ob auf ganz gesetzliche Weise, wußte Lucan nicht und fragte auch nicht danach, anvertraute Gelder benutzt, da er ständig hoffte oder erwartete, daß seine Spekulationen glücken und ihm das Geld wieder einbringen würden. Auf seiner Flucht hatte er seine Wertpapiere mitgenommen.

Lucan dachte mit Erstaunen daran, daß Leute, die alles besaßen, was sie sich auf der Welt nur wünschen mochten, es aufs Spiel setzen konnten, um noch mehr zu gewinnen. Sie wollte aber nicht schlecht von Zosines Vater denken, und es gab der Sorgen im Alltag genug, die ihren Kopf in Anspruch nahmen.

Am Tage nach Herrn Tabbernors Flucht fanden sich die Leute vom Konkursgericht auf Tortuga ein und versiegelten alle Wertgegenstände des Hauses oder schrieben Listen darüber aus. Lucan sah fast mit Schrecken auf all das Silber und Gold, das feine Porzellan, die Kunstschätze und Sammlungen, die herausgelegt und gezählt wurden. Allein schon die Zahlen, die genannt und hier aufgeführt wurden, erschienen ihr unerhört und unfaßlich, bis sie gelernt hatte, mit ihnen umzugehen, etwa wie der Schüler eines Astronomen, der dessen Untersuchungen abschreibt, mit den schwindelnden Entfernungen im Himmelsraum umgehen könnte. Ihr fiel ein, wie sie sich auf dem Ball innerlich gefragt hatte: «Kann man wirklich in dieser Weise leben?», und sie seufzte bei dem Gedanken an die Vergänglichkeit ihres schönen Traums und aller weltlichen Herrlichkeit.

Sogar die trockenen und nüchternen Leute des Konkursgerichts, die daran gewöhnt waren, Trümmer um sich her zu sehen, empfanden offensichtlich Mitleid mit den beiden verlassenen jungen Mädchen in dem großen Haus. Zosine erhielt die Erlaubnis, in ihren Zimmern wohnen zu bleiben und an persönlichen Dingen zu behalten, was sie selber wollte. Sie hätte weit mehr herausschlagen können, wenn sie nicht sofort hartnäckig alles abgelehnt hätte, was nach einer Begünstigung hätte aussehen können. Es hatte den Anschein, als habe sie sich vorgenommen, in jeder Weise die Verhältnisse ihres Vaters zu teilen. Ihr alter Anwalt stieß, als er den Versuch machte, die Angelegenheit mit ihr durchzusprechen, auf kindlichen, leidenschaftlichen, fast feindseligen Widerstand. Die einzigen Sachen, die zu behalten die Tochter des reichen Mannes einwilligte, waren die Kleidungsstücke, die sie Lucan am Ballabend geschenkt hatte. Lucan beriet sich darauf mit dem alten Notar und wählte solche Kleider aus, von denen sie meinte, daß Zosine sie am nötigsten hätte.

Die folgenden Tage waren vom frühen Morgen bis zum späten Abend mit Besuchen von Herrn Tabbernors Verwandten ausgefüllt, die in großer Eile und voller Schrecken nach Tortuga herausgefahren kamen.

Schwere, elegante Wagen rollten vor der Eingangstür vor, genau wie am Ballabend; würdige Herren mit hohen Halstüchern und

Damen in seidenen Mänteln und Sammethüten stiegen aus, mit Gesichtern, auf denen sich Unruhe und Empörung malten. Zosine nahm die ersten, die sich einfanden, selber in Empfang, und Lucan hörte die Gespräche nicht mit an, die zwischen ihr und ihren Onkeln und Tanten geführt wurden. Aber Zosine erzählte ihr, wenn die Wagen wieder fortgefahren waren, mit glühenden Wangen alles, was zwischen ihnen gesprochen worden war.

Lucan hörte ihren Berichten mit Angst und Sorge zu, es kam ihr so vor, als werde die Lage ihrer Freundin mit jedem Besuch unsicherer. Sie merkte, die Schwierigkeit lag hier ebenso wie bei den Leuten vom Gericht darin, daß Zosine nicht auch nur ein einziges tadelndes oder herabsetzendes Wort über ihren Vater duldete; selbst die mildeste Kritik an ihm versetzte sie in heftigen Aufruhr und hatte schon am allerersten Tag zu einem entscheidenden Bruch zwischen ihr und den Verwandten geführt, die gekommen waren, um ihr zu helfen. Sie war so zornig und gekränkt, daß sie es späterhin rundweg ablehnte, jemand von ihren Verwandten zu sehen, und so mußte Lucan sie denn empfangen und verlegen ihre eigene Anwesenheit und das Verhalten ihrer Freundin erklären. Ein alter Onkel, der von weit her gekommen war, um seiner Nichte von Nutzen zu sein, wartete einen ganzen Tag im Haus, um sie zu sehen, und mußte unverrichteter Dinge wieder abfahren.

Wenn Lucan, sobald die beiden jungen Mädchen wieder allein geblieben waren, versuchte, Zosine Vorhaltungen zu machen, hörte diese gar nicht zu. Und dennoch war es unverkennbar, daß sie mit jedem Tag ihrer Freundin blinder vertraute und fester auf sie baute. Sie küßte sie oft, hielt ihre Hand und sprach mit ihr von ihrem Vater. «Jetzt hat Papa Irland hinter sich», sagte sie. Ihre Gedanken waren auf dem Meer, Tortuga und die Ereignisse dort schienen kaum für sie vorhanden zu sein. Es war, als mache sie die Augen zu und klammere sich in der Finsternis, die sie umgab, an den Arm des anderen Mädchens, und Lucan gedachte mit schwerem Herzen des blinden Knaben, den sie geführt hatte.

Während Zosine nachts ruhig schlief, lag sie selber wach und grübelte über deren Zukunft und ihre eigene nach. Sie hatte ihrerseits an ihre Tante geschrieben, daß sie ihre Stellung aufgegeben habe und sich jetzt, im Haus einer Freundin, nach einer anderen umsehe. Sie würde sich auch um eine neue Stellung bemüht haben, wenn Zosines Abhängigkeit von ihr dies nicht unmöglich gemacht hätte. Sie schob allmählich den Gedanken selbst ganz von sich und widmete all ihre Zeit und all ihr Sinnen Zosine.

Zosines Vetter, Ambrose, kam einige Male nach Tortuga. Er hatte dort noch immer ein schönes Reitpferd stehen, das sein Onkel ihm geschenkt hatte, er ritt damit in der Umgegend umher und beriet sich mit Lucan, ob er es aufgeben oder behalten solle. Ambrose war der einzige unter den Verwandten, den Zosine mit Freuden empfing. Sie sprachen nicht von der Zukunft, sondern von ihrer Kindheit, und mit ihm zusammen konnte Zosine noch lachen, als ob, außer Lucan, Ambrose ihr einziger Freund sei und die drei gegen die ganze Welt zusammenhalten müßten. Ambrose fragte von Zeit zu Zeit, ob sie einen Brief von Tante Arabella erhalten hätte. Es war nicht zu verkennen, daß auch Zosine darauf wartete, von ihrer Tante zu hören, oder damit rechnete, sie zur Tür hereintreten zu sehen, und die unbekannte Dame erhielt täglich eine größere Bedeutung in Lucans Vorstellungen. «Sie ist anders als die anderen», sagte Zosine, «sie hat Papa geliebt.»

Eines Tages holte sich Ambrose etwas niedergeschlagen bei seiner Kusine Auskunft über eine ihrer Freundinnen, eine reiche junge Dame. Augenscheinlich gedachte er, um die Hand des jungen Mädchens anzuhalten, und baute seine ganze Zukunft auf diesem Plan auf. Als er gegangen war, sagte Zosine zu Lucan:

«Armer Ambrose, es ist greulich für ihn, er taugt auch zu gar nichts.» Sie wurde jedoch, zum ersten und einzigen Mal, böse auf Lucan, als diese die Möglichkeit andeutete, daß die reiche junge Dame Ambrose einen Korb geben könnte.

Nur einmal traf Lucan die Freundin in tiefer Verzweiflung an. Das war an dem Tag, als sie von ihren Reitpferden Abschied nahm. Abends war sie verweint und brach dauernd von neuem in Tränen aus. Sie sprach lange von jedem ihrer Pferde und erwähnte im Verlauf der Unterhaltung in einer eigentümlichen, kindlichen und ergreifenden Art, daß sie selbst eine gute Reiterin sei, so als spräche sie von einer Verstorbenen.

Unter der großen Dienerschaft auf Tortuga herrschte tiefes, kummervolles Schweigen. Lucan merkte, daß sie Herrn Tabbernor sehr ergeben gewesen sein mußte. Zum Ende des Monats verließen die meisten das Haus, und es war merkwürdig, wie das große Gebäude auf diese Weise allmählich immer leerer von Leben und Bewegung wurde. Als das Silber des Haushalts herausgelegt und in Listen aufgeführt wurde, war es, als sammele der alte John sein ganzes eigenes Dasein zusammen und versenke es in einem Grab.

Olympia war viel energischer, aber ihre Tatkraft kam Lucan oftmals ins Gehege. Die alte Negerin war eifersüchtig auf Zosines neue Freundin und fand alles, was diese tat, völlig verkehrt. Wenn Zosine sich in ihr Zimmer einschloß, postierte Olympia sich auf einem Stuhle vor der Tür und saß stundenlang so da, eine mächtige, bittere Versteinerung von Leid und Zorn. Lucan mutmaßte, die Ereignisse hätten der alten schwarzen Frau den Sinn verwirrt oder umnebelt. Sie verwechselte Zosine jetzt häufig mit ihrem Vater und sprach von dem jungen Mädchen als ihrem kleinen Knaben oder als Master Theodore.

Als bei den Untersuchungen des Konkursgerichts ein großer Kasten mit Spielzeug, der aussah, als habe er einem Jungen gehört, angebracht wurde, geriet Olympia in höchsten Aufruhr, sie schrie, als stecke ihr ein Messer im Hals, und riß außer sich den Leuten, die ihn trugen, den Kasten fort, bis ein gutmütiger Beamter ihr den ganzen Krempel mit Achselzucken überließ. Olympia trug den Kasten sogleich weg und versteckte ihn an einem Ort, den nur sie selber kannte, denn Lucan sah ihn seitdem nie wieder.

Um die Freundin zu zerstreuen, erzählte Lucan ihr von dem Kampf und Sieg der alten Negerfrau. Zosine hörte ihr zu, ernst und schweigend. «Du alter Schafskopf», sagte sie nachher zu Olympia, «was hast du dich in die Geschäfte hier auf Tortuga einzumischen? Die Leute lachen dich aus. Sie wissen ganz genau, daß in all deinem Fett keine Kraft steckt. Sie könnten dich, wenn sie wollten, wie eine Puppe auf einen Stuhl setzen, und dort müßtest du sitzen bleiben. Du machst Papa lächerlich.»

Olympia verzog keine Miene, hielt aber an ihrem Triumph fest. «Was?» sagte sie. «Herrn Theodores kleines Beil und die Spielzeugpistole! Die sollte ich aus der Hand geben? Ich bin klüger als manch einer und weiß ganz gut, was uns noch mal von Nutzen sein kann!»

Lucan begann sich um Zosines inneres Gleichgewicht zu sorgen.

Diese hielt sich so eisern auf ihren Zimmern, als habe sie ihre Lage so aufgefaßt, daß sie selbst an Stelle ihres Vaters dort eine Gefangene sei. Lucan konnte sie endlich sanft dazu überreden, im Garten und im Park spazierenzugehen. Hier lustwandelten nun die beiden Freundinnen an den milden Maiabenden, und hier begann Zosine wieder zu sprechen, aber nur selten über die täglichen Ereignisse.

Eines Tages sagte sie zu Lucan: «Du hast so viele traurige Dinge erlebt, und du bist doch nicht älter als ich. Kommt es daher, daß du so erstaunlich gut und verständig bist? Ich habe keine Sorgen gehabt. Meine Mutter starb ja, als ich geboren wurde, aber man hat mir nie von ihr erzählt, bis ich neun Jahre alt war. Da zeigte man mir ihr Bild. Und dann war das nur so, als hätte ich noch eine Freude mehr auf dieser Welt erhalten, ein schöner Engel liebte mich und begleitete mich und wachte über mir. Kann wirklich etwas Wahres daran sein, was alte Leute sagen, daß Unglück die Menschen besser macht? Ich habe immer gedacht, sie redeten mit Absicht Unfug, um originell zu sein.»

Tante Arabellas Brief

Ambrose brachte Lucan eines Tages ein kleines Päckchen Papiere. «Es sind Gedichte, die ich an Zosine schrieb, als ich auf der Universität war», sagte er, «ich meinte wohl damals, es sei meine Pflicht. Wenn ich heute an diese ganze Zeit zurückdenke, sehe ich ein, daß es eine ziemlich rosenrote Seligkeit war, der ich entgegensah und die ich als Onkel Theodores Erbe und Zosines Mann erwartete. Zosine war allerdings nicht in mich verliebt und hatte keine besonders hohe Meinung von mir, aber sie hätte schließlich wohl getan, was mein guter Onkel verlangte. Es sind sehr melancholische Gedichte, ich mußte mitten in all meiner Betrübnis jetzt darüber lachen. Vielleicht bringen sie auch Zosine zum Lachen oder Sie selbst, schönes Fräulein Lucan. Sie lachten mich sicher schon aus, als wir im Wintergarten zusammensaßen! Aber es war weiß Gott nicht so einfach, irgendeinen Gesprächsstoff zu finden, wo es für Onkel Theodore gewissermaßen um Leben oder Tod ging.»

Lucan konnte es sich nicht versagen, einen Blick in die Gedichte zu tun. Sie brachten sie wirklich zum Lachen, und sie nahm sie mit der Hoffnung, Zosine damit aufzuheitern. Sie fand ihre Freundin in ihrem Wohnzimmer, wo sie am Fenster stand, auch sie hatte ein Stück Papier in der Hand. Zosine war sehr bleich und sah Lucan mit klaren dunklen Augen an, als sei diese eine Fremde.

«Ich habe jetzt von Tante Arabella gehört», sagte sie und reichte Lucan den Brief, zog ihn aber sofort wieder zurück. «Nein, warte», sagte sie, «ich werde ihn dir vorlesen. Ich möchte hören, wie die Worte klingen, wenn man sie laut hersagt.»

Der Brief hatte keine Anrede, oder Zosine las die Anrede nicht mit, sie begann nur einfach:

«Ich habe seit der Flucht Deines Vaters» – Zosines Stimme bebte, und sie stockte bei dem Wort «Flucht» einen Augenblick, las dann aber schnell weiter, «erwartet, von Dir zu hören. Da nun eine Woche vergangen ist, ohne daß dies der Fall wäre, schreibe ich an Dich. Aber der Brief, den Du erhältst, ist eigentlich eine Antwort auf einen anderen, den Dein Vater hätte an mich schreiben müssen, bevor er flüchtete. Daß Du es bist, die diese Antwort erhält, und nicht er, ist nun nicht meine Schuld. Es ist lediglich die Schuld Deines Papas, der es versäumt hat, mir seine Adresse zu hinterlassen.

Als ich jung war, liebte ich Deinen Papa, und er verschmähte mich, weil ich häßlich war. Jedoch, ich wußte bei mir selber, daß ich nicht so häßlich war, wie er meinte. Meine Liebe zu Deinem Papa und seine Geringschätzung, das waren die großen Erlebnisse meiner Jugend, ja, das war meine Jugend überhaupt. Die Anschauung über das Leben und die Menschen, aus der heraus ich jetzt schreibe, ist ganz allein das Werk Deines Papas. Ich sage dies ohne Bitterkeit, denn es ist ja nur gut und dienlich, das Leben kennenzulernen, Du mußt daher ebenfalls aus dem gleichen Grunde diesen Brief ohne Bitterkeit lesen. Auch nachdem Dein Papa Deine Mama, die eine Schönheit war, geheiratet hatte, wäre ich die Seine geworden, wenn er mir nur einen einzigen Augenblick zu verstehen gegeben hätte, daß er es wünschte. Aber dieser Augenblick kam niemals, und ich verdanke es Deinem Papa, ja ich danke es ihm heute wirklich, daß ich als Jungfrau in mein Grab sinke.

Jetzt sind wir beide alt, das Gesicht spielt keinerlei Rolle mehr in unserem Dasein, und im übrigen sehe ich, da ich mir immerhin meine Figur bewahrt habe, vielleicht ebenso gut aus wie Theodore selber. Jetzt war es Geld, das er um seiner Seelenruhe und seines Erdenglückes willen brauchte. Und dies Geld besitze ich. Er hat auf jeden Fall gewußt, daß ich eine sehr reiche Frau bin, eine der reichsten Englands. Alles, was ich besitze, würde ich ihm gegeben haben, wenn er mir nur einen einzigen Augenblick zu verstehen gegeben hätte, daß er es wünschte. Der Glückseligkeit der Jugend mußte ich um seinetwillen entsagen, das größte Glück, das ich jetzt in meinem Alter noch hätte erreichen können, wäre gewesen, alles zu opfern und arm und ausgestoßen zu sein, so wie er es jetzt ist, um dadurch ihn und sein Kind, das ihm gleicht, vor dem Verderben zu retten.

Aber noch einmal hat er mich verschmäht. Ich habe nicht einmal gewußt, daß sein Geschäft in Gefahr war, bis fremde Menschen kamen und mir erzählten, daß er schon verloren war. Ich sitze in diesem Augenblick, seinem Wunsch und seinem Entschluß gemäß, als alte Maid auf einem großen Haufen Gold, das für mich nicht mehr echten Wert besitzt als ein Haufen alter Lumpen. Da dies infolge seiner eigenen Wahl sich so verhält, werde ich mich nicht beklagen, auch ihn nicht und auch Dich nicht, und diese Versicherung ist das Beste, was ich Dir heute geben kann.

Wir beide werden uns kaum je wiedersehen, weshalb sollte ich Dich wiedersehen? Es genügt, daß jedes Stück meines Besitzes mir täglich das Bild Deines Papas in seinem Unglück und seiner Schmach vor Augen führen wird und damit zugleich die Gewißheit, daß ich für ihn niemals wirklich existiert habe und daß er an mich ebensowenig als Freundin in der Stunde der Not gedacht hat wie in der Eigenschaft einer Geliebten. Dieses Wissen muß ich als Last bis ans Grab mit mir herumtragen. Du siehst, daß meine Hand zittert, da ich dies schreibe, es hat mich selbst überrascht, denn ich meinte, ich besäße keine Möglichkeit mehr, mich zu freuen oder zu leiden. Aber das soll Dich nicht beunruhigen. Ich weiß, daß Dein Vater jetzt auch schwere Lasten zu tragen hat, nicht zuletzt die Sorge um Dich, ich sehe voraus, Du wirst solcherlei Schickungen künftig auch zu tragen haben. Es bereitet mir keine Freude, aber es ist unvermeidlich.

Dein Papa hat nie begriffen, daß ich da war, daß ich ein Herz hatte. Du, die Du ihm ähnlich bist, wirst es ebenfalls schnell vergessen. Ich meinerseits werde gezwungen sein, bis an meinen Tod tagtäglich dessen zu gedenken. Auf diese Weise erfüllen wir, jeder für sich, am besten die Bestimmung unserer Natur und bewahren die Würde, die darin besteht, daß man seinem Schicksal gehorcht. Zum letztenmal unterschreibe ich mich hier als

Deine Tante Arabella.»

Zosine ließ den Brief sinken und stand einige Augenblicke ganz kerzengerade und bleich, in tiefem Nachdenken, da. «Zwar klingt es anders, wenn man ihn vorliest», sagte sie, «aber er ist genauso furchtbar. Hier ist ein Mensch, dem Papa unrecht getan hat. Die Anklagen, die die anderen gegen ihn erhoben haben, die habe ich gar nicht wichtig genommen. Sie reden davon, daß er ihnen etwas schulde, darauf verstehe ich mich nicht. Aber Tante Arabella gegenüber ist Papa in großer Schuld.»

Sie atmete tief auf. «Ich kann», sagte sie, «Papas Gläubigern gegenüber, wie sie sagen, eine Schuld nicht anerkennen. Ich bin ein schwaches, unvernünftiges Mädchen, ich habe keinerlei Möglichkeit, ihnen ihr Geld wiederzuschaffen. Aber Tante Arabella gegenüber erkenne ich eine Schuld an.»

«O Zosine», sagte Lucan traurig, «wie wenig verstehst du deine Tante Arabella. Es wäre doch das größte Glück und der beste Trost in ihrem Leid, wenn du bei ihr Hilfe suchtest. Du vergißt, daß sie dich und deinen Papa noch immer liebt.»

«Nein, ich vergesse es niemals», sagte Zosine, «und ich vergesse auch nicht, daß sie ihren Stolz hat. Und Papa und ich, die wir ihr so großes Unrecht zugefügt haben, wir haben auch unseren Stolz. Sie wird uns niemals wieder zu sehen bekommen.»

Zosine preßte den Brief an ihre Brust. «Ich gelobe und schwöre dir», sagte sie feierlich, «daß ich niemals wieder, und wenn es um mein Leben ginge, Tante Arabella oder ihren Brief erwähnen werde.»

Lucan war entsetzt, sie fand, Zosine stoße aus einer kindlichen Schrulle ihre einzige Möglichkeit zur Rettung von sich. Was sollte nun aus ihr werden?

«Es ist verkehrt von dir, so zu sprechen», rief sie, «es ist, als ob du und dein Vater auf einem Theater spieltet, wo es sich darum handelt, mit Worten Eindruck zu machen. Aber wir stehen doch mitten in der Wirklichkeit. Solche Gelübde, wie du sie da ablegst, die geziemen sich gar nicht für dich oder überhaupt für einen wirklichen Menschen.»

Zosine sah sie an. «Doch, Lucan», sagte sie. «Papa und ich müssen zusammenstehen. Da du aber auch zu uns gehalten hast, obwohl du so verschieden von uns bist, so will ich dich nicht erschrecken. Für all deine Güte und Hilfsbereitschaft mir gegenüber gebe ich dir nunmehr das Versprechen, daß ich, wenn wirklich einmal das Leben auf dem Spiel stehen sollte, Tante Arabella und ihren Brief noch einmal erwähnen werde.» Sie atmete tief auf. «Aber nicht eher!» sagte sie. Gleich darauf ergriff sie Lucans Hand, zog sie an sich und küßte sie. «Komm, wir wollen den Brief verbrennen», sagte sie.

Bevor sie den Brief zusammenfaltete, blickte sie noch einmal darauf nieder. «Ich habe vergessen, dir die Nachschrift vorzulesen», sagte sie und las:

«Was wirst du mit Olympia machen? Die verrückte Person kann doch in keinem vernünftigen Haus sein. Laß sie zu mir kommen, ich werde schon für den Rest ihres Lebens für sie sorgen.»

Am selben Abend erzählte Zosine der Freundin, daß sie im Lauf der Woche drei Freierbriefe erhalten habe. «Der eine», sagte sie, «war von einem jungen Herrn, der schon einmal bei Papa um meine Hand angehalten hatte. Damals erhielt er ein Nein, wieso meint er, daß ich ihn jetzt haben wollte? Die beiden anderen jungen Herren haben sich früher nicht um mich beworben, weshalb, in aller Welt, meinst du, daß sie es jetzt tun?»

Gegen die ganze Welt

Zosine hatte ausgerechnet, daß die Reise ihres Vaters sechs Wochen dauern werde. Als dieser Zeitraum verstrichen war, sagte sie zu Lucan: «Jetzt kann ich an die Zukunft denken.»

Lucan war beinahe böse auf ihre Freundin gewesen, weil es ihr so schien, als lebe diese nur in der Gegenwart und schiebe alle Gedanken an das, was nach dieser kommen mußte, von sich. Jetzt gab sie sich mit all ihrer Umsicht und Erfahrung der Aufgabe hin, Zosine zu beraten und ihr zu helfen, fühlte aber gleichzeitig mit beklommenem Herzen, wie wenig sie vermochte und wie verlassen sie beide doch waren.

«Denke nicht, daß ich mich vor der Zukunft fürchte», sagte Zosine, «ich weiß, daß ich eine lange Lehrzeit durchmachen muß, ehe ich in dieser Welt zu etwas tauge. Aber ich habe darüber nachgedacht, daß es vielleicht geradezu Spaß machen könnte, eine Zeitlang verständig zu sein, so wie du es bist. Da gibt es nur einen einzigen Punkt, der mich erschrecken könnte, wenn ich daran denke. Wir beiden trennen uns doch nicht, Lucan?»

«Ich verlasse dich nicht, solange ich dir von irgendwelchem Nutzen sein kann», sagte Lucan, «ich bin ja selbst als Flüchtling zu dir gekommen.»

«Ja, das war ein Glück», sagte Zosine, «daß du als Flüchtling gekommen bist. Wenn du irgendeinen Ort auf der Welt hättest, wo du sein könntest, dann müßte ich dich ja jetzt ziehen und dorthin zurückkehren lassen. Aber so wie die Dinge liegen, können wir, genauso wie die jungen Ritter in alter Zeit, einander Treue geloben und Blutsbrüderschaft schließen und auf Leben und Tod zusammenhalten.» Sie tauschten einen Händedruck und lächelten sich zu, aber ihrer beider Lippen zuckten.

«Es ist bestimmt ein schönes und furchteinflößendes Bündnis!» sagte Lucan. «Wir sind zwei Mädchen von achtzehn Jahren und sechs Wochen. Es gibt kaum einen einzigen Menschen, dem wir gewachsen wären, wenn wir mit ihm kämpfen müßten. Und wir gedenken, den Kampf gegen die ganze Welt auf einmal aufzunehmen.»

«Da hast du ein weises Wort gesprochen!» rief Zosine. «Das ist es gerade, worin unsere Stärke beruht. Wir sind allerdings nur zwei schwache Mädchen, und es ist klar, daß jeder Mann, trotz unserer guten Erziehung und unserer vielen Talente, uns in einer einzigen Sekunde schachmatt setzen könnte. Aber ebenso einleuchtend ist es, daß selbst der stärkste Mann ins Hintertreffen kommen würde, wenn er mit der ganzen Welt auf einmal kämpfen müßte! Ja, die Kräfte, die er mir und dir voraus hat, die würden ohne die geringste Bedeutung sein. Hieraus geht sonnenklar hervor, daß es für uns gilt, ständig gegen die ganze Welt zu stehen und uns vor dem einzelnen Menschen wohl in acht zu nehmen. Wirf der großen, unbekannten Menschheit den Handschuh hin, Lucan! Dann sind wir so stark wie Herkules selber!»

«Die große, unbekannte Menschheit, von der du sprichst», sagte Lucan nachdenklich, «kommt mir vor, wenn ich so richtig nachdenke, als werde sie am allerbesten durch eine Stellenvermittlung symbolisiert. Ich möchte nicht in das Büro gehen, wo ich früher gewesen bin, da würde man mich nur nach meiner vorigen Stellung ausfragen. Aber diese Büros pflegen in der Zeitung zu annoncieren. Komm, wir schauen einmal nach.»

Die jungen Mädchen steckten ihre Köpfe, einen blonden und einen dunklen, über der Tageszeitung zusammen und durchliefen in tiefem Ernst die Spalte mit den Stellenvermittlungsbüros in London.

«Es ist ein trauriges Los, Gesellschafterin zu sein», sagte Lucan, «und dennoch, wenn mein altes Fräulein nicht gestorben wäre, so würde ich wohl heute noch in ihrem Dienst sein. Ich war, wie du weißt, eine Zeitlang glücklich als Gouvernante.»

«Aber ich kann nicht Gouvernante werden», sagte Zosine traurig, «ich habe nichts gelernt, was ich an andere weitergeben könnte.»

«Du kannst Französisch und Italienisch», sagte Lucan, «du kannst deklamieren und auf der Gitarre spielen. Vielleicht können wir eine Stellung als Erzieherin finden.»

«Aus der wir mitten in der Nacht ausrücken müssen», sagte Zosine, «weil wir viel zu reizend sind? Nein, du hast recht», unterbrach sie sich selbst, als sie Lucans ratlose Miene sah, «wir müssen uns auf unser Geschick verlassen, sonst kommen wir nicht weiter. Wir müssen schnell zugreifen! Nun kannst du die Knöpfe an deiner Bluse zählen, während ich die Annoncen in der Zeitung zähle, und bei der Zahl, wo du aufhörst, höre ich auch auf. Wenn wir dann auf diese Weise unsere Wahl getroffen haben, soll uns nichts in der Welt erschüttern. Es wäre für uns das allerfurchtbarste, wenn wir Bedenken bekämen und von einem Büro zum anderen laufen würden. Wir wollen, was auch geschehen mag, uns den Glauben daran bewahren, daß dies das Beste für uns sei und daß uns dort wohl ein Engel entgegenkommen werde. Wie viele Knöpfe hast du gezählt?»

«Elf», sagte Lucan.

So ging es zu, daß die beiden jungen Mädchen zwei Monate nach ihrem Geburtstag in einer kleinen Pension in London, die Lucan von früher her kannte, ihre Hüte umbanden, um eine lange Pilgerfahrt anzutreten.

Es war Juli. Lucan sah, daß Zosine, die um diese Jahreszeit nie zuvor in London gewohnt hatte, von der Hitze blaß war. Sie selbst empfand sonderbarerweise ihrer Freundin gegenüber angesichts der armen und trübseligen Gegend eine Scham oder ein Schuldgefühl; so als sei sie es gewesen, die Zosine hierhergelockt hatte.

Tortuga schien schon sehr weit entfernt. Zosine hatte versichert, der Abschied vom Haus und Park werde ihr nicht schwerfallen, so sicher war sie, an ihres Vaters Seite wieder zurückzukehren, wenn er nun seine Verleumder bald aus dem Felde geschlagen habe. Sie hatte sich nur flüchtig von dem alten John und Olympia verabschiedet, die die einzigen von Tortugas großem Dienerstab waren, die zurückblieben. Lucan hatte fast geglaubt, es bereite ihr selbst mehr Kummer, ihr Traumschloß zu verlassen, als Zosine, aus dem Haus ihrer Kindheit fortzugehen. Aber auf der Reise nach London wurde Zosine in ihren Armen ohnmächtig und versetzte sie in tiefen Schrecken. Die harte, erbarmungslose Welt, in der sie früher gelebt hatte, dachte sie, schlug jetzt über ihrer beider Köpfe zusammen.

Sobald Zosine wieder zu Kräften kam, wies sie jedoch Lucans Befürchtungen zurück. Die Armut an sich, mit der sie hier zum erstenmal in Berührung kam, hatte für sie etwas Überraschendes und Fesselndes, so als sehe sie sie auf einer Bühne. Die Serviettenringe der Pension setzten sie in großes Erstaunen, sie bat Lucan, ihr deren Anwendung zu erklären, und wollte ihr diese Erklärung unter keinen Umständen glauben; immer wieder, wenn sie sie später ansah, mußte sie lachen. Zu Fuß durch die Straßen zu gehen, sich so bescheiden wie möglich anzuziehen, damit niemand sie bemerke, und auf den unansehnlichen Bänken in den Parks zu sitzen war für das reiche, verwöhnte Mädchen so, als erlebe sie ein Abenteuer. Eines Tages kamen sie an einem großen, hübschen Haus in der Nähe eines Parks vorüber. «Dies ist Papas Londoner Haus», sagte Zosine.

Ambrose, der einzige unter ihren Bekannten, der von ihrem Aufenthaltsort wußte, kam und besuchte sie. Er war das erste Mal beim Anblick der Pension stumm geworden, später brachte er den jungen Mädchen häufig große Schachteln Schokolade und hübsche Blumensträuße mit. Er lud sie auch einmal in die Oper ein, und Zosine nahm die Einladung unter der Bedingung an, daß sie auf der Galerie säßen, unsichtbar für ihre alten Freunde in den Logen. Als sie aber von dort nach Hause kam, war sie unruhig und ernster als gewöhnlich, sie wollte den Versuch nicht wiederholen.

In der Nacht, ehe sie das Stellenvermittlungsbüro zum erstenmal aufsuchen wollten, träumte Zosine, daß man dort, als sie ihren Namen angab, über ihren Vater spottete und übel von ihm sprach. Sie ging in einer ständigen Angst herum, daß dies eintreten könnte, und bat morgens Lucan in großer Aufregung, ob sie sich künftig bei deren Namen nennen und als ihre Schwester ausgeben dürfe.

«Wir sind wohl zu ungleich, um als Zwillinge gelten zu können», sagte sie, «aber ich sehe doch vielleicht mit meinem dummen kurzen Haar jünger aus als du, und wir können den Leuten ruhig sagen, daß wir ein halbes Jahr auseinander sind!» In ihrer Rolle als Schwester war sie nun besonders liebevoll und nachgiebig gegen Lucan.

Das Büro, an das sich die jungen Mädchen wandten und wo sie in den folgenden Wochen einen großen Teil ihres Tages zubringen sollten, lag in einer engen Straße, in der keine von ihnen je früher gewesen war, und hatte Fenster, die auf einen Hof hinausgingen. Die Einrichtung war ganz blank gewetzt und die Tapete dunkel und stockfleckig. Das Büro gehörte einem Ehepaar, einem großen, dünnen, kahlköpfigen Herrn mit dicker Brille und einer kleinen rundlichen, farblosen Dame. Frau Quincy war diejenige, die alle Geschäfte besorgte und Tag und Nacht schwer arbeitete. Sie tat ihr Bestes für ihre Kunden und suchte die beiden jungen Mädchen aufzumuntern, als die ersten Wochen ergebnislos verliefen. Aber in ihrer eigenen Resignation lag so viel Gewöhnung gegenüber den Niederlagen und so wenig Glauben an ein Wunder, daß ihr Trost eher niederdrückend auf sie wirkte als belebend.

Ihr Mann, der die Bücher des Büros nicht anrühren durfte, war früher in einem Steuerbüro gewesen und schien romantisch veranlagt. Er konnte genaue und erstaunliche Auskünfte über jede einzelne Person geben, die eine Gesellschafterin oder Gouvernante suchte. Die jungen Mädchen fürchteten zu Beginn, daß er seine forschenden Brillengläser auf sie selber richten könnte, aber sie waren so jung und so treuherzig, daß er nicht auf den Gedanken kam, an ihnen zu zweifeln. Er merkte dagegen, daß er in ihnen ein interessiertes Publikum hatte, und unterhielt sie, während sie warteten, mit allerlei aufregenden Einzelheiten über seine Kunden. Wenn sie sich abends auszogen, besprachen sie diese. Lucan lächelte darüber, aber Zosine meinte, es werde sich schon so verhalten, wie er es darstellte.

Es ging mit ihrer Stellungsuche nur langsam voran. Den ganzen Tag lang waren sie Zielscheibe scharfer Blicke und Fragen, und abends standen sie dann doch mit leeren Händen da. Einige ältere Damen oder Fräulein, die eine Gesellschafterin suchten, und ein paar würdige und liebevolle Mütter, die gern wollten, daß ihre Töchter in Anstand und fremden Sprachen vervollkommnet würden, waren in ihr Dasein getreten und wieder daraus entschwunden. Ein junger Stutzer, der eine Vorleserin für seine Mutter dingen wollte, betrachtete Lucan durch seinen Kneifer so eingehend, daß Zosine nicht weit davon entfernt war, ihm eine Maulschelle zu verabreichen, und verschwand schleunigst den Weg, den er gekommen.

Es wurde ihnen allmählich klar, daß die große Schwierigkeit in diesen Verhältnissen darin bestand, daß sie den innigsten Wunsch hatten, beisammenzubleiben. Lucan hätte mehrmals eine Stellung haben können, schlug sie aber wieder aus, als sie sah, wie erschrokken Zosine war bei der Aussicht, allein gelassen zu werden. Sie ihrerseits sah in einer Trennung von der Freundin annähernd eine Katastrophe. Das Unglück hatte sie und Zosine zusammengefügt wie Metalle, die im Feuer miteinander verschmelzen, ihre alte Schulfreundschaft war in diesen Wochen zu einer Leidenschaft angewachsen. Sie nannten sich gegenseitig «Schwester», auch wenn sie allein waren.

Und doch konnte es so nicht bleiben. Lucan fiel die alte Dame ein, die im Gasthaus davon gesprochen hatte, daß sie ihr helfen könne, eine gute Stelle zu bekommen. Jetzt hätte sie vielleicht den beiden Mädchen ein rettender Engel sein können. Aber Lucan kannte ja ihre Adresse nicht.

«Wir müssen wohl lieber», sagte Zosine, «versuchen, beim Theater anzukommen. Und dennoch, dort würden unsere Verwandten uns sehen und unserer Laufbahn ein Ende machen! Können wir denn aber nicht in eine Bank einbrechen?» Die kindische Unbedachtsamkeit ihrer Freundin machte Lucan das Herz schwer, zuweilen dachte sie, es sei doch für Zosine viel besser, sich mit ihren Tanten und Onkeln zu versöhnen und zu ihnen zurückzukehren. Aber diese Unbedachtsamkeit machte sie auch standhaft, sie heiterte Zosine auf und tröstete sie.

«Du wirst sehen», sagte sie, «wenn wir nur durchhalten, so wird es uns zuletzt wohlergehen. Es ist besser für uns, wenn wir unsere Forderungen herunterschrauben und etwas durchmachen, wenn wir nur dadurch unsere Selbstachtung bewahren und mit der Zeit auch die Achtung anderer Menschen erringen.»

Es hatte für sie beide etwas Garstiges und fast Naturwidriges, sich ohne den Beistand eines Mannes mit praktischen Dingen und Geschäften befassen zu müssen. Unwillkürlich war es ihnen, als nähmen sie sich wie ein Paar grobe, mannhafte Frauenzimmer aus. Bisweilen hatten sie das Gefühl, wenn sie ohne die Begleitung oder den Schutz eines Mannes durch die Stadt gingen, als seien sie in ihren Nachthemden frech auf die Straße gegangen. Es kam mehrmals vor, daß entweder einfache Männer oder öfter noch vornehm gekleidete Herren sie auf der Straße ansprachen. Dies versetzte sie beide in so großen Schrecken, daß sie späterhin darauf achteten, ihre Schleier vor das Gesicht zu ziehen. Es kam aber auch häufig vor, daß ihre Unterhaltung abends sich um Ambrose oder Herrn Armworthy drehte, so als müßten sie um jeden Preis einen der Herren der Schöpfung mit in ihr Dasein einbeziehen.

So betrüblich standen die Dinge, als Frau Quincy eines Tages schrieb und sie aufforderte, schnellstens ins Büro zu kommen, sie habe gute Nachrichten für sie.

Pastor Pennhallow

«Sie haben unbeschreibliches Glück gehabt, meine Lieben», sagte Frau Quincy, als die jungen Mädchen erwartungsvoll im Büro ihr gegenüber Platz genommen hatten. «Ein frommer Mann, ein Pfarrer, Pastor Pennhallow, und seine Frau wünschen, um eine gute Tat zu tun, zwei gebildete, unbemittelte junge Mädchen ins Haus zu nehmen, ohne Lohn allerdings, und sie dort zu unterrichten und auszubilden. Pastor Pennhallow wohnt aus Gründen der Gesundheit in Frankreich. Ich erwarte Seine Ehrwürden hier um vier Uhr.»

Lucan und Zosine warfen sich gegenseitig einen schnellen Blick zu, sie sahen sich schon selber in Frankreich, auf dem Lande, weit fort von alle dem, was sie in der letzten Zeit so bekümmert hatte.

Herr Quincy, der von der anderen Seite eines hölzernen Tisches mit vielen Tintenflecken den Erklärungen seiner Frau gefolgt war, nahm hier das Wort.

«Ich bin in der glücklichen Lage», sagte er, «Ihnen besondere Aufschlüsse in Ihrer Angelegenheit zu geben. Die Pennhallows waren in den nördlichen Gegenden unseres Landes wohlbekannt, wo sie seit vielen Generationen Pfarrer gewesen waren und großen Einfluß in ihren Gemeinden gehabt hatten. Sie gehörten einer Sekte an, den Adventisten, die täglich die Wiederkehr Christi erwarten. Die Pennhallows waren alle hochangesehene Redner. Aber noch höher wurden sie geehrt ihres reinen Wandels und ihrer strengen Gesittung wegen. Der Großvater unseres – ich gestatte mir zu sagen ‹unseres› – Pastors Pennhallow war dort geradezu ein Prophet, über ihn sind noch viele eigentümliche Legenden im Umlauf. Es gehen allerdings auch Sagen um von schwarzen Schafen in ihrer Sippe. Aber solche Sagen entstehen ja gerade häufig aus Mißgunst oder aus Mangel an Verständnis für das Ungewöhnliche. Dieser Pastor Pennhallow war in jungen Jahren Hauslehrer in verschiedenen großen Familien des Landes. Vor sieben Jahren hatte er das Unglück, seine Stimme fast zu verlieren, ein Gebrechen, das in der Familie zu liegen scheint, und daher mußte er sich von seinem Amt als Pfarrer zurückziehen. Er hat seither still in Frankreich gelebt, ohne Zweifel mit gelehrten Studien beschäftigt, und ist selten in England gesehen worden. Man muß es als ein Glück ansehen, in der Umgebung eines solchen Mannes und unter seiner Aufsicht zu leben. Ich gratuliere Ihnen, meine jungen Damen.»

Im selben Augenblick wurde der Türgriff von außen umgedreht, und ein kleiner Herr trat ins Büro.

Er war so eigentümlich und altmodisch gekleidet, in einem langen, abgetragenen schwarzen Mantel, einem Paar grober Stiefel und einem alten Zylinderhut, hatte einen verblichenen Regenschirm und eine rissige schwarze Ledertasche in der Hand, daß er mehr einem Kirchendiener als einem Pfarrer ähnlich sah, und Zosine führte schleunigst ihr Taschentuch an den Mund, um ein Lachen zu unterdrücken. Aber er trat mit einer echten und beinahe getragenen Würde auf, als er zuerst Herrn und Frau Quincy und danach die beiden jungen Mädchen begrüßte. Er sprach sehr leise, erweckte aber im übrigen nicht den Eindruck, als habe er einen Schaden in seiner Stimme. Es hatte eher den Anschein, als dämpfe er sie aus Rücksicht auf die, mit denen er sprach, oder um sie nicht zu erschrecken.

«Sind dies», fragte er und betrachtete Lucan und Zosine, «unsere künftigen Töchter? Es ist ein großes Glück für unsereins, wenn man die jungen Frauenzimmer dieser Welt auf ihrem gefahrvollen Wege leiten und beschützen darf. Aber es ist ebenso zu wünschen, daß die Lämmer sich in der Obhut ihres Hirten wohl fühlen. Wenn Sie, meine lieben jungen Frauenzimmer, irgendwie den Wunsch haben, Ihre Kenntnisse zu erweitern und Ihren Geist zu bereichern, dann glaube ich, daß ich die Möglichkeit habe, Ihnen von Nutzen zu sein. Ich möchte versuchen, Sie in Geschichte, Botanik und fremden Sprachen zu unterweisen, ja, wenn Sie es mögen, auch in den klassischen Sprachen, obwohl es Leute gibt, die ein solches Studium nicht als ganz weiblich betrachten. Meine männlichen Schüler haben mir bisher ständig große Freude gemacht. Ich kann mir in diesem Augenblick wohl vorstellen, daß dies auch mit uns der Fall sein wird.»

Pastor Pennhallow mochte etwa sechzig Jahre alt sein und war schmächtig, aber von aufrechter Gestalt. Er hatte dichtes graues oder fast weißes Haar und darunter ein längliches Gesicht, das ebenfalls merkwürdig grau wirkte, wie bei Menschen, die viel in der Stube sitzen, die Züge grob und nichtssagend und der Mund lang und fest geschlossen. Von der Nase zu den Mundwinkeln zogen sich zwei tiefe Furchen hinab. Aber seine Augen konnten auf keinen, mit dem er sprach, ihren Eindruck verfehlen. Sie waren sehr hell, klar, aufmerksam und durchbohrend, und sie schienen gleichzeitig ganz andere Dinge zu sehen als die, auf die sie gerichtet waren, als hätten sie einen zwiefachen Blick. Während er die jungen Mädchen prüfend ansah, stieg eine feine, blasse Röte der Zufriedenheit in seinen grauen Wangen hoch.

Lucan dachte, während sie ihn beobachtete, er ähnelte jemand, den sie schon früher gesehen hätte, aber sie konnte sich nicht darauf besinnen, wer es war.

Nachdem er sich gesetzt hatte, fragte er die beiden jungen Mädchen, die Hände um den Griff seines alten Regenschirms gefaltet, freundlich und leise aus. Im Verlauf der Unterhaltung lächelte er sie milde an, und dies Lächeln war ebenso merkwürdig wie sein Blick und seine Stimme. Es sah aus, als sei er imstande, stärker zu lächeln als andere, halte aber sein Lächeln zurück, weil er fürchten müsse, daß es zu stark auf den wirken könne, den er anlächelte. Zosine hatte zuerst gedacht, die Furchen um seinen Mund seien durch jahrelangen tiefen Ernst und vieles Grübeln entstanden, vielleicht durch die Verkennung seitens der Welt und durch harte Lebensumstände. Jetzt dachte sie indessen, sie seien sicherlich dort so tief eingezeichnet, weil der kleine Mann in seinem Leben oft und innig gelächelt hatte.

Er setzte sorgfältig und ohne Eile die jungen Mädchen über die Verhältnisse ins Bild, die ihrer in Frankreich harrten. Er und seine Frau wohnten einsam, aber in einer hübschen, romantischen Gegend. Hier würde die Zeit ihrer Pflegetöchter wie ihre eigene mit Studien und mit Arbeiten in Haus und Garten ausgefüllt sein. Ab und zu hielt er inne und überlegte, wie um sich zu vergewissern, ob er alles erwähnt habe. Wenn er so in seinen eigenen Gedanken dasaß, führte er, als seien seine Lippen trocken, sacht die Zungenspitze darüber hin.

Kurz darauf fragte er still und wie beiläufig die beiden jungen Mädchen, ob sie allein in der Welt stünden und ohne nähere Anverwandte seien. Als sie ihm antworteten, daß dies sich so verhalte und daß sie keinerlei Verwandte hätten, seufzte er. Es gebe sicherlich, sagte er nach einer Pause und sehr demütig, wenige Menschen, denen, auf Grund besonderer Umstände, das Geschick alleinstehender junger Frauenzimmer so sehr am Herzen liege wie gerade ihm. Es sei ein trauriges Thema, es sei ein Unrecht, daß sanfte, wehrlose Geschöpfe in diesem schwierigen Dasein verlassen und ohne Hilfe und Stütze dastehen müßten. Er habe oft und lange darüber nachgegrübelt, wie man dem wohl am besten abhelfen und versuchen könne, diesen jungen Frauen einen Beruf fürs Leben zu verschaffen, und es gleichzeitig einzurichten, daß die Welt Vorteil aus ihren besonderen, reichen und schönen Gaben ziehen könne.

Frau Quincy, die über seinen Edelmut gerührt war und ab und zu einen Blick auf ihre jungen Kundinnen warf, um zu sehen, ob sie diesen nun auch schätzten, fragte ihn andachtsvoll, ob er sich dieser Aufgabe aus reiner Menschenliebe widme. Pastor Pennhallow überlegte einen Augenblick und antwortete leise, er und seine Frau hätten ein Kind verloren, eine Tochter. Und ihr zum Gedächtnis wünsche er, heimatlosen jungen Frauen ein Heim zu schaffen. Seine Pflegetöchter würden in seinem Hause die Stellung der Verschiedenen einnehmen. Es sei indessen nicht seine Absicht, sie zu binden, er schlage vor, ihre gegenseitige Beziehung zunächst auf ein Jahr festzusetzen.

Diese Sache liege, sagte er etwas später weiter, seiner Frau so sehr am Herzen, und daher habe er die beiden jungen Frauenzimmer vorher sehen wollen, ehe er sie ihr zuführe. Sie dürfe nicht enttäuscht werden. Indes, fügte er sanftmütig hinzu, fürchte er in diesem Falle keine Enttäuschung. Die Vorsehung selber müsse es gewesen sein, die ihm diese Mädchen über den Weg geführt habe.

Er versank in tiefes Nachdenken, bis Frau Quincy, um das Schweigen zu unterbrechen, ihn fragte, ob er denn nicht in früheren Zeiten den Gedanken erwogen habe, ein solches heimatloses junges

Mädchen an Kindes Statt anzunehmen. Pastor Pennhallow blickte auf. Ebenso wie vorher schien er seinen klaren Blick auf denjenigen zu richten, mit dem er sprach, und zugleich ganz andere Dinge vor sich zu sehen. O doch, sagte er, er und sein Frau hätten früher schon den Versuch gemacht. Er seufzte noch einmal, und seine Zuhörer merkten, daß hinter seinem Schweigen eine traurige Erinnerung liegen müsse.

Nach langer Stille teilte er Frau Quincy mit, daß er sich noch einmal in Begleitung seiner Frau im Büro einfinden werde, um die Angelegenheit in allen ihren Einzelheiten zu regeln. Gleich darauf brach er auf. In all seiner Bedächtigkeit und Würde bewegte er sich in seinen groben Stiefeln fast geräuschlos, es war, als sei er ihnen allen zwischen den Händen entschlüpft.

Die beiden jungen Mädchen waren durchaus noch nicht entschlossen, Pastor Pennhallows Angebot anzunehmen. Aber es wäre schwierig gewesen, Herrn und Frau Quincys Freude und stolzen Glückwünschen zu widerstehen. Noch mehr aber war es irgend etwas in Pastor Pennhallows eigenem Wesen, das eine Absage gewissermaßen unmöglich machte. Der kleine alte Herr hatte sicher seinen Sprengel mit der Würde eines wahren Propheten gelenkt.

Lucan war es gewohnt, schon auf der Treppe Zosines belustigte oder entrüstete Bemerkungen über die Damen und Herren zu hören, denen sie im Büro begegnet waren; heute verlangte es sie beinahe danach. Aber Zosine war lange Zeit stumm. Erst als sie beinahe wieder daheim waren, rief sie aus:

«Wie wunderbar zufrieden dieser alte Mann war! Er ist immerhin bei Jahren und ganz bestimmt sehr alt, und häßlich ist er unter allen Umständen! Aber er ist glücklich! Ja, ich glaube», fuhr sie nachdenklich fort, «er ist der glücklichste Mensch, dem ich in meinem Leben begegnet bin. Woher nimmt er diese tiefe Zufriedenheit? Kann er sie uns lehren?

In einem Jahr», sagte sie, als sie in die Stube eintraten und sie sich hingesetzt und tief ausgeatmet hatte, «ist Papa nach Hause gekommen, und alles ist wieder gut. Und dann werden, wie du sagtest, alle Leute Respekt vor uns haben. Und Papa selbst wird stolz auf mich sein!»

Noch am nächsten Morgen sprach sie von dem alten Pfarrer und fragte Lucan, ob sie von Pastor Pennhallow geträumt habe. Lucan dachte nach und verneinte. «Aber ich», sagte Zosine, wollte aber nicht sagen, was sie geträumt hatte.

Zwei Tage später trafen sie in Frau Quincys Büro wieder Pastor Pennhallow, der diesmal seine Frau mitgebracht hatte.

Lucan versetzte es einen kleinen Stoß in die Herzgrube, sie wurde beinahe blaß vor Überraschung, als sie in Pastor Pennhallows Frau jene kleine ältliche Dame wiedererkannte, die sie in jener Nacht, als sie auf der Flucht war, vor dem Gasthaus angeredet hatte und die sie bestimmt für eine alte Jungfer gehalten und im Scherz ihre gute Fee genannt hatte. Die alte Dame war genauso angezogen wie das erste Mal, mit einem kleinen grauen Schleier auf ihrem Hut, und sie rieb, wenn sie nicht sprach, in derselben Art und Weise ihre großen Zähne gegeneinander. Aber an dem frühen Morgen damals vor dem Gasthaus hatte sie selber das Gespräch mit Lucan angefangen und schien ihr sehr viel zu sagen zu haben. In Gesellschaft ihres Mannes war sie ganz still. Sie sah indessen Lucan einige Male so starr und forschend an, daß das junge Mädchen ganz verlegen wurde. Nach Verlauf einiger Zeit sagte sie:

«Wir haben uns sicher schon früher zufällig getroffen, Fräulein», starrte aber weiterhin in derselben Weise auf das hübsche junge Mädchen. Lucan sah auch, daß sie leise ein paar Worte mit ihrem Mann wechselte und daß sie dabei beide zu ihr hinschauten. Pastor Pennhallow schien bedenklich zu werden, schüttelte aber gleich darauf leicht den Kopf und fuhr fort.

Die Unterredung dauerte diesmal nicht lange. Die Vereinbarung zwischen dem Ehepaar und den jungen Mädchen wurde getroffen, und Frau Quincy erhielt ihre Gebühr ausbezahlt. Die kleine Gesellschaft von vier Personen würde eine Woche später zusammen nach Frankreich fahren.

Nach ihrer Begegnung mit Pastor Pennhallow war eine eigenartige Stille oder Verschüchterung über die beiden jungen Mädchen gekommen. Sie malten sich nicht mehr abends scherzhaft ihre Zukunft aus. Sie spürten, die Würfel waren gefallen. Sie waren lange auf eine solche Situation vorbereitet gewesen, hatten aber jetzt das Empfinden, als seien sie in die Gewalt eines anderen Menschen geraten, und etwas Derartiges war keineswegs die Absicht der beiden jungen Welteroberer gewesen.

Lucan erwähnte auch in diesen Tagen Zosine gegenüber nichts davon, daß sie Frau Pastor Pennhallow schon früher getroffen hatte. Sie dachte indessen selbst sehr viel daran und fragte eines Tages ihre Freundin, wie sie die kleine alte Dame finde. Zosine überlegte ein Weilchen. «Nein, sie ist nicht glücklich», sagte sie.

Im Laufe der Woche sagte Zosine: «Wir lassen niemanden wissen, wohin wir fahren. Ich werde dem alten Onkel Archibald, meinem Vormund, schreiben, ich hätte für eine Weile eine Unterkunft bei Verwandten von Mama gefunden. Es wird sie ärgern, sie haben immer auf meine arme, schöne Mama herabgesehen, weil sie nicht so viel Geld hatten wie sie selbst. Und Mama muß ja wirklich Verwandte in Frankreich gehabt haben.

Ich hätte mich gern von Ambrose verabschiedet», fügte sie hinzu, «er hat mir versprochen, Nachricht zu geben, wenn er etwas von Papa hören sollte. Aber er ist in Schottland mit seiner Zukünftigen und ihrer Familie. Jetzt möchte ich ihm nicht einmal meine Adresse dalassen. Es ist so viel stolzer, dermaleinst heimzukehren und auf seinen eigenen Füßen gestanden zu haben ohne irgendeines Menschen Hilfe oder Anteilnahme.»

Während sie ihre bescheidenen Habseligkeiten zusammenpackten, hielt Zosine plötzlich inne und überlegte.

«Es ist einerlei», sagte sie, «ich will auf der Reise ein hübsches Kleid anhaben. Und du, Lucan nimmst dir ein anderes, ebenso anständiges. Wenn wir in Frankreich auch zu Anfang – denn keiner weiß, was später sein wird – nichts anderes sind als ein Paar Pfarrhausmamsellen, so wollen wir doch einmal etwas hermachen, wenn wir England verlassen.»

Sie suchte nunmehr ein paar hübsche Kleider und Hüte, Schals, Schuhe und Handschuhe für sich selbst und ihre Freundin aus. «Wir fahren zu Schiff über den Kanal», sagte sie und umarmte Lucan, «als zwei junge Damen, die keinerlei Sorgen hier in der Welt haben!»

Sainte-Barbe

In einem fremden Land

Ein paar Meilen von der kleinen Stadt Lunel und eine halbe Meile von dem Dorfe Peyriac entfernt lag in einem Garten, der von einer niedrigen Mauer umgeben war, ein längliches rosa Haus, das «Sainte-Barbe» hieß und einstmals das Hauptgebäude eines Pachthofes gewesen war.

Es hatte eine eigentümliche Geschichte und nahm noch jetzt unter den Höfen und Häusern der Umgegend eine Sonderstellung ein. Während alles Land in weitem Umkreis um das Haus herum zum Gute «Joliet» gehörte, war Sainte-Barbe unabhängiger Besitz und war es seit fünfzig Jahren, seit der Revolution, gewesen.

Damals war einer der Kommissare vom Konvent plötzlich in die Gegend gekommen und hier auf dem Pachthof eingekehrt. Eines Nachts ließ er den Schloßherrn gefangennehmen, der in dem Verdacht stand, einem der Verwandten des Königs Ludwig auf seiner Flucht durch Frankreich Hilfe geleistet zu haben, ließ ihn nach Sainte-Barbe bringen und erschießen. Das Schloß Joliet selbst wurde einige Tages später gebrandschatzt, aber die Baronin und ihre Kinder wurden verschont, sie erhielten Unterkunft in der Verwalterwohnung des Schlosses und blieben auf ihrem Besitz, bis König Ludwig XVIII. nach Frankreich zurückkehrte und sie wieder in alle ihre Rechte eingesetzt wurden.

Aber die Witwe des Ermordeten wollte nach dem blutigen Ereignis nichts mehr von Sainte-Barbe wissen. Es sei, sagte sie, eine von Gott verdammte Stätte. Sie wollte nicht, daß der Hof noch weiterhin zum Gute Joliet gehören solle, und wollte nicht einmal Geld dafür annehmen. Sie legte die Ländereien, die früher zu Sainte-Barbe gehört hatten, mit den anderen Pachthöfen zusammen und überließ dem Pächter, von dem man vermutete, daß er – ohne daß man indessen Beweise gegen ihn hatte beibringen können – seinen Herrn verraten hatte, das Haus und den Garten, wo der Mord stattgefunden hatte.

Sainte-Barbe konnte nunmehr als Zuchthof nicht länger bestehen, sein Besitzer unterhielt für eine Weile dort ein Wirtshaus, ward aber vom Unheil verfolgt. Seine Tochter erbte das Haus von ihm, empfand ihre abgesonderte Lage als sehr bitter und arbeitete schwer, um dereinst das Land zurückkaufen zu können. Sie heiratete ihren Knecht, um sich eine billige Hilfe zu verschaffen, der aber konnte die Einsamkeit, die harte Plackerei und den Geiz seines Weibes nicht lange ertragen, er lief ihr davon und wurde Soldat. Nun blieb sie allein zurück, arbeitete weiterhin schwer und sparte ihr Geld. Sie hieß Baptistine Labarre. Als sie in die Jahre gekommen war, vermietete sie, um sich eine Einnahme zu verschaffen, das Haus und nahm selber eine Stellung als Haushälterin und Köchin bei ihren Mietern an, einem englischen Pfarrer und seiner Frau.

Die Leute in der Gegend um Peyriac wußten zwar, daß es den Pfarrern in England gestattet war, zu heiraten; trotzdem fand man die neuen Bewohner von Sainte-Barbe ungewöhnlich wie den Ort selbst und hielt sich von ihnen zurück. Der Pfarrer und seine Ehefrau waren zurückhaltende Leute und hatten augenscheinlich nicht das Verlangen, mit ihren Nachbarn zu verkehren. Sie wohnten seit fünf Jahren auf Sainte-Barbe, ohne irgendwelche Beziehungen angeknüpft zu haben.

Es war schon dunkel, als der kleine Bauernwagen, der die Reisenden aus dem Dorf hergebracht hatte, vor dem Tor in der Gartenmauer hielt. Als Pastor Pennhallow gerade an der Glocke zog, die an einem der Torpfosten hing, fiel eine Sternschnuppe. Zosine machte ihre Reisegefährten so rechtzeitig darauf aufmerksam, daß sie dem zartschimmernden Bogen der Schnuppe über den Himmel folgen konnten. Als sie erlosch, sagte Zosine: «Nun habe ich mir etwas gewünscht!» – «Ich auch!» sagte Lucan. «Und ich auch», sagte Pastor Pennhallow und lachte weich auf.

Hinter den Läden des Hauses war Licht. Bald kam ein junger Mann mit einer Laterne heraus und öffnete ihnen das Gartentor. Pastor Pennhallow redete ihn in einem Französisch mit stark englischem Akzent an und nannte ihn Clon.

Drinnen im Haus wurden sie von einer großen, beleibten Frau mit einer weißen Haube auf dem Kopf empfangen. Im Schein der Lampe sahen sie, daß der Mann, der sie eingelassen hatte, ganz jung war, eigentlich ein Junge, groß und mit schwerfälligen Gliedmaßen, mit einem dicken Kopf und einem blassen Gesicht.

Die Stube, in die sie eintraten, war länglich und niedrig, die Wände grün gestrichen, der Fußboden aus Stein. Hier war ein Abendbrottisch für die Reisenden gedeckt.

«Dies Haus», sagte Pastor Pennhallow, «war einstmals ansehnlich. Der Pächter und sein Gesinde aßen nach der Sitte des Landes zusammen hier drinnen, und man kann noch daran, daß an der Decke zwei schwere Haken für Lampen oder Kronleuchter hingen, sehen, was für ein wohlhabender Mann er war.»

Der alte Mann war sichtlich zufrieden, an seinen Bestimmungsort gelangt zu sein. Als er die Hände faltete und ein Tischgebet sprach, klang es fast wie ein Dankgebet.

«Die beiden alten Leute», sagte Zosine später zu Lucan, «haben Angst gehabt, auf der Reise über den Kanal seekrank zu werden oder auf dem Weg durch Frankreich von Räubern überfallen zu werden. Sie danken jetzt Gott, daß sie heil davongekommen sind.»

«Sie waren aber auf der ganzen Reise sorglich um uns bemüht», entgegnete Lucan.

«Natürlich, das fehlte ja auch noch, daß sie nicht fürsorglich mit uns sein würden, wo sie uns auf eine so weite Reise mitgenommen haben», sagte Zosine, «aber sie waren auch gleichzeitig stolz auf uns! Sie führten uns ja beinahe ihren Reisegefährten an Bord und in den Postkutschen vor. Das war, weil du so hübsch bist», fügte sie hinzu, «sie bildeten sich etwas darauf ein, so ein hübsches Mädchen bei sich zu haben.»

Das alte Haus war unregelmäßig gebaut mit vielen Winkeln und Treppenstufen, mit einer großen Küche und einem mit Steinen gepflasterten Gang davor. Überall sah es sauber und reinlich aus. Man merkte, daß Pastor Pennhallow viele Jahre hier gewohnt hatte, das französische Pächterhaus hatte ein hübsches englisches Gepräge erhalten. An den Wänden hingen biblische Bilder, und auf den Bücherregalen standen reihenweise englische Klassiker in alten Einbänden. Die Schlafkammer der beiden jungen Mädchen lag neben derjenigen ihrer Pflegeeltern und hatte eine Tür zum Flur hinaus und eine zum Eßzimmer. Sie war dürftig eingerichtet, aber trotzdem gemütlich und traulich mit dem weißgescheuerten Fußboden, weißen Bettvorhängen und einem kleinen Nähtisch am Fenster. Die Luft hier drinnen war modrig und abgestanden, wie in einem Raum, der eine Zeitlang nicht bewohnt gewesen ist. Lucan öffnete das Fenster und schaute hinaus. In der Dunkelheit konnte sie undeutlich einige hohe Pappeln innerhalb der Gartenmauer sehen und dahinter die Ränder eines langgestreckten Höhenzuges. Zosine trat zu ihr und legte den Arm um ihre Hüfte.

«Der Himmel mag wissen», sagte sie, als sie eine Weile so gestanden hatten, «wie Pastor Pennhallow ausgerechnet dies Haus hier in Frankreich ausfindig gemacht hat. Wenn man mich nicht bis hierher gefahren hätte, so hätte ich doch nie gemerkt, daß es vorhanden ist. Und dennoch habe ich während der ganzen Reise das Gefühl gehabt, wir steuerten auf ein bestimmtes Ziel los, ja, wir würden geradezu dorthin gezogen und zu keinem anderen Ort der Welt. Und das war also gerade Sainte-Barbe! Meinst du, hier im Garten liegt ein Schatz verscharrt und Pastor Pennhallow stellt uns eines Tages dazu an, ihn auszugraben? Und meinst du, daß wir auf Sainte-Barbe glücklich werden?»

«Mein Vater sagte», entgegnete Lucan nach einem kurzen Schweigen, «wenn wir andere über etwas befragen, das unsere eigenen Angelegenheiten betrifft, so können wir die Frage am allerbesten selbst beantworten, wenn wir nur den Mut haben, inständig genug zu fragen. Ich glaube, Pastor Pennhallow ist uns wohlgesonnen. Er kann uns viel lehren, und mir ist es beinahe so, als ob das, was er uns lehren kann, uns große Macht verleihen könnte. Vielleicht ist wirklich in diesem Garten ein Schatz vergraben.»

«Ja, natürlich», rief Zosine aus und fügte hinzu, als im selben Augenblick ein Nachtvogel aus den Pappeln einen kurzen, dumpfen Schrei vernehmen ließ, «es ist ein Echo, das aus der Zukunft herübertönt von unseren Spatenstichen, wenn wir ihn ausgraben!»

«Ich habe aber heute abend gedacht», fuhr Lucan fort, schloß das Fenster und trat in den Lichtkreis der Lampe, «ebenso wie wir weit von England fortgekommen sind, sind wir doch auch schon weit von unserem Programm in London abgekommen. Wir meinten dort, uns stehe es bevor, immer mit der ganzen Welt auf einmal zu tun zu haben und nicht mit einem einzelnen Menschen. Hier auf Sainte-Barbe glaube ich, daß es uns umgekehrt ergehen wird! Ich habe das Gefühl, als werde dieser einzelne alte Mann es sein, der uns auf allen Seiten die Welt fernhalten wird.»

«Wir werden doch wohl über die Mauer springen können!» meinte Zosine.

Die Landschaft um Sainte-Barbe dehnte sich weithin und war steinig, sie enttäuschte die beiden jungen Mädchen beim ersten Anblick, weil sie so farblos war. Aber sie war andererseits so himmelweit verschieden von allem, was sie bisher gekannt hatten, daß sie bald eine starke Wirkung auf sie ausübte und mit ihren Weinäkkern und Olivenwäldern und den langen Reihen von Pappeln, die die Äcker gegen den kalten Nordwind, den Mistral, schützen sollten, als romantisch empfunden wurde und voller Möglichkeiten. Das Dorf lag eng zusammengedrängt mit einer einzigen langen Straße und einer Art Marktplatz. Die Häuser hier waren in einem grauen Stein erbaut, die meisten hatten Läden vor den Fenstern, die auf die Straße gingen.

Es war ein trockener Sommer. Hin und wieder zogen große Wolken herauf, und auf den Wegen erhob sich der Staub, aber es kam kein Regen. Die jungen Mädchen machten täglich einen Gang über die Felder und in den Wald und lernten die Umgegend des einsamen Hofes bald kennen. Pastor Pennhallow sah es nicht gern, wenn eine von ihnen ohne Begleitung ausging, aber gemeinsam ließ er sie frei umherstreifen. Er gebot ihnen lediglich, sich nicht unvorsichtig mit Leuten einzulassen. In den ersten Wochen sprachen sie überhaupt mit keinem außerhalb der Gartenmauer. Nur selten einmal benutzte ein Mensch den Weg, und das nächste Haus lag eine gute Viertelmeile von Sainte-Barbe entfernt.

Im Haus selbst erweiterten sie ihre französischen Sprachkenntnisse in der Unterhaltung mit Baptistine und zuweilen mit dem jungen Clon. Baptistine war eine eigentümliche Person; sie erkannten bald, die Frau nahm es in der ihr eigenen Weise als gegeben hin, daß sie außerhalb der übrigen Welt stand, und hatte sich im Lauf der Jahre damit abgefunden. Der Gedanke, die Ländereien von Sainte-Barbe einstmals zurückkaufen zu können, erfüllte sie oder hatte sie annähernd besessen gemacht und schien ihr genug zu sein. Trotzdem wußte sie viel über die Leute der Umgegend und erzählte den jungen Mädchen mitunter von ihnen. Es waren aber selten deren Tugenden, bei denen sie verweilte; sie stellte Menschen und Ereignisse in einer spitzigen, schadenfrohen Art und Weise dar, als finde sie eine insgeheime Befriedigung darin, die Schlechtigkeit der Welt und Menschen so gründlich zu kennen.

Einige Tage nach ihrer Ankunft sprach Pastor Pennhallow mit seinen Pflegetöchtern über Clon. «Der unglückliche Junge», sagte er, «hat, so jung er auch ist, einige Zeit im Gefängnis gesessen. Er ist nur mäßig begabt, er ist ein Findelkind und niemals angeleitet worden. Ich habe ihn aus Mitleid in meinem Haus aufgenommen und vor mir selber das Gelübde abgelegt, niemals jemandem gegenüber zu erwähnen, was ihn ins Gefängnis gebracht hat.»

Alltag

Die Welt, zu der einige Generationen später Englands Frauen mit Mühe und unter Kämpfen Zugang erhielten, die Welt des Wissens und der gelehrten Studien, tat sich den beiden verlassenen jungen Mädchen im Laufe dieses Sommers und Herbstes und auf dem abgelegenen alten Pachthof unerwartet und mit großer Gewalt auf. Diese Welt erfüllte sie mit Staunen und mit einer unbekannten, oftmals fast verzückten Erregung.

Pastor Pennhallow hatte ihnen erzählt, daß er in der Einsamkeit von Sainte-Barbe an einem gelehrten, frommen Werke schreibe. Er war auch viele Stunden, vor allem des Nachts, damit beschäftigt. Er nahm sich aber zugleich sorgsam ihres Unterrichts an, versäumte niemals eine einzige Schulstunde mit ihnen und wurde, je weiter die Monate fortschritten, immer eifriger in seiner Lehrtätigkeit. Die Schule begann täglich früh am Morgen in dem länglichen Eßzimmer mit den grünen Wänden. Jeder Wochentag hatte sein bestimmtes Fach: Mathematik, die klassischen Sprachen, Geschichte und Naturwissenschaften.

Wenn man Lucan und Zosine ein halbes Jahr früher gesagt hätte, sie würden ihre Zeit zwischen verstaubten Büchern in Gesellschaft eines kleinen, alten, beinahe lächerlichen Mannes zubringen, so hätte es ihnen wohl das Herz schwergemacht. Aber Pastor Pennhallow war ein merkwürdiger Schulmeister. Er mußte, dachten sie, in früherer Zeit und ehe seine Stimme ihre Kraft eingebüßt hatte, den vornehmen jungen Männern, die in England seiner Obhut anvertraut worden waren, ein mitreißender und anregender Lehrer gewesen sein. Er würde sich, wenn dies Unglück ihn nicht betroffen hätte, überall in der Welt eine glänzende Zukunft geschaffen haben.

Dieser schwere und eckige graue Kopf war mit einem solchen Wissen angefüllt und einer solchen Fülle von Kenntnissen, daß sie unmöglich in einem Menschenleben gesammelt sein konnten, sondern durch viele Geschlechter aufgehäuft sein mußten. Wenn er sagte: «Mein Vater widmete sich besonders diesem Studium» oder «mein Urgroßvater hat ein Buch über dies Thema geschrieben», dann fühlten Lucan und Zosine, daß diese gelehrten Vorfahren ihr gelehrtes Erbteil durch einen besonderen, magischen Vorgang an ihre Nachfahren übertragen haben mußten. Und trotzdem lag der Zauber des Unterrichts nicht so sehr in des Lehrers seltenem und, wie es ihnen schien, unbegrenztem Wissen als vielmehr in seiner wundersamen Gabe, mit Leichtigkeit und wie im Spiel entschwundene Zeiten und unbekannte Ereignisse und Gestalten vor seiner Schülerinnen Augen wieder lebendig zu machen.

Moses und der Prophet Jeremias lebten für sie in riesigen, greifbaren Gestalten, ebensogut wie König Richard III., Prospero und Caliban, und es war den beiden jungen Mädchen, als seien sie dabeigewesen, als Kaiser Nero auf der Lyra spielte, während Rom vor ihm niederbrannte, oder da die große Armada, mit zerfetzten Segeln, in Meeresnebel und pfeifendem Nordweststurm auf schwarzen Wogenkämmen kämpfte. Sie hatten mit Grauen und Trauer die Jungfrau von Orléans vom Gerichtssaal mit den steinernen Gesichtern der erbarmungslosen Richter zur Gefängniszelle und zum Scheiterhaufen begleitet. Sie erinnerten sich ihr ganzes Leben hindurch – sie erwähnten es jedoch niemals, auch nicht einmal voreinander –, wie bei der Heimkehr des Helden Odysseus die ungetreuen Mägde in seiner Halle aufgehängt wurden wie die

Drosseln an einem Seil, und sie «zappelten noch mit den Füßen ein wenig, aber nicht lange».

«Wieviel Zeit und wieviel Arbeit muß es doch Pastor Pennhallow gekostet haben, all das, was er weiß, zu lernen», sagte Lucan eines Tages zu Zosine. «Er hat es gar nicht gelernt», sagte Zosine, «er hat es wirklich erlebt! Ich glaube, er hat viele Male gelebt, und er weiß über Dinge Bescheid, die niemand anders kennt.»

Lucan hatte in ihrem vergangenen Dasein mit ihrem Vater Geschichte getrieben, aber für Zosine war die Welt der Bücher neu. In der Schule hatte sie sich am liebsten davor gedrückt, und später hatte sie in ihrem heiteren väterlichen Haus und auf ihren Reisen fast vergessen, daß es sie gab. Jetzt, da ihr Gemüt von den Ereignissen und Veränderungen der letzten Monate erregt war, suchte sie Zuflucht bei ihnen. Es dauerte nicht lange, da ergab sie sich dem Lehrer, dessen Aussehen bei ihrem Kennenlernen sie zum Lachen gereizt hatte, mit Begeisterung und Schwärmerei wie ein Schulmädchen. Sie fand ihn nicht mehr häßlich oder linkisch, sie versicherte Lucan, er gleiche Sokrates persönlich. Wenn die jungen Mädchen unter Gleichaltrigen gelebt hätten, so hätten sie vielleicht fürchten müssen, als Blaustrümpfe ausgelacht zu werden. Aber auf Sainte-Barbe und in der Gesellschaft von Menschen, die so viel älter waren als sie selbst, erörterten sie, auch wenn sie allein waren, mit Tinte an den Fingern tiefe und gelehrte Themen, als seien sie tatsächlich Studenten der Theologie.

Zosine hatte bisweilen Gewissensbisse, weil sie diesem alten Lehrer, der ihr so reiche, neue Horizonte öffnete, Dinge aus ihrem eigenen Leben verschwieg. Sie war nahe daran, Pastor Pennhallow ihren richtigen Namen zu verraten und ihm die Geschichte ihres Lebens zu erzählen. Aber sie hatte sich selbst um ihres Vaters willen ein für allemal gelobt, nichts preiszugeben, und schwieg auch weiterhin. «Vielleicht», sagte sie, wie um sich selber zu entschuldigen, zu ihrer Freundin, «würde er gar keine Notiz davon nehmen, wenn ich sie ihm erzählte. Sie ist zu weltlich und zu leichtsinnig, um in seinen Augen irgendeine Bedeutung zu haben.»

Aber ein andermal sagte sie ganz hingerissen und feierlich zu Lucan: «Er weiß schon alles! Er kennt uns beide und alles, was uns betrifft, besser, als wir selber es tun! Er ist ein wunderbarer Mann!»

Pastor Pennhallow war gleichzeitig ein Stück von einem Künstler. Er verfertigte kleine, feine Bleistiftskizzen von Blumen und Landschaften. Es kam auch gelegentlich vor, daß er gegen Abend in der langen Eßstube eine große, altmodische Flöte hervorholte und darauf spielte. Er zog alte Melodien vor, auch fremdartige, und die sanften oder schelmischen Töne waren so verführerisch, so seltsam fesselnd und erregend, daß Frau Pennhallow totenstill dasaß, die Augen auf den Estrich geheftet, während er spielte, und auch die jungen Mädchen wie verzaubert lauschten. Und wenn er aufhörte und seine Flöte weglegte, seufzten sie auf und blickten sich um.

Die Gattin des Pfarrers besaß nichts von seiner magnetischen und anregenden Kraft oder seiner nachdenklichen Ruhe. Alles, was sie unternahm, geschah gleichsam ruckweise – «wie ein Wagen auf einer schlechten Straße», sagte Zosine. Zosine hatte, in aller Harmlosigkeit und zu ihrem eigenen Vergnügen, sich eine Theorie zurechtgemacht dahingehend, daß Frau Pennhallow den starken Getränken zuspreche und daß sie ab und zu insgeheim ein kleines Gläschen Rum oder Gin trinke. Sie glaubte es selber nicht ernstlich, hatte aber ihren Spaß daran, an ihren Einfällen weiterzuspinnen und das ruckweise, unregelmäßige Wesen der alten Frau daraus zu erklären, und es geschah oftmals, daß Lucan mit in ihr Lachen einstimmte, wenn sie ihrer Einbildungskraft die Zügel schießen ließ und überraschende Zusammenhänge herausfand, wie in einer Komödie.

Frau Pennhallow unterrichtete ihre Pflegetöchter in Deutsch und Italienisch, oft, wie es schien, gegen ihren eigenen Willen. Indessen konnten die Bücher auch aus der flachbrüstigen, unbeholfenen alten Frau Funken schlagen, und sie unterrichtete dann in einer Art Entrückung. Sie besaß ebenso reiche Kenntnisse wie ihr Mann, und es konnte geschehen, daß er sich wegen einer Auskunft an sie wandte. Aber bei solchen Gelegenheiten schien sie halb und halb beschämt darüber, daß sie besser Bescheid wußte als er. Sie konnte unter Umständen beim Unterricht auch ganz ins Stocken geraten, den Blick starr auf das Gesicht ihrer Schülerinnen geheftet, so als stelle sie im Kopf eine Rechnung auf. Zosine behauptete, daß es vor allem Lucan sei, die sie in dieser Weise anstarrte.

«Du wirst mit jedem Tag schöner», sagte sie zu ihrer Freundin, «man könnte wahrhaftig neidisch auf dich werden. Wenn Frau Pennhallow dich so mit ihren runden grauen Augen verschlingt, dann versucht sie, etwas von deiner Schönheit für ihr eigenes Antlitz aus deinem zu saugen.

Ich habe gehört oder gelesen», sagte sie kurz darauf, «daß ein Ehepaar, welches sehr glücklich zusammenlebt, mit der Zeit einander ähnlich wird. So ist es mit unseren beiden Alten gegangen. Weil sie eine Frau ist, wirkt sie größer und kräftiger als er, aber wenn sie nebeneinanderstehen, dann sind sie ganz gleich groß, und dennoch, wie viel stärker wirkt er in einem Raum als sie! Weißt du noch, als wir sie zum erstenmal sahen, dachten wir, Pastor Pennhallow sieht aus wie eine alte Dame in Herrenkleidung und seine Frau wie ein alter Mann in Damenkleidung? Mitunter kommt es mir immer noch so vor, er sei etwas mehr als ein Mann, sozusagen ein stummes, altes Götterbildnis, das aus einem Stück Holz grob geschnitzt ist. Sie aber würde doch immer nur ein trockener und hölzerner alter Herr sein.»

«Sie spürt es vielleicht selbst», sagte Lucan, «denn sie verehrt ihren Mann. Sie ist sonst doch so bestimmt in ihrem Wesen, aber sie gehorcht ihm auf den kleinsten Wink, und wenn er nicht da ist, dann wirkt sie beinahe verloren.»

Es kam indes nur selten vor, daß die jungen Mädchen in dieser Weise die Schwächen ihrer Pflegeeltern unter die Lupe nahmen. Denn das Leben auf Sainte-Barbe hatte einen eigenartigen Wesenszug, der sie erregte oder rührte, der sie eine neue Hingabe für ihren Lehrer empfinden ließ und eine halb und halb belustigte Dankbarkeit gegen die alte Frau.

Es war gar nicht zu verkennen, daß sie ihren Pflegeeltern ganz unentbehrlich waren, ein kostbarer Besitz in ihrem einsamen Leben, ihr Augapfel. Zu Beginn ließen die beiden Alten die jungen Mädchen nur selten aus den Augen, und noch lange Zeit danach fanden diese sie, wenn sie später heimkehrten, als sie erwartet waren, in großer Besorgnis und Unruhe. Es kam vor, daß Frau Pennhallow plötzlich und unerwartet in ihr Schlafzimmer trat, um nachzusehen, ob sie auch noch da seien. Pastor Pennhallow lächelte ein wenig, wenn er mit ihnen redete, und seine Frau milderte ihnen gegenüber ihre rauhe Stimme. Zosine, die an Fürsorglichkeit gewöhnt war und ebenfalls daran, daß ihren Launen nachgegeben wurde, fühlte diese beständige sanfte und wachsame Fürsorge entweder gar nicht, oder sie wurde auch ungeduldig und meinte, sie werde gehalten wie ein Kind. Aber auf Lucan, die auf der Welt allein gestanden hatte, machte diese einen tiefen Eindruck, und ihr fiel die Tochter ein, die das alte Ehepaar vor so vielen Jahren verloren hatte.

Die beiden alten Leute mochten im Verkehr mit jungen Mädchen ungeübt sein; die Anstrengungen, die sie machten, um ihren Pflegetöchtern Freundlichkeiten zu erweisen, waren linkisch und gleichsam tastend. Die Unbeholfenheit ihrer Versuche, die die beiden Freundinnen zum Lachen reizte, stimmte andererseits ihre Herzen gegenüber den einsamen, kinderlosen Alten weich.

Es konnte geschehen, daß Pastor Pennhallow Baptistine anwies, einen Kuchen für seine Pflegetöchter zu backen – so als erinnere er sich, gehört zu haben, daß junge Mädchen Süßigkeiten gern mochten. Es konnte auch vorkommen, daß seine Frau, als besinne sie sich auf ihre Pflichten als Erzieherin, ihnen plötzlich und mit großem Nachdruck eine Ermahnungsrede hielt, sie vor den Versuchungen der Welt warnte und ihnen deren Gefahren und Falschheit vor Augen führte. Lucan mußte sich dann wundern, wenn sie an ihre erste Begegnung im Gasthaus dachte, und fragte sich, ob sie sich nicht in ihrer damaligen Gemütsverfassung und Erschöpfung vielleicht verhört habe.

Bisweilen wies Frau Pennhallow den jungen Mädchen, wenn sie sie lange schweigend angesehen hatte, irgendeine Arbeit im Hause zu und trieb sie an. Dies war entgegen dem Wunsch ihres Mannes, er warf ihr ihre Betriebsamkeit als Hausfrau milde vor und ihren Eifer, all die Kräfte auszunutzen, die ihr in den Weg liefen. Seine Frau nahm sich dann seine Zurechtweisungen zu Herzen und war lange Zeit danach noch stumm und ängstlich.

Zu anderen Zeiten konnte der alte Pfarrer ihr wiederum freundlich Beifall spenden für ihre Arbeit an ihren Pflegetöchtern. Als sie eines Abends beim Schein der Lampe die deutschen Schulaufgaben mit den jungen Mädchen durchgenommen hatte, ließ er lange seine Augen auf der Gruppe ruhen und lächelte vor sich hin und sagte:

«Wir sind doch, meine Liebe, auf unsere alten Tage unseren weißen Lämmchen ein paar gute Hirten geworden.» Da lachte Frau Pennhallow wohlgefällig, ein kleines, heiser glucksendes Lachen, das so klang, als sei sie des Lachens ungewohnt.

Es wollte Lucan und Zosine scheinen, als sprächen die alten Pfarrersleute selten miteinander, wenn sie allein waren. Nur abends, wenn die beiden Freundinnen zu Bett gegangen waren, konnten sie Pastor Pennhallow und seine Frau im Eßzimmer miteinander reden hören. «Jetzt unterhalten sie sich über Pastor Pennhallows großes Werk», sagte Zosine.

Das alte Paar holte auch ab und zu dicke Kontobücher hervor und saß lange in Gedanken vertieft über ihnen. «Pastor Pennhallow», dachten die jungen Mädchen dann, «hat sicherlich über viele wohltätige Unternehmungen Buch zu führen.»

«Wenn sie so dasitzen», sagte Zosine, «dann ist ihnen wirklich anzusehen, daß sie Adventisten sind! Sie warten auf etwas. Was ist es, worauf die Adventisten warten – auf Christi Wiederkehr hier auf Erden? Ich verstehe nichts von Theologie. Aber ihren Gesichtern kann ich es ansehen. Sie warten beide, ganz still.»

Clon

Pastor Pennhallow war Asket, er aß kein Fleisch, trank nur Wasser und lebte, wie ein alter Einsiedler, meistens von trockenem Brot und Kräutern. Frau Pennhallow hatte nicht viel Sinn für den Haushalt, sie war von ihren Büchern und ihrem Manne ganz in Anspruch genommen. Aber Madame Baptistine war eine tüchtige Wirtschafterin, die Lebenshaltung auf Sainte-Barbe war, nach ländlichem Maß, reichlich und gut.

Baptistine verstand auch etwas vom Gärtnern. Sie verkaufte Gemüse und Obst in Peyriac und ließ an Markttagen ihre Ware durch den Jungen Clon auf einem Eselskarren sogar bis nach Lunel fahren, und sie war für ihren zarten Salat, ihre süßen Melonen und die duftenden, saftigen Pfirsiche bekannt.

Morgens in der Frühe und wenn es nach einem glühendheißen Tag gegen Nachmittag wieder kühler wurde, halfen die beiden englischen Mädchen Clon bei seiner Arbeit im Garten. Für Lucan und Zosine war es, nach ihren Studien im Haus, eine willkommene Abwechslung, das klare Wasser aus dem Brunnen zu den Gemüsebeeten zu tragen, Melonen aufzubinden und Salat auszupflanzen. Der kleine graue Esel wurde Zosines Liebling, sie striegelte ihn, schenkte ihm Zucker und zog ihn auf die Weide am Grabenrand außerhalb der Gartenmauer.

Lucan hatte eine große Liebe zu allen Pflanzen und hegte und jätete sorgfältig die langen Reihen von Bohnen und Gurken, sie folgte Clons Anweisungen, wenn es darum ging, zu graben und zu häufeln, konnte aber ihrerseits dem Jungen Dinge über die Behandlung der jungen Pflanzen beibringen, die er nicht wußte.

In den friedlichen Stunden im Garten sprachen die jungen Mädchen zusammen über ihre Studien und über die Vergangenheit und fingen nach geraumer Zeit auch an, sich darüber zu unterhalten, wie es ihnen wohl ergehen mochte, wenn sie dereinst Sainte-Barbe verließen. Zosine erwartete viele Abenteuer vom Leben. Wenn ihr Papa zurückkehrte, würden sie zusammen ganz bis nach China reisen, und sie wollte nicht heiraten und sich der Ruhe hingeben, bis alle Freier in allen Ländern um sie angehalten hätten. Lucan hörte ihr zu, sie konnte selber keine solche farbigen Bilder von ihrer Zukunft hervorzaubern. Diese lag für sie hinter einem Schleier, mitunter farblos, mitunter durchstrahlt von einem verheißungsvollen rosa Licht, und sie wartete stumm darauf. «Ich bin vielleicht», dachte sie und lächelte, während sie die vollen grünen Schoten in ihrer Schürze zum Hause hinauftrug, «Adventistin genau wie Pastor Pennhallow und seine Frau.»

Clon war ein wortkarger Junge. Er war sehr stolz auf seine Riesenkräfte und erklärte ernsthaft, er könne schneller und besser ein Grab ausheben als selbst der Totengräber von Peyriac. Aber er war von scheuem Wesen und schien beinahe bange vor den jungen Mädchen zu sein, obwohl er ihnen mit den Blicken folgte, wenn sie im Garten hin und her gingen. Zosine, der furchtsame Leute etwas Fremdes waren, meinte, er sei wohl nicht ganz richtig im Kopf. Aber Lucan dachte, sein sonderbares Betragen stamme wohl von seiner Gefängniszeit her. Sie mußte an ihre eigenen kleinen Brüder denken und hatte Mitleid mit dem Waisenknaben.

«Es ist ungerecht, es ist ein großer Jammer», sagte sie zu Zosine, «daß ein armes Kind, welches vielleicht einmal Hunger gelitten und ein Stück Weißbrot gestohlen hat, mit bösen Menschen und Verbrechern zusammen eingesperrt wird und hinterher die ganze Welt fürchtet.»

Als Clon sich einmal beim Holzspalten den Finger verletzte, verband sie ihn. Ihre Freundlichkeit schien ihn zu wundern, aber seitdem pflegte er immer hinter ihr herzugehen, wenn sie im Garten war, und wollte es nicht zulassen, daß sie die schweren Eimer vom Brunnen trug.

Clon hatte gelernt, Melonenpflanzen zu befruchten, indem er mit einem Hölzchen den Blütenstaub von der einen Melonenblüte auf eine andere übertrug. Pastor Pennhallow hatte Bedenken gehabt, daß die jungen Mädchen ihm bei dieser Arbeit beistünden, die so nahe an die Mysterien des Lebens rührten, aber er erkannte, daß Lucan schon darüber Bescheid wußte und es sogar besser konnte als der Junge selbst und daß sie in ihrer Unschuld und ihrer Liebe zu allem in der Natur keinen heimlichen Gedanken damit verband.

An einem schönen, wolkenlosen Tag waren sie und Clon allein und emsig bei der Arbeit im Melonenbeet. Ein wenig schamhaft, auch weil sie sich nicht so auf französisch auszudrücken wußte, wie sie gern wollte, versuchte das junge Mädchen, des Knaben Gemüt für sich zu gewinnen. Sie wollte ihn nicht über sein eigenes Leben ausfragen, weil sie erriet, daß Dunkel und Schmerz darin walteten, sondern sie erzählte ihm von ihrem väterlichen Haus und ihren Brüdern und davon, wie sie dort versucht hatten, sich gegenseitig zu helfen und gut zueinander zu sein.

Clon hörte ihr mit verschlossener Miene zu und mit einem leisen, fast spöttischen Lächeln. Als sie sich aber aus ihrer knienden Stellung zwischen den Melonenreihen aufrichteten, blieb er eine Weile in tiefem Sinnen stehen.

«Ich habe auch einmal», sagte er unvermittelt, «versucht, etwas Gutes zu tun. Ich versuchte, jemandem zu helfen. Einer», fügte er hinzu, und über seine stumpfen Züge lief ein eigentümliches Zukken, «die hatte solch Haar wie Sie und sprach genauso wie Sie.» Er schwieg eine Weile. «Aber das weiß niemand», sagte er leiser. Lucan, die ihm gerade gegenüberstand, sah ihm mit ihren klaren blauen Augen offen ins Gesicht. «Doch, Clon», sagte sie sanft und ernsthaft, nachdem sie einen Augenblick nachgesonnen hatte. «Er, der alles sieht, weiß auch das.» Der Junge starrte sie an, sah zum Hause hinüber und wurde aschfahl. «Nein, nein», sagte er und wollte nicht weitersprechen.

Am nächsten Morgen kam er mit einem Ausdruck heimlicher Freude zu ihr und zeigte ihr ein Eichhörnchen, das er gefangen hatte und in seinen groben, von Erde beschmutzten Händen hielt. Nun wolle er ihr auch eine Freude machen, sagte er. Als sie ihn lächelnd fragte, was er denn mit dem kleinen, verschüchterten Tierlein zu tun gedenke, erzählte er ihr, was er im Schilde führe, und sein Plan war so grausam und hirnverbrannt, daß das junge Mädchen sich entsetzt die Ohren zuhielt und ihm darauf ganz blaß befahl, das Eichhörnchen loszulassen. Clon verstand sie nicht oder wollte ihr nicht folgen, er preßte das Tier nur noch fester an sich.

«Clon», sagte Lucan mit bebender Stimme, «erinnerst du dich nicht, was ich dir gestern erzählt habe von dem, der alles sieht? Was würde Er wohl sagen, wenn Er sähe, wie du ein wehrloses Geschöpf quälst, das dir nichts zuleide getan hat?»

Clon runzelte erst die Stirn, so als verstehe er sie nicht, dann breitete sich ein hartes, wildes Lächeln langsam auf seinem Gesicht aus. «Er!» sagte er. «Ihm würde es gerade gut gefallen.»

Lucan dachte, Zosine habe wohl doch recht gehabt, daß der Junge nicht ganz bei Verstand sei. Voller Angst und böse nahm sie ihm das Tierlein fort und ließ es davonlaufen. Clon war ebenfalls sehr blaß geworden und starrte das junge Mädchen an.

«Wann reist ihr beiden nun weg?» fragte er plötzlich mit böser, drohender Stimme.

«Weg?» rief Lucan aus.

«Ja, weg!» wiederholte Clon wütend.

«Wohin sollen wir denn reisen, Clon?» fragte Lucan ernst.

«Fort! Weg! Weg!» rief Clon. «Ebenso wie die anderen Fräulein, die hier früher waren!»

Beim Abendbrot fragte Pastor Pennhallow, der, von seinem täglichen Spaziergang nach Hause kommend, die beiden von weitem beobachtet hatte, Lucan lächelnd, worüber sie sich mit dem schweigsamen Dorfjungen unterhalten habe. Lucan wollte oder konnte nicht von Clons wildem Einfall berichten, sie erwiderte ein wenig verlegen:

«Er hat mir von ein paar Fräulein erzählt, die ebenso wie wir hier waren und die fortgereist sind. Ich verstand ihn nicht.»

Sie war so beunruhigt durch den Gedanken an die Hartherzigkeit des Jungen und an das wehrlose Tier, das in seiner Gewalt gewesen war, daß sie abends nicht einschlafen konnte. Und während sie wach lag, fiel ihr ein, daß sie ihre kleine Gießkanne auf dem Gartenweg hatte stehenlassen. Es war schon einmal vorgekommen, daß Clon wegen ihrer oder Zosines Nachlässigkeit Schelte bekommen hatte, sie wollte nicht, daß das jetzt wieder geschehe. Während Zosine schon schlief, hüllte sie sich in ihren Schal und ging ganz leise, um niemand zu stören, aus dem Haus, um die Gießkanne in den kleinen Schuppen in der Ecke der Mauer zu tragen, wo die Gartengeräte ihren Platz hatten. Es war noch nicht ganz dunkel, sie fand mit Leichtigkeit die Kanne dort, wo sie sie stehengelassen hatte.

Als sie zu der Mauerecke kam, stockte erschrocken ihr Fuß, denn sie hörte vom Schuppen drinnen, der so niedrig war, daß sie nicht aufgerichtet darin stehen konnte, ein langgezogenes Stöhnen oder Wimmern, so als sei ein Mensch dort eingesperrt.

Sie zögerte und rief ein paarmal, dann hob sie den Riegel hoch und öffnete die Tür. Zu ihrem Erstaunen kroch Clon auf allen vieren heraus und knickte auf dem Gartenweg in den Knien zusammen. Er schien außerstande, sich aufzurichten, und war völlig wild vor Entsetzen, er bebte vom Scheitel bis zur Sohle und fuhr fort, zu wimmern und leise zu stöhnen. Lucan dachte, er müsse im Schuppen eingeschlafen sein und irgend jemand habe, ohne es zu ahnen, daß er sich darin befand, die Tür verriegelt. Sie blieb stehen und betrachtete den Jungen, sie empfand einen Widerwillen dagegen, ihn zu berühren, denn sie hatte seinen bösartigen und gierigen Blick nicht vergessen, als er das Eichhörnchen an seine Brust gepreßt hielt. Aber sie überwand sich schließlich, neigte sich über ihn und legte die Hand auf seine Schulter.

«Clon», rief sie und versuchte ihn aufzurichten.

«Ich kann nicht rauskommen!» stöhnte der Junge. «Ich kann nicht rauskommen!» Er zitterte so heftig, daß seine Zähne aufeinanderschlugen, und sie verstand ihn erst, als er denselben Satz viele Male wiederholt hatte. Lucan ergriff seine Hand und stellte ihn endlich auf die Beine. Er klammerte sich an ihre Hand und starrte durch das Halbdunkel auf sie.

«Da können Sie sehen», rief er. «Er weiß alles!» Seine Stimme war völlig verändert, so heiser und brüchig, daß auch Lucan Angst bekam.

«Ich werde nie wieder von den Fräulein reden, die verschwunden sind», rief er. «Es ist mir auch einerlei, wo sie hingekommen sind. Ich werde nie wieder von ihnen reden.»

Mazeppa

Wenn Baptistine hin und wieder einmal ihre mürrische Schweigsamkeit ablegte und den jungen Mädchen von Leuten und Verhältnissen in der Gegend erzählte, so waren es zwei Namen, die ständig in ihren Berichten wiederkehrten. Das waren *Joliet*, der Name des Gutes, dessen Ländereien Sainte-Barbe auf allen Seiten umgaben, und *de Valfonds*, der Name der Familie, die es besaß. Über diesen Ort und diese Leute sprach die harte und spottsüchtige Frau gegen ihre Gewohnheit mit Achtung. Es mochte sonderbar erscheinen, daß sie, die sie sich von Joliet ausgestoßen fühlte und der Sippe der de Valfonds die Schuld an ihrer vereinsamten Lage zuschreiben mußte, für beide noch so viel übrig haben sollte. Aber Lucan und Zosine sagten sich, daß der Besitz und die Sippe, mit der die Vorfahren der Bäuerin seit vielen hundert Jahren zusammengehört hatten und denen sie gedient hatte, für sie den Glanz eines Gelobten Landes und eines königlichen Geschlechts haben mußte; sie waren es, zu denen sie zurückstrebte.

Kein Besitz in ganz Frankreich, sagte Baptistine mit Stolz, sei so gut bewirtschaftet wie Joliet, kein Boden bringe besseren Wein hervor, an keinem anderen Ort hätten Pächter, Instleute und Tagelöhner so gute Lebensbedingungen. Der alte Gutsherr, der im

Garten von Sainte-Barbe ermordet worden war, sei ein gerechter und milder Herr gewesen, seinen Leuten ein Vater zu einer Zeit, da seine Standesgenossen ihre Bauern unterdrückten und aussogen. Seine Witwe, die bei seinem Tod eine ganz junge Frau gewesen und auf ihrem Gut geblieben sei, während andere adelige Familien aus Frankreich geflohen seien, habe sein Werk fortgesetzt, habe ihm aber noch einen besonderen Wesenszug hinzugefügt. Keiner von der Familie Valfonds habe nach dem Mord seine Provinz verlassen. Sie lebten und starben in der Languedoc. Auch diese Tradition erwähnte Baptistine mit Stolz, so als habe sich die Sippe dadurch die ganze Provinz zu eigen gemacht. Es sei die Witwe des ermordeten Gutsbesitzers, die heute noch auf dem Schlosse residiere. Ihr einziger Sohn und seine Frau seien gestorben, ihr Enkel sei nun der Besitzer und lebe dort mit seiner Großmutter zusammen. Und auch dieser junge Adlige sei niemals je im Ausland oder auch nur in Paris gewesen. Er überschreite nie die Grenzen der Languedoc und sei auf seinem eigenen Grund und Boden zu finden.

All dies hatte die Phantasie der jungen Engländerinnen beflügelt. Joliet wurde für sie das Schloß in einem Märchen und gehörte allmählich zur ganzen Geschichte Frankreichs, in der sie gerade jetzt unterwiesen wurden. Wenn sie über die Kreuzzüge lasen, war es ein de Valfonds, der zum Heiligen Lande zog, während seine Gemahlin ihm von Joliets Mauern herab zum Abschied zuwinkte.

Aber es kam der Tag, da ließen sie die Bücher Bücher sein und wandten sich der wirklichen Welt zu. Sie machten im Spätsommer ihre Spaziergänge zu dem Park, der Joliet umgab. Von einer Bank her sahen sie das weiße Gebäude durch die Bäume schimmern. Pastor Pennhallow und seine Frau ermunterten auch jetzt, da die Weinlese ihren Anfang nahm, die jungen Mädchen, sich ein wenig in der Gegend umzuschauen, und hätten, wie sie sagten, nichts dagegen, wenn sie sich mit den Leuten aus dem Dorfe oder von den Pachthöfen unterhielten. Sie bedauerten es beinahe selber, daß sie bei ihrem zurückgezogenen Leben ihre Nachbarn so wenig kannten und ihren Pflegetöchtern nicht helfen könnten, Bekanntschaften zu machen.

Unterhalb des flachen Hügels, auf dem das Schloß lag, war ein großes, grasbewachsenes Gehege, in dem viele schöne Pferde liefen. Es waren die Reitpferde des Barons de Valfonds. Seine Familie zählte zu ihren Mitgliedern viele fähige Pferdezüchter und tüchtige Reiter. Zosine, die sich in Frankreich bisher mit einem Esel hatte begnügen müssen, geriet ganz außer sich vor Entzücken bei dem Anblick der Pferde. Sie kannte sie bald alle miteinander und gab jedem einzelnen in ihrer Phantasie Namen. Sie bekam von Baptistine altes Brot und trug es in einem Korb zu ihren Freunden hinaus, und auch diese lernten das junge Mädchen bald kennen und kamen dicht an sie heran, wenn sie mit ihrer klaren Stimme nach ihnen rief. Baptistine sagte es sehr zu, daß Joliets Pferde Brot aus Sainte-Barbe erhielten, und sie benahm sich gegen Zosine nicht annähernd so unwirsch wie gegen ihre übrigen Hausgenossen. Während Frau Pennhallow die Angewohnheit hatte, Lucans schönes Antlitz anzustarren, konnte es geschehen, daß Baptistine Zosine unverwandt ansah, so als riefen ihre Züge andere ins Gedächtnis der Bäuerin zurück, die sie früher schon gesehen hatte.

Zosine hatte in Frankreich niemals von Tortuga erzählt. Wenn sie aber auf dem Gatter des Geheges saß, redete sie unbefangen von ihrem Zuhause, als sei sie dorthin zurückgekehrt. Ein großer, hübscher Schimmel, sagte sie, sei dem Reitpferd ähnlich, das ihr Papa besessen habe, als sie selbst noch ein Kind war. Sie nannte ihn nach diesem «Mazeppa», stieg über das Gatter zu ihm hinein, streichelte seinen Hals und ging mit ihm über die Weide, während sie sich an seiner Mähne festhielt.

An einem Spätsommertag waren die beiden jungen Mädchen wieder am Gehege. Ein Gewitter zog sich zusammen, der Himmel war dunkelblau und die alten Steineichen um die Weide beinahe schwarz, das weiße Pferd sah in der düsteren Landschaft wunderbar aus, wie es mit erhobenem Haupt auf sie zutrabte.

Zosine wandte sich zu Lucan um. «Ich könnte ohne weiteres auf Mazeppa reiten», sagte sie, «ich bin so oft ohne Sattel geritten. Als ich ein Kind war, kam mal ein Zirkus in unser Dorf bei Tortuga. Da habe ich Damen auf ungesattelten Pferden reiten und auch stehen sehen, und da hatte ich mächtige Lust, es ihnen nachzumachen, und setzte es bei Papa durch, daß er mir einen der Zirkusreiter als Lehrer gab. Wenn du Mazeppa mal Brot hinreichen und ihn ruhig halten würdest, dann kann ich hier vom Hecktor aus aufsteigen.»

Lucan versuchte sie von ihrem Vorhaben abzubringen – was sie wohl meinte, was der Herr oder die gnädige Frau auf Joliet sagen würde, wenn einer von ihnen zufällig vorbeikäme und sie auf ihrem Pferd reiten sähe? Zosine wandte ein, daß noch nie jemand vorbeigekommen sei, aber Lucan sah, daß ihre Wangen rot wurden bei der Vorstellung, sie würden, falls sie wirklich kämen, ihre Reitkünste bewundern. Zosine gab ihrer Freundin Anweisung, das schöne weiße Pferd an der Stirnlocke festzuhalten, was Lucan nicht ohne Angst tat, während sie selber auf dem Hecktor ihr Kleid zusammenraffte.

«Jetzt kannst du es loslassen», rief sie fröhlich wie ein Vogel und ritt das Pferd im Schritt an Lucan vorüber, während sie ihm den Hals klopfte und sich an seiner Mähne festhielt.

Lucan folgte ihr mit den Augen und dachte, Zosine habe sich immer gut auf einem Pferderücken gemacht. Es ging zuerst etwas langsam, aber bald feuerte das Mädchen sein Pferd an und brachte es in Trab. Sie hatte seitlich im Damensitz gesessen, aber als die Bewegungen lebhafter wurden, schwang sie forsch wie ein Junge das Bein über den Hals des Pferdes und wandte sich um und lachte Lucan zu. Sie ritt rund um das Gehege und brachte dann das Pferd in Galopp. Eine Zeitlang ging es gut, aber dann konnte Lucan sehen, daß sie rutschte und sich auf dem Pferderücken unsicher fühlte, und gleich darauf wurde sie abgeworfen und fiel ins Gras. Lucan stand für einen Augenblick das Herz vor Schrecken still, aber Zosine setzte sich auf ihr Hinterteil, schüttelte ihren Kopf und wandte ihrer Freundin ein strahlendes Gesicht zu. In eben dieser Minute sah Lucan, wie ein junger Mann auf der anderen Seite des Geheges zwischen den Bäumen auftauchte und dastand und Zosine beobachtete.

Lucan errötete. Zosine schien die Sonne gerade in die Augen, sie sah nicht, daß ihr Kleid über ihre Knie hinaufgerutscht war. Lucan wollte näher herangehen, aber der junge Mann hatte sich schon über die Einfriedung geschwungen und ging, um der gestürzten Amazone zu Hilfe zu eilen. Zosine war noch voller Mutwillen, sie blieb im Grase sitzen und lachte dem Fremden zu.

«Das Fräulein ist doch hoffentlich nicht zu Schaden gekommen?» fragte er.

«Gott», rief Zosine, ohne auf seine Frage zu antworten. «Was ist Mazeppa doch für ein herrliches Reitpferd!» Sie sah mit einem Mal ihre eigenen Beine im Gras. Zosine hatte ein Paar feine, gerade Beine, aber sie selbst war der Meinung, sie seien zu dünn; sie stand rasch auf.

Der Fremdling war wie ein Bauer gekleidet, aber edel und anmutsvoll in seiner Haltung und in allen seinen Bewegungen. Sein blondes Haar, hier im Süden ungewöhnlich, war von einer hohen, weißen Stirn zurückgekämmt, seine klaren Augen lächelten das junge Mädchen an.

«Und Sie sind es gewohnt, auf einem Pferd ohne Sattel zu reiten, Fräulein?» fragte er.

«Ich bin so geritten, seit ich ein kleines Mädchen war», sagte Zosine, «aber diesmal habe ich nicht besonders gut abgeschnitten.» Es wurde ihr klar, daß der junge Mann zugesehen haben mußte, wie sie vom Pferde fiel, und nun wäre sie gern davongelaufen. Aber er war so ehrerbietig, daß sie nicht den Mut dazu hatte.

«Es wird einer von den Reitknechten auf Joliet sein», dachte sie, «vielleicht sagt er es ja seiner Herrschaft nicht weiter.»

«Versorgen Sie den Schimmel?» fragte sie.

«Ja, Fräulein, der kennt mich gut», antwortete er.

Zosine sah ihn an, die Sonne schien ihr gerade in die Augen, sie war von ihrem Sturz noch etwas betäubt und konnte im Augenblick den Mann und das Pferd nicht so genau unterscheiden. War es ein junger Stallknecht, mit dem sie redete, oder Mazeppa mit den schönen, sanften Augen und den beweglichen Nüstern?

«Ich habe einmal», sagte sie, «Bilder von Kentauren gesehen, Lebewesen, die halb Mensch und halb Pferd waren. Wie muß es doch herrlich sein, ein Kentaur zu sein!»

«Ja, von denen mag es hier im Walde immer noch welche geben, Fräulein», sagte der fremde junge Mann.

Die Mädchen gingen heimwärts, aufgeregt wegen ihres Abenteuers. Es war so lange her, seit sie mit jemand anderem als ihren Hausgenossen in Sainte-Barbe gesprochen hatten. Lucan war noch immer verlegen, weil sie im Bereich fremder Menschen ertappt worden waren, sie schalt Zosine sanft aus und erklärte ihr, sie werde nicht mehr mit ihr zu dem Gehege gehen.

Zosine ließ ihre Vorwürfe eine Zeitlang geduldig über sich ergehen und erwiderte kein Wort. Als sie aber an einer Wegbiegung Sainte-Barbe zu Gesicht bekamen, blieb sie jählings stehen und drehte sich zu Lucan um. Sie war in dieser Minute nicht Pastor Pennhallows fleißige und ehrgeizige Schülerin, sondern die alte Zosine aus Tortuga und von jenem Ballabend, das verzogene, übermütige, strahlende Mädchen, für die das Leben ein Blumengarten gewesen war und selbst ihr Kampf ein Spiel. Ihr Antlitz glühte noch von dem Ritt, der Gefahr und ihrem eigenen, ungewöhnlichen Erlebnis.

«Schilt nicht, Schwester Lucan!» sagte sie sehr sanftmütig und einschmeichelnd. «Ihr ernsthaften Leute dürft nicht so streng ins Gericht gehen um Dinge, die einem Menschen in den Sinn kommen, wenn er sich vergnügen will, sobald dieser Mensch eingesperrt ist wie ein Gefangener und nicht einmal sagen darf, daß es ein Gefängnis ist! Wenn ich nicht bald ein bißchen Dummheiten machen kann, dann komme ich um!»

Frau Pennhallows Ermahnungen

Die Weinlese war in der Gegend um Peyriac, wo der berühmte Dessertwein Muscat de Lunel angebaut wird, das große Ereignis des Jahres. Sie wurde von dem Priester des Dorfes durch eine Weihe eröffnet, zuerst durch eine Messe in der kleinen Kirche auf dem Marktplatz und später in den Weinäckern. Alle Honoratioren des Kreises kamen zum Fest, sie gingen zu Fuß in der Prozession und knieten auf dem Acker ebenso wie die Winzer, während ihre Wagen nachfolgten und im Schatten der Bäume auf sie warteten.

Lucan und Zosine erhielten von ihren Pflegeeltern die Erlaubnis, mit Baptistine ins Dorf hinunterzugehen und sich die Feierlichkeiten anzusehen. Baptistine war alljährlich mit dabei, hielt sich aber von den anderen Leuten zurück. Jetzt ließ sie mit der üblichen unwirschen Schadenfreude ihr Mundwerk laufen.

Als eine schöne offene Kutsche angefahren kam, sagte sie, die käme von Joliet, und drinnen sitze die alte Baronin selber mit ihrer Gesellschafterin. Ihr Enkel werde sich, wie es Sitte und Brauch erheischten, zusammen mit seinen Arbeitern auf dem Weinacker der Prozession anschließen.

Das feine, wachsbleiche und ernste Gesicht der alten Dame unter dem schneeweißen Haar war von einem schwarzen Spitzenhut eingerahmt; sie wurde von allen ehrerbietig gegrüßt und grüßte huldvoll wieder.

«Es wird Zeit, daß Baron Thesée heiratet», sagte Baptistine, «aber seine Großmutter möchte, daß er eine Frau nimmt, die hier aus der Provinz stammt und bleibt, wo sie ist. Und die jungen Damen hier herum sind ganz hübsch lebhaft. Wohl möchten sie Baronin Valfonds werden, aber sie möchten auch rüberfahren und unseren König sehen und die Königin Amélie. Baron Valfonds kann aber hier nicht weg, und er wird seine Baronin wohl auch nicht allein nach Paris reisen lassen.»

«Ist der Baron Thesée seiner Großmutter ähnlich?» fragte Lucan, die das schöne, edle Antlitz der alten Dame nicht vergessen konnte.

«Nein», antwortete Baptistine, «er ähnelt seinem Großvater, dem alten Herrn auf Joliet, der damals ums Leben kam, als hier in Frankreich Revolution war. Aber sein Vater, Baron Sigisbert, der Sohn der alten Gnädigen, der ähnelte seiner Mutter. Er war der hübscheste junge Mann im Lande, sagte man. Als König Ludwig zurückkehrte, schickte er nach ihm und wollte ihn an seinen Hof in Paris holen, er hätte ihm dort einen hohen Posten verschafft, ja, manche sagten, er hätte ihm eine Prinzessin zur Frau gegeben, weil seine Familie dem König von Frankreich so treu gewesen war. Aber Baron Sigisbert wollte unsere Provinz nicht verlassen.»

Ein schwarzgekleideter junger Mann mit rot und weißer Gesichtsfarbe ging an ihnen vorüber, und die Bäuerin lachte in sich hinein.

«Sehen Sie, da geht nun Monsieur Tinchebrai», sagte sie, «er ist Gerichtsschreiber bei unserem alten Richter in Lunel. Was meinen Sie nun, mein Fräulein? Hat er rote Haare oder hat er keine? Doch, die Sache ist die», sagte sie, als sie die erstaunten Gesichter der jungen Mädchen sah, «Monsieur Tinchebrais Vater war ein braver Mehl- und Graupenhändler in Lunel und hatte eine hübsche Frau. Sein Haus lag gerade gegenüber vom Bischofssitz, und als der einmal vor fünfundzwanzig Jahren im Sommer abbrannte, kehrte der Bischof von Nîmes, als er gerade zum Besuch da war, bei dem Mehlhändler ein. Seine Hochehrwürden stammte aus einer großen Familie, sie sind alle stattliche und galante Leute, aber sie haben rote Haare. Als nun Meister Emmanuel geboren wurde, hatten die Nachbarn nichts Eiligeres zu tun, als sich das Haar des Kindes anzuschauen. Hatte er rote Haare, so würde ihm sein Lebensweg sicherlich geebnet werden. Aber dann dachte man sich auch schlimme Namen für Vater Tinchebrai und seine Madame aus. Was wünschte sich wohl der kleine Emmanuel selber, wenn er sich in dem Spiegel sah?» schloß Baptistine und lachte. «Er hielt sich von anderen Kindern fern und sie sich von ihm. Aber er hat eine vornehme Schule besucht und wird sicher einmal selber Richter. Er kam in früheren Zeiten manchmal herüber und besuchte meine Herrschaft, vielleicht um zu sehen, wie ein Priester, der heiraten darf, aussieht. Aber sie müssen sich gezankt haben, denn er ist schon ein halbes Jahr nicht auf Sainte-Barbe gewesen.»

Die jungen Mädchen gingen eine Strecke mit der Prozession mit, kehrten dann aber um, da sie als Protestanten nicht mit den übrigen niederknien mochten.

Einige Tage später trafen sie unterwegs den Priester des Dorfes, Vater Vadier. Er sprach freundlich mit ihnen und fragte sie nach ihrem Leben auf Sainte-Barbe aus, verstummte aber, als er merkte, daß sie Ketzer seien. Im Verlauf der Unterhaltung erwähnte er, daß er der Beichtiger der alten Baronin auf Joliet und ihres Enkelsohnes sei. Das veranlaßte Lucan und Zosine, sich ihn genauer anzusehen. Das Schloß hatte ihre Gedanken beschäftigt, und sie hatten sich ausgemalt, wie man dort wohl dachte und fühlte. Über all das wußte also dieser bedächtige Mann genau Bescheid.

Pastor Pennhallow war entgegen seiner Gewohnheit abwesend, als sie nach Sainte-Barbe zurückkehrten, wurde aber für den Abend zurückerwartet. Frau Pennhallow war während des Essens unruhig und schweigsam, aber im Laufe des Abends schien sie sich auf ihre Pflichten gegen die jungen Mädchen zu besinnen, die sie in ihr Haus genommen hatte, sie setzte sich am Tisch ihnen gerade gegenüber und sprach vertraulicher mit ihnen, als es ihre Art war. Als die beiden ihr von ihrer Begegnung mit dem Priester erzählten und wie er sie über ihr Leben und ihre Studien ausgefragt hatte, verfinsterte sich ihr Gesicht.

«Die katholischen Priester», sagte sie mit einem kleinen hochmütigen Lächeln, «sind unwissende und ungebildete Leute. Sie stecken ihre Nase in alles und möchten am liebsten, daß wir zu ihnen zur Beichte kommen. Es ist nicht das erste Mal, daß Vater Vadier in unseren Angelegenheiten auf Sainte-Barbe geschnüffelt hat. Er sollte sich lieber fernhalten.

Man darf niemals», sagte sie kurz darauf mit leicht schwankender Stimme, «auf einen Papisten hören. In dieser verdunkelten Religion trinkt der Priester selber den Altarwein, ohne die Gemeinde daran teilhaben zu lassen. Ihre Priester dürfen nicht heiraten! Und die katholische Kirche betet eine Frau an! In ihren Kirchen kann man das Bild einer Frau auf dem Hochaltar sehen. Das ist Gotteslästerung.»

Frau Pennhallows Hände bebten, während sie sprach, sie nahm die Lampe vom Tisch hoch, um sie woanders hinzustellen, mußte sie aber wieder hinsetzen.

«Der Mann», sagte sie, «ist in Gottes Bilde erschaffen, das steht in der Heiligen Schrift zu lesen. Aber das Weib ist das häßlichste von allen Geschöpfen. Das nackte Weib ist so verabscheuungswürdig, daß der Gedanke vor ihr zurückweicht. Niemals habe ich es wirklich gewagt, an das nackte Weib zu denken. Wenn es mir geschehen wäre, daß ich mich selbst nackt im Spiegel gesehen hätte, dann hätte ich mich für den Rest meines Lebens in ein finsteres Zimmer einschließen müssen. Die besonderen Funktionen des Weibes sind so widerwärtig, daß sie selbst unter sich nur flüsternd davon reden können. Es ist ein entsetzliches Los für ein menschliches Wesen, solchermaßen sich selber verachten und vor sich selber schaudern zu müssen und zu wissen, daß es keinen Ausweg aus dieser Verachtung und diesem Grauen gibt. Manche von uns haben vielleicht gehofft, der Mann als das höhergeordnete Geschöpf werde Nachsicht mit unserer Jämmerlichkeit üben, aber auch diese haben zu sich selber gesagt: ‹Es ist unmöglich!›»

Ihr Gesicht zuckte und verzerrte sich, als rieche sie etwas Abscheuerregendes oder sei nahe daran, in Tränen auszubrechen.

«Aber dennoch geschieht», sagte sie nach kurzem Schweigen, und dabei breitete sich ein Licht über ihre Züge aus, «ein Wunder! Ja, wer es erlebt hat, weiß, daß es nichts Geringeres ist als ein Wunder.

Der Mann», fuhr sie fort, «von dem wir Vergebung nicht zu erhoffen wagten, siehe, er vergibt uns nicht, aber er betet uns an! Er sieht uns unsere Häßlichkeit nicht nach, aber er betet sie an! Er schließt nicht erbarmungsvoll die Augen vor unserer Schande, sondern er kann sich nicht satt an ihr sehen!»

Sie machte wieder eine kurze Pause und rief dann aus: «Dies ist die Gnade! Dies ist die Ehrenrettung und Heiligung des Weibes durch den Mann. Es ist das große Wunder unseres Daseins. Diejenige, die hätte gestraft werden müssen, sie wird geehrt. Das, wovon man sich mit Ekel abwenden müßte, das wird besungen.»

Die alte Frau war hochaufgerichtet am Tisch stehengeblieben. Ihr Kinn, auf dem einzelne graue Barthaare zu sehen waren, zitterte, sie preßte die Hände gegen ihre flache Brust. Die beiden jungen Mädchen hatten das Nähzeug sinken lassen. Sie sahen mit Erstaunen, wie eine Leidenschaft, die sie nie in ihrer ungeschickten Gestalt hätten vermuten können, sie jetzt so heftig erschütterte. Aber Frau Pennhallow sah sie nicht an und schien mit sich selber zu reden.

«Es ist eine furchtbare Zeit», sagte sie langsam und grüblerisch, «wenn wir umhergehen und daran zweifeln, daß ein Mann uns erlösen wird oder kann. Welche fürchterlichen Anstrengungen müssen wir nicht machen, um in seinem Leben Wirklichkeit zu werden, so wie wir es begehren. Wir werden dabei zwischen der Hoffnung, verherrlicht zu werden, und bitteren Gewissensqualen zerrieben, denn wir fühlen sehr wohl, daß wir, während wir uns von ihm aus dem Schlamm heraufziehen lassen, ihn selber da hinunterziehen. Es dauert lange, viel zu lange, es scheint mitunter zu spät zu sein, aber wir können ihn nicht loslassen. Wir müssen Zwang üben, ja wir müssen Gewalt gegen ihn anwenden, damit er uns erlöse. Und wir leiden selbst darunter.» Sie erschauerte und hielt einen Augenblick die Hände vor den Mund.

«Wenn es aber einmal geschehen ist», sagte sie sehr langsam, «dann haben wir die Seligkeit selbst erlangt! Dies ist die Seligmachung des Weibes.

Und müssen wir dann nicht», fuhr sie kurz darauf fort, den verschwommenen Blick zur Decke gerichtet, wo die beiden dicken, verrußten Haken für die Lampen sich gegen das alte, dunkle Balkenwerk abzeichneten, «späterhin und für alle Zeit, bis wir sterben, ihm danken und dienen? Wir müssen uns ihm unterwerfen und uns für ihn placken, sein Wille muß uns alles sein. Sein Blick hat uns verschönt, und sollte er ihn einmal wieder von uns wenden, da würden wir in unser Elend zurücksinken und für ewig verdammt sein. Müssen wir dann nicht alles tun, was er von uns fordert, und kann uns dann irgend etwas herabwürdigen? Ja, und wenn er auf uns treten würde, so ist es nicht zu teuer bezahlt, es ist ja nur herrlich. Wir vergessen niemals, daß wir ihm alles verdanken, und verschenken gern, ja nur zu gern unser Leben für den Blick, der uns erhoben hat.»

Sie blieb noch eine Weile schweigend, in Gedanken versunken, stehen. Allmählich beruhigte sich ihr Gesicht wieder und wurde völlig ausdruckslos. Die jungen Mädchen wechselten einen Blick. Zosine, die nicht zu erschüttern war in ihrem Glauben an ihre eigene Unwiderstehlichkeit und die jedes anderen jungen Mädchens, lachte und warf einen Blick auf den Eckschrank, in dem Baptistine ihren selbstgebrauten Kirschrum verwahrte. In diesem Augenblick vernahmen sie langsame Schritte auf dem Gartenkies, ein Schlüssel wurde in die Haustür gesteckt. In das Gesicht der alten Frau stieg langsam eine feine Röte, ihre starre Haltung löste sich, sie machte noch ein paar kurze Bewegungen mit den Händen und sank dann auf einen Stuhl am Tische nieder.

«Das ist Pastor Pennhallow, er kommt nach Hause», sagte sie in leisem, erregtem Flüsterton, «seid nun ganz still. Wir wollen ihm nichts von alledem sagen.»

Lucan war es in dieser Zeit oftmals beklommen ums Herz. Sie hatte Zosine allmählich liebgewonnen wie eine Schwester, und das Zutrauen und die Vertraulichkeit ihrer Freundin bedeuteten täglich mehr in ihrem Leben. Sie konnte ihr aber fortan nicht mehr das gleiche Vertrauen entgegenbringen. Das reiche junge Mädchen aus Tortuga wußte nur wenig von der Welt, in der sie jetzt lebte. Diese mochte sie in Erstaunen setzen, sie konnte über sie lachen oder ihren Phantasien über sie freien Lauf lassen, aber sie machte selbst keinen Versuch, sie sich zu deuten. In ihren neuen Lebensumständen verließ Zosine sich auf Lucan, die sie hier hineingeführt hatte und daher am besten darüber Bescheid wissen mußte. Und auf Sainte-Barbe gab es etwas, das Lucan sich selber ebenfalls nicht erklären konnte. Bisweilen kam es ihr so vor, als beherberge das Haus einen geheimen Bewohner, den sie nicht zu Gesicht bekam. Sie sagte bei sich selber, es seien Grillen, und dennoch kam diese seltsame Unruhe immer wieder. Wohin, dachte sie dann, hatte sie ihre fröhliche Schwester geführt, die sich so auf sie verließ? Sie hatte doch schon früher allerlei über die Unsicherheit der Welt erfahren und müßte doch auch jetzt ihre Lage übersehen und beurteilen können.

Zosine war in diesen Monaten glücklicher und liebevoller zu ihrer Freundin als früher. Sie fragte Lucan des öfteren, ob sie sich krank fühle oder irgendeinen Kummer habe. Lucan schüttelte nur den Kopf, sie wollte nicht, daß Zosines Gleichgewicht durch eine Einbildung gestört werde. Aber es konnte geschehen, daß sie die Einsamkeit suchte, und in der Einsamkeit sah sie sich gleichsam um und lauschte.

Eines Nachmittags war Lucan damit beschäftigt, Äpfel im Garten aufzulesen. Es zog Regen herauf; da sah sie einen jungen Mann den Weg vor der Gartenmauer entlangkommen, stehenbleiben, um das Haus in Augenschein zu nehmen, und schließlich die Hand nach dem Glockenstrang am Torpfosten ausstrecken. Sie ging hinüber und öffnete ihm die Pforte.

Der Fremdling betrachtete sie einen Augenblick überrascht und bewundernd, zog seinen Hut und fragte, ob er hier richtig sei im

Hause des Pastors Pennhallow. Als Lucan dies bejahte, holte er eine Karte heraus, reichte sie ihr und bat sie, falls es genehm sei, den Pfarrer sprechen zu dürfen. Er hatte eine hübsche, kräftige Gestalt und braunes Haar, dichte, dunkle Augenbrauen und blaue Augen, in seiner Haltung lag etwas Frisches und Ungezwungenes wie bei einem Menschen, der viel in frischer Luft gelebt hat. Seine Stimme war kräftig und klangvoll, aber er sprach kein reines Französisch.

«Sie sind aber nicht Franzose», rief das junge Mädchen aus, «Sie sind Engländer!»

«Und Sie!» rief der junge Mann ebenso freudig überrascht. Lucan sagte ihm, wer sie sei und daß sie und ihre Schwester bei Herrn Pastor Pennhallow und seiner Gattin im Hause lebten.

«Ist er verheiratet?» rief der Fremdling erstaunt aus und gleich darauf erfreut: «Aber dann können Sie mich zu ihm führen und ihm sagen, ein ehemaliger Schüler habe ihn in seinem Versteck aufgesucht.»

Während sie noch sprachen, öffnete Pastor Pennhallow selbst die Haustür, er hatte die Torglocke läuten hören und beschattete die Augen mit der Hand, um zu sehen, wer der Besucher sei.

Der junge Mann hatte seinen Hut in der Hand behalten, er machte ein paar Schritte auf ihn zu und fragte: «Erkennen Sie mich, mein alter Lehrer?»

Pastor Pennhallow betrachtete ihn einen Augenblick prüfend und sagte lächelnd: «So bist du es also wirklich selbst, Noël? Nein, ich bitte um Verzeihung», berichtigte er sich selber, «Sir Noël. Ich weiß schon, daß dein Geschick eine Wendung genommen hat. Dein Vetter ist tot, und du bist nun Sir Noël Hartranft. Aber was führt dich nach Frankreich, Noël?»

«Laßt mich ein, Ehrwürden», sagte Sir Noël, «und mich an Ihrem Herd ausruhen. Ich bedarf Ihrer Weisheit und Ihrer Freundschaft. Aber zuerst wollen wir alter Zeiten gedenken.»

Pastor Pennhallow schien niemals überrascht und verwundert zu sein. Doch warf er dem jungen Mann einen gütigen, aufmerksamen Blick zu, ehe er ihn ins Haus führte. Hier stellte er ihn seiner Frau und Zosine, die beim Klang einer fremden Stimme angelaufen kam, als Sir Noël Hartranft, einen seiner ältesten und liebsten Schüler, vor.

«Du warst ein unruhiger Schüler», sagte er lächelnd, «und dein Lehrer hat deinetwegen manche Nacht schlaflos gelegen! Aber es soll dir auch zugestanden sein, daß du Furcht nicht kanntest und nie die Unwahrheit sagtest. Ich hörte, du seiest zur See gegangen, und dachte bei mir, die See wird dir schon den Kopf zurechtsetzen.»

«Es sind mir viele Dinge begegnet», sagte Sir Noël und strich sich über die Stirn, «ich bin fünf Jahre lang zur See gefahren und um die ganze Welt gesegelt. Aber jetzt bin ich, wie Sie sagen, eine wohlverdiente Landratte daheim in England. ‹Nihil est agricultura melior.› Wissen Sie noch, daß Sie selbst mich das gelehrt haben? Und heute komme ich mir in Ihrer Gegenwart wieder vor wie ein vierzehnjähriger Junge.»

Frau Pennhallow schien durch die Ankunft des Gastes beunruhigt, sie warf ihrem Mann ein paarmal einen Blick zu. Aber Pastor Pennhallow setzte sich mit seinem Gast in zwei breite Lehnsessel vor dem Fenster, er bot ihm ein Glas Portwein an und unterhielt sich freundlich und unbefangen mit ihm.

Der alte Lehrer fragte seinen Schüler nach seinen Erlebnissen vor zehn Jahren und hörte ihm im Scherz ab, was er aus dem Unterricht von damals noch wußte. Sir Noël erzählte, sein Schiff liege in Marseille, er selber wohne in Lunel und müsse noch heute abend dorthin zurück. Die jungen Mädchen blickten mit großen Augen auf den stattlichen Seemann.

Erst als der Tee auf dem Abendbrottisch stand, strich sich der junge Mann über die Stirn und sagte, er könne ebensogut jetzt gleich auf die Angelegenheit zu sprechen kommen, die ihn nach Sainte-Barbe geführt habe.

«Obwohl», sagte er, «diese Ihnen ebenso phantastisch und ungereimt vorkommen mag wie die Einfälle, mit denen ich Sie in alten Zeiten geplagt habe. Nein», fügte er hinzu, als Pastor Pennhallow seiner Frau und den beiden jungen Mädchen ein Zeichen machen wollte, ihn und seinen Gast allein zu lassen. «Nein, meine Bitte geht nicht dahin, mit Ihnen unter vier Augen sprechen zu dürfen. Dann würde selbst für mich die ganze Geschichte verdammt hochtrabend wirken. Lassen Sie Ihre gute Frau und die Mädels zuhören und mich auslachen! Es gibt doch auf der ganzen

Welt niemand, der so geeignet ist, einem den Kopf zurechtzurükken wie gerade Damen.»

Er wollte augenscheinlich sein eigenes Anliegen nicht ernst nehmen, und dennoch war seine schöne Stimme verändert.

«Sie entsinnen sich noch, mein alter Lehrer», sagte er, «wie viele Mahn- und Strafpredigten Sie mir haben halten müssen, um mich auf den rechten Weg zu führen. Manches Mal haben Sie sicherlich gemeint, daß diese an einem verhärteten jungen Sünder abprallten. Aber ich schwöre Ihnen, es hat keinen Menschen gegeben, dessen Worte oder Auftreten sich meinem rastlosen Gemüt so tief eingeprägt haben wie die Ihren.

Denn zwar kamen mir Ihre Grundsätze viel zu hoch vor für einen Menschen, der von sich selber wußte, daß er guter Durchschnitt ist und nicht mehr, und Ihre Lebensregeln zu streng für einen, der nicht den Ehrgeiz hatte, ein Heiliger zu werden. Aber es schien mir doch gleichzeitig, als ob Sie besser denn irgendein anderer meine eigene Natur verstünden und alles, was ich anderen nicht erklären konnte und was mir nicht einmal selber klar war. Ja, es kam mir so vor, wenn Sie mir die Geschichte deuteten, als verstünden Sie die Natur aller Menschen und blickten Lebendigen wie Toten bis auf den Grund. Können Sie sich erinnern, wie hart mein Onkel mich bestrafte, weil ich in einer Nacht mit schwerem Gewitter in meinem kleinen Kahn auf den Fjord hinausgefahren war? Damals war ich wütend auf ihn und auf alle. Da kamen Sie und redeten mit mir, so als seien Sie selbst mit im Kahn gewesen, ja, als seien Sie selbst in finsteren Nächten und bei heftigerem Unwetter draußen gewesen. Ich wurde ganz stumm, ich widersprach meinem Onkel nicht mehr.

Können Sie sich aber auch erinnern», fuhr Noël fort, «daß Sie in Ihrem eifrigen Kampf mit den Mächten des Bösen um unsere kostbaren kleinen Seelen uns mehrmals von Menschen erzählt haben, die es tatsächlich fertigbrachten, sich dem Bösen selber zu verschreiben und ihre Seele an ihn zu verschachern? Sie kannten viele Sagen darüber und hatten sie genau studiert.»

Wieder warf Pastor Pennhallow dem jungen Mann einen langen, aufmerksamen Blick zu. «Und das hast du so lange behalten?» fragte er freundlich.

«Ja, das habe ich behalten», sagte Noël, «oder es ist mir in späteren Jahren wieder eingefallen bei allem, was mir dann selbst begegnet ist. Ich habe so viel daran denken müssen, daß es mir schließlich ein Bedürfnis geworden ist, Sie aufzusuchen und mit Ihnen zu sprechen. Mir kam es so vor, als seien Sie der einzige Mensch, der mir raten und mich aufklären könnte.»

«Es ist lange her», sagte Pastor Pennhallow bedächtig, «daß ich mich mit solchen Dingen befaßt habe. Und ich bin gewiß nicht», fügte er scherzend hinzu, «der rechte, um einen Vertrag für dich aufzusetzen, wenn es das ist, was du auf dem Herzen hast. Aber ich verspreche dir, aufmerksam zuzuhören, was du uns zu erzählen hast, und dich, wenn du fertig bist, zu beraten, so weit meine Einsicht und Erfahrung reichen.»

Noël saß eine Weile stumm da, holte dann tief Atem und begann:

Eine Seele wurde verschenkt

«Das Schicksal», sagte er, «hat mit mir ein eigenartiges Spiel getrieben. Vor einem Jahr war ich mit der Welt und mit mir selber durchaus zufrieden. Vor sechs Monaten war ich in der Hölle – ich bitte um Verzeihung, ich bitte vielmals um Verzeihung –, ich meine, ich war vor sechs Monaten ein verzweifelter, aus den Fugen geratener Mensch. Heute weiß ich nicht – heute weiß ich nicht», wiederholte er mit einem kleinen, grimmigen Lächeln, «ob ich in der feierlichsten und ewigsten Bedeutung des Wortes verraten oder verkauft bin.

Wie Sie wissen», fuhr er fort, «bin ich zusammen mit meinem Vetter, der in meinem Alter ist, in meines Onkels Hause, in Wanlock Hall, erzogen worden. Ich ging zur See, wie Sie wissen, ich wurde Kapitän an Bord Ihrer Majestät Schiff ‹Lion›. Ein prachtvolles Mädchen, das von allen meinen Freunden umworben war, sagte, sie gebe mir den Vorzug vor allen. Es sah alles in allem ziemlich rosenrot aus für Ihren ergebenen Diener. Aber mit einemmal ging alles zum T – ich meine, mit einemmal ging mir alles ganz verdammt gegen den Strich.

Ich war eines Abends von der ‹Lion› aus an Land gegangen und spielte mit meinem Vetter und einigen guten Freunden in seinem Klub in London Karten. Ich gewann den ganzen Abend, und er verlor, so daß er, da er ein schlechter Verlierer war, übellaunig wurde, und ehe ich's mir versah, beschuldigte er mich, ich spiele nicht fair. Es kam zu einem Streit zwischen uns, ich verlangte eine Entschuldigung, und er wollte sie mir nicht geben. Er war in dem Kreis, in dem wir zusammen waren, angesehen, ich war nicht sonderlich bekannt, und ich ging voller Zorn weg. Am nächsten Morgen rief mein Onkel mich herauf, dem hatte man offenbar vorher die Ohren vollgeschwatzt. Ich eröffnete dem Alten, was ich von seinem Sohn dächte, und, kurz und gut, ich fuhr aus England fort, mit allen meinen Verwandten verfeindet und mit einem verrückten Verdacht auf meinem Buckel. Mein Mädchen weinte, versprach aber, auf mich zu warten, und das war mein Trost.

Aber als mein Schiff nach Cadix kam», sagte Sir Noël, «lagen dort zwei Briefe für mich. Der eine war von meinem Onkel, dessen Galle ihm inzwischen ins Blut gegangen war. Er wolle mich nie wieder vor seinen Augen sehen und habe mich kurzerhand enterbt. Der zweite kam von meiner jungen Dame, und er sei, versicherte sie mir, unter strömenden Tränen geschrieben. Ja, die konnten mir schön was nützen! Ihre Familie hatte dem hübschen Kinde über seine Kräfte zugesetzt und es zur Absage gezwungen. Sie gebe mir mein Wort zurück und müsse auch das ihre zurückhaben, denn sie werde in einem Monat mit meinem Vetter Hochzeit halten.

Es wird einem wunderlich zumute bei so einem doppelten Schlag in die Herzgrube! Ich konnte nicht allein sein, sondern wanderte in der Stadt umher. Zuerst sah ich mir, um mich zu zerstreuen, einen Stierkampf an. Aber das zerstreute mich nicht, ich kam mir selber vor wie der Stier, der von allen Seiten gespießt wurde, und fand die Art und Weise, einen Menschen oder ein Tier solchermaßen zu behandeln, ehrlos. Zu nächtlicher Stunde hatte ich wieder Gelegenheit, in einem Spielhaus Karten zu spielen. Ich kann mich nicht entsinnen, daß ich etwas getrunken hätte. Ich verlor und hörte nicht auf zu verlieren, und zuletzt hatte ich nur noch eine einzige Münze übrig. Ich pflegte mir meine Verluste im Spiel nicht sehr zu Herzen zu nehmen, aber in dieser Nacht war mir so, als seien Karo und Dame und Treff-Bube selber kleine Teufel, die mich piksten. Und nun weiß ich nicht, wie es gekommen ist», sagte Noël und atmete tief auf, «aber wie ich da so saß und mir alle möglichen Erinnerungen an alte Zeiten in England durch den Kopf gingen, da fiel mir mit einemmal auch Ihre Erzählung ein von Leuten, die ihre Seele an den Bösen verkauften und nicht schlecht dabei gefahren waren.

Als die Karten nun von neuem ausgegeben wurden», fuhr er fort, «sagte ich zu mir selbst: ‹Wir Hartranfts haben uns nie sehr gut darauf verstanden, etwas zu veräußern, und ich weiß, bei Gott, auch nicht, welchen Preis ich für meine eigene Seele ansetzen soll, wenn ich sie auf dem Markte feilbieten würde. Aber ich habe heute abend den Beistand Sr. Satanischen Majestät nötig. Ich werde ihm ein Geschenk machen. Ich will ihm die Seele, von der man immer redet, verehren. Wenn er, wie Shakespeare sagt, ein Gentleman ist, so wird er mir wenigstens eine Artigkeit dafür erweisen.› Ja, mein guter, alter Lehrer, Sie verstehen sicher nicht, daß ein Mensch solche Überlegungen anstellen kann, aber in jener heißen Nacht in Cadix stand es für mich ganz außer Frage, daß man etwas Derartiges ohne weiteres tun könne. ‹Bitte sehr, Herr Beelzebub!› sagte ich und war dabei so ernsthaft wie nur je in meinem Leben.

Nun nahm ich die Karten auf und hatte gleich die ganze Hand voller Trümpfe, und nun gewann ich und gewann fortgesetzt, die ganze Nacht hindurch! Ich kam am Morgen an Bord, alle Taschen voller Scheine, Silber und Gold.»

In diesem Augenblick sah er hoch, um die Wirkung seines Berichts auf die Zuhörer festzustellen. Lucan hatte mit Entsetzen zugehört, aber zugleich mit tiefem Mitgefühl. Ihre frommen blauen Augen begegneten denen des Erzählers. Er starrte sie an und schwieg lange, wie um seine Gedanken zu sammeln.

«Am nächsten Tag», fuhr er fort, «dachte ich überhaupt nicht mehr daran. Ich nahm mir vor, trotz meines Onkels Zorn und der Treulosigkeit meiner Verlobten etwas aus dem Dasein herauszuholen. Ich dachte an meine Laufbahn und sah zu, daß ich bald wieder auf hoher See war. Aber in dem ersten Hafen, wo wir anlegten, erreichte mich die Kunde, daß mein Onkel gestorben sei, und fast unmittelbar darauf, daß mein Vetter auf der Jagd gestürzt und nach dem Sturz gestorben sei und daß er vorher alle seine Anschuldigungen gegen mich zurückgenommen habe. Ich war nunmehr Sir Noël Hartranft, wie Sie sagten, und Wanlock Hall mein Besitz. Es war noch kein Monat verstrichen, da schrieb mein junges Mädchen mir, ich möge ihre Schwäche verzeihen, und sie sei nun wieder mein für ewig.»

Der junge Mann saß eine Weile schweigend und in tiefem Nachdenken da. «Und so», sagte er, «ist es mir seither immer weiter ergangen. Was ich auch tue, es läuft günstig für mich ab. Ein Pferd, das ich zufällig erwarb, gewann im Mai ein Rennen. Wenn ich zum Angeln draußen bin, so fange ich etwas, wie oft ich auch die Leine auswerfe! Und ich kann auf der Jagd nicht einen einzigen Vogel verfehlen. Ich habe im nächsten Monat Hochzeit.

Aber das Eigenartige dabei ist», fuhr er fort und änderte plötzlich den Tonfall, «daß ich an alledem überhaupt keine Freude habe. Mein Geld ist mir zuwider, es ist mir, wie in der Heiligen Schrift geschrieben steht, Staub und Asche im Munde. Meine Freunde scheinen mir nur Freundschaft entgegenzubringen, weil ich ein reicher Mann bin. Selbst meine Braut ist für mich nicht dieselbe wie früher. Ich fürchte mich beinahe vor ihr. Mir kommt es so vor, als gebe es nichts in meinem Leben, auf das ich hinsehen könnte, mein ganzes Dasein sieht mir wie eine teuflische Geschichte aus. Ich habe eine letzte Reise mit meinem Schiff gemacht, um von allen meinen Herrlichkeiten in England wegzukommen, aber selbst das Schiff hat mir nicht helfen können!

So bin ich nun zu Ihnen gekommen», sagte er, «und nun antworten Sie mir, Sie, der Sie mich einstmals erzogen haben, als ich ein kleiner Junge war, und von dem ich immer geglaubt habe, Sie wüßten mehr als irgend jemand anders. Bin ich verrückt? Oder ist es wirklich denkbar, daß der Teufel, von dem Sie und die ganze Heilige Kirche uns lehren, meine Gabe angenommen hat, so daß ich jetzt an ihn gebunden bin? Was nach dem Tode aus meiner Seele wird, daran denke ich nicht allzuviel. Aber werde ich mich denn in diesem Leben nie mehr als ein Gentleman fühlen können?»

Er hatte mit so viel Aufrichtigkeit und Nachdruck gesprochen, daß die merkwürdige Erzählung der kleinen Gesellschaft der Eßstube von Sainte-Barbe fast zur Wirklichkeit wurde. Pastor Pennhallow saß eine Weile ganz stumm da. Dann lächelte er von seinem Platz aus dem jungen Manne zu.

«Du kannst ganz beruhigt sein, Sir Noël», sagte er sehr langsam, «du bist nicht im Bunde mit dem Teufel! Wenn du mir sagst, du seiest unzufrieden in deiner Seele und du habest keine Freude an den Gütern, die dir zugefallen sind, da habt ihr beiden nichts miteinander zu schaffen. Seine düstere Majestät hat sich einen kleinen Scherz mit dir erlaubt. Er ist ganz richtig, wie unser unsterblicher Dichter sagte, ein Gentleman, und er hat dir als ein Gentleman eine Erkenntlichkeit erzeigt für deine eigene schöne und seltene Geste ihm gegenüber. Aber deine Seele hat er nicht angenommen. Vielleicht nimmt er überhaupt keinerlei Geschenke an.

Nein», wiederholte er im selben Tonfall, «was man, soweit ich mich dessen entsinne, laut unserem alten Aberglauben gewinnt, wenn man einen Bund mit der hohen Macht eingeht, an die du dich gewandt hast, das ist weder Gold noch Ehre. Das ist auch nicht eine schöne Braut. Er, von dem du sprichst, hat mehr Geist, als man gemeinhin annimmt. Er gibt uns nichts, was der eine Mensch dem anderen schenken kann. Der Lohn, den seine Diener von ihm empfangen, kann mit Worten nicht beschrieben werden. Der ist ein inneres Glück, eine ganz stille Glückseligkeit, die nicht durch äußere Vorteile erschüttert werden kann, der ist die Sicherheit, sich in seiner Hand zu wissen.

Reichtum?» fuhr der alte Mann mit derselben milden, ironischen Miene fort. «Achtung der Menschen? All dies ist nur wie Scheidemünze gegen echtes Gold, im Verhältnis zu den Werten, um die es hier geht. Seine wahren und getreuen Diener sind in Sicherheit, wo sie sich auch aufhalten. Sie mögen in einer Hütte sitzen und in solchen Verhältnissen, über die andere Menschen sich –» er ließ seine klaren Augen langsam im Kreise herumwandern und für einen Augenblick auf dem Antlitz seiner Frau ruhen, «sich beklagen würden, und würden dennoch in ihrem Herzen unumstößlich sicher sein, daß sie den vollen Gegenwert für das erhalten haben, was sie ihm überließen.»

Der junge Mann sah ihn an, atmete noch einmal tief auf und

lächelte alsdann, ebenso wie er selber. «Versichern Sie mir dies, mein alter Lehrer?» fragte er.

«Ja», sagte Pastor Pennhallow.

Abermals mußte Lucan, die ebenso wie die anderen in Spannung gelauscht hatte, sich wundern, welche erstaunliche Autorität der kleine, häßliche und runzlige alte Mann an den Tag legte. Es war, als könne kein Mensch in einem solchen Augenblick an seinen Worten zweifeln. Sir Noël fuhr sich mit der Hand über die Augen.

«Dann», sagte er, «will ich es auch glauben. Ich sehe, ich habe recht daran getan, Sie aufzusuchen und – wie töricht es auch geklungen hat – Ihnen freimütig alles zu erzählen. Kein anderer als Sie hätte mich angehört, und kein anderer als Sie hätte solchermaßen die Bürde von meiner Seele genommen.»

«Aber da ist doch ein Umstand», sagte Pastor Pennhallow nach einer langen Stille, «über den ich gern Auskunft hätte. Wie hast du erfahren, wo ich bin? In Schottland habe ich doch, soviel ich mich erinnere, keine Adresse hinterlassen.»

«Ja, das geschah allerdings durch einen ziemlich sonderbaren Zufall», rief Sir Noël aus. «Auf dieser letzten Reise legte die ‹Lion› in Buenos Aires an. Und dort traf ich eines Abends an einem nicht gerade frommen Ort einen Landsmann, der viele Jahre nicht in England gewesen war. Er ließ die Pfropfen knallen, um auf das alte Land und auf die Freunde daheim zu trinken. Als ich meine engere Heimat erwähnte, sagte er, ebendort habe er einen guten Freund, und nannte Ihren Namen. Ich fragte ihn erstaunt, ob er meinen alten Lehrer kenne: ‹Ja›, rief er, ‹es sähe böse für mich aus, wenn ich Pastor Pennhallow nicht kennte!› – ‹Und wissen Sie denn, wo er sich jetzt aufhält?› fragte ich. ‹Ja gewiß›, sagte er, ‹ich habe erst kürzlich Post von ihm gehabt.› Damit zog er einen Brief aus seiner Tasche und ließ mich Ihre Adresse abschreiben. Aber gleich darauf wurde er ziemlich einsilbig, obwohl ich ihn nach dieser Beziehung ausfragte, denn, um der Wahrheit die Ehre zu geben, so wäre er der letzte Mensch, mit dem ich Sie in Verbindung gebracht hätte. Er lief mir sogar auf der Straße ein ganzes Stück nach und verlangte immer wieder, ich solle ihm die Adresse zurückgeben, die er mir ausgehändigt hatte. Ich dachte mir dann, er möge wohl ein Mensch in unglücklicher Lage sein, dessen Sie sich aus Menschenliebe angenommen hätten und noch jetzt auf dem rechten Pfade zu halten suchten. Aber ich habe vergessen, wie er hieß.»

«Soso», sagte Pastor Pennhallow.

Im Mondschein

Während sie so beisammensaßen, war ein Wind aufgekommen, und in der kurzen Stille, die auf Pastor Pennhallows Worte folgte, hörte man von draußen das Geräusch von strömendem Regen. Der alte Pfarrer wollte es nicht zulassen, daß sein Gast in solchem Wetter fortgehe, sondern ließ Baptistine ein kleines Giebelzimmer, das bisweilen, sagte er, unverhoffte Gäste auf Sainte-Barbe beherbergte, für ihn herrichten. Die kleine Gesellschaft blieb daher noch ein Weilchen um das Feuer sitzen, und die jungen Mädchen wünschten, die Unterhaltung möge sich noch eine Weile hinziehen.

Als ob Sir Noël nun sein Bekenntnis selber viel zu phantastisch fände und den Wunsch hätte, es aus dem Gedächtnis seiner Zuhörer zu tilgen, erzählte er unbefangen von seinen Reisen. Er hatte Schiffbruch erlitten, eine Meuterei und ein Feuer an Bord erlebt. Er war nach San Domingo gekommen und beschrieb die Gegend, wo Zosine selbst als Kind gelebt hatte, und das junge Mädchen, das seine eigene Kenntnis von der Insel nicht preiszugeben wagte, lauschte mit blanken Augen. Es war nicht zu verkennen, daß der Gast, je weiter der Abend vorschritt, sich in diesem Kreise immer wohler fühlte, und er sah häufig zu den jungen Engländerinnen hin, von einer zur anderen wanderte sein Blick.

In ihrer Schlafkammer unterhielten Lucan und Zosine sich lange über den hübschen und seltsamen Fremden. Zosine erzählte Lucan, daß sie ihn dem Namen nach kenne und in England mit seinem Vetter getanzt habe, und sie behauptete vergnügt, daß Sir Noël sie beide bis zum Wahnsinn bewundere.

«Und siehst du nicht», rief sie aus, «wie ähnlich er Lord Byron ist?»

Lucan hatte am Kaminfeuer schon das gleiche gedacht, aber für sie hatte das eine feierlichere Bedeutung. Das allererste, dessen sie sich aus ihrer Kindheit erinnerte, waren die Tränen ihrer Mutter bei der Nachricht aus Missolunghi, und in ihrem elterlichen Hause hatte das Bildnis des großen Dichters einen Ehrenplatz gehabt. Für sie war es etwas Erstaunliches, mit einem Menschen zu sprechen, der mit ihm verglichen werden konnte. Hätte sie aber wohl, dachte sie, wenn es wirklich Lord Byron selbst gewesen wäre, dem sie die Bodentreppe hinaufgeleuchtet hätte, die gleiche Tröstlichkeit empfunden auf Grund seiner Anwesenheit im Hause? Für sie war es so, als schlafe ein Freund und Beschützer unter dem Dach von Sainte-Barbe und als würde sie bei diesem Fremdling, der selber hergekommen war, um sein unruhevolles Gemüt wieder ins Gleichgewicht zu bringen, Trost erhalten können für alles, was sie in der letzten Zeit geängstigt hatte.

Der nächste Tag war klar und still. Der alte Pfarrer hatte sein Vergnügen daran, seinem Schüler auseinanderzusetzen, wie er, der bis dahin wilde Knaben unterrichtet hatte, jetzt der Mentor frommer junger Mädchen sei, und prüfte zum Scherz seine Schülerinnen in Latein und Geschichte. Als sein Gast aufbrechen wollte, gestattete er den jungen Mädchen, ihn ein Stück Wegs zu begleiten. Es war kühl, Zosine warf einen weißen Schal über ihr Kleid und Lucan einen karierten Umhang. Pastor Pennhallow nahm von seinem ehemaligen Schüler herzlichen Abschied. Auch seine Frau lächelte freundlich, genauso wie damals, als sie und Lucan sich zum erstenmal begegnet waren, so daß das Mädchen auf den Gedanken kam, die Liebenswürdigkeit der alten Dame komme namentlich Leuten gegenüber ans Tageslicht, die auf der Reise waren.

Als die drei jungen Menschen allein waren, wechselte ihr Gesprächston. Sie schritten in der klaren Luft rasch aus. Zosine war es gewohnt, sich ihre Kavaliere zu ihren kleinen Füßen zu legen, sie scherzte bald mit Noël und neckte ihn sogar ein wenig mit seiner romantischen Geschichte. Sie sang ihm etwas vor und regte ihn dazu an, ihnen mit seiner hübschen, klangvollen Stimme ebenfalls ein Lied aus seiner Heimat vorzusingen. Lucan hatte in ihres Vaters Hause meist mit Männern zu tun gehabt, die viel älter waren als sie selbst und zu denen sie bewundernd aufsah. Sie beobachtete staunend die unbefangene, heitere Vertrautheit der beiden anderen.

Einmal auf diesem Spaziergang geschah es, daß sie hinter ihren Begleitern etwas zurückblieb. Sie sah, wie deren hübsche Gestalten sich dicht nebeneinander vor der Landschaft abhoben. Zosine hielt sich wie immer sehr gerade und schritt leicht aus. «Sie gleichen einander», dachte sie, «wenn Sir Noël nicht, wie er erzählte, in England verlobt wäre, so würde er sich in Zosine verlieben und sie sich in ihn. Dann brauchte ich keine Angst mehr um ihre Zukunft zu haben oder daß ich sie hierher entführt habe.»

Ein andermal war Zosine, weil sie Brombeeren im Gesträuch pflücken wollte, ein Stück von den anderen abgekommen. Lucan merkte in diesem Augenblick, wie Noëls Augen mit einer seltsam tiefen Güte auf ihrem Antlitz ruhten. Er lächelte ihr zu, schien aber dennoch sehr ernst.

«Sie werden sicher nicht begreifen», sagte er, «denn ich begreife es ja selber kaum, daß ich mit Trauer von diesem Ort, den ich erst seit einem Tag kenne, fortreise in mein väterliches Haus. Sie, die Sie so jung sind, wissen sicherlich noch nicht, daß man in vierundzwanzig Stunden inniger erleben kann als während eines langen Jahres.»

«Vielleicht», dachte Lucan, «möchte er jetzt gern mit mir über Zosine reden.»

Sie nahmen an einer Wegbiegung Abschied voneinander, und der Reisende küßte den beiden jungen Mädchen ehrfurchtsvoll die Hand. Er wandte sich mehrmals um und winkte, und sie winkten zurück. Als sie sahen, wie seine kräftige Gestalt entschwand, umschlang Zosine plötzlich Lucans Hals. «Weißt du», sagte sie, «ich glaube, es ergeht ihm ganz anders, als er selber denkt!»

Abends wollte Zosine sich früh schlafen legen, um, wie sie sagte, von ihrem Gast zu träumen, der nun schon weit fort war. Lucan glaubte, sie selber werde nicht einschlafen können, und hatte das Verlangen nach frischer Luft. Ihr eigener Umhang war nicht zur Hand, sie warf Zosines weißen Schal über ihr Kleid.

Der Mond war jetzt aufgegangen, aber es war nebelig, der Garten und die ganze Landschaft lagen in einem weißen Dunst. Das junge Mädchen setzte sich auf eine Bank im Garten. Sie meinte, irgend etwas undeutlich an der Pforte sich bewegen zu sehen, und im selben Augenblick hörte sie ein leises Pfeifen. Es war die Melodie, die Noël gesungen hatte. Mit klopfendem Herzen ging sie zum Tor und sah ihn selbst im Mondschein draußen stehen. Er hielt den Hut in der Hand wie am Vortage, als sie ihm das erste Mal die Pforte geöffnet hatte, und er trat nicht näher.

«Ja, ich bin es», sagte er leise, «verzeihen Sie mir, daß ich heute abend von Lunel wieder herübergekommen bin. Ich wollte nur das Licht in Ihrem Fenster sehen. Ich wagte nicht, mir zu wünschen, daß Sie herauskommen mögen. Es war nicht mein Gedanke, der Sie hergezogen hat.»

Das Mondlicht fiel voll auf sein Gesicht, während Lucan, wie sie selber wußte, für ihn halb im Schatten stand. Er war sehr blaß, er trat einen Schritt näher und ging über die Schwelle in den Garten hinein.

«Da ich nun das Glück habe, Sie noch einmal zu sehen – was ich nicht zu hoffen wagte», rief er sehr aufgeregt, «nein, wovor ich Angst hatte, als ich Ihren Schal im Mondlicht wiedererkannte –, so muß ich auch mit Ihnen sprechen.»

Sie machte eine Bewegung, doch er hielt sie zurück. «Nein, sagen Sie nichts», rief er aus, «Sie können ja gar nicht mit mir sprechen, oder Sie würden nur sprechen, um mir zu gebieten, daß ich schweige. Ich flehe Sie an, sagen Sie nichts! Aber Sie müssen mich für diese kurze Weile anhören, bis ich wieder gehe. Diesen Augenblick werde ich ja mein ganzes Leben lang im Gedächtnis bewahren. So mag er denn auch das ganze Leben für mich enthalten.»

Lucan war es zumute, als sollte ihr das Herz stillestehen, es schlug aber gleich wieder heftig in ihrer Brust. Was war es nur für ein wunderliches und furchtbares Los, das ihr zuteil wurde und sie in diesem Augenblick schier töten wollte. Zum zweitenmal erklärte ein Mann ihr seine Liebe und bat sie, selber nicht zu sprechen; zum zweitenmal mußte sie ihn ratlos, entsetzt und stumm anhören. Ihr kam es in diesem Augenblick so vor, als sei gar keine Zeit vergangen, seit sie in dem schwach erhellten Wohnzimmer Herrn Armworthys Worten lauschte. Alles, was dazwischenlag, schrumpfte völlig zusammen. Aber damals war sie davor zurückgehalten worden, ihm eine Absage und ihre Verachtung ins Gesicht zu schleudern. Hier in dem mondbeschienenen Garten hielten Noëls inständige Bitten sie davor zurück, ihn bebend aufzuklären, daß er sich irre und daß sie nicht diejenige sei, die er vermutete. Und doch rief dieser Augenblick auch in ihr selber etwas hervor, das sie stumm machte. Obwohl sie wußte, daß seine Worte einer anderen galten, lag doch eine unbeschreibliche Süße, wie sie sie bisher nur im Traum erlebt hatte, darin, ihnen zu lauschen, Zeit und Raum hoben sich für sie auf, jeder Augenblick, da seine Stimme ihr Ohr erreichte, war ihr teuer.

«Ich habe in diesen wenigen Stunden, seit ich Sie zuletzt gesehen habe, sehr viel nachgedacht», sagte er. «Während ich im Gasthaus in Lunel saß und wartete, daß es dunkel würde, damit ich hierher zurückgehen könne, verstand ich mit einem Male alles, was mir begegnet ist und was ich selber bin. Es hat nicht, wie mein alter Lehrer mir auch versicherte, abenteuerliche und übernatürliche Gründe, daß die Güter mich nicht glücklich gemacht haben, die das Schicksal mir kürzlich hat in den Schoß fallen lassen. Nein, meine Unzufriedenheit und Unrast rührt davon her, daß alles, was ich begehrt habe, und alles, was ich errungen habe, nur Eitelkeit ist, nur Flittergold. Ich bin selbst nichts Besseres wert gewesen. Aber ich habe auch bis gestern niemals wirklich echtes Gold vor Augen gehabt. Ich bin nur ein leichtsinniger Junge gewesen und ein junger Mann so wie die meisten. Sie selbst haben mich in dem Augenblick getroffen, als ich eine törichte, wahnwitzige Verirrung bekannte. Jetzt, glaube ich, bin ich verwandelt. Aber Gott weiß es, mein Verdienst ist es nicht.

Was ist», fuhr er mit zitternder Stimme fort, «Geld eigentlich wert, daß wir ihm derartig hinterherlaufen müssen? Für mich ist es nichts mehr. Das Mädchen, das mich in England erwartet, es liebt mich nicht und hat vielleicht gar nicht die Fähigkeit zu lieben. Sie stieß mich von sich und nahm mich in Gnaden wieder auf, nachdem ich ihr Reichtum bieten konnte. Und ich habe ihr nichts vorzuwerfen, denn ich weiß jetzt, daß ich sie auch nicht liebte. Ich wollte sie erringen, um die anderen, die sie begehrten, zu überflügeln, ebenso wie ich im Spiel gewinnen wollte, dem ich mich hingab. Wie geht es denn aber zu», rief er in großer Erregung aus, «daß eines schönen Tages die Augen eines Mannes in einer einzigen Sekunde geöffnet werden und daß er zum erstenmal den Wert einer Frau, eines schönen, unschuldsvollen Mädchens erkennt und versteht, daß es das höchste Glück für ihn bedeuten würde, wenn er ihr sein ganzes Leben hindurch dienen dürfte? Ja, daß er in dieser einen Sekunde mit Beben und Entzücken fühlt, ihre eigene Liebe, wenn er diese jemals erringen könnte, würde für ihn die Seligkeit selber bedeuten?» Er hielt kurz inne, seine Stimme zitterte und gehorchte ihm nicht.

«Ein junger Mann», fuhr er alsdann fort, «ist ein schwaches, rastloses Wesen – wie schwach, wie rastlos, wissen Sie in Ihrer Unschuld gar nicht. Er wird erst wahrhaft ein Mann, wenn die himmlische Reinheit des Weibes sich ihm offenbart hat. Ach, ich habe ja im Weib ein Spielzeug für meine eigene wilde Natur gesehen, ich habe das Herrlichste, was das Leben uns zu bieten hat, mißbraucht. Von nun an kann ich keine Frau mehr, auch die zutiefst gefallene nicht, ohne Ehrfurcht ansehen, ist sie doch Ihres Geschlechts, sie wird von Ihrem Bild ins Licht hinaufgehoben hoch über mich hinaus. Ich möchte von heute an jeder Frau ein Ritter sein, weil ich in meinem Geiste immer Sie vor Augen haben werde.

Ich spreche davon, was ich möchte», sagte er und lachte bitter auf, «als hätte ich einen freien Willen. Aber meine Lage ist furchtbar und lächerlich. Ich bin ein Narr des Glücks. Ich bin gezwungen, nach Hause zurückzukehren. Sie selbst, das weiß ich, würden die erste sein, die mich an mein Gelübde mahnt. Aber dennoch bin ich von nun an, und wo ich auch gehe und stehe, in Ihrem Dienst. Ich werde meine Frau ehren und sie glücklich machen, weil sie eine Frau ist wie Sie.»

Lucan bebte von Kopf bis Fuß. «Ach», dachte sie, «du nennst dein Los furchtbar und lächerlich! Wie ist denn das meine?»

«Und weil ich Ihnen dies schwören kann», sagte Noël und trat einen Schritt auf sie zu, «weil ich von nun ab, was immer mir auch geschehen mag, und bis an meinen Tod Ihr Diener sein werde, darum darf ich ein einziges Mal die Worte aussprechen, die mir im Herzen und auf meinen Lippen brennen. Sie wissen selbst am besten, in wie tiefer Ehrfurcht ich sie ausspreche. Es sind keine Worte, flüchtig wie der Mond, der auf uns niedersieht, sie sind ewiger als irgend etwas anderes in mir. Lassen Sie sie heilig werden für mich, da Sie ihnen gelauscht haben: Ich liebe Sie!»

Bevor sie es noch verhindern konnte, hatte er sein Knie vor ihr gebeugt, ihre Hand ergriffen und diese an seine Lippen gezogen. Sie stand völlig regungslos da. Die Seligkeit und Unseligkeit dieses Augenblicks verschmolzen in ihr zu eins, sie fühlte, wie sie in dem Schatten, der auf ihrem Gesicht lag, lächelte. Bebend legte sie eine Sekunde lang ihre Hand auf den dunklen Scheitel, der sich so tief vor ihr neigte. Im nächsten Augenblick hatte Noël sich erhoben, war einige Schritte zurückgewichen und hatte das Gartentor zwischen ihnen zugeschoben.

Sie lauschte seinen Schritten, die auf dem Wege von dannen eilten. Als sie hörte, wie sie verklungen waren, hob sie ihr Gesicht zum Mond und zu den Wolken auf und führte die Hand, die er geküßt hatte, an ihre eigenen Lippen. In ihren Ohren klang noch seine Stimme nach: «Ich liebe Sie.»

Sind wir Nebenbuhler?

Bis zu diesem Tage hatte Lucan nur selten je an sich selber oder ihre eigenen Lebensumstände gedacht. Als sie noch ein Kind war, hatten die Mutter und ihre Brüder ihre Gedanken ausgefüllt, danach ihr Vater und in den letzten Monaten ihre Freundin und Pflegeschwester. Nun wurde es anders. Und das Ungewöhnliche an dieser Veränderung war es vor allem, was das junge Mädchen aufregte.

Es war ihr, als stehe die ganze Welt ihr entgegen und als könne es kein erbarmungsloseres Schicksal geben als das, welches sie selbst betroffen hatte. Noëls Worte von dem Kampfstier, der von allen Seiten angegriffen und verletzt wird, fielen ihr wieder ein. Sie hatte ihren Vater mit Abscheu vom Stierkampf sprechen hören; das blutige Bild war in ihrer kindlichen Erinnerung haftengeblieben. Aber war es denn nicht noch grausamer, wenn die Angriffe und all die fürchterlichen, erbarmungslosen Blicke auf ein unschuldiges junges Mädchen gerichtet waren, das selber immer den Kampf gefürchtet hatte? Sie wäre geflohen, wenn es möglich gewesen wäre, aber wohin sollte sie diesmal fliehen? Ihrem Schicksal gegenüber nützte keine Flucht.

War es nicht Unglück genug, dachte sie mit zuckenden Lippen, daß sie den Mann liebte, der eine andere liebgewonnen hatte, und diese andere war ihre Freundin? Mußte es denn auch noch sein, daß er ihr seine Liebe erklärte und daß sie seine Stimme bei den Worten beben hörte, die ihr nicht galten? Und mußte sie gleichzeitig die Gewißheit mit sich herumtragen, daß er unglücklich war und daß es nicht in ihrer Macht lag, ihm zu helfen oder ihn zu trösten? Und die Gewißheit, daß ihr Vorhandensein, sollte er sich dessen entsinnen, und ihre Liebe, sollte er etwas davon ahnen, nur Gegenstand seiner Gleichgültigkeit oder auch seines Spottes sein könnten? Sie mußte ihre Freundin hintergehen und sie darüber in Unkenntnis halten, was sich dort im Mondschein zwischen Noël und ihr abgespielt hatte, denn es war ihr unmöglich, Worte dafür zu finden. Aber wenn sie auch Zosine alles wiedererzählt hätte, so würde es sie ja nicht glücklich gemacht haben, denn Noël war an sein Gelübde gebunden und nach England zurückgereist, um Hochzeit zu halten.

«Und wenn er auch», dachte sie mitunter traurig, «frei gewesen wäre und wenn er mich auch geliebt hätte, wie viel würde sich nicht zwischen mich und ihn stellen?» Er war ein Adliger, sein elterliches Haus war, wie sie herausgehört hatte, ein stolzer und prächtiger Ort. Sie selbst war ein armes Mädchen ohne Heim oder Beziehungen, sie hatte ihr täglich Brot selbst verdienen müssen, und sie war nächtlicherweile aus dem Hause geflüchtet, wo sie es verdient hatte.

Vor einem halben Jahr war es für Lucan ganz natürlich gewesen, zu glauben, daß Herr Armworthy sie liebte und daß sie, wenn sie nur gewollt hätte, ihn hätte glücklich machen können. Erfahrene Leute und der Kreis unter ihnen, der sich «die Welt» nennt, würden die Augen weit aufgerissen haben angesichts der Leidenschaft des älteren, besonnenen Mannes, während sie lächelnd die Achseln gezuckt hätten über die plötzliche Verliebtheit eines jungen, draufgängerischen Seemannes. Aber der Mann, den das junge Mädchen selber liebte, war für sie mit einem Strahlenkranz umgeben, der sie blendete, wie man geblendet wird, wenn man unmittelbar in die Sonne blickt. Ihr wurde schwindelig, wenn sie an ihn dachte, sie wurde fast ohnmächtig: in Gedanken lag sie auf den Knien vor ihm, genauso wie er an dem Gartentor von Sainte-Barbe vor ihr niedergekniet war. Sie konnte es sich nicht vorstellen und sich nicht einmal träumen lassen, daß er sie wiederliebe.

Und doch spürte sie, in dieser Zeit lebte sie auf eine andere Art als je zuvor. Jeder Tag und jede Stunde hatten einen Inhalt bekommen, der sie überwältigte, der sie bis zum äußersten auf die Probe stellte, aber ihrem Dasein auch Fülle und Wert verlieh. Sie entsann sich mit einem leichten Schwindel, wie sie, als sie am Fenster saß und Herrn Armworthys Anerbieten erwog, sich selbst gefragt hatte: «Was erheische ich denn vom Leben, und was ist es denn, wonach es mich verlangt, worauf ich hoffe?» Und wie sie in ihrem eigenen Herzen die Antwort bereits vorgefunden hatte: «Es ist die Liebe.»

Zwar hatte sie sich damals eine glückliche Liebe vorgestellt und hätte sich in Gedanken an ein verschmähtes Gefühl wie das, welches sie jetzt kennengelernt hatte, entsetzt. Aber ihre Ahnung an jenem Abend, daß Musik, Dichtung und die Schönheit der Natur unauflöslich mit der Liebe verknüpft sind, war ihr nunmehr zur Gewißheit geworden. Derjenige, der der Liebe enträt, dachte sie nun, hat auch nicht mehr den Mut, sich mit der Schönheit und Poesie des Lebens zu befassen. Aber erst jetzt begriff sie mit Schmerz und Wonne, daß die ganze Schönheitswelt des Lebens sich von selber demjenigen offenbart, der liebt, wie wenn dieser der rechtmäßige Bewohner wäre, und daß das Fade, Niedrige und Alltägliche für ihn nicht mehr vorhanden ist. Mal für Mal dachte sie über die wenigen Stunden nach, die sie in Noëls Gesellschaft verbracht hatte, es war, als strömten Süße und Kraft aus ihnen und überfluteten ihr ganzes Dasein; sein Bild begleitete sie überall.

Konnte es denn vielleicht so sein, daß das Lieben an sich ein Glück war, auch wenn man ohne Hoffnung liebte? Sie zweifelte, verzweifelte, und zum Schluß lief es immer wieder darauf hinaus, daß sie dennoch glaubte und hoffte, aber was, das wußte sie selber nicht.

Ihre eigenen Gefühle beherrschten sie völlig, so daß sie kaum wußte, was um sie her vorging. Sie ahnte ein Geheimnis auf Sainte-

Barbe, aber ihre Vermutungen und die Unruhe, die diese ihr dadurch verursachten, waren untergegangen in dem Gedanken an das Geheimnis, das sie mit sich herumtrug. Was ihre Umgebung beschäftigte oder aufregte, konnte unter keinen Umständen, dachte sie, eine Bedeutung haben im Vergleich zu dem, was ihr eigenes Gemüt bewegte. Ab und zu sah sie Zosine mit einer unbestimmten Bewunderung an um ihrer Jugend und Anmut willen und mit einem Mitleid, weil sie unglücklich sein mußte wie sie selber. Zosine hatte eine Weile häufig von dem hübschen Fremdling aus England gesprochen, aber Lucan hatte nicht vermocht, ihr zu antworten, und allmählich waren diese Unterhaltungen, die Lucan viel Schmerz und Unruhe gebracht hatten, ganz von selber eingeschlafen. Zosine fragte die Freundin abermals, ob sie krank sei, aber Lucan ging über die Frage hinweg.

Lucan oblag wie bisher ihren Studien und verweilte gern dabei, weil sie sie so weit aus der Wirklichkeit um sie her entführten. Aber sie vermied alles, was in ihre Gedanken einbrechen konnte. Im täglichen Leben auf Sainte-Barbe war sie am liebsten mit Clon zusammen. Das junge, versonnene Mädchen und der vorbestrafte Junge arbeiteten dann Hand in Hand im Garten, trugen Körbe mit Obst und Gemüse ins Haus und fütterten Baptistines Tauben und Hühner. Clon hatte sich seit jenem Abend, als das junge Mädchen ihn aus seiner Gefangenschaft in dem Schuppen befreit hatte, lange Zeit von Lucan ferngehalten und sie finster, fast mit Angst angesehen; jetzt näherte er sich ihr wieder vorsichtig, als ob er spürte, daß sie beide in einer gemeinsamen Einsamkeit zusammengeschlossen waren. Die verworrenen, unruhigen Gedankengänge des Jungen kamen Lucan nicht mehr sonderbar vor, sie suchte sie sanft zu erhellen oder richtigzustellen.

An einem der letzten schönen Tage im September gingen Lucan und Zosine zusammen in den Wald und setzten sich ein Weilchen auf einen gefällten Baumstamm am Waldrand, um über die Felder und auf die Höhen in der Ferne zu schauen. Zosine hatte dagesessen und mit einem Ast gespielt. Mit einem Male fragte sie, ohne sie anzusehen, sanft ihre Freundin:

«Lucan, glaubst du, die Liebe kann Wunder vollbringen?»

Die leicht hingeworfene Frage erregte einen so jähen und starken Widerhall in Lucans Gemüt, daß sie keine Antwort zu geben vermochte. Kurz darauf sagte Zosine:

«Du bist so schön. Viele junge Männer müssen in dich verliebt gewesen sein. Hast du jemals selber gemeint, sie könnten dich lieben?» Dies war für Lucan ein schmerzliches Verhör, sie, die nur einen einzigen Mann in ihrem Kopf hatte und keinesfalls an seine Liebe zu glauben vermochte. Sie fühlte, wie sie rot wurde und dann wieder blaß.

«Ja, gewiß kann die Liebe Wunder vollbringen», sagte sie.

«Ich habe viele Bewerber gehabt», sagte Zosine, «aber ich habe niemals geglaubt, daß einer von ihnen mich liebte! Und das war mir auch einerlei. Ich lachte sie aus und brachte Papa dazu, daß er ebenfalls lachte. Aber hier in Frankreich ist das anders geworden. Ich glaube, es kommt daher, weil Frankreich die Heimat meiner Mutter ist, wenn sie es auch nie gesehen hat. Es ist mir sonderbarerweise so lieb geworden. Viele Male habe ich gedacht, ich habe vielleicht früher einmal, vor vielen hundert Jahren, auf einem französischen Schloß gelebt und bin auf die Jagd nach Hirschen in den Wald geritten oder auf Falkenjagd, wie es damals der Brauch war.

Hier würde ich es vielleicht auch glauben, wenn einer zu mir sagte, er liebe mich.»

«An wen denkst du?» fragte Lucan leise.

«Nein, ich denke an keinen Besonderen», sagte Zosine, «es ist eine Geschichte, ein Märchen, das ich zu meinem eigenen Vergnügen erdacht habe.»

«Was geschieht in deinem Märchen?» fragte Lucan und lächelte trübe.

«Nun ja, du hast sicher», sagte Zosine, «von der zahmen Damhindin gelesen, die in Wirklichkeit ein Mädchen war und die ihre richtige Gestalt wiedererlangen sollte, wenn ein Mann ihr sagte, daß er sie liebe. Nun hab ich dies Mädchen umgewandelt, es kommt eine kleine zahme Hindin darin vor, die verzogen wurde und immer ihren Willen bekam, so daß sie meinte, sie könne alles so haben, wie sie es wollte. Zu dieser, siehst du, kommt ein junger, wunderschöner Rittersmann, von denen wir gelesen haben, ein Rittersmann, der ein Schloß besitzt. Sie denkt nun: ‹Er liebt mich? Und wenn er es mir sagen würde, könnte ich ein richtiger Mensch werden.› Aber wie sollte er zu einer kleinen, zahmen Hindin, die nur herumhüpft und spielt, sagen können, daß er sie liebe?»

«Liebt die Hindin auch den Ritter?» fragte Lucan mit klopfendem Herzen. Zosine schüttelte langsam den Kopf.

«Nein, siehst du», sagte sie, «sie kann wahrscheinlich nicht lieben, bevor sie nicht ein Mensch geworden ist. Aber sie kann ihn dennoch niemals wieder vergessen.»

«Und bekommt sie dann zuletzt den Rittersmann?» fragte Lucan abermals.

«Nein, das tut sie sicher nicht», sagte Zosine, «da gibt es so viel, das sich ihnen entgegenstellt, so ist es ja immer in den Märchen. Ich habe es auch noch nicht fertig. Ich habe am meisten an dies eine gedacht, daß ein Mann Wunder vollbringen könnte, wenn er ein Mädchen wirklich liebte.»

«Ach», dachte Lucan, als sie heimwärts gingen, «sind wir Nebenbuhler in einer Liebe, die sich niemals erfüllt, in einem Traum? Stehen wir Hand in Hand da und blicken in ein glückseliges Land, das wir niemals betreten werden?»

Sie hatte eine tiefe Unruhe gefühlt und gleichsam einen Stich ins Herz, als sie sich vorstellte, daß ihre eigene Traumwelt von einer anderen betreten würde, sie hatte eine kurze Zeit ihrer Freundin beinahe gegrollt um ihres Bekenntnisses willen. «Nein», dachte sie kurz darauf, «es kann ja gar nicht anders sein. Wer könnte es denn unterlassen, ihn zu lieben? Ich muß es meiner Schwester wohl gönnen, daß sie an ihn denkt und sich nach ihm sehnt, wie ich selber es tue.» Und dann nahm sie Zosine bei der Hand.

Pastor Pennhallow hält eine Predigt

Ein kalter Nordwind, den die Menschen in der Gegend den Mistral nennen, wehte über die geplünderten, vergilbten Weinäcker. Der alte Pastor Pennhallow konnte ihn nicht vertragen, seine Stimme, die immer krank gewesen war, versagte fast ganz, und einen ganzen Monat war er stumm.

Die jungen Mädchen stellten staunend fest, wie viel diese leise, heisere Stimme im Haus ausgemacht hatte, Sainte-Barbe schien jetzt totenstill zu sein. Der alte Mann war selber auch verwandelt. Sonst war er immer entweder mit dem Unterricht oder mit seinen Büchern und Abrechnungen beschäftigt gewesen, jetzt tat er lange Zeit hintereinander gar nichts. Vom Morgen bis zum späten Abend saß er in seinem breiten Armsessel, ohne sich darum zu kümmern, wer in seiner Umgebung kam oder ging oder sprach. Es wollte seinen Schülerinnen scheinen, als ob sein Körper, während er so saß, mit seinen Gedanken wüchse und schwerer würde durch deren Gewicht. Er klagte niemals während seiner Heimsuchung, es war, als habe er freiwillig auf die Gabe des Redens verzichtet, um tiefer in eine andere Welt, die des Denkens, eindringen zu können. Ab und zu ging ein Licht über sein regungsloses, graues Gesicht.

Die Frau des Pfarrers ängstigte sich wegen seines Zustandes, sie verließ ihn nur ungern und befahl Baptistine immer wieder, dem Kranken einen neuen Kräutertrunk zu bereiten, er trank ihn geduldig, ohne daß er ihm indessen nützte. Sie gab auch, beinahe aufgeregt, den beiden jungen Mädchen den Befehl, ihm vorzulesen, um seine Gedanken zu zerstreuen.

Lucan war es gewohnt gewesen, ihrem Vater laut vorzulesen, und hatte eine klare, süße Stimme; so wurde ihr das Amt übertragen, dem stummen Lehrer die Zeit zu vertreiben. Sie saß dann auf einem Schemel dicht neben seinem Lehnstuhl. Sie las zuerst in den gottesfürchtigen Büchern, die Frau Pennhallow ihr übergeben hatte. Sie fand in ihnen keinen Trost für ihr eigenes Leid. Die Bücher verzichteten auf alles Schöne im irdischen Leben, um den Himmel zu erwarten, aber Lucans Himmel war auf Erden.

Später las sie viele gelehrte Werke, die Pastor Pennhallow von seinen Regalen holte und die ihr zu Anfang Kopfzerbrechen bereiteten und sie in Verlegenheit brachten, weil so viele Worte darin vorkamen, die sie nicht verstand. Und dennoch hatte sie nach dem Lesen häufig das Empfinden, als habe sie sich auf seltsame Weise und ohne daß sie sich selber Mühe gegeben hätte, neue, überraschende Kenntnisse angeeignet. Ob es, dachte sie, die Gegenwart des alten Lehrers war und der klare Blick, der beim Vorlesen auf ihrem Antlitz ruhte, daß der Inhalt der Bücher auf Wegen, die sie nicht kannte, Eingang in ihr Gemüt fand?

Sie sah in diesen Wochen ihre Freundin nicht so oft wie früher, und es war, als ob die Gedanken, die sie über ihr eigenes Geschick noch erübrigt hatte, sich von dem jungen, lebensfrohen Mädchen auf den alten Mann übertrugen. Sie grübelte darüber nach, welch ein Gefühl es wohl sein mochte, alt zu werden und zu wissen, daß man bald nichts mehr vom Leben zu erhoffen oder zu fürchten hatte.

Nach Verlauf eines Monats konnte Pastor Pennhallow wieder ein paar Worte flüstern. Eines Abends holte er ein Buch hervor und gab es ihr.

«Sie haben, mein gutes Kind», sagte er in einem brüchigen, heiser flüsternden Ton, aber mit einem kleinen, väterlichen Lächeln, «mir so viele gelehrte Sachen vorgelesen. Hier bekommen Sie heute abend ein Buch, das besser für Ihr Alter paßt.»

Lucan freute sich, als sie auf dem Titelblatt den Namen Daniel Defoe las. Sie hatte ihrem Vater «Robinson Crusoe» vorgelesen, und sie hatten oft darüber gesprochen. Dies Buch hieß «Moll Flanders». Sie verstand nicht alles daraus, und manche Seiten waren von solcher Art, daß ihre Wangen, während sie las, zu glühen anfingen. Dennoch fesselte es sie, und sie folgte mit Spannung Molls Geschick bis zum letzten Augenblick.

Pastor Pennhallow saß, als sie das Buch zugeklappt hatte, lange Zeit ganz still.

«Solche Bücher», flüsterte er langsam, «schildern das Leben hold, so als sei es ein anmutsvolles Spiel. Aber furchtbar, furchtbar ist in Wirklichkeit das Schicksal der leichtfertigen Frau.»

Lucan blickte weg.

«Furchtbar ist es», fuhr der Pfarrer bedächtig und immer flüsternd fort, «zu wissen, daß alljährlich Hunderte von unschuldigen englischen Mädchen, blühend, mit blondem Haar und frommer, kindlicher Denkart, sich auf einen Pfad hinausbegeben, der sie im Namen der Freude lockt, aber in Grauen endet.»

Er saß ein Weilchen in seinen eigenen Gedanken. «Ja», fuhr er fort, «in einem Grauen, wie das Leben seinesgleichen nicht kennt. Die Welt der äußersten Armut, die von Ratten und Läusen zerfressen wird, flieht solche Frauen. Jedwedes andere Elend erregt Mitgefühl in dieser oder jener menschlichen Brust. Aber von ihrem

Elend wendet sich der Dieb mit Abscheu, auf sie speit der Mörder. Der zutiefst Gesunkene weigert sich, von dem Becher zu trinken, von dem sie getrunken hat. Der Meineidige gewinnt seine Selbstachtung zurück, wenn er sie von seiner Tür verstößt. Vom Fieber verheert, heimatlos und heiser wie ein Rabe begegnet sie haßerfüllten und rachеglühenden Augen. Es ist an sich schon sündhaft, ihrer anders als mit Verachtung zu gedenken und ihr etwas anderes zu wünschen als Verderben.»

Er rieb langsam seine großen, knochigen und runzeligen Hände aneinander.

«Und wir handeln somit», sagte er, während seine Stimme schwankte und zuweilen gänzlich versagte, «im Dienst eines Ideals, der reinen Weiblichkeit. Ein alter französischer Philosoph hat gesagt: ‹Wenn es Gott nicht gibt, so müssen wir ihn erfinden.› Solches gilt auch für uns. Wenn es die reine Weiblichkeit nicht gibt, so müssen wir sie erschaffen. Darum stoßen wir den einen Teil der Frauen in den Abgrund und halten den anderen darüber in Unkenntnis, damit sie nicht durch ihr Mitgefühl angesteckt werden.

Es ist nicht unsere eigene Schwäche oder unser eigener Sturz, den wir hiermit den Frauen verborgen zu halten suchen. Es ist die Schwäche der Frau. Ein anständiger junger Mann könnte seiner Schwester anvertrauen, daß er ein Mörder ist. Aber er würde sich lieber die Zunge abbeißen, als daß er ihr erzählte, er habe eine leichtfertige Frau besucht. Denn er will nicht, daß das Wissen um die Unehre einer Frau das Gleichgewicht des reinen jungen Mädchens ins Wanken bringe und umstoße.

Ein Mann», sagte er, «ehrt eine Frau, die den zum Tode verurteilten Sünder in seinem Gefängnis besucht und aus Barmherzigkeit den Mörder zum Galgen begleitet. Aber kein Mann würde die Nähe einer Frau ertragen, von der er wüßte, sie habe einer dieser Sünderinnen in ihrer düsteren und jämmerlichen Behausung Trost zu spenden gesucht. Selbst wenn diese Frauen, zerknirscht, bußfertig und auf der Schwelle des Todes, nach einem mitleidigen Worte schreien, wagt ein reines und unschuldiges Mädchen trotzdem nicht, es ihnen zu bringen, ohne nicht ihre eigene Weiblichkeit und ihren Seelenfrieden großer Gefahr auszusetzen. Ein

Mann kann es tun, weil seine moralische Natur bewußt und durch seinen Willen beherrscht ist – eine Frau muß flüchten mit abgewandtem Gesicht und wagt nicht, eine Träne zu vergießen.

Unsere Kirche», sagte er kurz darauf weiter, «hatte in alter Zeit Kenntnis davon, wie der Ansteckungskeim der furchtbaren Verderbtheit von Frau zu Frau überspringt. Sie stimmte dem Besuch frommer Frauen bei Gefangenen und Verbrechern zu, selbst bei den hoffnungslos Verdammten. Aber sie gestattete in ihrer Weisheit keiner Frau, nicht der reinsten und gefestigsten unter den Töchtern der Quäker, die zum Tode verurteilte Hexe in dem eisigkalten Gefängnisloch zu besuchen, in dem sie auf den Scheiterhaufen wartete. Und also muß und soll es sein. Denn ohne das Dunkel hinter ihr ist die weiße Lilie nicht so weiß.»

Wieder versank der alte Mann in tiefes Nachdenken und fuhr sich nach seiner Gewohnheit mit der Zungenspitze sacht über die Lippen.

«Und ohne sie», fügte er plötzlich mit leiser, tiefer, bebender Stimme hinzu, «ohne unsere weißen Lilien – welcher Grundsatz und welche Freude würden dann in unserem Streben und unserer Ausdauer liegen? Es könnte dann geschehen, mein Kind, es könnte dann geschehen, daß es ausbliebe, das Lächeln, mit dem die hohen Mächte jetzt unsere Arbeit belohnen. Oh, wir brauchen unsere Lilien, das Weißeste, was diese Welt zu bieten hat!»

Lucan war mit dem alten Pfarrer allein im Zimmer gewesen, während er redete. Zuerst hatten seine Worte sie entsetzt. Sie verstand allerdings nicht alles, was er sagte. Aber sie hatte durch die Unterhaltung von Männern, die sie mitangehört, und auch das, was sie gelesen hatte, eine Ahnung davon bekommen, daß es im Leben Abgründe gebe, vor denen selbst ihr Gedanke zurückschaudern müsse. In ihrer Erinnerung mußte sie flüchtig an die Worte von Herrn Armworthy denken, und als gehe es ihr plötzlich auf, daß sie selbst am Rand eines Abgrunds gestanden hatte, wurde sie eiskalt. Sie wußte ja auch sehr gut in ihrem eigenen Herzen, eben daß in diesem einen Bereich über eines Weibes Wert und Glück entschieden wird.

Aber Noëls Stimme im Garten, die ständig in ihrem Gemüte widerklang, kam auch jetzt zu ihr: Um jener Frau willen, die er liebte, hatte er gesagt, würde er jeder Frau, selbst der zutiefst gefallenen, verzeihen, ja sie ehren. Die Macht der Liebe war also gewaltiger als selbst die der Bosheit und des Grauens, ihr Licht durchdrang das tiefste Dunkel. Ohne es selbst zu wissen, schüttelte sie in der Stille, die jetzt auf den Raum niedersank, als der alte Mann schwieg, ganz unmerklich den Kopf.

«Weshalb schütteln Sie den Kopf?» fragte er heiser.

«Weil», sagte sie langsam und leise, «es sich nicht so verhalten kann, wie Sie sagen. Es gibt gewiß eine Vergebung für alle Menschen. Es ist eine unendliche Gnade in der Welt.»

Ihre Worte hatten eine seltsame Wirkung auf den alten Pfarrer. Sein Gesicht wurde ganz allmählich grau wie Asche.

«Gnade?» flüsterte er. «Für alle Menschen?»

Er war eine Weile stumm und rang etwas nach Luft, bis seine Stimme wieder so kräftig wurde, daß man sie hören konnte.

«Sie wissen nicht, was Sie sagen», erwiderte er gedehnt. Ein sonderbares, unergründliches Lächeln breitete sich auf seinem Gesicht aus, und er saß ganz still.

Zwei Herren von der Polizei

«Ich will dir etwas sagen, was du dir selber auch hättest sagen können», meinte Zosine, zu Lucan gewandt, «wenn du nicht immer so versonnen wärest, daß du weder siehst noch hörst, was um dich her vorgeht. Der junge Monsieur Tinchebrai mit dem rot und weißen Gesicht, den wir in Peyriac gesehen haben, ist in dich verliebt! Du hast doch bestimmt gemerkt, wie er dich an dem Freitag, als wir die Briefe von unserem alten Pfarrer auf der Post abholten, anstarrte, als seiest du ein Engel, der gerade vom Himmel heruntergekommen ist, und wie er es am nächsten Freitag abpaßte, daß er zur selben Zeit wie wir vor dem Postamt war und dir dein Taschentuch aufhob, als du es verlorst.

Was du aber nicht weißt», fuhr sie fort, «ist, daß er auch nach Sainte-Barbe gekommen ist und langsam den Weg an unserem Haus vorbeiging in der Hoffnung, dich zu sehen. Ich war gerade im Garten und sammelte mit Baptistine zusammen Kastanien auf, und er konnte mich von dort, wo er stand, nicht sehen. Du hast am Fenster gesessen und genäht und hast nicht hochgeschaut. Er blieb vor dem Gartentor stehen wie eine wirklich schöne Statue und führte dreimal langsam seine Hand an den Mund, als wolle er dir eine Kußhand zuwerfen. Das ist drei Tage her. Pastor Pennhallow saß gerade an dem anderen Fenster und las. Er hat es auch beobachtet und schob die Brille in die Stirn hinauf vor Schrecken über die Frechheit des jungen Herrn. Ich glaube, er ist noch nicht darüber weggekommen. Er ist ganz blaß.

Aber wie gefällt er dir selber denn, der Monsieur Emmanuel?» fragte sie. «Und wenn er um deine Hand anhält, gibst du ihm dann ein Ja oder ein Nein?»

Die beiden jungen Mädchen saßen zusammen in einem kleinen Zimmer neben dem Eßzimmer und fertigten kleine Riechkissen aus Lavendel an, der auf dem Tisch ausgebreitet lag. Frau Pennhallow liebte Lavendel in ihren Schubladen. Draußen wehte noch immer ein Wind, aber hier drinnen war es traulich, und die ganze Stube duftete sommerlich und süß nach den getrockneten Blüten. Die Mädchen sprachen leise miteinander, denn die Tür zum Eßzimmer stand angelehnt; Pastor Pennhallow arbeitete dort drinnen, und sie wollten ihn nicht stören.

«Nimm ihn!» sagte Zosine, ohne ihrer Freundin Zeit zum Antworten zu lassen. «Baptistine sagt ja, er ist ein junger Mann, der es im Leben zu etwas bringt. Und ich möchte gern, daß du Frau Präfekt in Lunel würdest.»

«Was hättest du denn daran für ein Vergnügen?» fragte Lucan überrascht.

Zosine stand von ihrem Platz am Tisch auf und setzte sich auf die Armlehne von Lucans Stuhl.

«Nun ist schon ein Teil von unserem Jahr hier vergangen», sagte sie, «und dann kommen wir nie wieder hierher zurück. Wenn du aber mit dem Präfekten in Lunel verheiratet wärst, dann könnte ich dich hier besuchen und die Gegend um Sainte-Barbe wiedersehen.»

«Möchtest du denn die Gegend so gern wiedersehen?» fragte Lucan.

Zosine legte den Arm um Lucans Schulter. «Es hat doch etwas

Sonderbares an sich», sagte sie, «einen Ort zu verlassen, den man so gut kennt. Ich habe so bei mir gedacht, daß der Pfad durch den Wald mich eines Tages doch vermissen wird, wenn ich nie mehr auf ihm dahingehe.»

Mit einem Male ahnte Lucan, daß Zosine, während sie selbst dem alten Pfarrer vorgelesen und in Gedanken Mal für Mal eine Mondscheinnacht wiedererlebt hatte, auf eigene Faust hier auf Sainte-Barbe etwas erlebt haben könnte. Sie legte die Arbeit hin.

«Du bist doch nicht etwa selbst in Monsieur Tinchebrai verliebt?» fragte sie. «Und weißt du denn nicht mehr, was Baptistine uns über ihn erzählt hat?»

«Dafür konnte er doch selber gar nichts», sagte Zosine, «ich finde, es ist ein romantisches Schicksal. Ich glaube, jeder Mensch hat ein romantisches Schicksal, wenn man so richtig nachdenkt. Und hier habe ich ja Zeit zum Nachdenken. Stell dir doch nur vor, wie es sein muß, wenn man nicht weiß, wessen Blut einem in den Adern fließt? Er hat viel durchmachen müssen, kannst du glauben. Eine kleine Stadt wie Lunel hat stechende Augen, und es ist sicher nicht schön, wenn man fühlt, daß diese alle auf einen gerichtet sind. Nun hat er dich gesehen und erkennt, was für ein Schatz ein junges Mädchen ist. Er träumt davon, vor seinem Schicksal Zuflucht in deinen langen, goldenen Locken zu suchen.» Die zufällige und harmlose Parodie auf Noëls Worte im Mondschein machten Lucan stumm.

«Eines jeden Menschen Schicksal ist wundersam», fuhr Zosine fort, «ich glaube auch, daß unsere alten Pfarrersleute ein romantisches Schicksal gehabt haben, wir kennen es bloß nicht. Ich habe oft darüber nachgedacht, was die beiden wohl erlebt haben, daß sie jetzt hier auf Sainte-Barbe sitzen, so still wie die Mäuse. Ist es etwas, woran sie gern ewig und immer zurückdenken möchten? Oder ist es etwas, was sie vergessen möchten?»

Sie stand von der Armlehne auf, trat ans Fenster und sah zum Himmel und zu den Sternen hinauf. «Ist es gut, oder ist es unerträglich», sagte sie weiter, «daß wir nicht in die Zukunft schauen und erfahren können, was uns geschehen wird? Wenn dies ein Buch wäre, das von dir und mir handelte, so könnten die Leser einige Stellen weiterblättern – wenn es ihnen zu eintönig oder auch zu aufregend ist – und gleich wieder unterhalten sein oder beruhigt. Bisweilen habe ich das Gefühl, daß es sich im Leben auch wirklich so verhält, daß wir bloß selber nicht verstehen, im Buche nachzublättern. Meine Gouvernante wurde böse, wenn ich in den Romanen, die ich geschenkt bekommen hatte, hinten nachschlug. Aber wenn wir ein paar Seiten in unserem eigenen Leben weiterblättern könnten, würde das denn nicht einen Vorteil bedeuten? Wir würden mit viel größerem Vergnügen und mit mehr Gemütsruhe zu der Seite zurückkehren, auf der wir jetzt stehen, und von da aus weitermachen.»

Während sie sprach, hörte sie in der Ferne Wagenräder auf dem Wege. Sie lauschte, und das Geräusch kam näher. Es war selten, daß ein Wagen in Sainte-Barbe vorüberfuhr, und Zosine drückte ihr Gesicht an die Scheibe, um zu sehen, wer wohl am Haus vorbeifahre.

«Der hält hier», rief sie überrascht und gleich darauf: «Da ist er ja!»

«Er! Wer?» rief Lucan blaß und stand auf.

«Der, von dem wir gesprochen haben», sagte Zosine erfreut: «Monsieur Emmanuel! Er kommt in einem hübschen Wagen mit einem hübschen alten Herrn. Wirst du mir nun ein andermal glauben? Es ist ja der Präfekt von Lunel höchstpersönlich, der soll ihm behilflich sein, bei Pastor Pennhallow um deine Hand anzuhalten. Aber es ist doch merkwürdig, daß keiner von den beiden einen Blumenstrauß in der Hand hält, dafür haben sie aber beide Mappen unter dem Arm.»

Lucan trat jetzt auch ans Fenster und sah wirklich einen hübschen, altmodischen Wagen draußen vorm Gartentor halten. Ein Bediensteter sprang vom Bock, half dem alten und dem jungen Herrn beim Aussteigen und zog darauf den Glockenstrang. Als Lucan erkannte, daß der junge Mann Emmanuel Tinchebrai war, stellte sie sich hinter den Vorhang. Sie hatte tatsächlich, wenn sie es auch Zosine gegenüber nicht eingestehen wollte, seine Bewunderung früher sehr wohl bemerkt.

Es dauerte eine Weile, bis Clon aus dem Garten herankam, um die Pforte zu öffnen, und als er den Bediensteten draußen zu Gesicht bekam, benahm er sich ganz eigentümlich. Er stockte jäh und zog sich dann langsam zurück, wie ein Kaninchen, das sich rücklings in seinem Loch verkriecht. Er verschwand und kam nicht wieder zum Vorschein.

Nachdem sie eine Minute gewartet hatten, zog der alte Herr selber gebieterisch am Strang. Diesmal rief die Glocke Baptistine aus dem Hause. Sie ging den Gartenweg hinunter, in ihrer weißen Haube und den Schal kreuzweise über die Brust verknotet so handfest und unzugänglich, flüsterte Zosine, wie ein Stapel Brennholz, empfing jedoch die Besucher mit größerer Höflichkeit, als es ihre Art war.

«Jetzt fragen sie erst, ob Pastor Pennhallow zu Hause ist», flüsterte Zosine, «und dann fragen sie nach dir! Das sind zwei alte Gäule, die sie vor dem Wagen haben, sie sind aber doch sehr hübsch gehalten. Monsieur Emmanuel hat Herzklopfen, seine rosenroten Wangen sind heute ganz bleich! Das ist ja auch nicht zu verwundern, wenn diese Unterredung über sein ganzes Leben entscheiden soll. Wir müssen Mitleid mit ihm haben! Wie würden wir es denn selber empfinden, wenn es sich um unser eigenes Leben handelte? Selbst der Bedienstete des Präfekten sieht ganz feierlich aus. Mein Gott!» unterbrach sie sich plötzlich selber. «Das ist ja gar kein Bediensteter. Das ist ein Gendarm!»

Die jungen Mädchen sahen sich einen Augenblick stumm und ganz erschrocken an, dann machte Zosine mit den Augen ein Zeichen zur Tür hin, die nur angelehnt stand. Sie würden alles hören können, was im Eßzimmer gesprochen wurde.

Pastor Pennhallow erhob sich dort drinnen, und gleich darauf wurde die Tür zum Flur geöffnet. Die Fremden waren in die Stube getreten. Eine Sekunde hörte man ein leichtes Scharren von Füßen zur formellen gegenseitigen Begrüßung. Dann sprach der fremde alte Herr.

«Ich gestatte mir», sagte er und drückte sich gemessen und zurückhaltend aus wie unter dem Gewicht seiner eigenen Bedeutung und der seines Amtes «mich Ihnen vorzustellen, Monsieur Belâbres, Präfekt in Lunel, und meinen Begleiter, meinen Amtsschreiber, Monsieur Emmanuel Tinchebrai. Ich gehe wohl nicht fehl, wenn ich vermute, daß ich Pastor Pennhallow aus England vor mir habe?»

«Das hat seine Richtigkeit, Herr Präfekt», sagte Pastor Pennhallow. Auch er sprach, seiner Gewohnheit gemäß, leise, aber seine Stimme klang im Gegensatz zu der gebietenden Stimme des Präfekten sehr sanftmütig. Man konnte fast ein kleines, mildes Lächeln aus der Stimme heraushören über die Feierlichkeit des alten Herrn.

«Sie sind mir willkommen, meine Herren. Haben Sie die Güte, Platz zu nehmen. Was verschafft mir die Ehre Ihres Besuches?»

Die Anklage

Der Richter von Lunel war ein sehr schöner alter Herr mit silberweißem, welligem Haar. Er führte sich mit feinem Anstand, schien aber dahinter unruhig oder aufgebracht zu sein.

«Es tut mir leid», sagte er gedehnt, «daß ich mich mit einem so wenig angenehmen Anliegen an einen gelehrten und ehrwürdigen Herrn wenden muß, den Angehörigen einer Nation, deren Königshaus mit unserem eigenen auf freundschaftlichem Fuße steht und ebenso wie dieses seinem Volk ein Beispiel menschlicher Tugenden gibt. Auch ich bin heute nicht aus eigenem Antrieb oder in meinem eigenen Namen hergekommen, sondern im Namen von Gesetz und Recht.»

«Für diesen Fall», sagte Pastor Pennhallow sanft, «heiße ich Sie noch einmal willkommen.»

Der Richter legte seinen Hut und seine Mappe auf den Tisch. «Und eben in dieser beiden Namen», sagte er feierlich, «muß ich Ihnen nun eine Reihe Fragen stellen und Sie ermahnen, diese mit der strengsten Gewissenhaftigkeit zu beantworten.»

«Ist in der Umgegend irgend etwas geschehen», fragte Pastor Pennhallow, «worüber Sie bei mir Auskunft einholen möchten? Ich komme indessen nicht oft aus den vier Wänden meines Studierzimmers hinaus. Aber ich stehe Ihnen zu Diensten, soweit ich dazu in der Lage bin.»

«Nein», sagte Monsieur Belâbres mit Nachdruck, «es handelt sich nicht um eine örtliche Angelegenheit. Ich trete heute über Ihre Schwelle, um dem Recht in Frankreich, ja, in zwei Erdteilen Genüge zu verschaffen.»

«Großer Gott», sagte Pastor Pennhallow.

Monsieur Belâbres nahm jetzt im Lehnstuhl am Tische Platz, und sein Amtsgehilfe setzte sich, ohne etwas zu sagen, auf einen Stuhl am Fenster. Frau Pennhallow, die mit den beiden Herren zusammen hereingekommen, war sehr blaß, und ihre Hände zitterten, aber der alte Pfarrer saß fortgesetzt so bescheiden und aufmerksam da, als lausche er tatsächlich einem belehrenden Vortrag.

«Soweit ich unterrichtet bin», sagte der Richter, «sind Sie viele Jahre lang in England Pfarrer gewesen.»

«Ja, ich hatte das Glück», sagte Pastor Pennhallow.

«Aber Sie haben», fuhr der Richter fort, «aus Gründen der Gesundheit dies Amt niedergelegt?»

«Ja, dies Kreuz wurde mir auferlegt», sagte Pastor Pennhallow.

«Und Sie sind», fuhr Monsieur Belâbres fort, «seit sieben Jahren in Frankreich auf Sainte-Barbe ansässig.»

«Ja gewiß», sagte der Pfarrer. Monsieur Belâbres saß eine ganze Weile stumm.

«Die Leute in Peyriac», sagte er dann, «erzählen, Sie hätten in diesen sieben Jahren eine Anzahl junger Frauen aus Ihrem Heimatland in Ihrem Hause wohnen gehabt. Es ist aufgefallen, daß sie alle sehr jung und ungewöhnlich hübsch waren, die meisten blond.»

Pastor Pennhallow machte hier eine Bewegung, als wolle er ihn unterbrechen, aber Monsieur Belâbres gebot ihm seinerseits mit einer Handbewegung, ihn zu Ende anzuhören.

«Diese jungen Mädchen», sagte er, «haben einander in der Weise abgelöst, daß, wenn eine von ihnen aus Sainte-Barbe fortreiste, die andere alsbald hier eintraf. Antworten Sie mir, Pastor Pennhallow, auf Ehre und Gewissen, wo sind sie hingekommen? Wissen Sie das?»

Pastor Pennhallow faltete bedächtig seine großen Hände, tat einen tiefen Seufzer und blickte zu Boden. «Sie setzen», sagte er, «den Finger auf einen wunden Punkt. Ich werde Ihnen antworten. Aber ich bitte Sie: Sagen Sie mir erst offen, weshalb fragen Sie mich?»

Der Richter sah ihn forschend an. «Ja, ich werde es Ihnen sagen», entgegnete er. «Sofern Sie es noch nicht wissen, so sollen Sie von mir erfahren, weshalb ich Sie frage.

Die menschliche Gesinnung in unserer Zeit», sagte er, «hat den Handel mit Negersklaven verboten. Aber es gibt in der menschlichen Gesellschaft Leute, die so habgierig, so erbarmungslos sind, daß sie nicht davor zurückschrecken, Handel mit den wehrlosesten Mitgliedern dieser Gesellschaft zu treiben, den unschuldigen jungen Mädchen. Sie bereichern sich, indem sie unsere eigenen Schwestern und Töchter an ein Schicksal verschachern, grauenhafter als das der Negersklaven in fremden Ländern oder Erdteilen.»

«Ach nein, was sagen Sie da?» erwiderte Pastor Pennhallow.

«Sie haben doch davon gelesen oder vernommen, Herr Pastor?» fragte der Richter zurück.

«Wer hätte nicht von den Abgründen dieser Welt vernommen oder wer ahnte sie nicht?» entgegnete Pastor Pennhallow. «Mein eigener Onkel widmete sein Leben der Bekämpfung des Handels mit Negersklaven, er reiste an die afrikanische Westküste, um ihn dort wirklich kennenzulernen. Und er starb, glaube ich, dort, denn er kehrte nie zurück. Aber wer versuchte nicht auch, diese Abgründe des Lebens seinem Bewußtsein, ja seinem Hause fernzuhalten?»

«Manch solcher unnatürlicher Verkauf», sagte der Richter weiter, «ist, ebenso wie der afrikanische Negerhandel, mit Blut befleckt. Die Verbrecher haben, wenn sie sich verfolgt wähnten, sich ihrer Opfer entledigt. Die Guillotine hat dann in einer solchen Angelegenheit das letzte Wort gehabt. Dergleichen hat sich kürzlich hier in Frankreich zugetragen.»

Pastor Pennhallow fuhr sich mit seiner Hand über die Stirn.

«Es ist noch kein ganzes Jahr her», sagte der Richter mit erhobener Stimme, «es war in Marseille. Zwei von den Elenden, die gegriffen wurden, mußten mit dem Leben büßen. Eine alte Frau wurde zu lebenslänglichem Gefängnis verurteilt. Aber aus den Papieren, die späterhin in den Höhlen der Verurteilten gefunden wurden», fuhr er fort, «ging hervor, daß der wichtigste von den Verbrechern, der dort nur mit einem erdichteten, fürchterlichen Namen angegeben war, der Vergeltung entgangen war. Die alte

Frau wurde im Gefängnis verhört, sagte uns aber nichts, es war, als fürchte sie selbst dort noch diesen Namenlosen oder als stünde sie unter dem Einfluß einer unerklärlichen Macht und vermöchte wirklich nicht zu sprechen. Kurz darauf starb sie im Gefängnis.»

«Sollte ich Ihnen dann», fragte Pastor Pennhallow, «behilflich sein können, diesen Mann zu finden? Ich bin bereit.»

Der Richter antwortete nicht sogleich.

«Im Verlauf der Untersuchung», sagte er sehr langsam, «wurden Zeugenaussagen gemacht, die Sie selbst betrafen.»

«Die mich betrafen?» fragte Pastor Pennhallow erstaunt.

«Ja», sagte Monsieur Tinchebrai, «die Sie betrafen.»

«Ein Dorfmädchen hier aus der Gegend», sagte er langsam wie vorher, «heiratete einen Hafenarbeiter aus Marseille. Eines Abends, als nach Feierabend noch ein Schiff geladen wurde, das nach Südamerika auslaufen sollte, brachte sie ihrem Mann das Abendbrot zum Hafen hinunter. Da wurde gerade eine junge Frau zu dem Boot gebracht, das Fracht und Fahrgäste zum Schiff hinausruderte, sie wurde von zwei Männern geführt und war so stark betrunken, daß sie sie stützen mußten. In dieser Frau erkannte meine Zeugin mit großem Erschrecken ein ganz junges, blondes Mädchen wieder, das in Ihrem Hause gelebt hatte; sie hatte mehrmals auf der Straße mit ihr geredet und ihr gesagt, sie heiße Rosa.»

Er hielt inne, wie um dem Pfarrer Zeit für eine Antwort zu geben. Aber Pastor Pennhallow stützte den Ellbogen auf den Tisch und die Stirn in die Hand und sprach kein Wort.

«Und während wir uns mit den Aussagen dieser jungen Frau befaßten», fuhr der Richter fort, so als nähere er sich nunmehr dem Ende seiner Rede, «brachte einer von den eigenen Leuten der Polizei eine neue Nachricht.

Er hatte zufällig in der Woche, als dies Schiff in See stechen sollte, bei seiner Fahndung nach einer Diebesbande eine berüchtigte Straße in der Nähe des Hafens unter Bewachung gehalten. Dort sah er eines Abends einen englischen Herrn, nach der Beschreibung Ihnen gleichend, aus einem kleinen, übel beleumundeten Hotel kommen, in Begleitung der Besitzerin des Hauses, eben jener alten Frau, die späterhin in ihrer Gefängniszelle starb. Der Engländer redete unter einer Laterne mit ihr, und unser Kommissar, der vorüberging, hörte die Unterhaltung mit an. Er entsann sich noch, obwohl es so lange her war, der Stimme dieses alten Herrn und machte sie uns nach. Und sie ähnelte Ihrer eigenen Stimme.»

«Er machte meine Stimme nach?» wiederholte Pastor Pennhallow und sah mit einem kleinen, verlegenen Lächeln auf. «Ja, über die mag man sich allerdings leicht lustig machen! Und dennoch», fuhr er ernsthaft fort, «hat also vielleicht der Ausspruch dieser schwachen Stimme Eindruck auf ihn gemacht. War es so?»

«Warten Sie», sagte der Richter, der, je weiter die verhängnisvolle Unterredung fortschritt, immer gebieterischer sprach, aber zugleich auch gewissermaßen in einem zunehmenden Abscheu und Entsetzen oder mit einem seltsamen Gefühl von Grauen dem Manne gegenüber, den er anklagte und der nicht zu begreifen schien, daß er angeklagt war.

«Da ist noch ein Punkt, über den Sie Kenntnis erhalten müssen. Nach dem Tode der Alten fiel uns auf merkwürdige Art und Weise ein Papier in die Hände. Es war ein Brief von Ihnen an sie. Es war eine Quittung für eine Summe Geldes, die Sie richtig empfangen hätten. Die war in Sainte-Barbe ausgestellt.»

«Ja», sagte Pastor Pennhallow bedächtig und forschte in seinem Gedächtnis nach, «Sainte-Barbe, 15. März.»

Monsieur Belâbres lehnte sich in seinem Armsessel zurück, fast so, als ob er zurückweiche, um zwischen sich und seinen Gegenspieler einen noch größeren Abstand zu legen. Nach kurzem Schweigen sprach er. Seine Stimme war verändert und heiser wie die von Pastor Pennhallow.

«Sie erinnern sich und geben zu, diesen Brief geschrieben zu haben?» fragte er.

«Ja, ich erinnere mich sehr gut», sagte Pastor Pennhallow, «ich habe auch die Kontoaufstellung, zu der sie gehört, in meiner Schublade. Das Datum prägte sich meinem Gedächtnis ein. Sie wissen», fügte er scherzend hinzu, «‹Nimm vor des Märzen Iden dich in acht.› Ich kann Ihnen den Brief zeigen, wenn Sie es wünschen. Aber ich bitte Sie zunächst, Ihre Geschichte von dem unbekannten Verbrecher in Marseille zu beenden. Die hat mich gefesselt, Monsieur Belâbres, es dürfte mir schwerfallen, meine Gedanken anderen Dingen zuzuwenden, ehe ich sie nicht zu Ende gehört habe!»

Verteidigung

In der Stille, die folgte, hörte man die alte Uhr regelmäßig und rasselnd die Zeit ausmessen. Niemand in der Stube rührte sich. Monsieur Belâbres' Gesicht wechselte ein paarmal den Ausdruck. Schließlich sprach er langsam und jedes Wort betonend, so als sitze er auf dem Richterstuhl.

«Sie sind an der Reihe zu sprechen, Pastor Pennhallow», sagte er. «Ich habe Ihre Zeugenaussage verlangt über drei Punkte in dem, was Sie Ihrerseits meine Geschichte von einem unbekannten Verbrecher nennen.»

«Wenn es so ist», sagte Pastor Pennhallow darauf, «bitte ich Sie, diese drei Punkte noch einmal aufzuzählen.»

«Wie Sie wünschen», erwiderte der Richter.

«Antworten Sie mir also zunächst auf meine erste Frage: Wo sind die jungen Frauen, die in Ihrem Hause gelebt haben?»

«Ja richtig, das war die erste Frage», sagte Pastor Pennhallow und saß eine Weile in Gedanken versunken.

«Auf Sainte-Barbe haben nicht», begann er, «wie die Leute der Gegend meinen, eine Reihe junger Frauen gelebt. Drei englische Mädchen sind in unserem Haus gewesen. Allerdings sind diese einige Male nach England gefahren und zurückgekommen. Allerdings hatte eine von ihnen sich in jugendlichem Unverstand ihr Haar färben lassen, so daß es erst hier, wo wir solche Torheiten nicht zulassen konnten, seine natürliche Farbe wiedererlangte. Diese Umstände können die Leute von Peyriac irregeführt haben. Aber diesen dreien haben wir allerdings eine Heimat auf Sainte-Barbe zu schaffen gesucht.»

«Eine von ihnen», sagte er, «war die Nichte meiner Frau, eine Tochter ihres Bruders. Sie war in England verlobt, aber ihre zukünftigen Verwandten widersetzten sich dieser Ehe. Um sie in ihrem Kummer zu trösten, nahmen wir sie zu uns, und es kam wirklich so, daß die stolze Familie ihre Standesvorurteile überwand. Sie ist jetzt verheiratet.

Über die beiden anderen», fuhr er nach langem Schweigen fort, «kann ich nur mit bitterer Trauer reden. Eine war die Tochter eines Gauklers und Schauspielers, die ich aus einem üblen und verarmten Hause fortzunehmen strebte, die aber freiwillig wieder dorthin und zur Bühne zurückkehrte. Die letzte», sagte er und sah dem Richter mit klaren und ruhigen Augen ins Gesicht, «flüchtete eines Nachts aus unserem Haus mit Hilfe eines armen, nicht ganz normalen Jungen, der in unserem Dienst steht. Wir suchten eine Zeitlang ihre Spur, aber sie war verschwunden.

Ich habe viel über diese Angelegenheit nachgegrübelt», fuhr er fort und blickte wieder zu Boden, «ich dachte mir, vielleicht bin ich in meinen Ansprüchen an die jungen Frauen zu streng gewesen. Das Leben auf Sainte-Barbe ist einsam. Was ich ihnen hier zu bieten hatte, wog die Versuchungen der Welt nicht auf. Aber es ist schwer, wenn man fühlen muß, wie wenig man selbst mit dem besten Willen gegen die bösen und zerstörerischen Kräfte des Lebens auszurichten vermag.

Wir haben eine Wirtschafterin», sagte er kurz darauf, Sainte-Barbes eigentliche Besitzerin. Wenn Sie es wünschen sollten, so kann sie meine Worte bestätigen.»

Baptistine blieb gleich neben der Tür hoch aufgerichtet stehen und antwortete sehr kurz auf die Fragen, die ihr gestellt wurden. Als Monsieur Belâbres sie fragte, wie vielen jungen Mädchen aus England ihre Herrschaft während der sieben Jahre, die sie hier gedient, Unterkunft gegeben habe, erwiderte sie: «Zweien!»

Pastor Pennhallow berichtigte sie sanft, aber sie blieb eine Weile eigensinnig bei ihrer Behauptung, und als sie schließlich zugeben mußte, daß sie sich geirrt habe, bemerkte sie unwirsch, diese jungen Mädchen gingen sie ja nichts an. Sobald es ihr erlaubt wurde, ging sie in ihren Pantoffeln wieder in die Küche zurück.

«Geschah es wohl», fragte der Richter, in seinem Gehaben etwas weniger schroff als vorher, «weil Sie sich eine Einnahme dadurch verschaffen wollten oder aus reiner Menschenliebe, daß Sie diese jungen Mädchen ins Haus nahmen?»

«Es geschah nicht, weil wir uns eine Einnahme verschaffen wollten», antwortete Pastor Pennhallow leise und beinahe widerwillig, «es geschah vielleicht auch nicht aus reiner Menschenliebe. Wir nahmen diese jungen Mädchen zu uns im Andenken an unsere verstorbene Tochter, Evangeline.

Wir verloren unser Kind», fuhr er fort, nachdem er eine Minute in Gedanken versunken dagesessen hatte, «auf tragische, auf fürchterliche Weise. Durch die einsame Gegend, in der wir wohnten, kamen bisweilen Zigeuner. Die Schönheit des Kindes zog die umherstreifenden Leute an. Als eines Tages eine Gruppe von ihnen weiterzog, verschwand unsere Tochter mit diesen zusammen.»

«Mein Gott», rief Monsieur Belâbres aus, «und haben Sie sie nie wiedergefunden?»

«Doch», sagte der alte Pfarrer leise, «nach langem Suchen fanden wir sie wieder. Es war auf einem der großen Märkte in einem Ort nicht weit von unserem Wohnsitz. Aber das unstete Wanderleben und seine Härten hatten die Gesundheit des Kindes untergraben. Sie starb einen Monat später.»

Der Richter saß eine Minute schweigend da, wie um einem so großen Unglück seine Anteilnahme zu erzeigen. Frau Pennhallow war bis jetzt stumm gewesen und hatte lediglich ihre wachsamen Augen vom Gesicht ihres Mannes zu Monsieur Belâbres und wieder zurück wandern lassen. Jetzt sagte sie mit einer dünnen, harten Stimme, die aber doch einen eigenartigen Triumph zu enthalten schien:

«Wir haben auch heute noch zwei Mädchen aus England in unserem Haus. Die können Sie ja auch ausfragen.»

Ihr Mann wehrte schwach mit der Hand ab und wandte sich an den Richter.

«Und was war dann», fragte er, «Ihre nächste Frage an mich?»

Monsieur Belâbres sah in seine Mappe hinein. «Ich wünsche aus Ihrem eigenen Munde zu vernehmen», sagte er, «was Sie in einem kleinen Hotel in der Hafenstraße von Marseille zu suchen hatten.»

Pastor Pennhallow wandte langsam seine Gedanken von der Vergangenheit ab und zur Gegenwart, und er holte plötzlich tief Atem.

«Ist es möglich», rief er unruhig und beinahe angstvoll aus, «daß der tote Mann in Marseille jener Mann sein kann, den Sie suchen? Sollte er es gewesen sein, der – – nein, nein, ich kann es nicht glauben! Und dennoch», fügte er feierlich hinzu, «wenn es sich so verhält, dann hat der Verbrecher in seiner letzten Stunde bereut und sich bekehrt, und seine Verbrechen sind ihm vielleicht vergeben.»

«Ich weiß nicht, wovon Sie reden», sagte der Richter, «aber ich bitte Sie, den Zusammenhang der ganzen Angelegenheit aufzuklären.»

«Das ist nicht schwierig», sagte Pastor Pennhallow und hub an:

«In den ersten Märztagen war ich in Marseille in einer mir persönlich wichtigen Angelegenheit. Ein alter Freund war in Indien gestorben und hatte mir eine Kiste mit seltenen Büchern vermacht. Ich holte sie selber am Schiff ab, und ein Junge vom Hafen trug die Kiste für mich ins Hotel.

Als ich den Jungen bezahlt hatte und wegschicken wollte, sah er mich an und fragte, ob ich nicht ein englischer Pfarrer sei. Und als ich das bejahte, erzählte er mir, daß in dem kleinen Hotel am Hafen, wo er arbeitete, ein englischer Seemann oder Kapitän im Sterben liege; er habe immer wieder darum gebeten, daß ein Pfarrer aus seiner eigenen Heimat geholt werde. Ich ging sofort mit dem Jungen in das Hotel, einen schauerlichen Ort in einer düsteren Straße, die mir sogar selber fast Schrecken einflößte. Ich fand hier einen englischen Schiffszimmermann, der an der Auszehrung litt und im Sterben lag. Ich blieb einige Stunden bei ihm. Er beichtete mir, Herr Richter. Aber eine Beichte ist auch uns Protestanten heilig. Dies ist meine ganze Geschichte. An und für sich ist sie gering, und dennoch ist sie für mich schön und bedeutungsvoll.»

«Erinnern Sie sich», fragte der Richter, «ob die Wirtin in dem Hotel Sie nach draußen begleitete, als Sie es verließen?»

«Das wird sie wohl üblicherweise getan haben», sagte Pastor Pennhallow.

«Was haben Sie denn zu ihr gesagt, ehe Sie sich trennten?» fragte der Richter wieder.

«Das heute noch zu erinnern fällt mir nicht ganz leicht», sagte Pastor Pennhallow, «und doch entsinne ich mich einzelner Worte. Sie wissen, wir kamen von einem Sterbebett. Ich sprach vom Tod als einer langen Reise und von unserem Trost in der Gewißheit, auch von der Auferstehung des Fleisches am anderen Gestade.

Und da mir jetzt Ihre dritte Frage einfällt», fuhr er fort, «kann ich sie ohne Zaudern beantworten. Denn sie hängt mit dem zusammen, was ich gerade erzählt habe.

Nach einiger Zeit erhielt ich zu meiner Überraschung einen Brief und eine kleine Summe Geldes von derselben Frau in Marseille. Ihr Mieter sei gestorben und habe ihr vorher ans Herz gelegt, wenn ihre eigenen Forderungen an ihn beglichen seien, mir dies Geld, seine Spargroschen, für meine Armen zu senden. Es war höchst sonderbar, daß diese Frau, die ohne Schwierigkeiten das Geld selber hätte behalten können, in dieser Weise dem Begehren des Toten nachgekommen war. Sollte man nicht meinen, Herr Richter, daß ein Wort von mir in einer feierlichen Stunde ihr Herz erreicht hat? Ich sandte ihr, wie Sie ja wissen, eine Quittung. Ich fügte hinzu, glaube ich», schloß er, während Monsieur Belâbres langsam in seinen Papieren auf dem Tisch vor sich blätterte, «daß mich der Gedanke an die ständige und treue Arbeit gerührt habe, womit diese Summe, in kleinen Beträgen und einer um den anderen, verdient worden war.»

Der Richter schob seine Mappe zurück und saß stumm da.

«Sie scheinen also, Pastor Pennhallow», sagte er, «Ihre Verteidigung fast in jedem einzelnen Punkte solide unterbaut zu haben.»

«Verteidigung!» rief Pastor Pennhallow aus.

Er saß lange Zeit da, die Augen auf das Antlitz des Richters geheftet, ohne ein Wort zu sagen. Sein eigenes Gesicht veränderte sich währenddessen und nahm den Ausdruck vollkommener Ruhe, ja beinahe Heiterkeit an.

«Ich begreife», sagte er gedehnt, «ich habe hier als Angeklagter gesessen! Ich habe lange gebraucht, um Ihre Fragen zu verstehen! Glauben Sie mir, wären sie mir früher aufgegangen, dann hätte ich sie gar nicht beantwortet.»

Er erhob sich sehr still von seinem Stuhl und blieb vor dem Tische stehen. Er war ein kleiner Mann mit kurzen Beinen und wirkte nicht viel größer, als er stand. Aber über seiner unansehnlichen Gestalt lag eine Würde, sein Gesicht strahlte von einem feinen, triumphierenden Spott wider.

«Glauben Sie wirklich», sagte er, «daß mein eigenes Leben und das Los, das mich selber treffen kann, für mich auch nur die geringste Bedeutung hat, wenn man andererseits weiß, daß es Bosheit, Elend und Grauen auf dieser Welt gibt? Denn das Böse in der Welt ist mächtig, eine abgründige Tiefe, ein Meer, das nicht mit einem Löffel ausgeschöpft werden kann oder durch menschliche Maßnahmen! Ich, der ich die Macht des Bösen kenne, sie verkünden kann, sollte ich um meiner selbst willen fürchten oder verzagen?

Ich will keine Anklage widerlegen. Der Gerechte wird verurteilt, der Unschuldige herabgewürdigt, der Schwache im Schlamm zertreten! Das ist mir genug! Ich bitte Sie, Ihr Urteil zu vollstrekken. Das kann mir nichts anhaben. Ich bin in Sicherheit, dort, wo ich wandele.»

Er schien zu wachsen und breiter zu werden, während er sprach. Frau Pennhallows Gesicht hatte sich im letzten Teile des Verhörs umdüstert. Jetzt wurde sie genauso ruhig wie der alte Pfarrer. Der Richter konnte seine Augen nicht von dem Gesicht des Angeklagten wenden.

Der junge Amtsgehilfe im Stuhl am Fenster sprach hier zum erstenmal. «Würde es, Herr Richter», sagte er, «nicht empfehlenswert sein, die beiden jungen englischen Mädchen zu verhören, die sich im Augenblick hier im Hause aufhalten?»

Freispruch

Lucan und Zosine waren vom Nebenzimmer aus durch die Tür, die angelehnt stand, mit Spannung den Verhandlungen in der langen Eßstube gefolgt. Sie konnten nicht alles hören, was gesprochen wurde, und vieles von dem, was sie hörten, war ihnen unverständlich. Trotzdem wechselten sie die Farbe und tauschten verwunderte Blicke, während sie lauschten. Hier standen große Dinge auf dem Spiel. Ein Fremder war nach Sainte-Barbe gekommen, ein französischer Richter erhob unerhörte, fürchterliche Anklagen gegen den englischen Pfarrer.

Lucan entsann sich jetzt wieder, wie sie selber eine Zeitlang ein schwaches, traumhaftes Mißtrauen gegen den Ort gehegt hatte. Sie war fast entsetzt, als sie sich diese Empfindungen wieder vergegenwärtigte. Es war ihr, als habe sie den Verdacht auf das Haus gelenkt, das ihr und Zosine Obdach gewährt hatte, und auf den Garten, wo sie im Mondschein mit Noël gesprochen hatte. Es war, als hätten ihre Gedanken, ohne ihr eigenes Wissen oder ihren Wunsch, den verborgenen, heimlichen Bewohner heraufbeschworen.

Zosine beugte sich über den Tisch, genauso wie sie sich in früherer Zeit über den Rand der Loge im Theater gebeugt hatte, wenn sie dem Kampf der Tugend gegen die Schurkerei zugesehen hatte.

Ihr fielen bestimmte Ereignisse in der Weltgeschichte ein, die Pastor Pennhallow selber ihr verlebendigt hatte. Große Bilder kamen ihr in den Sinn. Die Erzählung des Pfarrers von seiner verschwundenen Tochter ergriff beide jungen Mädchen. Sie hatten auch verloren und gesucht, und ihre Augen füllten sich mit Tränen.

Als Monsieur Tinchebrai gesprochen hatte, merkten sie, daß sie nunmehr selbst in den Mittelpunkt der Vorgänge hineingezogen werden sollten. Sie bebten, als sie ihre Kraft für die Aufgabe, die ihnen bevorstand und die sie selber nicht vollauf begriffen, zusammennahmen. Als sie hörten, wie Frau Pennhallow ihren Stuhl zurückschob, griffen sie unwillkürlich in großer Hast wieder nach ihrer Arbeit, die sie beiseite gelegt hatten. Aber sie nahmen die Lavendelzweige auf dem Tisch nur oberflächlich zur Hand.

«Lucan! Zosine! Seid ihr hier?» sagte Frau Pennhallow in der Tür. Ihre Stimme war sehr sanft. «Ihr sollt ins Eßzimmer kommen. Es sind zwei Herren aus Lunel da, die mit euch reden möchten.»

Die jungen Mädchen erhoben sie sofort, Lucan war blaß, aber Zosines Wangen glühten. Ohne einander anzusehen, traten sie hinter der eckigen, graugekleideten Gestalt her über die Türschwelle.

Die beiden französischen Herren erhoben sich, als sie hereinkamen. Selbst der Richter, der in Dokumente vertieft gewesen war, sah sie mit unverhohlener Bewunderung an, es war, als sei Frau Pennhallow in den düsteren Raum und zu der verhängnisvollen

Unterredung mit einem Strauß Rosen in jeder Hand zurückgekehrt.

Während des ganzen nun folgenden Gesprächs spürte Lucan den Blick des jungen Amtsgehilfen auf ihrem Angesicht. Sie sah einmal flüchtig zu ihm hin, und er wandte sofort die Augen ab. Frau Pennhallow blickte in ihren Schoß. Pastor Pennhallow war der einzige in der Stube, dessen Wesen nicht gespannt auf das gerichtet war, was hier drinnen vor sich ging. Nachdem er gesprochen, hatte er regungslos dagestanden, als blicke er in weite Ferne. Als seine Augen die jungen Mädchen streiften, huschte ein ganz leiser Schimmer von Mitleid und Zärtlichkeit über sein Gesicht, aber dann waren seine Augen wieder fern wie vordem.

Lucan und Zosine setzten sich. Und damit schloß sich der Kreis der drei alten und drei jungen Menschen um den langen Tisch, allen war ungewöhnlich zumute.

Monsieur Belâbres entschuldigte sich bei den jungen Mädchen, daß er sie gestört und vielleicht auch beunruhigt habe. Er bat sie, keine Angst zu haben, es seien nur unbedeutende Auskünfte, die er von ihnen begehre. Sie wußten es besser, und Zosine sah ihm herausfordernd, fast geringschätzig ins Gesicht. Die Haltung des Richters und der Klang seiner Stimme brachten sie allein schon in Aufruhr, ihr fiel ein, wie ihr eigener Vater angeklagt worden war. Pastor Pennhallows unbedeutende und halb lächerliche Erscheinung bekam in diesem Augenblick Ähnlichkeit mit Herrn Tabbernors gewaltiger, strotzender Gestalt.

Der Richter befragte die jungen Mädchen kurz über ihr Alter und ihre Verhältnisse. Hier mußte Lucan für Zosine antworten. Sie machte ihre Freundin genau um ein Jahr jünger als sich selbst, damit sie nicht gezwungen sei, über Tag und Monat sich einer Lüge zu bedienen. Doch errötete sie leicht, als sie die Unwahrheit sprach, und tiefer noch, weil Herr Tinchebrai ihr Erröten bemerkte und dadurch gerührt zu sein schien.

Der Richter saß eine Weile stumm da. Auf seinem Gesicht malten sich deutlich Ratlosigkeit und Ernst ab, ja, es schien fast versteinert. Wenn der Mann, den er vor sich hatte, so schuldlos war, so unwissend, wie er sich stellte, dann hatte das Gesetz einen frommen Mann in einem heiligen Amt durch die Person des Richters auf das grausamste beleidigt. War aber nur ein Körnchen Wahrheit in der Anklage enthalten, dann hatte er in dem alten englischen Pfarrer einen Menschen vor sich, dessengleichen an Schlechtigkeit er nie gekannt hatte und sich auch kaum je hätte vorstellen können.

«Es ist notwendig», sagte er endlich, «in einer Angelegenheit, die im übrigen Ihnen, meine jungen Fräulein, keinerlei Verdruß bereiten dürfte, klare Auskunft darüber zu erhalten, wie Sie nach Frankreich gekommen sind. Ich bitte Sie, mir zu sagen, wo Sie zuerst mit Herrn Pastor Pennhallow in Verbindung gekommen sind.»

Nur gut, dachte Lucan, daß der Richter nicht Frau Pennhallows Namen genannt hatte, so konnte sie es doch umgehen, von dem Zusammentreffen in der Gaststube in Staines zu berichten, das in ihrer eigenen Erinnerung nach und nach verblaßt war.

«Meine Schwester und ich», sagte sie, «suchten Stellung in London und lernten dort durch ein Büro Pastor Pennhallow kennen. Die Frau, der das Büro gehörte, hieß Frau Quincy.»

Der Richter sah die beiden hübschen jungen Mädchen teilnahmsvoll an.

«Da Sie durch ein Büro Stellung suchten», sagte er, «darf ich annehmen, daß Sie allein auf der Welt stehen ohne irgendwelche näheren Anverwandten. Wußte Pastor Pennhallow davon?»

«Ja», sagte Lucan, «Pastor Pennhallow erfuhr es, als wir das erste Mal miteinander sprachen. Er sagte, es sei ein Unrecht. Junge Mädchen müßten von guten, erfahrenen Menschen geleitet und behütet werden.»

«Als Sie aber Pastor Pennhallows Anerbieten erhielten», sagte der Richter, «wurden Ihnen da nicht glücklichere und freiere Lebensumstände in einer späteren Stellung, vielleicht in einem fremden Land in Aussicht gestellt? Sie dürfen», fügte er ernst hinzu, «ehrlich sprechen und ohne Furcht, daß Ihre Aussagen Ihnen bei Ihren Pflegeeltern schaden könnten. Ich selbst stehe Ihnen dafür ein», sagte er mit großer Würde, «daß etwas Derartiges nicht eintreten wird.»

Diesmal war es Zosine, die für ihre Freundin sprach. «Wir sprechen hier genauso ehrlich, wie wir es immer tun», sagte sie, «wir haben keine Angst vor unseren Pflegeeltern und haben keinen

Grund, welche zu haben. In London gab es überhaupt niemanden anders, der uns nehmen wollte. Wir hatten lange nach einer Stellung gesucht und mußten befürchten, daß wir keine finden würden, als wir Pastor Pennhallow zum erstenmal begegneten.»

«Sind Ihnen hier niemals», fragt der Richter weiter, «solche hübschen Kleider, Hüte und Schals versprochen worden, nach denen das Verlangen zu haben Ihrer Jugend doch natürlich sein müßte?»

«Nein, Sie wissen aber wirklich nicht, wovon Sie reden», rief Zosine voller Spott aus. «Schauen Sie sich um! Hier ist ja kaum ein Spiegel im Haus! Wir haben an andere Dinge zu denken.»

«Brachte», fragte der Richter wieder, «Pastor Pennhallow Sie niemals mit anderen Menschen zusammen, von denen manche Ihnen sonderbar vorkamen?»

«Doch, das tat er wohl», rief Zosine, «er arbeitete Tag für Tag Geschichte und Latein mit uns! Er erzählte uns von den Helden und Philosophen, die in längst entschwundenen Zeiten lebten und die wir bis dahin nicht gekannt hatten.»

In diesem Augenblick schaute sie auf ihren alten Lehrer, der ohne ein Wort oder eine Bewegung den Angriffen dieses gefühllosen Gesetzes gegenüberstand. Ihr fiel Sokrates vor dem Richterstuhl in Athen ein, und sie geriet in starke Aufregung. War es, dachte sie, immer das Los des edlen Menschen, durch Verleumder gestürzt zu werden?

«Nein, Sie können sich auf mich verlassen», sagte sie feierlich mit zuckenden Lippen. «Pastor Pennhallow hat weder uns noch sonst einen Menschen betrogen. Wenn Sie mir nun so nahelegen, die ganze Wahrheit zu sagen, so möchte ich auch bekennen, daß eher ich es bin, die Pastor Pennhallow hinters Licht geführt hat. Ich habe ihm nicht alles gesagt, was ich hätte sagen müssen. Auch während ich auf Sainte-Barbe war, habe ich manches getan, wovon er nichts gewußt hat! Ich hätte es bis jetzt am liebsten vermieden, davon zu sprechen. Aber jetzt will ich gern alles erzählen.» Ihre Brust wogte, und die Tränen standen ihr in den Augen.

Über das Gesicht des Richters lief der Schimmer eines Lächelns. «Nein, mein Fräulein», sagte er, «wir sind nicht so grausam. Wir lassen junge Damen wie Sie gern ihre Geheimnisse für sich behalten.» Er ließ den Blick von dem kindlichen, flammenden Gesicht zu den grauen und zerfurchten Zügen des Angeklagten wandern. Im Lichte des Vertrauens seitens des jungen Mädchens nahm sich der alte Mann anders aus als vorher. Monsieur Belâbres saß eine Weile sinnend da.

«Sie müssen mir aber zu guter Letzt sagen», begann er feierlich von neuem, «ist hier in diesem Hause die Leichtfertigkeit milde beurteilt worden? Ist über die leichtlebige Frau mit Nachsicht gesprochen worden? Und sind Sie zu dem Glauben angeregt worden, daß man das Glück auch abseits von dem schmalen Pfade der Pflicht und des Gehorsams gegen das Gesetz finden könne?»

Er sprach verlegen und blickte zu Boden. Er hatte sich die jungen Mädchen auf Sainte-Barbe nicht so hübsch und so verfeinert vorgestellt. Er hatte selbst Töchter, unschuldige junge Mädchen, er trug nur widerstrebend ein solches Thema in die reine und holde Atmosphäre hinein, die ihre Altersgenossinnen hier ausstrahlten.

Zosine verstand nicht, was er sagte, und war völlig von ihren eigenen Gefühlen mitgerissen. Sie betrachtete ihn mit gerunzelten Brauen. Aber Lucan rief unwillkürlich aus: «O nein», und wurde bei ihren eigenen Worten erst rot und dann sehr blaß.

Sowohl der Richter als auch sein Untergebener wandten sich ihr zu. «Sie möchten etwas sagen, mein Fräulein?» fragte der Richter.

«Ich verstehe nicht so recht, was Sie mit Ihrer Frage an meine Schwester meinen», sagte Lucan, «aber ich glaube doch bestimmt, daß Sie im Irrtum sind. Pastor Pennhallow hat einmal zu mir gerade von dem gesprochen, was Sie erwähnten. Er schilderte die Strafe der Leichtfertigkeit und das Los der leichtlebigen Frau so furchtbar, daß es mich entsetzte. Ich hatte ihn bis dahin nie so reden hören. Ich kann es nicht wieder vergessen!»

Der Richter blickte von Lucan auf Zosine und atmete tief auf.

«Beide junge Damen haben», sagte er, «wie ich sie bat, ehrlich und aufrichtig gesprochen. Hier besteht kein Zweifel darüber, daß ihre Worte vom Herzen kamen. Ihre Zeugenaussage hat Pastor Pennhallows eigene Verteidigung erheblich gestützt und bestätigt. Ich kann Sainte-Barbe verlassen in der Überzeugung, daß der Verdacht höchst oberflächlich unterbaut war, den auszusprechen ich genötigt gewesen bin.

Ich kann Sie nicht um Entschuldigung bitten, Pastor Pennhallow», sagte er, an den alten Pfarrer gewandt, «denn ich bin nicht aus eigenem Antrieb hierhergekommen, sondern durch meine Amtspflicht gezwungen. Aber ich beglückwünsche Sie und mich selbst zu diesem Tag. Es ist bitter, daß die Unschuld angeklagt wird, aber es ist gut, wenn die Anklage zurückgewiesen werden kann. Und es ist schön und erhaben, Redlichkeit zu finden, wo man einen Augenblick gefürchtet hatte, der Verderbnis zu begegnen.»

Buße und Besserung

In den ersten Tagen nach dem Verhör auf Sainte-Barbe waren die beiden jungen Mädchen von Stolz wie auch von Scham erfüllt. Sie sprachen miteinander wie Rekruten nach einer Schlacht. Sie waren auf einen harten Posten gestellt worden und hatten standgehalten.

Aber sie schwiegen beschämt vor sich selber, wenn sie daran dachten, daß der Held in dem Drama, das sich auf dem alten Pächterhof abgespielt hatte und das ohne ihre Mitwirkung leicht hätte zu einer Tragödie werden können, ebenjener alte Mann war, den sie häßlich und tolpatschig gefunden hatten, lächerlich in seinem Anzug und im Wesen wunderlich. Jetzt wuchs seine Gestalt, ein Leuchten ging von ihr aus, und sie wurden selber klein daneben. Sie faßten, jede für sich, aus aller Kraft den Entschluß, sich seiner würdig zu erweisen. Sie wollten fleißig sein, um ihm zu helfen. Zosine gelobte sich selber, künftig beim Tischgebet den Ernst zu wahren, und beide machten sich daran, lange lateinische Gedichte auswendig zu lernen, um sie ihm bei Gelegenheit fehlerlos aufsagen zu können.

Sie konnten sich als Rekruten fühlen, die an der Front ausgezeichnet worden waren. Denn die Milde und das Wohlwollen des alten Lehrers gegen seine jungen Schülerinnen kannten in diesen Tagen keine Grenzen. Der alte Mann war müde, aber seine Gelassenheit war wie immer unerschütterlich, er schien fast glücklicher zu sein als vorher. Am Tage nach dem Besuch des Richters auf Sainte-Barbe hielt er seinen Schülerinnen eine kleine Rede. Er habe, sagte er, im Laufe der Nacht darüber nachgesonnen, inwieweit er wohl auf das zurückkommen solle, was am Tage vorher ihre heitere Ruhe gestört habe. Er selbst habe bisher versucht, die Gedanken der jungen Frauen auf das Große und Schöne in der Geschichte und Poesie hinzulenken. Aber die äußere Welt sei bei ihnen eingebrochen, mißgünstig, scheel, voller Verdächtigungen und Schadenfreude. Er wolle ihnen daher ganz kurz erzählen, wie diese äußere Welt beschaffen sei. Wie düster, wie schlüpfrig, wie sehr durch Eigennutz und niedere Triebe besudelt!

Jedoch dies sollten sie wieder vergessen. Er selbst habe den Verdacht vergessen, dessen Zielscheibe er gewesen sei. Es sei süß, zu vergessen und zu vergeben – er sah, während er sprach, wirklich aus, als schmecke er etwas Süßes. Es falle ihm schwerer, das Unrecht zu vergeben, das schuldlosen Mädchen, in gewisser Weise durch ihn, zugefügt sei. Sie seien ihm dadurch lieber geworden als vorher.

Er umgab sie denn auch mit ständiger, liebreicher Fürsorge. Alles, was sie sagten oder taten, schien ihm in diesen Tagen zu gefallen. Sein Gesicht glänzte von Zärtlichkeit und Stolz, wenn er sie sah. Er fragte sie, womit in der Geschichte oder Literatur sie sich beschäftigten, und nahm sich die Zeit, ihnen beides mit mächtigem, beflügeltem Geiste auszulegen. Er wies Baptistine lächelnd an, Kuchen und Leckereien für sie zu machen. Bisweilen kam er, wenn sie über ihren Schulaufgaben saßen, zu ihnen herein, als könne er nicht ohne sie sein, und eröffnete ihnen, daß er die Absicht habe, wenn ihr Jahr in Frankreich zu Ende sei, ihnen bei hohen und bedeutenden Geistlichen in England, die seinerzeit in England mit ihm zusammen studiert hatten und deren Namen Lucan kannte, Stellungen zu verschaffen. Vielleicht, sagte er, könne er ihnen dereinst einen Posten in einer der Organisationen anbieten, denen er selber sein ganzes Leben geweiht habe. Es konnte geschehen, was nie zuvor der Fall gewesen war, daß er sie berührte und ihren Arm streichelte oder sie mit einer eigentümlich feinen und behutsamen Würde unters Kinn faßte, so als seien sie ein Teil seiner selbst geworden. Er scherzte mit ihnen, mitunter über Dinge, die sie gar nicht verstanden, sanftmütig, wie wenn er die Erinnerung an das auslöschen wollte, was sie geängstigt und empört hatte.

Zosine runzelte die Stirn und war nicht geneigt zu vergeben. Sie war noch immer voller Zorn gegen den Richter von Lunel, der in ihren Augen das Gesetz als solches verkörperte, eiskalt in seinem Wesen und ohne Erbarmen für die Menschen, deren Dasein, wie bei ihrem Vater, sich im Bereich der Gefühle und der Schönheit abspielte oder, wie bei dem alten Pfarrer, in der Welt des Geistes. Sie ließ ihren Zorn auch an dem hübschen Monsieur Tinchebrai aus. Sie hatte vergessen, daß sie selbst ihn bedauert hatte, und schonte nun weder den jungen Mann noch den Mehlhändler oder gar den Bischof von Nîmes.

Lucan war schweigsam, aber unruhig. Es hatte sie entsetzt, ebenso wie Zosine, der Ungerechtigkeit der Welt Aug in Auge gegenüberzustehen. Aber es wollte ihr scheinen, als liege hinter dem Alptraum dieses einen Tages eine Wirklichkeit, die es gab und die noch furchtbarer war. Die Mahnrede des alten Pfarrers hatte sie in dieser Furcht bestärkt und ihre Unruhe gesteigert.

Pastor Pennhallow hatte einen ungerechtfertigten Verdacht zerstreut. Aber was war das für ein Verbrechen, dessen er verdächtigt worden war?

Sie war von Dankbarkeit erfüllt, daß ihr das Los zuteil geworden war, einem unschuldig Angeklagten beizustehen, aber es grauste ihr, daß sie in Verhältnisse hineingezogen worden war, die dunkler und unerklärlicher zu werden schienen, je mehr sie über sie nachdachte.

Ihr Gemüt wandte sich denn wieder dem zu, was ihr weit mehr auf der Seele lag: dem, den sie liebte, und ihrer Liebe selber. Wie schmerzlich der Gegenstand auch war – er brachte ihr Befreiung. Sie dachte in diesen Tagen oft über Wesen und Schicksal der Frau nach. Es war offenbar, daß es für sie ein größeres Glück war, sich mit einem Liebeskummer zu beschäftigen, für den es keinen Ausweg gab, als mit der äußeren Welt, auch wenn sie dem Recht gegen das Unrecht hatte beistehen können.

«Und so lange», dachte sie, «wie ich bei meinem Kummer verweilen darf, habe ich eine Heimat darin. Sollte aber jemals die Zeit kommen, da von der Frau wie auch vom Manne gefordert wird, daß sie ihre Liebe oder ihren Liebeskummer vergessen und verlassen soll, um sich mit den Aufgaben der Welt zu befassen, die sie umgibt, da wird sie in der Tat aufs offene Feld hinausgetrieben und

Wetter und Winden preisgegeben. Ja, schlimmer noch, sie wird dort herumrennen wie eine Wahnsinnige mit aufgelösten Haaren, die sich selbst und ihrer eigenen Natur spottet!»

Doch war in ihrer Gedankenwelt Platz für die Menschen, die sie dicht um sich hatte. Sie freute sich, Pastor Pennhallow zeigen zu können, wie hoch sie ihn achtete. Ebenso wie Zosine arbeitete sie fleißiger denn je an ihren Schulaufgaben und Aufsätzen. Sie nahm sich jetzt auch mehr Zeit, mit Zosine zusammenzusein.

«Unser alter Pfarrer und seine Frau sind dennoch verwandelt», sagte Zosine wehmütig.

«Sie haben viel durchmachen müssen», sagte Lucan, «sie brauchen Zeit, um ihre Kräfte wieder aufzuholen.»

«Nein, das ist es nicht», meinte Zosine nachdenklich, «sie haben sich in eigentümlicher Weise verwandelt. Ich habe mal gesagt, man könne es ihnen ansehen, daß sie Adventisten sind, sie trügen immer eine gewisse Erwartung zur Schau. Das tun sie nicht mehr. Es sieht aus, als seien sie fertig mit dem, was sie zu besorgen hätten. Frau Pennhallow war die ersten Tage finster und traurig, einmal weinte sie. Pastor Pennhallow sah nicht, daß ich im Zimmer war, er wollte sie sicher trösten, aber ich habe nicht verstanden, was er meinte. Er faßte sie unters Kinn, lachte und sagte: ‹Mußt du nun, da alles gut ist, dich darüber grämen, daß ich mit einer alten Vettel in Marseille meinen Spaß getrieben habe, die hundert Jahre alt war und vor drei Monaten gestorben ist?› Was sollte das bedeuten?»

«Es ist sicherlich schwer, zu vergessen, daß man so furchtbar verdächtigt und verunglimpft worden ist», sagte Lucan, «es ist schön und großmütig von Pastor Pennhallow, daß er gar keine Bitterkeit empfindet. Und sieh nur, wie gütig sie beide tagtäglich zu uns sind. Es ist, als ob er gewissermaßen meine, wir seien alle einander nähergekommen, als ob wir alle vier im Grauen vereinigt seien.

Aber sag mir doch mal», fuhr sie kurz darauf fort, um ihre eigenen und Zosines Gedanken von dem abzulenken, was nun vorbei war, «was du selber meintest, als du zu dem Richter von Lunel sagtest, du habest deinen Lehrer hinters Licht geführt? Du sahest dabei so furchtbar ernst aus. Was hattest du auf dem Herzen?»

Zosine setzte sich neben sie auf das schmale, mit Roßhaar bezogene Sofa, und Lucan sah, daß sie lächelte. «Ich dachte, du würdest mich früher danach fragen», sagte sie. Sie spielte mit Lucans langen, hübschen Locken. «Nun werde ich dir alles miteinander erzählen», sagte sie.

«Entsinnst du dich», fragte sie nach einer kleinen Pause, «des jungen Mannes, der mich aufhob, als das Pferd, das ich damals ‹Mazeppa› taufte, mich abgeworfen hatte?»

«Ja, gewiß», sagte Lucan erstaunt.

«Ich habe ihn seitdem wiedergesehen», sagte Zosine, «während du so still geworden warst und so ganz in deinen eigenen Gedanken umhergingst. Er war nicht, wie wir gedacht hatten, ein Reitknecht aus Joliet. Er ist der Baron Thesée de Valfonds.»

Lucan ließ ihre Arbeit sinken und drehte sich halb um, um Zosine ins Gesicht sehen zu können. «Du hast mit ihm gesprochen?» rief sie aus. «Wovon habt ihr gesprochen?»

«Wir haben meistens über Pferde gesprochen», sagte Zosine, «und, großer Gott, wie hat es mir leid getan, daß ich mein Reitkleid in England gelassen habe! Aber dich will ich nicht an der Nase herumführen. Wir haben auch von anderen Dingen gesprochen.»

Lucan wußte nicht, warum sie bei dem Geständnis ihrer Freundin so froh und aufgeregt wurde, daß sie nahe daran war, zu lachen. Waren es dieser junge Mann und diese Liebesgeschichte, an die Zosine gedacht hatte, als sie im Wald ihr Märchen erzählte? Sie ergriff Zosines Hände und preßte sie in ihrem Schoß.

«Hast du ihn oft gesehen?» fragte sie.

«Wir haben uns nicht verabredet», sagte Zosine, «aber er wußte wohl, um welche Zeit ich kommen würde, die Pferde zu füttern. Er ist ein wunderbarer Mensch», fuhr sie fort, «du weißt noch, was Baptistine uns erzählte, daß er nie aus seiner Provinz herausgekommen ist und sein Vater vor ihm ebenfalls nicht? Er läuft in einer Bluse herum wie ein Holzhauer, er nennt sich selber Bauer. Aber ich habe in London viele junge Herren gesehen, die hohe Gedanken über sich selber hatten, und in Paris auch, damals, als ich mit Papa reiste! Und ich habe nie welche gesehen, die so fein auftraten oder redeten wie er. Ich bin sicher, kein Kavalier am französischen Hofe ist so freien Wesens oder so vornehm wie er. Ich habe noch nie darüber nachgedacht, daß das Blut selbst bei einem Manne so viel bedeuten kann. Wenn er auf dem Gatter gesessen und sich mit mir über Pferde unterhalten hat, dann habe ich ganz deutlich erkannt, daß seine Vorfahren seit vielen hundert Jahren über Menschen geboten und mit Königinnen verkehrt haben. Ist das nicht höchst sonderbar?»

«Ist er in dich verliebt? Hat er um deine Hand angehalten?» fragte Lucan atemlos.

«Nein, weswegen sollte er um meine Hand anhalten?» sagte Zosine. «Es war ja ein Spiel. Ich habe so lange ernst sein müssen, jetzt konnte ich mit ihm spielen! Und mich dann in Pastor Pennhallows Stunden zu um so größerem Ernst zusammenreißen! Ich habe ihm nicht einmal meinen Namen gesagt. Ich habe ihm erzählt, ich hieße Hippolyta. Denn das war die Königin der Amazonen. Und außerdem paßte es sehr gut, wenn er es sich selbst herausnimmt, Theseus zu heißen. Aber er fand den Namen für mich zu lang und zu getragen. Er nannte mich Mademoiselle Lita.»

Lucan lachte. «Wenn er dich heiraten will», sagte sie, «dann muß er doch um deine Hand anhalten.»

Zosine antwortete nicht gleich. «Wir wollen nicht heiraten», sagte sie dann. Lucan ließ wieder ihre Hände los, die sie festgehalten hatte.

«Was sagst du da?» rief sie aus. «Wo ich dich doch so sehr bewundere und hochschätze! Meinst du allen Ernstes, du seiest in einen Mann verliebt und möchtest ihn nicht heiraten?»

«Du mußt mich verstehen», sagte Zosine und legte, wie es ihre Gewohnheit war, ihre Hände auf Lucans Schulter und ihre Wange darauf. «Es gibt zwei Gründe, weshalb wir nicht heiraten können, selbst wenn er mich fragen sollte.

Der eine ist der», sagte sie, «daß er zu gut für mich ist. Weißt du nicht, wenn wir von den Kreuzrittern gelesen haben, daß wir uns dann vorstellten, sie zögen von Joliet aus ins Heilige Land? Und daß selbst Jeanne d'Arc einen Ritter von Joliet als Waffenträger hatte? Und so ist es ja gerade! So haben sie viele hundert Jahre lang gelebt. Jedesmal, wenn ich mit ihm zusammen bin, habe ich es deutlich gespürt. Ein solcher französischer Ritter geht nicht einfach hin und heiratet eine Ausländerin, die bei dem alten Pfarrer auf Sainte-Barbe lebt und die auf der ganzen Welt keine Heimat hat.»

Lucan mußte an Zosines viele Verehrer in England denken und wie sie auf dem Ball in dem reichen Hause geglänzt hatte, ihr wurde das Herz schwer um der Freundin willen. «Und was ist der zweite Grund?» fragte sie kurz darauf und legte ihren Arm um Zosines Hüfte.

«Der zweite Grund», sagte Zosine, und ihre Stimme wurde wieder klar und heiter, «ist, daß ich weiß Gott zu gut für ihn bin! Ich bin gereist und habe mich in der Welt umgesehen. Ich habe mir selbst gelobt, alle Länder des Erdballs zu besuchen. Sollte ich nun auf einem alten Schloß sitzen, meinem Mann zusehen, wie er pflügt und Gänse hütet? Und niemals weiter fort kommen als bis nach Lunel?»

Lucan wußte nicht, ob Zosine im Ernst oder im Scherz redete, und auch nicht, ob sie selber lachen oder weinen sollte. Sie zog den Kopf der Freundin auf ihre Schulter herunter.

«O Zosine», flüsterte sie, «wie sind wir beide doch verschieden! Du hast recht, wenn du sagst, du seiest dein ganzes Leben lang verwöhnt worden! Aber du bist deswegen nicht minder reizend. Ich meinerseits, ich könnte dagegen in einer kleinen Hütte sitzen und mich für das glücklichste Mädchen der ganzen Welt halten, wenn ich den Mann, den ich liebte, um mich hätte!» Sie regte sich so sehr über ihr eigenes Geständnis auf, daß sie einen Augenblick innehalten mußte. «Aber du verlangst so viel», fuhr sie fort, «und du bekommst es sicher auch einmal.»

«Wie ist es wundersam», dachte Lucan während des Schweigens, das jetzt entstand, «daß Zosine und auch ich selber, die wir so vertraute Freundinnen sind, jede eine heimliche Liebe gehabt haben, die wir einander nicht haben verraten wollen. Eine Liebe, die nie etwas anderes sein wird als ein Geheimnis in unseren eigenen Herzen. Aber für Zosine», fügte sie in Gedanken wehmütig hinzu, «ist es so, weil sie es selber will. Für mich gibt es keine Wahl. Es ist mein Los, daß ich schweigen und meines Lebens großes Gefühl, niemand anderem als mir selber bekannt, in mir tragen muß bis an mein Ende. Ach, es ist wohl so, wie es sein muß. Sie ist der Liebling des Glücks! Und ich verstehe wohl, daß es so sein muß. Ich selbst bin ein Mädchen wie alle anderen, für mich muß es das Glück sein zu lieben, und wenn mich auch niemand wiederliebt. Und Gott sei gedankt, daß nichts zwischen mich und meine Freundin treten kann.

Und dennoch», dachte sie gleich darauf, «kann ich nicht begreifen, nicht wirklich daran glauben, daß diejenige, die von Noël geliebt wird, ihn nicht wiederlieben kann.»

Während sie so, innig umschlungen, auf dem Sofa saßen, hörten sie Pastor Pennhallow, der aus gewesen war, nach Hause kommen und die beiden alten Leute in der Stube nebenan miteinander reden.

«Kannst du hören», sagte Zosine leise, «daß sie anders reden als früher? Sie sind jetzt mit irgend etwas fertig, sie schließen die Rechnung ab.»

«Weißt du noch», meinte Lucan nachdenklich, «daß du selbst am Morgen nach deinem Balle sagtest: ‹Es ist furchtbar, in Spannung zu leben und für sein Leben zu fürchten. Aber erst wenn die Gefahr vorüber ist, stirbt man?›»

«Ja, ich weiß es noch genau», sagte Zosine. Auch sie war eine Weile stumm. «Aber ich hatte ja damals lange gewußt, daß eine Gefahr bestand», sagte sie, «damals war es ein Spiel. Und ich spielte es, um Papa zu retten. Ach, ich finde heute, es ist so lange her.»

Gespräch in der Nacht

Lucan war im Bett und schon mitten zwischen Wirklichkeit und Traum in ihrer alten Schule, im Begriff, die Schmetterlingssammlung in der Naturgeschichtsklasse zu ordnen. Sie wurde jählings aus ihrem Traum gerissen, als sie einen Stuhl umfallen und gleich darauf Frau Pennhallows Stimme dicht hinter der Türe fragen hörte: «Was ist los?» und Zosine drinnen aus der Schlafkammer antwortete: «Ich wollte ein Glas Wasser holen, und dabei habe ich den Stuhl umgeworfen.»

Halb im Schlaf dachte Lucan: «Was tut Frau Pennhallow mitten in der Nacht auf dem Gang?»

Nach einer Weile kehrte der Traum wieder, war aber anders. Es war Noël, der Falter jagte, und sie selbst war nun ein Falter. Sie war glücklich, dicht um ihn herumflattern zu dürfen, ohne herausfordernd oder unweiblich zu erscheinen, aber sein Netz wurde ihr über den Kopf geworfen, und sie wurde eingefangen. Das würgende Gefühl weckte sie, und sie erkannte im selben Augenblick, daß Zosines Hand über ihr Gesicht tastete und sich auf ihren Mund legte.

«Sei ganz still», flüsterte Zosines Stimme an ihrem Ohr. «Mach mir Platz in deinem Bett.» Erstaunt und verwirrt rückte Lucan bis an die Wand zurück, und Zosine schlüpfte ohne ein Geräusch unter Lucans Deckbett. Sie schob den Arm unter Lucans Kopf und zog ihn dicht an sich heran, atmete tief ein und lag so eine Minute da, ohne ein Wort zu sagen.

«Du darfst dich nicht bewegen», flüsterte sie, «ich muß dir etwas sagen.»

Lucan fühlte, daß Zosine vom Kopf bis zu den Füßen zitterte. Sie mußte plötzlich selber zittern, wagte aber nicht, sich zu rühren oder zu fragen.

«Es ist alles miteinander wahr!» sagte Zosine.

Lucan wollte fragen, was denn wahr sei, bekam aber nicht ein Wort heraus.

«Ja, es ist wahr», flüsterte Zosine wieder, und ihre Stimme war so aufgeregt, daß dies Flüstern fast zu einem Stöhnen wurde.

«Alles das, weswegen der Richter diesen alten Mann angeklagt hat, das hat er getan!» Sie holte wieder ein paarmal Luft und preßte Lucans Kopf dichter an ihren Mund. «Sei ganz still», sagte sie.

«Ich begreife es jetzt», sagte sie, «ich werde es dir erzählen.

Pastor Pennhallow hat die jungen Mädchen hier gehabt, von denen die Rede war. Er hat sie auch verkauft. Ich weiß nicht, was das bedeutet, ich habe nicht gedacht, daß man weiße Menschen verkaufen könnte. Aber es muß möglich sein, und das hat er getan. Das junge Mädchen in dem Boot, von dem sie sprachen, kam von hier. Es ist nicht wahr, daß hier nur drei gewesen sind! Hier sind viele, viele gewesen, und er hat sie alle verkauft, es ist ihnen ebenso ergangen wie ihr. Er hat ihr an dem Tag etwas Starkes zu trinken gegeben, und die Männer, die sie führten, das waren die, an die er sie verkauft hat. Oder sie haben ihm auch nur geholfen. Er ist schlimmer als die Schlimmsten!»

Lucan schob Zosines Kopf von ihrem Munde weg. Sie war so plötzlich wach geworden, und was sie nun hörte, war so grauenhaft, daß sie unmöglich ohne weiteres daran glauben konnte; sie versuchte, Zosine zu beruhigen.

«Nein, Zosine, sei jetzt ganz ruhig», flüsterte sie, «du hast wohl geträumt, bleib nun heute nacht bei mir liegen.» Aber allein schon, daß sie im Dunkeln lagen und flüsterten, war etwas so Schreckliches, daß ihre eigene Stimme zu zittern begann.

«Es ist wahr», flüsterte Zosine, «es ist alles miteinander wahr! Laß sie aber nicht hören, daß wir miteinander reden. Wir müssen eine halbe Stunde warten, bis sie denken, wir sind eingeschlafen.»

«Sie können uns hier gar nicht hören», sagte Lucan. Zosine ließ aber wirklich eine halbe Stunde verstreichen, die Lucan wie eine Ewigkeit vorkam. Dann sprach sie wieder, sie war jetzt ruhiger und ihre Stimme fester und härter im Tonfall.

«Das war es, wozu sie dich und mich brauchten», sagte sie. «Sie hatten erfahren, daß manches von dem, was sie getan hatten, entdeckt worden war. Sie waren verdächtigt! Darum verschafften sie sich uns beide in England. Wir sollten das Beste von ihnen denken. Sie ließen sich auch viel Zeit! Sie arbeiteten mit uns, lehrten uns viele Dinge und waren gut zu uns. Jedes einzige Wort, das sie jeden einzigen Tag zu uns sprachen, war eine Vorbereitung. Wir sollten zur Hand sein, wenn die Anklage käme, um ihnen zu helfen und sie zu retten. Und nun haben wir sie wirklich gerettet!»

Lucan versuchte, sich im Bett aufzurichten, um sich zu fassen und zu sammeln. Aber Zosine hielt sie zurück.

«Nein, Zosine», sagte sie leise wimmernd, «nein, Zosine.»

Sie wollte nicht glauben, daß ihre Freundin wahnsinnig geworden war und in ihrem Wahn sich furchtbaren Phantasievorstellungen hingab. Aber sie konnte es auch nicht ertragen, in den Abgrund hinunterzustarren, den Zosines Worte, wenn sie sie ernst nehmen müßte, vor ihr auftat. Und gleichzeitig kehrte, von weit her, ihr eigenes, unbestimmtes Mißtrauen gegen Sainte-Barbe zurück und mit diesem ein Gefühl der Schuld, als sei sie diejenige gewesen, die einen entsetzlichen Schatten dichter über das Haus herabgezogen hatte.

«Müssen sie nicht ein fürchterliches, kaltes Herz haben», flüsterte Zosine weiter, «wenn sie so reden können? Und es fortgesetzt tun?»

Wieder durchlief sie ein Zittern, und ihre Zähne schlugen leise aufeinander. «Oh, sie konnten warten, sie konnten warten, Lucan. Es war nicht Christi Wiederkehr, worauf sie warteten, es war ihr eigener, schauriger Sieg! Sie wußten, was kommen würde. Ein Mensch, der nicht alles im voraus bedacht hatte, hätte nie so auf jede einzelne Anklage antworten können. Irgend jemand hat sie gewarnt und ihnen Nachricht gegeben. Und sie lachten in ihren grausigen, kalten Herzen, während sie dasaßen und hörten, daß alles genauso kam, wie sie es erwartet hatten.

Es wäre besser», flüsterte sie kurz darauf heftig, «wenn wir selber in Gefahr wären.»

«Sind wir das denn nicht?» fragte Lucan.

«Nein!» sagte Zosine. «Kein anderes Mädchen auf der Welt ist vor ihnen sicher. Aber wir sind es. Wir sind ihre beiden kleinen Kanarienvögel in einem feinen, zierlichen kleinen Käfig. Sie sind geduldig, sie schenken uns ganz ruhig, ja mit Freuden, noch ein halbes Jahr. Und sie können es ja auch sehr gut tun, da ihr eigenes Leben auf dem Spiele steht. Sie sind jetzt zwar verwandelt, aber wenn eine Zeit verstrichen ist, wird alles wieder sein wie früher. Sie werden uns unterrichten, uns ihre Fürsorge angedeihen lassen, uns im Guten belehren. Wir werden nach England zurückfahren und Gutes von ihnen erzählen, vielleicht können sie uns noch einmal brauchen. Ja, sie lieben uns jetzt, Lucan, und sind uns dankbar. Das ist das Furchtbarste von allem!»

«Gott! Zosine!» sagte Lucan. «Wenn du recht hast, wenn all dies möglich ist, was sollen wir nun tun?» Zosine hörte sie nicht, sondern fuhr in ihrem eigenen Gedankengang fort.

«Ich begreife jetzt alles», sagte sie, «ich kann nur nicht verstehen, daß Menschen so sein können wie sie. Wie können sie das eine junge Mädchen in den Tod jagen und sich des anderen freundlich annehmen?

Ja gewiß, es fiel Frau Pennhallow mitunter schwer, denn sie ist nicht so stark wie er. Wenn sie dasaß und dich anstarrte und sah, wie hübsch und blond du bist – ebenso blond wie das Mädchen, das sie aufs Schiff hinausschleppen ließen –, dann wurde es ihr sauer, nicht auf der Stelle ihre Krallen in dich zu schlagen. Sie rechnete deinen Preis in ihrem Kopf aus.

Aber er!» flüsterte sie, und ihre Stimme klang fast erstickt vor Schrecken und Abscheu. «Er konnte an seinem Entschluß festhalten, ohne ein einziges Mal zu wanken. Er war sich ja seiner Sache so sicher, daß er uns nicht einmal hereinrufen lassen wollte, sondern bis zu dem Augenblick wartete, da der kleine Amtsschreiber des Richters es seinerseits für angebracht hielt, uns zu verhören. Sein ganzes Wesen ist Lüge! Er lebt in der Lüge und fühlt sich darin wohl. Es ist Lüge, daß er eine Tochter gehabt hat und daß sie tot ist! Es ist Lüge, daß sein Onkel gegen den Sklavenhandel gekämpft hat! Er hat viel eher selber mit den armen schwarzen Sklaven gehandelt. Es gibt noch weit mehr, was Lüge ist, wovon ich aber noch nichts weiß.»

«Aber Baptistine?» entgegnete Lucan matt.

«Ja, Baptistine», sagte Zosine, «war sie den beiden nicht eine gute Handlangerin? Sie ist ja kaum noch ein Mensch. Sie haßt alle Menschen, sie sieht es wohl gern, wenn junge Mädchen verkauft werden.»

«Aber Clon?» fragte Lucan wieder, beinahe jammernd.

Zosine schwieg eine Weile. «Wer kann wissen, was sie Clon zugefügt haben, dem unglücklichen Jungen?» sagte sie. «Er hat im Gefängnis gesessen, hatten sie gesagt, aber sie wollen nicht erzählen, weshalb er ins Gefängnis gekommen ist. Vielleicht haben sie ihn selber zu dem Verbrechen verleitet, das ihn hineingebracht hat. Vielleicht ist es etwas viel Schlimmeres, als wir ahnen können. Später haben sie Clon mit dem Gefängnis schrecken können. Können sie nicht alle schrecken?»

«Wenn aber alles das wahr ist, was du sagst», meinte Lucan wieder mit zitternder Stimme, «was sollen wir dann machen, Zosine?» Diesmal wurde Zosine aus ihren Gedanken herausgerissen.

«Was wir machen sollen?» sagte sie gedehnt und kurz darauf mit großer Kraft: «Wir müssen fort von Sainte-Barbe. Ich sterbe, wenn ich hier bleiben muß. Ich ersticke an dem Anblick dieser

Menschen! Sollen wir weiterhin zuhören, wenn sie mit uns reden? Ihnen gestatten, daß sie uns anrühren? Wir müssen fort, jetzt auf der Stelle!»

«Werden sie uns aber gehen lassen?» fragte Lucan. Zosine dachte nach.

«Nein», sagte sie, «sie werden uns nicht gehen lassen. Wie können sie das wohl tun? Sie werden uns die Zeit bis zum Ende behalten und freundlicher gegen uns sein als je zuvor. Sie werden alles für uns tun, was sie können. Sie verwöhnen uns ja jetzt, sie wollen sich ja alle Mühe geben, um uns gute Stellungen zu besorgen, wenn dies Jahr vorüber ist! Allein daran zu denken ist schon furchtbar. Nein, wir müssen von Sainte-Barbe flüchten!»

«Flüchten!» rief Lucan leise aus. Es kam ihr so vor, als sei ihr ein Leben auf der Flucht bestimmt, sie wurde von Ort zu Ort gejagt.

«Ich habe noch meine goldene Uhr und die Kette dazu», sagte Zosine gleich darauf. «Sie gehörte Mama, ihrer eigenen Mutter Name und Wappen sind darin eingraviert. Papa hat gesagt, ich dürfe mich niemals davon trennen. Aber Papa würde es nie und nimmer geduldet haben, daß ich mit solchen Menschen wie diesen überhaupt Verbindung habe. Wir können die Uhr in Peyriac verkaufen und werden doch so viel dafür bekommen, daß wir nach England zurückfahren können.»

Das Wort England und der Gedanke an England stürzten Lucan in tiefere Erregung, als selbst Zosines furchtbare Enthüllungen es vermocht hätten. Sollte sie in Noëls Nähe zurückkehren, denselben Boden betreten wie er, ihn vielleicht wiedersehen? Sie durchlief noch einmal in Gedanken langsam die ganze Geschichte ihrer Liebe. Es machte nichts aus, daß er sie nicht liebte, er würde, wenn er mit seiner jungen Frau an ihr vorüberführe, sie vielleicht kaum wiedererkennen, und wenn er sie erkennen würde, so wäre sie in seiner Erinnerung nur Zosines Schwester. Und von diesem allen wußte Zosine nichts, und sie konnte es ihr nicht erzählen. Sie schwieg lange.

«Und wenn», sagte sie schließlich, «alles, was du jetzt denkst, nicht wahr ist und wir diesen Menschen großes Unrecht tun, was dann? Es wäre doch sonderbar, Zosine, wenn zwei junge Mädchen diese Dinge besser durchschauen sollten als ein Richter. Und was soll in England aus uns werden?»

«Oh, aber jedes Wort ist wahr», rief Zosine, «du kannst es nicht glauben, weil du so gut bist und niemals jemand betrogen hast. Du bist beinahe ein Engel, Lucan. Aber ich, ich bin kein Engel. Ich habe ja selber betrogen! Als wir gestern abend von Papas Flucht und meiner List damals sprachen, da war mir plötzlich klar, wie diese Menschen sich hatten entschließen können, zu betrügen und daran festzuhalten. Aber ich tat es ja aus Liebe. Ich log, um einen Menschen zu retten, meinen Papa! Ich weiß, daß du es verstehst. Lucan, du kannst doch noch an mich glauben?»

«Ja, gewiß, Zosine», sagte Lucan bewegt, «ich weiß es. Ich glaube an dich. Ich möchte auch meinen, daß du recht hast. Laß uns von Sainte-Barbe fliehen!»

Sie lagen beide eine Weile ganz still. «Aber wie sollen wir fortkommen?» fragte Lucan.

«Wir müssen fort, was es uns auch kosten sollte», sagte Zosine, «es geht abends spät eine Postkutsche von Peyriac. Jetzt, da Pastor Pennhallow und seine Frau uns so milde gesonnen sind, lassen sie uns schon mal einen Abend ausgehen.» Sie überlegte lange.

«Und was in England aus uns werden soll!» sagte sie. «Ich will Olympia suchen. Ich habe heute nacht viel an Olympia gedacht. Ihr eigenes Volk wurde von uns verkauft, und wir haben ihm sicherlich großes Unrecht zugefügt. Ich möchte Olympia dafür um Verzeihung bitten.

Wir müssen fort, Lucan», schloß sie, «morgen oder übermorgen, sonst sterbe ich hier! Wir müssen uns morgen furchtbar verstellen, damit sie nicht merken, daß wir um ihre Schlechtigkeit wissen. Gott! Wir müssen noch ein- oder zweimal guten Morgen zu ihnen sagen.»

Lucan mußte jetzt an das Schicksal der Freundin denken. «Aber du selbst, Zosine», sagte sie ganz leise, «kannst du Frankreich so leicht verlassen? Kannst du von Joliet weggehen?»

Zosine lag ganz still in ihren Armen. «Ja», flüsterte sie zurück, «könnte ich ihn wiedersehen, während ich mich im Hause dieser Menschen aufhalte und ihr Brot esse und während sie meinem eigenen Gesicht mit ihren bösen Augen ein Zeichen aufprägen?

Ihn, der so ehrlich und vornehm ist und nur das kennt, was gut ist auf dieser Welt? Hier muß das Schicksal für mich entscheiden! Sollen wir uns wiedersehen, dann sehen wir uns wieder. Aber ich muß von hier fort! Ich habe das Gefühl, als setze sich die Lüge in diesem Haus wie Schmutz an mir fest.»

Sie schlang ihren Arm fest um Lucans Hals. «Oh, Gott sei Dank, daß du hier bist, Lucan», sagte sie. «Ich selbst könnte in dieser bösen Welt wohl verderben. Aber du bist jetzt meine Schwester, so wie Papa gesagt hat. Er wußte es immer am besten. Und eine Schwester kann man niemals verlassen.»

Rosa

Ein Haus oder eine Landschaft wirkt heute anders als gestern auf jemand, der sich im Laufe der Nacht entschlossen hat, sie zu verlassen.

Lucan kam aus Peyriac nach Hause, wo sie Zosines Uhr an den alten Trödler im Dorf verkauft hatte, und sah das längliche rosa Gebäude mit neuen Augen. Der Verkauf des einzigen Wertgegenstandes der beiden jungen Mädchen war ihr anvertraut worden, weil Zosine nie in ihrem Leben versucht hatte, etwas zu verkaufen, während sie selber hin und wieder nach dem Tode ihrer Mutter und wenn es ihrem Vater schwerfiel, das Hauswesen zu erhalten, irgendwelche Habseligkeiten, die man entbehren konnte, gegen andere, die dringender gebraucht wurden, veräußert hatte. Sie hatte zweihundert Francs für die Uhr mit Kette erhalten, ausreichend, dachte sie, für ihre und Zosines Fahrt nach England. Sie hatte das Geld in dem Nähbeutel verwahrt, den sie am Arme trug.

Der Gedanke an den Aufbruch und die Flucht beschäftigte Lucan noch mehr als die furchtbaren Dinge, die ihre Freundin ihr nachts anvertraut hatte. Denn wenn Zosine nicht selber zugegen war, konnte sie sich diese nicht so recht vergegenwärtigen. Sie wollte so ungern an diese Schlechtigkeit glauben. Und wie schrecklich würde es für Noël sein, der seinen alten Lehrer liebte und der zu ihm gekommen war, um Rat und Beistand zu erhalten, als er selber rastlos und ratlos war, wenn er eines Tages zu der

Erkenntnis kommen müßte, daß dieser Mann ein Verbrecher war, ein Teufel in Menschengestalt. Während sie jetzt das Haus anschaute, fiel ihr der Abend ein, als sie zum erstenmal hierhergekommen waren und Zosine im Scherz dem Gedanken Ausdruck verliehen hatte, daß sie magnetisch just an diesen Ort gezogen wurden und daß im Garten ein Schatz vergraben liege, den sie gemeinsam heben sollten. Und in vierundzwanzig Stunden, dachte sie, würde sie dies Haus zum letztenmal gesehen haben.

Zosine hatte morgens gesagt, sie habe Zahnweh, und hatte sich einen Schal um den Kopf gewickelt. Lucan wußte, daß sie sich diese Ausrede ausgedacht hatte, um nicht mit ihren Hausgenossen reden zu müssen, und vielleicht auch, um ihr blasses Gesicht vor ihnen zu verbergen. Sie wunderte sich, daß ihr dergleichen einfallen konnte, und war von Trauer und Grauen mehr um ihrer Freundin als um ihrer selbst willen erfüllt. Es hatte fast etwas Erschrekkendes, das heitere Mädchen so still zu sehen. Sobald sie dann aber allein waren, fragte Zosine ihre Freundin nach dem Ergebnis ihres Ganges und begann in großer Eile, ihre Flucht vorzubereiten.

Sie war von dem Gedanken, fortzukommen, besessen wie von einem Fieber, und noch mehr als von Schrecken von einem Abscheu, der sie fast zu ersticken drohte. Wenn Lucan sie bat, Vorsicht zu üben, wandte sie sich mit Erbitterung zu ihr um, so als meinte sie, ihre Freundin wolle die Menschen, denen sie entfloh, in Schutz nehmen.

Obwohl die jungen Mädchen nur eine bescheidene Menge Gepäck aus England mitgebracht hatten, war ihr Reisekoffer dennoch zu groß, als daß sie ihn hätten unbemerkt aus dem Hause schaffen können. Aber Lucan hatte außerdem einen kleinen, alten Reisesack, denselben, den sie sich bei ihrer Flucht vom Balkon in Herrn Armworthys Haus umgebunden hatte. In diesen konnten sie die notwendigsten und wertvollsten Dinge einpacken, die sie besaßen. Zosine wollte ihn abends heimlich hinaustragen und im Walde verstecken, so daß sie ihn am nächsten Abend dort vorfänden und zur Diligence nach Peyriac bringen könnten.

Sie hatten ihre letzte Schulstunde gehabt, wie immer. Aber nachmittags versuchten sie es so einzurichten, daß eine von ihnen ständig in Pastor Pennhallows Gesellschaft war, während die andere ihre Flucht vorbereitete. Diese letztere Aufgabe ruhte bald ganz und gar auf Lucans Schultern. Zosine hatte erst erklärt, daß sie nicht das geringste aus Sainte-Barbe mitnehmen wolle, ebenso wie sie damals nichts hatte aus Tortuga mitnehmen wollen, und als sie sich dazu überreden ließ, doch dies und jenes auszusuchen, bat sie Lucan, es für sie zu tun und es dann einzupacken.

Zum zweiten Male legte Lucan, voller Unruhe und mit dem Gedanken an die Flucht und eine unsichere Zukunft, ihre Nachthemden und Schuhe in den alten Sack und packte nun auch noch Zosines Sachen dazu.

Durch die Tür hörte sie unterdes, wie Pastor Pennhallow seiner Frau und Zosine laut vorlas und wie kurz darauf die Uhr im Speisezimmer drei schlug. Eine der Schubladen der kleinen, alten Kommode klemmte, und als sie sie herausriß, fiel ein Stück Papier dahinter heraus. Es war ein Brief, auf einem Stück Papier von einer sonderbaren gelben Farbe geschrieben und fest zusammengeknüllt, so als habe der Empfänger ihn im Zorn zerknautscht und fortgeworfen. Weder Lucan noch Zosine hatten jemals einen Brief auf Sainte-Barbe erhalten, er mußte also in der Schublade vergessen worden sein, bevor sie hier waren.

Lucan strich den Briefbogen glatt, um zu sehen, ob sie ihn Pastor Pennhallow aushändigen müsse oder vielleicht Baptistine. Sie hatte nur die Überschrift gelesen, aber beim Überfliegen der Schrift fiel ihr weiter unten im Brief ein Wort auf, der Name Rosa. Sie las den Brief durch. Er lautete folgendermaßen:

«Guter, ehrwürdiger und hochgeehrter Herr Pastor Pennhallow!

Ich schreibe diesen Brief mit zagendem Herzen und dito Feder. Ich bitte Sie feierlich und innig, nicht zornig zu werden, wenn Sie ihn lesen, sondern sich in die Lage Ihres demutsvollen Dieners zu versetzen.

Denken Sie nicht, Herr Pastor Pennhallow, daß ich vergessen hätte, wie viel Dank ich Ihnen ewig schulde, seit Sie mich damals aus einer verzweifelten Stellung herausnahmen, wo meine gute Erziehung mir von keinerlei Nutzen war, und in meine jetzigen Lebensumstände brachten. Auch nicht, daß ich die großen Gedanken verraten hätte, an denen mich teilhaftig werden zu lassen Sie mir die Ehre erwiesen. Aber gestatten Sie mir, in Demut zu erkennen und hier zu bemerken, daß die praktische Durchführung einer Angelegenheit andere Seiten hat als die Idee und der Grundsatz der Angelegenheit. Sie selbst, mein Wohltäter und Meister, haben in unserem Betrieb, auf Grund Ihrer Idee und Ihres Prinzips, der Tugend und Unschuld eine entscheidende Bedeutung beigemessen. Aber Ihr demutsvoller Diener hat, in der praktischen Verwaltung dieses Betriebes, oftmals die Erfahrung gemacht, daß gerade die Tugend und Unschuld genausogut Passiva wie Aktiva sein und große Schwierigkeiten verursachen können, ja ausgesprochene Verluste. Dies schreibe ich in der Hoffnung, Sie zur Nachsicht zu bewegen, ehe ich zu meiner Schilderung der folgenden betrüblichen Angelegenheit übergehe.

Das Mädchen, das Sie uns letztens herüberschickten (Rosa, Schottin, achtzehn Jahre alt), hat uns einen derartigen erheblichen Verlust zugefügt. Aus der beigelegten Abrechnung werden Sie genauestens ersehen, wie groß er war. Dies Mädchen war für uns unbrauchbar. Ich versichere Sie, daß ich alle Mittel versucht und mich selber nicht geschont habe, ich habe viel Geduld mit ihr gehabt und habe sechs Wochen ausgehalten. Aber dies Mädchen war wie die Verrückten, die nicht erkennen, was man für sie tut. Wenn eines der anderen Mädchen im Hause mit ihr redete, dann schlug sie sie. Um sich selber zu verunstalten und Ihnen, Herr Pastor Pennhallow, zu schaden und mir selber auch, nahm dies Mädchen eine Kerze, die ich ihr überlassen hatte, und verbrannte sich damit das Gesicht. Nach langen Erwägungen und nachdem die bewußten sechs Wochen vergangen waren, kam ich zu der Überzeugung, daß hier nichts mehr zu machen sei. Ich will nicht versuchen, vor Ihnen zu verhehlen, daß ich meinerseits zu diesem Zeitpunkt das Mädchen an ein minderwertiges Etablissement in der Stadt für ein Drittel dessen, was sie uns gekostet hat, hätte abgeben können – was Sie als Kommentar in meiner Abrechnung finden werden. Auch war ich nicht darüber im unklaren, was Sie selbst, Ihrer Idee und Ihrem Grundsatz zufolge, gewünscht oder von mir erwartet hätten. Aber das getraute ich mich nicht zu tun, denn nach den Schwierigkeiten, von denen unser Geschäft heimgesucht worden ist, würde dies Mädchen, selbst in einem anderen Haus, uns lediglich in eine wenig erstrebenswerte Lage gebracht haben. Ich schwöre Ihnen, Herr Pastor Pennhallow, daß es nur der Gedanke an Sie war und weil ich von einer großen Unruhe befallen war, daß ich letzten Dienstag diesem Mädchen einen Strick um den Hals legte und ihr den Garaus machte. Ich habe sie Mittwoch um die Mittagszeit – denn nachts ist hier keine Ruhe für dergleichen – in unserem Keller verscharrt.

Denken Sie nun, wenn Sie dies lesen, daran, daß Sie selbst mich in früheren Zeiten gelobt haben, weil ich in Ihrem Dienst immer gewissenhaft ausgeführt habe, was Sie mir auftrugen!

Ich schließe diesen Brief in tiefer Ehrfurcht als Ihr demütiger Diener

Pedro Smith.»

Lucan las den Brief zweimal und dreimal durch. Sein Inhalt war ihr zunächst gänzlich unverständlich. Als er allmählich einen Sinn bekam und ihr klarzuwerden begann, merkte sie, wie ihre Kopfhaut und Hände kalt wie Eis wurden und ihre Knie unter ihr wankten, so daß sie sich setzen mußte. Lange Zeit hindurch war ihr, als sinke sie in ein Dunkel hinab, dessen Wogen, eine nach der anderen, ohne Aufhören über sie hinwegspülten.

Als ihr langsam das Bewußtsein wieder zurückkehrte, fürchtete sie zuerst, sie habe laut geschrien, merkte aber an dem Ton des stetigen, ruhigen Vorlesens im Nebenzimmer, daß sie mitten in ihrem Entsetzen doch stumm geblieben war. Sie versuchte, den Brief zu zerreißen, wie wenn sie dadurch verhindern wollte, daß jemand anders ihr Entsetzen teilen sollte, aber ihre Hände waren völlig kraftlos. Ein ersticktes, gelähmtes Schluchzen brach aus ihrer Kehle. Es war ihr, als ob dieser Brief und sie selber nicht gleichzeitig auf der Welt sein könnten. Er vernichtete sie wie ein Mühlrad, das sie niedermahlte und zermalmte. Gleich darauf versuchte sie, ihn noch einmal zu lesen, aber die Zeilen verschwammen vor ihren Augen.

Während sie noch so dasaß, ging die Tür hinter ihr auf, und Zosine kam herein. Lucan hörte ihre Freundin mit klarer, leiser Stimme sagen:

«Sie sind jetzt fortgegangen. Komm, wir wollen uns beeilen, solange sie weg sind.»

Aber sie verstand nicht, was die Worte bedeuteten.

«Weshalb sitzt du so still da, Lucan?» fragte die klare Stimme wieder, und gleich darauf: «Was liest du denn da?»

Lucan machte den Versuch, den Brief an sich zu reißen, aber Zosine entwand ihn ihren Händen und las ihn. Langsam, alle ihre Kraft zusammennehmend, blickte Lucan zu ihr auf.

Zosine hatte sich zu ihr umgedreht, kalkweiß und mit geöffneten Lippen. Ihre Hände sanken herab, und mehr als eine Minute lang starrten die beiden jungen Mädchen einander an. Unterdes glitt ein Schatten am Fenster vorüber; es war Pastor Pennhallow, der zu einem Spaziergang aufbrach.

Dann sagte Zosine: «Siehst du?» und wieder: «Siehst du?» Für Lucan bedeutete Zosines Gegenwart eine Rettung, nachdem sie stundenlang, wie es ihr scheinen wollte, mit dem Brief, den sie gefunden hatte, allein gewesen war. Sie stand vom Stuhl auf und ging ganz nah an Zosine heran. Die beiden Mädchen stützten sich gegenseitig und schlichen dicht ans Fenster, um den Brief noch einmal gemeinsam zu lesen.

Als sie ihn eben zu Ende gelesen hatten, wurde dicht vor ihnen an die Scheibe gepocht. Frau Pennhallow stand vor dem Fenster im Garten, mit Hut und Schal, zu ihrem Nachmittagsspaziergang bereit, und gab ihnen durch die Scheibe wegen des Abendbrots einen Bescheid, den sie Baptistine weitersagen sollten. So wie die alte Frau dort stand, mit dem Licht hinter sich und dem Kapotthut auf, konnte man von der Stube aus ihr Gesicht nicht erkennen. Sie blieb jäh mitten in ihrer Rede stecken und stand eine volle Minute vor dem Fenster. Dann wandte sie sich ab und ging weiter, und sie hörten sie das Tor öffnen und schließen.

Im selben Augenblick sank Zosine in die Knie, das Gesicht und die Hände auf dem gelben Stück Papier. Sie blieb so lange reglos liegen, daß Lucan einen Augenblick glaubte, sie sei tot und sie selbst nur allein noch übrig. Sie faßte ihre Freundin bei den Schultern und wimmerte leise, als sie sie aufzurichten versuchte. «Zosine», rief sie, «Zosine!»

Zosine kam langsam wieder hoch, nahm den Brief und ballte ihn in ihren Händen zusammen. «Hat sie unsere Gesichter gesehen?» flüsterte sie.

Lucan verstand sie nicht gleich, und Zosine wiederholte: «Hat sie unsere Gesichter gesehen?»

«Ich weiß es nicht», sagte Lucan.

«Nein, aber wir müssen es erfahren», sagte Zosine, «denn es gilt unser beider Leben. Mein Kopftuch hat wohl mein eigenes Gesicht verdeckt, und du standest seitlich zum Fenster! Aber wir erfahren es! Denn sie kommt bald zurück!

Sie hat auf alle Fälle die Farbe des Papiers erkannt», sagte Zosine einen Augenblick darauf, «und sie kennt es ja. Ich getraue mich nicht, ihr zu sagen, daß wir den Brief nicht gesehen hätten. Ich getraue mich auch nicht, ihn zu zerreißen. Wo soll ich ihn bloß hintun?»

Nachdem sie eine Zeitlang ganz still dagestanden hatte, sagte sie: «Gib mir deine grüne Stickseide, die dort im Fenster liegt.»

Lucan reichte ihr das Verlangte, und Zosine legte den Brief auf den Tisch, strich ihn sorgsam glatt und faltete ihn darauf wieder und wieder zusammen, bis er nichts als ein schmaler Streifen war. Immer sehr sorgfältig wickelte sie die grüne Stickseide drum herum, bis alle Schrift auf dem Papier zugedeckt war, und legte den Wickel auf den Tisch. Dann knüpfte sie in der gleichen langsamen, schlafwandlerischen und tödlich sicheren Art und Weise ihr Kopftuch auf und setzte sich auf den Stuhl am Fenster. Sie sprach kein Wort, und auch Lucan wagte nicht, ihre Freundin anzureden oder sie zu fragen, was sie zu tun gedenke, bis sie wieder das Gartentor aufgehen und zufallen hörten. Es waren Pastor Pennhallow und seine Frau, die heimkehrten. Diesmal gingen sie zusammen bis zum Haus, aber sie schienen nicht miteinander zu reden.

«Nimm das Buch, das auf dem Tisch liegt», sagte Zosine mit ganz ruhiger und klarer Stimme, «und lies mir laut daraus vor.»

Ohne zu verstehen, worauf sie hinauswollte, nahm Lucan das Buch und schlug es auf. Es war ein Band von Wordsworths Gedichten. Mit leiser, zittriger Stimme las Lucan das, was sie aufgeschlagen hatte:

«Dicht fällt der Abendtau, klar war des Sternes Blinken.
Sanft sagt eine Stimme: Du Süßes sollst jetzt trinken.
Hinter der schützenden Hecke, da sah ich sie,
Ein Dorfmägdlein mit einem Lamm an seinem Knie.»

Sie hörten, wie sich jemand, ohne zu sprechen, im Speisezimmer bewegte, und gleich darauf öffnete Frau Pennhallow leise die Tür und kam in ihr Zimmer herein.

Sie blieb stehen und betrachtete die beiden jungen Mädchen, und Lucan, welche begriff, daß Zosine wollte, sie solle mit dem Vorlesen fortfahren, las noch einen oder zwei von den holden, melodischen Versen und spürte selbst, wie ihre Stimme fester wurde. Die alte Frau trat ganz an den Tisch heran, und in ihrer unmittelbaren Nähe war es Lucan unmöglich weiterzulesen. Sie legte das Buch aus der Hand.

«Es hat angefangen zu regnen», sagte Frau Pennhallow, «wir mußten umkehren.»

Die jungen Mädchen antworteten nichts.

«Was lest ihr denn da?» fuhr Frau Pennhallow fort, und es wollte Lucan scheinen, als zittere ihre Stimme leicht. Lucan reichte ihr das Buch.

«Das ist ja wunderhübsch», sagte Frau Pennhallow. Sie ließ ihre Augen durch das Zimmer schweifen.

«Ihr habt eure Schubladen aufgeräumt, Mädchen», sagte sie, «das ist aber schön.»

Den Reisesack hatten die jungen Mädchen ganz unter Zosines Bett geschoben, aber ein paar Schubladen der Kommode standen noch offen. Lucan versuchte, eine Antwort zu geben, aber die Stimme versagte ihr.

«Nein», sagte Zosine ganz ruhig vom Fenster her. «Wir suchten nach einem Stück Papier, auf das ich meine grüne Stickseide aufwickeln wollte.»

«Und habt ihr eins gefunden?» fragte Frau Pennhallow.

«Ja, wir fanden einen alten Brief», sagte Zosine, «der war gut zu brauchen.»

«Was war das für ein Brief?» fragte Frau Pennhallow, und wieder meinte Lucan ein leises Beben in ihrer krächzenden Stimme zu bemerken.

«Es war ein Geschäftsbrief», sagte Zosine, «irgend jemand beklagte einen Verlust. Wir hätten ihn vielleicht nicht nehmen dürfen?»

«Wo ist er?» fragte Frau Pennhallow. Zosine blickte sich um, ihr

Blick fiel auf den Wickel, auf dem ihre Stickseide aufgewickelt war, und sie reichte der alten Frau das Knäuel. Frau Pennhallow nahm es an sich und sah von einer zur anderen.

«Ich habe nach einem alten Brief gesucht», sagte sie, «und habe ihn nicht finden können. Ich werde die Seide selber von dem Papier abwickeln, das ihr gefunden habt, und euch statt dessen einen anderen Wickel geben.»

Zosines Entschluß

Bald nachdem Frau Pennhallow sie allein gelassen hatte, zog Zosine ihren Stuhl ganz dicht an Lucans heran und legte den Arm um ihren Hals. Sie blickte, während sie sprach, unverwandt in Wordsworths Gedichte hinein, die noch auf dem Tisch aufgeschlagen lagen.

«Jetzt können wir nicht mehr miteinander sprechen», sagte sie ganz leise.

«Nicht mehr miteinander sprechen?» flüsterte Lucan entsetzt als Antwort.

«Nein», sagte Zosine, «es genügt nicht, daß sie nicht hier in der Stube sind. Sie können uns durch die Türen hören. Sie sind hier drinnen, selbst wenn wir sie nicht sehen! Sie stellen Baptistine dazu an, uns zu belauern. Wir können überhaupt nicht mehr zusammen sprechen.»

Lucan saß stumm da. «Aber es sind doch nur vierundzwanzig Stunden bis morgen», flüsterte sie schließlich jammernd. «Nur bis morgen abend. Das sind doch nur vierundzwanzig Stunden!»

«Ja, vierundzwanzig Stunden», sagte Zosine.

Das Grauen und der wilde und blinde Gedanke an Flucht, der Gedanke daran, von diesem Ort und diesem Hause fortzukommen, der Zosine erfüllt und den ihre Freundin vorher nicht verstanden, hatte nun auch von Lucan Besitz ergriffen. Einmal übers andere spürte sie, wie sie eiskalt wurde, ihre Zähne schlugen aufeinander. Sie wollte Zosine ihre Schwäche nicht zeigen, sie wäre gern aufgestanden, um unverzüglich die Vorbereitungen zur Flucht zu Ende zu bringen, aber ihre Glieder gehorchten ihr nicht.

Sie hatte genau überlegt, was sie mitnehmen müßten, jetzt konnte sie sich an nichts mehr erinnern. Jetzt würde es ihnen auch nicht mehr möglich sein, ihren Reisesack hinauszubringen und im Wald zu verstecken. Sie mußten fliehen, wie sie gingen und standen. Und das hatte auch nichts zu sagen, wenn sie nur von diesem Mörderhaus fortkämen, das sich auf allen Seiten um sie her schloß. Wenn sie die Diligence in Peyriac erreichten, dann würden sie in Sicherheit sein. Oder konnten Pastor Pennhallow und seine Frau sie dort verfolgen und verlangen, daß sie mit ihnen zurückgingen?

O Gott, dachte Lucan, hätte doch Noël sie geliebt, wie sie ihn, oder auch nur für sie gefühlt wie ein Freund, dann hätten sie ihre Zuflucht zu ihm nehmen können. Er, der so furchtlos und stark war, fuhr sie in Gedanken fort, ohne sich eigentlich Rechenschaft darüber zu geben, wie das hätte bewerkstelligt werden sollen, hätte sie und Zosine erretten können. Sie ließ ihren Gedanken jetzt mehr freien Lauf, da sie nicht sprechen konnte.

Die beiden jungen Mädchen waren gezwungen, beim Abendbrot mit am Tisch zu sitzen und den Abend in Gesellschaft ihrer Pflegeeltern zu verbringen. Lucan merkte, daß Zosine von ihr erwartete, sie solle sich einen ebenso ruhigen Anschein geben, wie sie selber es tat, und nahm alle ihre Kraft für diese Aufgabe zusammen. Was sie nicht fertiggebracht hätte, wenn es sich um ihr eigenes Leben allein gehandelt hätte, dazu hatte sie jetzt den Mut, da es galt, Zosine zu retten. Es bereitete ihr große Qual, zu essen und zu trinken, sie fühlte, daß sie im Laufe des Abends häufig die Farbe wechselte, und während die Hausgenossen nach dem Abendbrot vor dem Fenster saßen, erhob sie sich ein- oder zweimal, weil es ihr unmöglich war, sitzen zu bleiben. Aber Zosines Blick, der auf ihr ruhte, trieb sie auf ihren Platz zurück.

Sie merkte mitten in ihrer Aufregung, daß auch Pastor Pennhallow und seine Frau zu Anfang einsilbig waren. Sie sahen von ihr auf Zosine und sahen sich dann gegenseitig an. Baptistine sogar, die bei Tisch bediente, schien zu wissen, daß etwas Ungewöhnliches vorging, und war noch finsterer und verschlossener als sonst. Es regnete genau wie an jenem Abend, als Noël auf Sainte-Barbe gewesen war und seine Geschichte erzählt hatte. Da hatte sie seine Anwesenheit als eine Stärkung und eine Sicherung gegen alles Schlechte empfunden. Nun schien dieser glückliche Abend unendlich weit zurückzuliegen, ein Abgrund trennte sie von ihm.

Lucan hörte Zosine reden wie immer und begriff nicht, daß sie die Kraft dazu hatte. Zosine erzählte Pastor Pennhallow, daß sie ihm zu Ehren ein lateinisches Gedicht auswendig gelernt habe. Vor dem Kaminfeuer stehend, sagte sie es mit ihrer klaren Stimme und ganz fehlerlos von Anfang bis Ende auf. Pastor Pennhallow wurde nach Zosines Darbietung lebhaft und gab selber ein langes lateinisches Gedicht zum besten. Er veranlaßte darauf seine Frau, seinem Beispiel zu folgen. Im Laufe des Abends wurde die Stimmung in Sainte-Barbes langem Eßzimmer wieder so ruhig und freundlich wie immer, sogar noch lebhafter. Lucan folgte wie eine Schlafwandlerin der Unterhaltung der übrigen. Ab und zu hob sie den Blick zu der alten Uhr auf und dachte: «Jetzt dauert es längst nicht mehr vierundzwanzig Stunden!»

Selbst als sie auseinandergingen und die jungen Mädchen allein in ihrer Schlafkammer waren, schwatzte Zosine eine Zeitlang wie immer, wenn sie zu Bett gingen. In der Tür stak ein Schlüssel, und es war Lucan unmöglich, ihn nicht umzudrehen; aber Zosine drehte ihn ohne ein Wort wieder zurück. Sie zogen sich aus wie gewöhnlich und wagten nicht, die eine oder andere Zuflucht zu suchen, denn sofern jemand draußen horchte, mußte dieser beide Betten unter ihrem Gewicht knarren hören.

Es kam der Augenblick, da sie ihre Kerze ausblasen mußten, und nun verstummte Zosine und wurde sehr blaß. Die kleine Flamme schien ihr letzter Halt gewesen zu sein. Als sie erloschen war, ergriff sie beide, während sie aufrecht in ihren Betten saßen, jede in ihre Ecke der Stube gedrängt, das Bewußtsein von dem Dunkel um das Haus und dem langen Abstand von allen übrigen Häusern, und von einem furchtbaren Gedanken. Würden sie wohl diese Nacht überleben? Wenn denen, die in der anderen Stube horchten, wirklich klargeworden war, daß ihr Geheimnis enthüllt war, würden sie dann nicht die Nacht dazu verwenden, auch ihnen einen Strick um den Hals zu legen und ihnen den Garaus zu machen?

Die Stunden gingen mit unendlicher Langsamkeit dahin. Ein- oder zweimal im Laufe der Nacht meinten sie Geräusche auf dem

Gang vor ihrer Tür zu vernehmen, aber dann war das Haus wieder ganz still. Lucan fror, wagte aber nicht, sich hinzulegen. Sie wußte, daß sie geweint hatte, ihr Gesicht war in Tränen gebadet und wieder trocken geworden. Von Zosines Bett her vernahm sie nicht einen Laut. Als das erste fahle Tagesgrauen die Umrisse des Fensters abzeichnete, waren ihre Kräfte mit einemmal erschöpft, sie versuchte, die Augen offenzuhalten, um den Tag heraufkommen zu sehen, aber sie fielen ihr zu. Noch halb sitzend und gegen die Wand gelehnt, schlief sie ein, wie in einer Ohnmacht. Sogar der Schlaf war eine Weile furchtbar, ihr war, als ertrinke sie oder werde lebendig begraben. Aber nach einer gewissen Zeit schlug er über ihr zusammen gleich einem abgrundtiefen und barmherzigen Dunkel.

Als sie wieder wach wurde, war der Morgen angebrochen. Ein feines Licht von der Morgensonne färbte die Wand. Zosine schlief, das Gesicht in die Kissen gepreßt.

Allmählich kehrte das Bewußtsein von dem, was sich gestern zugetragen hatte, mit furchtbarer Gewalt in Lucans Gemüt zurück. Und alsbald folgte, als erster schwacher Lichtstrahl, der Gedanke daran, daß diese Morgendämmerung ihre letzte auf Sainte-Barbe sein würde. Es lag keine Nacht mehr zwischen ihr und der Freiheit!

Als sie die Augen durch die Stube schweifen ließ, sah sie, daß ihr alter Reisesack unter dem Bett nicht mehr da war. Ob Zosine, dachte sie, während sie selber schlief, im Regen, der jegliches Geräusch dämpfte, es gewagt hatte, den Sack hinauszubringen und die ersten Schritte zu ihrer Flucht zu unternehmen? Lucans tiefe Hingabe der Freundin gegenüber und ihre Bewunderung für sie schwellten ihr die Brust und verliehen ihr neue Kräfte. Sie konnte nicht verzweifeln, solange sie ihre Freundin neben sich hatte. Sie legte ihr Geschick in Zosines Hände.

Lucan besaß ein kleines Buch, das ihrem Vater gehört hatte und in dem für jeden Tag des Jahres ein Vers oder ein Gedankensplitter aufgezeichnet war. Obwohl wenig Platz in dem Reisesack war, hatte sie es gestern hineingelegt, sie hatte sich bisher noch nie von ihm getrennt. Jetzt stieß sie, als sie sich aufrichtete, mit dem Ellbogen gegen etwas Hartes, und sie sah, daß dies Büchlein unter ihr

Kopfkissen geschoben war. Sie meinte, daß sie träume, und holte es hervor. Ein Stück Papier war hineingesteckt worden. Als sie es auseinanderfaltete, sah sie, daß jemand mit Bleistift in unregelmäßigen Zeilen etwas darauf geschrieben hatte.

«Ich schreibe dies im Dunkeln», stand da, «ich werde dir helfen wegzukommen, aber ich selbst kann nicht aus Sainte-Barbe fortgehen, reiß dies entzwei.» Unterschrieben war es mit «Zosine».

Lucan saß völlig regungslos da, bis ihre Freundin sich bewegte und wach wurde. Als Zosine ganz erwacht war, setzte sie sich im Bett hoch und sah auf Lucan und das Buch in ihrer Hand. Sie wurde sehr blaß und nickte zweimal feierlich. Dann gab sie durch Zeichen Lucan zu verstehen, sie solle das Briefchen vernichten, und folgte ihren Bewegungen, als diese es in kleine Schnipsel zerriß. Die beiden jungen Mädchen sahen einander lange an, Lucan mit Verzweiflung und Verwirrung in ihren klaren blauen Augen, Zosine mit einer seltsamen Entschlossenheit und Ruhe in dem blassen Gesicht.

Es war noch zu zeitig, als daß sie es wagen konnten, miteinander zu reden. Als aber die Zeit herangekommen war, da sie aufzustehen pflegten und das Klirren einer Waschschüssel, die sie hochnahmen, oder eines Stuhles, der beiseite gerückt wurde, auf natürliche Weise ihr leises Tuscheln übertönte, packte Lucan Zosines Handgelenk und preßte sie gegen ihre Brust.

«Zosine», sagte sie flüsternd, «erkläre mir, was du meinst! Ich verstehe dich nicht.»

«Ich habe meine Sachen aus dem Reisesack genommen», sagte Zosine, «ich trage ihn dir nach draußen, wenn du es willst. Aber ich gehe nicht fort.»

«Weswegen willst du nicht fortgehen?» jammerte Lucan.

Zosine schloß die Augen wie in einem großen körperlichen Schmerz. «Ich kann nicht», flüsterte sie zurück.

«Wer hält dich hier zurück?» fragte Lucan verzweifelt. Sie fürchtete in diesem Augenblick, das Entsetzliche, das sie erlebt hatten, habe den Verstand ihrer Freundin gestört.

Zosine stand noch immer mit geschlossenen Augen da, ihr junges Antlitz war so weiß und unbeweglich, als sei es in Marmor gehauen. Sie versuchte zu reden, aber es schien, als bereite es ihr

Pein, und Lucan verstand ihre Antwort mehr durch die schwache Bewegung ihrer Lippen als durch einen Laut.

«Rosa», flüsterte Zosine. Dann schob sie Lucan von sich weg.

Sie zogen sich in vollkommenem Schweigen an. Als sie fertig waren, ging Zosine an das Bücherregal, nahm ein Buch heraus und reichte es Lucan.

«Höre mir das hier ab», sagte sie laut und mit klarer, feierlicher Stimme. «Ich bin mir nicht sicher, daß ich es kann.» Sie stand still und aufrecht da und sagte etwas leiser als vorher, aber mit derselben klaren und ruhigen Stimme folgenden Vers auf:

«O Herr des Himmels! Erde! – Was noch sonst?
Nenn ich die Hölle mit? O pfui! Halt, halt, mein Herz!
Ihr, meine Sehnen, altert nicht sogleich;
Tragt fest mich aufrecht! – Dein gedenken? Ja,
Du armer Geist, solang Gedächtnis haust
In dem zerstörten Ball hier. Dein gedenken?
Ja, von der Tafel der Erinnerung will ich
Weglöschen alle törichten Geschichten,
Aus Büchern alle Sprüche, alle Bilder,
Die Spuren des Vergangenen, welche da
Die Jugend einschrieb und Beobachtung;
Und dein Gebot soll leben ganz allein
Im Buche meines Hirnes, unvermischt
Mit minder würd'gen Dingen. – Ja, beim Himmel!
Schreibtafel her, ich muß mir's niederschreiben,
Daß einer lächeln kann und immer lächeln,
Und doch ein Schurke sein...»

Sie schaute Lucan mit einem Blick an, der demütig war und zugleich auch streng. «Ist es richtig?» fragte sie. Lucan ließ das Buch sinken.

Nach langem Schweigen sagte Zosine sehr leise: «Einmal haben sie sich verraten, und diesen Beweis mußten wir hergeben. Aber sie werden sich wieder verraten. Früher oder später werden sie einen neuen, einen entscheidenden Beweis für ihre Schlechtigkeit in meine Hand liefern. Den werde ich nicht von mir geben. Und ich kann sie nicht verlassen, bevor dies eingetreten ist. Sie war ja ein junges Mädchen genau wir wir, achtzehn Jahre alt wie wir. Wenn die anderen Mädchen, die vielleicht richtige Sklavinnen waren, mit ihr redeten, dann schlug sie sie. Sie nahm eine Kerze, die er ihr gegeben hatte, und verbrannte sich damit das Gesicht. Und sie ähnelte dir, Lucan, sie hatte ein hübsches, ein reizendes Antlitz! Jetzt erwartet sie von uns, daß wir sie rächen.»

«Von wem redest du?» fragte Lucan.

«Von Rosa», sagte Zosine.

Die jungen Mädchen hatten keine Gelegenheit, während ihrer Schulstunden miteinander zu sprechen. Späterhin, als sie im Eßzimmer saßen und nähten, merkten sie, daß ihre Pflegeeltern heute niemals das Zimmer zugleich verließen, sondern daß einer von ihnen ständig drinnen blieb.

Im Laufe des späten Nachmittags fand Zosine in ihrem Nähkasten einige kleine Glasperlen und begann, wie zum Zeitvertreib, diese auf einen dünnen Draht aufzuziehen. Es machte sich so, daß die jungen Mädchen für kurze Zeit allein in ihrer Ecke des Zimmers waren. Zosine streckte nun der Freundin ihre Hand hin.

«Schau, Lucan!» sagte sie. Sie hatte einen kleinen Ring mit drei Perlen auf ihren Finger gesteckt.

«Weißt du noch», sagte sie, «wie Papa dir erzählte, daß seine Schwestern sich Ringe aus Juwelen machen ließen, deren Anfangsbuchstaben zusammen das Wort ‹One› – ‹Eins› ergaben?»

«Ja», sagte Lucan, ohne zu verstehen, worauf Zosine hinauswollte.

«Ich habe mir jetzt genauso einen Ring gemacht», sagte Zosine, «meine Perlen sind nicht viel wert, aber sie bedeuten das gleiche. Möchtest du so einen Ring haben?»

«Ich?» fragte Lucan.

«Ja», meinte Zosine, «das bedeutet dann auch für uns ‹One›. Nun sind es wir drei, die zusammenhalten wollen!»

«Wir drei?» fragte Lucan.

«Ja», sagte Zosine wieder.

«Du und ich –», sagte Lucan, «und wer noch?»

«Rosa», flüsterte Zosine.

Lucan wurde ganz blaß. «Dann helfe uns jetzt Gott», sagte sie. «Ich werde dich doch nicht verlassen! Aber Gott helfe uns.»

Rosa wird gerächt

Masken

Zwei Tage lang wurden auf Sainte-Barbe nicht viele Worte gewechselt.

Die jungen Mädchen sprachen nicht zusammen, sie fühlten, daß sie belauert wurden. Sie wurden allerdings häufig wie früher allein in der Stube gelassen, aber Zosines Blick gebot dann Lucan immer, mit dem Reden fortzufahren, als seien die anderen zugegen, sie besprachen ein Weilchen alltägliche Dinge und nähten darauf schweigend weiter. Mehr als einmal war es vorgekommen, daß sie Frau Pennhallow, die sich soeben verabschiedet hatte, um nach Peyriac zu gehen, sich im Zimmer nebenan bewegen hörten.

Auch die beiden alten Leute sprachen nicht viel. Sie konnten im Eßzimmer sitzen, jeder in sein Buch vertieft und ganz still, mehrere Stunden hintereinander.

Sie gingen spazieren, aber so weit Lucan und Zosine ihnen mit den Augen folgen konnten, schienen sie schweigend in gleichem Schritt dahinzugehen. Sie kamen zurück und gingen ins Haus hinein, ohne daß ein Wort zwischen ihnen ihr Kommen angekündigt hätte. Sie hatten für eine Woche die Unterrichtsstunden eingestellt, sie erwarteten, wie sie sagten, neue Bücher aus England.

Die Mahlzeiten verliefen sehr still. Hin und wieder einmal unterbrach Pastor Pennhallow sie mit einem kleinen Scherz, ab und zu antwortete ihm Zosine. Aber gleich darauf saßen die Hausgenossen wieder in ihre eigenen Gedanken vertieft, jeder für sich.

Lucan ließ Zosine nur ungern aus den Augen. Wenn sie ihre Freundin nicht um sich hatte, kam sie sich vor wie eine Verirrte in einem finsteren Wald.

Sie dachte: «Als wir in London waren und eine Stellung suchten, hielt Zosine sich dicht in meiner Nähe auf und war unruhig, wenn sie mich nicht sah; sie ließ mich alles bestimmen und legte ihr

Geschick in meine Hand. Jetzt bin ich es, die sich an sie klammert. Damals galt es, sich sein Brot zu verdienen, und das war mir vertraut, ihr aber nicht. Aber was es jetzt für uns gilt, das ist mir nicht vertraut, und davon verstehe ich nichts. Rache! Was ist wohl Rache! Sie nützt niemandem, sie ist kalt, wenn man sie sich vorstellt. Ich hatte nicht den Wunsch, mich an Herrn Armworthy zu rächen, wie böse ich auch auf ihn gewesen bin. Ich verstehe mich offenbar auf nichts anderes, als dem Schlechten zu entfliehen, wenn ich ihm begegne!

Aber von hier will ich doch nicht fliehen», dachte sie weiter. «Es ist wahr, ich bin keine Heldin. Ich habe hier Angst, ich wage nicht, den Kopf zu wenden vor Angst, was ich dann wohl zu sehen bekomme. Ich wage kaum zu schlafen. Aber ich werde Zosine nicht im Stich lassen. Ich würde ihr ja meinen Geliebten geschenkt haben! Sollte ich dann nicht gemeinsam mit ihr sterben können, wenn es das ist, wonach sie verlangt?»

Als aber einige Tage vergangen waren, änderten sich die Verhältnisse gänzlich. Pastor Pennhallow und seine Frau überwachten ihre Pflegetöchter nicht mehr. Sie gewährten ihnen im Gegenteil freundlich lächelnd größere Freiheit als früher. Sie forderten sie täglich auf, lange Spaziergänge zu machen. Denn sie bedurften, sagten sie, der frischen Luft und sollten in der Natur vergessen, was sie so sehr entsetzt habe.

«Ihr solltet», sagten die alten Leute zu ihnen, «heute, da so schönes Wetter ist, ganz bis nach Neuveglise gehen, wo die Diligence nach Paris Station macht und von wo man eine schöne Aussicht hat.»

Wenn die beiden jungen Mädchen zurückkamen, riefen ihre Pflegeeltern überrascht aus: «Seid ihr schon wieder da?»

Auf den Wegen über die Felder und durch den Wald unterhielten sich die jungen Mädchen miteinander.

«Warst du jemals», fragte Zosine, «auf einer Maskerade?»

«Nein», entgegnete Lucan erstaunt.

«Das macht Spaß», sagte Zosine. «Du tanzt mit einem maskierten Kavalier und denkst in deinem Innern, du wüßtest, wer er ist. Er denkt auch, er wisse, wer du bist. Aber keiner von euch ist sich doch seiner Sache sicher.»

Es war ein klarer Tag, aber es war windig, und der Wind preßte die Kleider der beiden jungen Mädchen fest um ihre schlanken, aufrechten Gestalten.

«Weshalb redest du von Maskeraden?» fragte Lucan.

«Weil wir ja zur Zeit selber auf Sainte-Barbe eine Maskerade aufführen», sagte Zosine. «Verstehst du nicht», sagte sie gleich darauf weiter, «weshalb die Alten uns heute ganz bis nach Neuveglise gehen lassen, wo die Diligence nach Paris Station macht? Das tun sie, um uns Gelegenheit zur Flucht zu geben. Sie werden uns noch einige Tage diese Gelegenheit geben.»

«O ja, es ist eine lustige Maskerade!» fuhr sie fort. «Wir tragen Masken, und die Alten tragen Masken! Wir wissen nicht, ob sie uns erkannt haben, und sie wissen auch nicht, ob wir ihre Gesichter hinter der Maske gesehen haben. Aber jetzt, hier draußen, werde ich dir sagen, erstens, was sie mit Sicherheit wissen, zweitens, worüber sie im Zweifel sind. Und auch, worüber sie heute zu Hause auf Sainte-Barbe nachgrübeln.

Sie wissen nicht mit Sicherheit, ob wir wissen, daß sie Mörder sind. Und selbst, wenn sie sicherheitshalber davon ausgehen, können sie dennoch nicht wissen, ob wir wissen, daß sie wissen, daß wir wissen, daß sie Mörder sind. Aber sie wissen mit Sicherheit, daß sie den einzigen Beweis, den wir gegen sie hatten, von uns bekommen haben. Und das wissen sie bestimmt, daß wir sie ohne den allerkleinsten Beweis nicht anzeigen oder ihnen etwas anhaben können.

Und sie grübeln darüber nach und werden noch einige Tage darüber nachgrübeln, weshalb in aller Welt wir auf Sainte-Barbe bleiben.

Und das Endergebnis von diesem allen ist», schloß Zosine, nachdem sie ein Stück schweigend weitergegangen waren, «daß die schönste Einigkeit zwischen den beiden und uns herrscht. Wenn wir fliehen wollen, so helfen sie uns gern dabei. Wir können dann nach England zurückkehren und erzählen, daß man uns so greulich erschreckt habe! Und sie ihrerseits können einen Richter und seinen Gerichtsschreiber als Zeugen dafür angeben, daß zum Erschrecken keinerlei Grund vorhanden gewesen ist. Wir werden damit weiterhin die trübselige Erfahrung der beiden guten alten

Leute bestätigen, daß junge Mädchen den Leuten davonlaufen, die es am allerbesten mit ihnen gemeint haben! Wir können ihnen von großem Nutzen sein, wenn wir aus Sainte-Barbe fliehen.

Wenn wir aber, anstatt zu fliehen, nun bei ihnen bleiben? Ja, dann möchten sie uns wahrlich auch gern behalten! Denn das bedeutet entweder, daß wir in unserer Jugend und Einfalt nicht das geringste begriffen haben. Und dann lassen sie uns mit Freuden hier das Jahr zu Ende bleiben.» Zosine hielt inne, tief nachdenklich.

«Oder aber?» fragte Lucan leise.

«Oder aber», sagte Zosine und blickte rasch hoch, «es bedeutet, daß wir diejenigen sind, die sie jagen! Und daß wir sie nicht aus den Fingern lassen, bis sie tot sind! Sie glauben noch nicht, daß es sich so verhalten könnte. Aber sie sind klug, sie denken darüber nach. Sie werden es morgen oder übermorgen erkannt haben. Und dann», sagte sie und blieb stehen, «dann lassen sie uns nie aus Sainte-Barbe fort.»

Sie waren so schnell gegen den Wind gegangen, daß sie ganz außer Atem gekommen waren. Jetzt setzten sie sich auf die Böschung am Weg unter einer Kastanie, wo sie im Windschatten waren und wo die Nachmittagssonne auf das dürre Gras schien.

«Zosine», sagte Lucan nach einem Schweigen, «weißt du selber, was du tust? Noch einige Tage, sagst du, werden wir von hier fliehen dürfen. Aber du willst nicht fliehen! Sie werden uns, sagst du, früher oder später einen neuen Beweis für ihre Schlechtigkeit liefern. Aber dieser Beweis kann auch für uns entscheidend werden. Denn er kann unser eigener Tod sein! Denke daran, daß diese Menschen, mit denen du zu tun hast, unendlich viel klüger sind als du, denke daran, daß sie Blut an den Händen haben!»

«Ja, daran denke ich ja gerade», sagte Zosine. «Ich denke jetzt immer an Rosa», fuhr sie nach einer Weile fort. «Ich fühle, wo immer ich auch gehe, daß sie sich auf mich verläßt. Sie war ohne Freund in der Gewalt entsetzlicher Menschen, aber sie wollte nicht nachgeben. Wenn die anderen Mädchen sie anredeten, dann schlug sie sie. Ich habe von ihr geträumt, und wenn ich morgens aufwachte, habe ich einen roten Ring um mein eines Handgelenk gehabt. Es war der Abdruck von Rosas Fingern, mit denen sie mich festgehalten hat.»

Zosine faltete die Hände in ihrem Schoß und sah Lucan ernsthaft an.

«Nimm die Diligence hier in Neuveglise», sagte sie langsam, «und nimm die zweihundert Francs, die wir für meine Uhr bekommen haben. Dann gehe ich allein nach Haus.»

«Denkst du so gering von mir?» fragte Lucan, und ihre Augen füllten sich mit Tränen.

«Ich werde dir eine Geschichte erzählen», sagte Zosine, «die Papa mir erzählt hat. Auf einer Reise in Deutschland sah er in den Bergen eine Schlucht, die hieß die ‹Roßtrappe›. Ein junger Ritter wurde hier verfolgt und von seinen Feinden gefangengenommen. ‹Hätte ich doch›, rief er, ‹nur drei Klafter Vorsprung mehr gehabt! Dann wäre mein Roß über die Schlucht gesprungen, wo eure Pferde ihm niemals hätten folgen können.› Sein Feind entgegnete: ‹Wenn du auf deinem Roß über diese Schlucht hinwegsetzen kannst, dann sollst du frei sein, und deine ganze Stadt wird verschont werden. Denn das vermag kein Roß der Welt.› Der junge Ritter bestieg wieder sein Roß, ließ es zurücktreten und zum Schlußsprung absetzen. Und sein Roß verstand, daß es jetzt darauf ankam, und sprang in einem gewaltigen Satz quer über den Abgrund. Seitdem heißt der Felsvorsprung dort die Roßtrappe.

Und Papa erklärte», sagte Zosine, «daß es in dieser Welt zwei Arten von Mut gebe. Er nannte sie den adligen und den bürgerlichen Mut – davon verstehe ich nichts. Die eine Art von Mut hat der Mann, welcher selbst den Tod nicht fürchtet, wenn es um das geht, was ihm teuer ist. Die andere Art von Mut ist, die Gefahr an sich zu lieben. Es gebe, sagte Papa, viele gute Bürger, die, um ihre Stadt zu retten, sich in den Abgrund gestürzt haben. Aber diesen Sprung würden sie nicht gewagt haben.

Ich habe auch selber einmal eine Geschichte gelesen», fuhr sie fort, «von zwei Männern, die vom türkischen Sultan zum Tode verurteilt worden waren. Der eine war ein Seeräuber, der andere ein Bauer, der in schweren Zeiten zum Dieb geworden war. Der Sultan war ein großer Schachspieler, er bot den beiden unter dem Galgen an, eine Partie Schach zu spielen. Der, welcher gewönne, sollte frei ausgehen, aber der, welcher verlöre, sollte gehenkt werden. Der Seeräuber sagte sogleich ja, aber der Bauer wollte nicht mittun. ‹Nein›, sagte er, ‹laß mich dann lieber in Frieden gehenkt werden.›

Um aber die Gefahr zu lieben», sagte Zosine, «muß man wohl selber etwas Hartes, Unberechenbares in sich haben. Daher hast du nicht diese Art von Mut, obwohl du tapferer bist als ich. Ich für meinen Teil bin mein Lebtag ein verzogenes, eigensinniges Mädchen gewesen – denn das war ich, Lucan, und wenn du es nicht glaubst, dann kommt das daher, weil es mir Spaß gemacht hat, in Gesellschaft eines Engels selber ein Stückchen von einem Engel zu werden – und ich habe meine Freier gequält und Olympia gepiesackt und sogar meinen Papa, und ich werde den Kampf gegen den bösen Mann auf Sainte-Barbe aufnehmen.»

Am selben Abend, als man nach dem Abendbrot am Feuer saß, fragte Pastor Pennhallow die jungen Mädchen freundlich, ob sie Schach spielen könnten. Sie waren beide in dem Spiel bewandert. Lucans Vater hatte es sie gelehrt, und Zosines Papa hatte es, wenn sie allein auf Tortuga waren, mit seiner Tochter gespielt.

Pastor Pennhallow spielte am ersten Abend gegen Lucan. Sie war eine verständige, scharf überlegende Spielerin, und das Spiel zog sich lange hin, aber Pastor Pennhallow gewann drei Spiele gegen sie. Am nächsten Abend spielte er gegen Zosine. Auch sie setzte der alte Mann matt, Schlag auf Schlag. Er hatte ihr Spiel genau verfolgt; als sie fertig waren, faltete er seine Hände auf dem Schachbrett und blickte quer darüber weg mit einem kleinen, milden Lächeln auf sie.

Vater Vadier

Auf dem allerletzten Spaziergang, den Lucan und Zosine nunmehr auf die Aufforderung ihrer Pflegeeltern zusammen unternahmen, kamen sie an einem stattlichen Bauernhof vorüber, der Le Haubourdin hieß. Es war der Hof, der Sainte-Barbe am nächsten lag, zwischen den beiden Anwesen war ein Abstand von einer Viertelmeile. Die jungen Mädchen blieben vor dem Hof stehen und unterhielten sich über ihn, eine Magd trieb gerade einige Ziegen über den Hofplatz. Als sie eben wieder weitergingen, den Weg hinunter, kam ein kleiner Junge hinter ihnen hergelaufen. Vater Vadier, sagte er, sei zu Besuch auf Le Haubourdin und wolle gern mit ihnen sprechen. Erstaunt folgten sie dem Jungen und gingen zum Hof zurück.

Vater Vadier kam ihnen selber vom Haus aus entgegen und bat sie um Entschuldigung, daß er so einfach nach ihnen habe rufen lassen. Er habe seit langem den Wunsch gehabt, die englischen Fräulein von Sainte-Barbe einmal zu begrüßen, er habe sie vom Fenster aus gesehen, habe sich aber nicht imstande gefühlt, sagte er lächelnd, sie selber einzuholen. Nun bat er sie einzutreten.

Vater Vadier war ein noch junger, kräftiger Mann mit einem breiten, rötlichen Gesicht und klaren, ruhigen braunen Augen. Er war gewandt und ernsthaft in seinem Gehabe und hatte eine hübsche Stimme, wie die eines ganz jungen Mannes. Er war selber Sohn eines Landwirts aus der Gegend um Peyriac, die Frau auf Le Haubourdin, die er besucht hatte, war seiner Mutter Schwester.

Drinnen in der Stube wurden die jungen Mädchen freundlich und ehrerbietig willkommen geheißen. Der alte Weinhofbesitzer und seine Frau sprachen die Mundart der Gegend und waren etwas schüchtern, als sie die beiden ausländischen Damen empfangen sollten. Aber das Zusammensein hier drinnen war offensichtlich so herzlich und heiter gewesen, daß sie sich nicht einmal durch das Ungewöhnliche anfechten ließen, die alten Gesichter strahlten noch in einem Lächeln wider. Dennoch lag in der Haltung der französischen Hausleute etwas Vorbehaltenes oder Vorsichtiges, und Zosine dachte: «Es ist, weil wir von Sainte-Barbe kommen.» Ein paar Kinder in der Stube blickten die Fremden aufmerksam an.

Für Zosine und Lucan war es etwas Erstaunliches, wieder in einer großen Familie von Menschen zu sein, die zusammengehörten und einander ähnlich sahen. Die Leute des Hofes erzeigten Vater Vadier die schuldige Hochachtung, scherzten aber doch mit ihm, wie er mit ihnen. Lucan war bewegt von dem starken Eindruck einer glücklichen Hausgemeinschaft, und ihr fiel ihr eigenes Zuhause wieder ein. «Gebe Gott», dachte sie, «daß Zosine Vertrauen zu diesen guten Menschen bekommen und bei ihnen Hilfe suchen möge.»

Die Wohnstube des Hofes war einfach eingerichtet, aber die englischen Mädchen sahen, als sie die Blicke umherschweifen ließen, viele hübsche, gediegene französische Erbstücke darin. Der alte Landwirt bot ihnen ein Glas Wein von seinem eigenen Gewächs an, und sie unterhielten sich ein wenig über den Wein und das Jahr.

Als sie eine Weile so gesessen hatten, gingen ihre Gastgeber hinaus und hießen die Kinder mitgehen, die Mädchen blieben allein mit Vater Vadier. Gesicht und Stimme des Priesters veränderten sich und wurden ernster. Auch er schien zu Beginn verlegen den schönen fremden Mädchen gegenüber, aber seine Aufrichtigkeit und sein frommer Eifer wegen der Angelegenheit, um die es ihm zu tun war, überwanden seine Verlegenheit.

Die jungen Fräulein mögen, sagte er, ihm verzeihen, daß er ihnen einige Fragen stelle, denn er spreche im Namen eines lieben und hochgeehrten Beichtkindes. Er kenne ja, fuhr er fort, alle Leute in der Gegend. Er sei vor einiger Zeit ins Gespräch mit dem alten Trödler in Peyriac gekommen, und der alte Mann habe ihm eine hübsche Uhr gezeigt, die er erworben habe. Es seien ein Name und ein Wappen darin eingraviert gewesen, beides sei ihm wie auch der alten Baronin auf Joliet wohlbekannt. In großer Erregung habe diese Dame den Trödler rufen lassen und ihn ausgefragt. Er habe erklärt, er habe die Uhr von einer der jungen Engländerinnen auf Sainte-Barbe erworben. Aber auf Grund der Auskünfte, die Vater Vadier sich verschafft habe, wisse er, daß der Name auf der Uhr nicht derjenige der beiden Schwestern sei. Nun bitte er sie, ihm zu erzählen, was sie über die Uhr wüßten, und ihm zu sagen, wie diese in ihre Hände gekommen sei.

Während Vater Vadier sprach, ruhte sein offener Blick auf dem Gesicht bald des einen und bald des anderen der jungen Mädchen. Er war milde, aber eindringlich, er suchte sie zu ergründen. Lucan und Zosine dachte beide das gleiche: «Über Sainte-Barbe sind Gerüchte im Umlauf. In der Gegend weiß man über den Besuch der Polizei. Jetzt überlegt Vater Vadier, ob er uns für Opfer oder für Mitschuldige halten soll.» Und Zosine fügte in Gedanken hastig hinzu: «Wie wäre das hübsch, wenn ich wegen Beihilfe zu meinem eigenen Mord und wegen Raubes meiner eigenen Uhr verdächtigt würde!» Aber sie saßen ganz still, und Vater Vadier hatte nicht erwartet, daß sie so stumm sein würden.

«Haben Sie die Uhr nicht an den alten Pinbrache in Peyriac verkauft?» fragte er sanftmütig.

«Doch», sagte Zosine, «es ist meine Uhr.»

«Und Sie kennen die Inschriften darauf?» fragte Vater Vadier wieder.

«Ja», sagte Zosine, «dort steht: Zosine d'Acier de l'Orville. Und der Wahlspruch lautet: Durior ferro. Purior auro. Das bedeutet: Scharf wie Stahl, treu wie Gold.»

«Aber es ist nicht Ihr eigener Name oder Wahlspruch?» sagte Vater Vadier.

«Es ist vielleicht mein eigener Wahlspruch», sagte Zosine ernsthaft, «aber es ist nicht mein Name.»

«Da ist etwas, was ich gern gewußt hätte, Fräulein», sagte Vater Vadier. «Sie überließen dem alten Pinbrache die Uhr sehr billig, und er merkte sofort, daß Ihnen daran gelegen war, das Geld gleich zu bekommen, unverzüglich. War es aus dem Grunde, weil Sie Geld brauchten und dies nicht zugeben konnten? Unter diesen Umständen möchte ich Sie bitten, sich mir anzuvertrauen. Ich kann Ihnen vielleicht helfen. Oder mußten Sie so schnell wie möglich die Uhr loswerden?» Seine Fragen kamen rascher als vorher, und er hielt das junge Mädchen, mit dem er sprach, durch seinen Blick fest.

Zosine überlegte eine Weile. «Ich kann Ihnen nicht antworten», sagte sie.

Vater Vadier warf Lucan einen flüchtigen Blick zu, diese schüttelte unmerklich den Kopf. Er wandte wieder Zosine seine Aufmerksamkeit zu, saß aber einige Sekunden schweigend da und betrachtete sie.

«Fräulein», sagte er schließlich, «ich bitte Sie, mir zuzuhören. Ich spreche, nachdem ich lange über das nachgedacht habe, was ich Ihnen jetzt sage.

Es gibt noch einen Grund, weshalb ich Sie bedränge. Diese Unterredung hier zwischen Ihnen und mir kann viel für Menschen bedeuten, denen ich nahestehe und die ich hochschätze. Sie kann viel für Sie selbst bedeuten. Ich spreche so frei in der Gegenwart Ihrer Schwester, weil sie wohl von den Dingen weiß, über die wir sprechen müssen, und gleichzeitig auch, weil es für Sie das beste sein kann, sich mit ihr zu beraten. Ich glaube, Sie sind beide, unter Umständen, die ich nicht kenne, in schwierige Verhältnisse geraten, viel zu schwer, als daß junge Mädchen sie allein tragen könnten. Was Sie mir auch anzuvertrauen beabsichtigen mögen, so werde ich es niemals ohne Ihre Einwilligung weitersagen. Aber ich möchte Ihnen zuallererst etwas erzählen.

Vielleicht wissen Sie», fuhr er fort, «daß in der Familie der Valfonds eine Tradition herrscht, nach welcher sie diese Provinz, in der ihr Land und ihr Haus liegen, nicht verlassen. Baron Thesées Vater folgte dieser Sitte, er selbst hat schon damals, als er kommunizierte, gelobt, daran festzuhalten. Er legte dabei gleichzeitig das Gelübde ab, daß er ohne die Erlaubnis seiner Großmutter keine Dame heiraten würde, die nicht dieselbe Verpflichtung auf sich nehmen und für immer in der Provinz bleiben würde. Ich für meine Person», fuhr Vater Vadier nach einer kleinen Pause fort, «kenne den Ursprung dieser Familientradition. Baron Thesée kennt ihn nicht. Aber er ist ein edler junger Mann. Er würde niemals sein Gelübde brechen.

Baron Thesée», fuhr er fort, «hat nun vor einigen Monaten ein junges Mädchen liebgewonnen. Er hat den Wunsch, um ihre Hand anzuhalten. Aber er ist, wie ich Ihnen sagte, ein edler, hochgesinnter junger Mann. Er würde die Dame, die er liebt, nicht der Gefahr aussetzen, von seiner Familie oder sonstwie auf Joliet mit Mißtrauen betrachtet zu werden. Noch weniger würde er sich auf ein leichtsinniges Abenteuer mit einem unschuldigen Mädchen einlassen. Er hat sich mir anvertraut, da ich ihn von Kind auf kenne und da ich sein Beichtiger und der seiner Großmutter bin, und auch seiner Großmutter hat er sich anvertraut. Er hat uns beiden gegenüber durchblicken lassen, daß er, falls er jenes junge Mädchen nicht zur Gemahlin bekomme, niemals heiraten werde. Ich habe mit Schmerzen und zum erstenmal Unstimmigkeiten zwischen diesen Menschen erlebt, die einander so nahe stehen und die der ganzen Provinz das Beispiel eines schönen, einigen Familienlebens gegeben haben.

Baronin de Valfonds ist eine Dame von großen Geisteskräften. Sie ist wohl nicht gerade ohne Standesvorurteile, aber das Glück ihres Enkels liegt ihr so innig am Herzen, und sie würde sicherlich bereit sein, ein gutes, unschuldiges Mädchen, das ihn liebt, in ihrer

Sippe und ihrem Hause willkommen zu heißen. Aber eine junge Dame, die mit dem Namen und dem Wappen in Verbindung stünde, die in der Uhr eingraviert sind, würde alle Voraussetzungen haben, auf Joliet mit besonderem Wohlwollen und besonderer Liebe aufgenommen zu werden.»

Vater Vadier machte, wie schon einmal, eine Pause, und Zosine saß stumm wie vordem da. Lucan sah sie an und merkte, daß sie blaß geworden war. In dem wuchtigen Holzsessel sah sie zart und kindlich aus.

«Es gibt», sagte Vater Vadier, «in Ihrer Lage etwas, das ich nicht verstehe. Aber ich habe gleichzeitig allerlei Erfahrung in der Beurteilung von Menschen. Ich nehme von Ihnen an, mein Kind, daß Sie ein unschuldiges, edles Mädchen sind. Möchten Sie mir gestatten, daß ich Sie nach Joliet führe, zu Frau de Valfonds? Würden Sie ihr oder mir Ihr Herz öffnen? Bedürfen Sie nicht der Freunde, so wie Sie sie in uns finden würden?»

Zosine blickte zu Vater Vadier auf, ebenso tiefernst, wie er sie ansah.

«Vater Vadier», sagte sie, «meine Mama war eine Katholikin. Sie nahm Papa das Versprechen ab, daß ich in ihrem Glauben erzogen werden solle. Aber als sie tot war, wollten seine eigenen Verwandten in England ihm nicht die Erlaubnis dazu geben, und die Angelegenheit hatte für Papa keinerlei Bedeutung, also gab er ihnen nach. Ich bin Protestantin. Aber ich empfinde um Mamas willen und», fügte sie hinzu, «um meines alten Kindermädchens willen, die oft von den Heiligen erzählte – Ehrerbietung vor Ihrer Kirche und vor deren Priestern. Ich würde nie versuchen, Sie zu hintergehen.

Ich kann nicht mit Ihnen nach Joliet gehen. Ich habe einem Menschen auf Sainte-Barbe gegenüber eine Verpflichtung, der ich mich nicht entziehen kann. Dieser Mensch erwartet etwas von mir, das ich Baron Thesée oder seiner Großmutter nicht erzählen kann. Ich verstehe sehr gut, daß er sein Wort nicht brechen kann. Und er wird auch verstehen, daß ich das meine nicht brechen kann. Würden Sie Baron Thesée von mir grüßen», fuhr sie mit zuckenden Lippen fort, «und ihm dies sagen. Und würden Sie ihm ein Lebewohl sagen von Lita.»

Vater Vadier wandte einige Sekunden lang nicht die Augen von ihrem Gesicht. «Ein Mensch auf Sainte-Barbe?» wiederholte er.

«Ja», sagte Zosine.

Vater Vadier ergriff ihre Hand. «Mein Kind», sagte er sehr sanft und feierlich, «sind Sie glücklich auf Sainte-Barbe? Ist es für Sie und Ihre Schwester ein guter Ort?»

Zosine hatte sich erhoben, aber sie stand mit gesenktem Kopfe da und sah nach wie vor aus wie ein blasses und zartes Kind.

«Ich kenne nicht wie Sie viele Leute in der Gegend», sagte sie. «Aber ich habe mit Baptistine gesprochen, Baptistine Labarre auf Sainte-Barbe. Ich weiß, daß Joliet und Sainte-Barbe nichts miteinander zu tun haben können. Und daß es seit langem so gewesen ist. Und ich, ich gehöre nach Sainte-Barbe.»

Vater Vadier geleitete sie schweigend aus dem Haus. Als er Zosine zum Abschied die Hand reichte, sagte er: «Rufen Sie mich, wenn ich Ihnen jemals von irgendwelchem Nutzen sein kann.»

Während die jungen Mädchen auf der Straße nach Sainte-Barbe dahingingen, blieb er stehen und folgte ihnen mit den Augen.

Pastor Pennhallow reist weg

Wie schon weiter oben erzählt wurde, zeichnete Pastor Pennhallow hübsche kleine Bilder von Blumen und Landschaften. Lucan, die als Kind malen gelernt hatte, wünschte oftmals, daß sie selber etwas so Feines und Reizvolles machen könnte. Aber er ließ auch bisweilen, wenn er in Gedanken versunken dasaß, den Bleistift über das Papier laufen und schuf merkwürdige Bilder. Ein- oder zweimal hatten Lucan und Zosine seine Zeichnungen auf dem Schultisch gefunden. Sie hatten sich darüber gewundert, darüber gelacht und gleichzeitig bei deren Anblick einen kleinen Schauder empfunden. Sie hatten noch nie etwas Ähnliches gesehen, es waren Bilder, von denen man sich denken könnte, daß Menschen sie im Traume zeichneten. Es waren menschliche Figuren auf dem Papier, aber sie waren mit neuen, phantastischen und seltsamen Zügen und Gliedmaßen versehen. Zosine sagte einmal, sie ähnelten den dunklen Götzenbildern, die die Neger auf San Domingo in

Holz geschnitzt hätten und die Olympia von dort mitgebracht hatte.

Eines Abends, einen Tag nachdem Pastor Pennhallow mit Zosine Schach gespielt hatte, unterhielt sich der alte Pfarrer damit, in dieser Weise auf einem Bogen Papier zu stricheln. Ab und zu sah er flüchtig zu der einen oder anderen seiner Schülerinnen hin, so daß Lucan angstvoll dachte, er mache vielleicht eine Zeichnung von ihr. Pastor Pennhallow und seine Frau waren an diesem Abend ungewöhnlich nachdenklich und geistesabwesend, er ließ sich viel Zeit mit seiner Zeichnung. Zuletzt schaute er sie sich an und schob sie darauf zu dem Platz seiner Frau am Tisch hinüber. Diese warf einen Blick darauf, dann noch einen Blick und lachte plötzlich so laut und krampfhaft, daß sie sich das Taschentuch vor den Mund halten mußte. Die Zeichnung blieb liegen, mehrmals im Verlauf des Abends besah die alte Frau sie sich und wurde mit jedem Male munterer, es zuckte ihr in Armen und Beinen, einmal, als sie sie forschend betrachtet hatte, erhob sie sich und ging aus der Stube.

Früh am nächsten Morgen hörten die beiden Mädchen, daß ihre Pflegeeltern schon auf waren und in der Eßstube rumorten, wo sie abends gesessen hatten. Sie zogen Schubladen heraus, sahen Papiere durch und redeten währenddessen leise und heftig miteinander, und als die jungen Mädchen hinhorchten, hörten sie, daß sie mit einem Feuerhaken in den Holzscheiten auf der Feuerstelle schürten und immer hineinstießen. Sie riefen auch nach Baptistine und schienen einige Fragen an sie zu richten. Als Lucan und Zosine hereinkamen, sahen sie beide, daß die alten Leute sie starr und durchdringend anschauten, und sie merkten, daß sie von irgend etwas in Anspruch genommen waren, wußten aber nicht, was es war.

Im Laufe des Vormittags gingen Pastor Pennhallow und seine Frau zusammen in ihr Zimmer und blieben lange dort drinnen. Etwas später schrieb der alte Pfarrer einen Brief und schickte Clon damit fort, rief ihn aber, noch ehe er aus dem Gartentor heraus war, zurück. Als die Dunkelheit einsetzte, ging er selbst fort und blieb lange weg, seine Frau war unterdessen sehr unruhig. Und abends, nachdem sie ihre Schülerinnen ins Bett geschickt hatten, waren sie lange Zeit im Gange, wirtschafteten im Zimmer herum und redeten.

Um die Mittagszeit des nächsten Tages rief Pastor Pennhallow die jungen Mädchen zu sich und erzählte ihnen, er und seine Frau müßten Sainte-Barbe für zwei oder drei Tage verlassen. Sie hätten einen betrüblichen Brief erhalten, der es erforderlich mache, daß sie sofort nach Marseille führen. Ein alter Studienkamerad von Pastor Pennhallow, der viele Jahre lang Missionar in China gewesen sei, befinde sich auf dem Heimwege nach England, sei sehr krank und wünsche sich innig, seine Freunde noch einmal zu sehen. Sie würden noch am selben Abend mit der späten Postkutsche von Lunel abfahren und hätten einen Bauernwagen bestellt, der sie bis dorthin bringen solle.

Frau Pennhallow ging hinein, um ihre und ihres Mannes Sachen einzupacken. Sie war blaß, und ihre Hände zitterten, die betrübliche Nachricht, sagte Frau Pennhallow, habe sie tief bewegt. Er selbst blieb eine Weile sitzen und machte kurz darauf eine Bemerkung über den Tod, der oft nahe ist, wenn man es am wenigsten gedacht habe.

Gleich darauf kam die alte Frau wieder in die Eßstube zurück und gab ihren Pflegetöchtern einen neuen Bescheid. In ihrer Trauer, sagte sie, habe sie vergessen, daß sie gerade heute in ein Dorf hinübergehen wollte, es hieß Vaour und lag eine knappe Meile von Sainte-Barbe entfernt in entgegengesetzter Richtung von Lunel. Hier lebe ein altes englisches Fräulein, die einmal auf Joliet Gouvernante gewesen sei, und die liege jetzt krank zu Bett. Frau Pennhallow habe ihr Suppe und stärkende Mittel bringen wollen. Jetzt, da sie so unerwartet von Sainte-Barbe abberufen worden sei, müßten die Jungen ihre Pflicht übernehmen. Baptistine solle sie begleiten, um den Korb zu tragen, aber sie würden ein gutes Werk tun, wenn sie ihre Landsmännin selber besuchen würden. Die jungen Mädchen wußten nicht, was die plötzliche Reise ihrer Pflegeeltern zu bedeuten hatte, und sie hatten noch nie etwas von einer alten englischen Dame in Vaour gehört oder erlebt, daß Frau Pennhallow einen barmherzigen Besuch in der Gegend abgestattet hätte, aber sie wagten nicht, einander anzusehen. Sie wären am liebsten ohne Baptistines Begleitung gegangen, aber Frau Pennhallow meinte, sie würden ohne sie den Weg zu dem Dorfe nicht finden. Sie sollten sich sofort aufmachen.

Da die jungen Mädchen nicht vor Abend in Sainte-Barbe zurück sein könnten und da Pastor Pennhallow und seine Frau es um die Zeit schon in ihrem Wagen auf dem Weg nach Marseille verlassen haben würden, mußte man sich jetzt verabschieden. Die alten Leute ließen sich merkwürdig viel Zeit mit diesem Abschied, der eine Trennung von einigen wenigen Tagen bedeutete. Es war, als fänden sie ein besonderes Vergnügen an der Abschiedsszene als solcher. Frau Pennhallow setzte sich mit gefalteten Händen hin und hörte mit einer zufriedenen oder gespannten Miene zu, als ihr Mann seinen Schülerinnen erklärte, wie sie sich während seiner Abwesenheit verhalten sollten. Sie seien doch wohl nicht, fragte der alte Mann, ängstlich, allein im Hause zu sein? Er fügte eine Menge genauer Anweisungen hinzu und schien zu zaudern, wie um sich noch mehr auszudenken. Er und Frau Pennhallow begleiteten sie bis an die Tür. Als die beiden jungen Mädchen und Baptistine schon aus dem Hause waren, rief Frau Pennhallow Lucan zurück und sah sie mit eben solch einem starren und forschenden Blick an, mit dem sie das hübsche Mädchen schon früher oft bedacht hatte, mit diesem gleichen Blick, mit dem sie sie damals betrachtet hatte, als sie sich im Morgennebel vor dem Gasthaus in England zum allerersten Mal begegnet waren. Während die jungen Mädchen von dannen gingen, blieben die beiden alten Leute stehen und sahen ihnen nach.

Man konnte merken, daß es Herbst geworden war. Die Landschaft war verblichen, die Straße war mit welkem Laub bedeckt, die Luft war kalt, und die grauen Wolken hingen niedrig. Die beiden jungen Mädchen waren unruhig, sie fragten sich ernstlich, ob es wirklich einen Ort gebe, der Vaour heiße, und dortselbst ein altes englisches Fräulein. Sie hätten gern englisch miteinander gesprochen, aber Baptistine ging in ihren schweren Stiefeln so gewichtig und wachsam neben ihnen her, daß sie schwiegen. Allmählich nahmen der Weg und die Aussicht sie in Anspruch, sie waren bisher auf dieser Seite von Sainte-Barbe noch nie so weit gelangt.

Vaour stellte sich, als sie es schließlich erreichten, heraus als ein graues Dorf am Ende eines Weges mit steinernen Mauern zu beiden Seiten. Hier fanden sie wirklich, nachdem sie sich umgehört hatten, in zwei sauberen Stübchen über dem Laden eines Bäckers eine uralte Engländerin, wie ein Überbleibsel aus einer fernen, vergessenen Vorzeit.

Fräulein Pinkney war nicht krank, aber dürr und mager wie eine Mumie, und sie war kindisch geworden. Sie kannte Frau Pennhallows Namen nicht und schüttelte den Kopf, als sie ihn ihr wiederholten, und es war nicht möglich, ihr klarzumachen, wer die jungen Mädchen selber waren. Später redete sie sie mit Namen an, die sie nicht kannten, und hielt sie offensichtlich für ein paar ihrer ehemaligen Schülerinnen in England. Sie hatte englische Bücher in ihrem Wohnzimmer stehen zwischen Topfpflanzen und Vogelbauer, hatte aber ihr Englisch fast vergessen, die Wörter kamen ihr nur langsam wieder ins Gedächtnis zurück. Lucan blickte sich um und dachte, so mochte sie selbst dereinst sitzen, ein Stückchen menschlichen Strandguts, von vielen Winden und Strömungen an einem stillen Winkel des Daseins angespült und vergessen.

Als sie aber Joliet erwähnten, stieg eine feine Röte in die runzeligen Wangen, und Fräulein Pinkney begann eifrig und lange zu sprechen. Sie schien offenbar der Meinung, daß sie ihren Zuhörerinnen viele interessante Dinge über das Schloß und die Familie dort berichte, aber nur wenig von dem, was sie sagte, war ihnen verständlich. Es waren sehr alte Zeiten, die hier wie aus einer Schublade hervorgeholt wurden. Die alte Gouvernante bekreuzigte sich wegen General Bonaparte, der sich hatte zum Kaiser krönen lassen, und sie erwartete von der Zukunft, daß das rechtmäßige französische Königshaus zurückkehren und alles wieder ins rechte Gleis bringen werde. Sie kam auf Baron Thesée zu sprechen, so daß Lucan Zosine ansah. Aber sie merkten sehr bald, daß es der Großvater des jetzigen Besitzers war, den sie vor Augen hatte, der Baron, der ermordet worden war. Von ihm sprach sie beinahe mit Verehrung, wie von einem Jugendschwarm. Als sie aber seine Gattin erwähnten, die sie selbst in Peyriac gesehen hatten, verstummte sie.

Im Laufe der Unterhaltung kam es zu einem sonderbaren kleinen Zwischenfall. Zosine erwähnte den Namen ihrer Begleiterin, Madame Labarre aus Sainte-Barbe. Bei dem Klang dieses Namens wurde das alte Fräulein leichenblaß, als würde sie in Ohnmacht fallen, und als sie sich wieder gefaßt hatte, wollte sie Baptistine aus ihrer Stube weisen. Zosine konnte jedoch die Rede auf andere Dinge bringen. Am Fenster stand ein kleines, altes Spinett. Zosine bat Lucan, ihnen darauf vorzuspielen. Lucan setzte sich an das Instrument und sang mit ihrer süßen, klaren Stimme ein paar alte englische Lieder. Jetzt vergaß Fräulein Pinkney ihren Zorn und schmolz dahin, sie fiel zuletzt selbst mit einer fast unhörbaren, aber reinen kleinen Stimme in den Kehrreim des Liedes von Annie Laurie ein.

Als die jungen Mädchen auf Baptistines Betreiben aufbrachen und sich verabschiedeten, sah das alte Fräulein Zosine an und rief aus: «Oh, Madame, sind Sie es wirklich? Wie freue ich mich, Sie zu sehen.»

Zu guter Letzt begleitete sie ihre jungen Besucherinnen die Treppe zum Bäcker hinunter und gab ihnen einen großen Kuchen mit nach Hause. Hier nannte sie sie wieder «Fanny» und «Elisabeth».

Es hatte angefangen zu regnen und war windig geworden, und Regen und Wind wurden stärker, als die kleine Gesellschaft den Heimweg antrat. Es war so lange her, seit die beiden Mädchen gesungen hatten, es hatte sie selbst ergriffen, und sie sangen auf dem Wege noch eine Weile die Lieder ihrer Heimat. Lucan fuhr es währenddessen durch den Kopf, wie einsam und schwer Baptistines Stellung in der Welt sein müsse, sie versuchte, mit ihr zu reden und sie über ihre Jugend auszufragen. Aber Baptistine gab nur kurze Antworten. Ihr taten die Füße weh von dem langen Weg, und sie war nicht zum Reden aufgelegt.

Es war beinahe dunkel, als sie Sainte-Barbes ansichtig wurden. Der alte Pachthof zeichnete seine dunklen Umrisse gegen den Himmel ab. Lucan, die einmal von dieser Seite ein kleines Bild von dem Hofe gemalt hatte, blieb einen Augenblick stehen und sagte:

«Wie sehen die Dinge doch abends anders aus als im Tageslicht. Ich möchte glauben, daß hier irgend etwas anders geworden ist. Ja, es sieht wirklich so aus, als ob der Holzhaufen am Seitengiebel jetzt woanders steht als vorher und näher zum Haus.»

Hier trieb Baptistine sie zur Eile an, sie wollte unter Dach kommen. Sie war zufrieden, wieder daheim zu sein, und redete zum erstenmal von sich aus, wenn auch mehr zu sich selber als zu den anderen.

«Hat das nun», brummte sie, «einen Sinn, so ein Aufhebens zu machen und Leute in diesem Unwetter rauszujagen, bloß wegen eines Stücks Papier? Wenn ich es verbrannt habe, so habe ich es verbrannt. Und im übrigen ist es ja auch einerlei. Es gibt doch niemand, der auf den Gedanken kommen könnte, mit so einer Zeichnung auf und davon zu gehen!»

Die jungen Mädchen verstanden kaum, was sie sagte, und entsannen sich erst später am Abend ihres Ausspruchs.

Wo ist mein Hut?

Die drei Wanderer waren naß und müde. Baptistine selber schien offenbar eine Herzstärkung nötig zu haben, denn sie brachte eine Flasche ihres Kirschrums und ermunterte die jungen Mädchen dazu, ein großes Glas zu trinken. Er war stark, er erwärmte sie und stieg ihnen ein bißchen in den Kopf. Baptistine wollte ihnen noch ein Glas einschenken, aber sie wollten damit lieber bis zum Abendbrot warten.

Lucan fiel nicht so leicht von einer Stimmung in die andere, Zosines heftige, wechselnde Gemütsbewegungen überraschten sie ständig. Sie begriff auch heute abend nicht die riesige Befreiung, die das Mädchen bei dem Gedanken erfüllte, daß sie und ihre Freundin allein im Hause waren. Ehe sie noch ihre nassen Sachen ausgezogen hatte, ging Zosine, während Baptistine den Abendbrottisch deckte, von dem Zimmer der jungen Mädchen ins Eßzimmer und in die Küche und wieder zurück, sah sich um und atmete tief auf, ihr Gesicht leuchtete.

«Ach, Zosine», sagte Lucan, «wir wissen ja gar nicht, wie es in Wirklichkeit um uns bestellt ist. Wir können nicht wissen, was die Reise der alten Leute bedeutet oder was sie dahinter verbergen. Es ist eine Galgenfrist, über die du dich so freust.»

«Ja, das ist es», sagte Zosine, «aber diese Frist habe ich nötig, ich kann unterdessen Luft holen! Es ist, als ob auf allen Seiten um uns ein großes, schwarzes, grundloses Meer ist, aber mitten darin haben wir uns doch auf eine kleine Insel hinaufgerettet. Sie ist von ganz geringem Umfang, es sind in der einen Richtung diese Stube und in der anderen Richtung einige wenige Stunden. Aber es ist dennoch ein unbeschreibliches Glück, daß wir an Land gekommen sind. Wir können unter den Bäumen auf der Insel sitzen und durchs Gras laufen. Ich habe so schwer gegen die Strömung und gegen die Wellen angekämpft! Wenn wir nicht diese Freistatt gefunden hätten, ich glaube, ich wäre gestorben.

Heute abend und morgen früh», fuhr sie fort, «möchte ich die beiden alten Leute auf Sainte-Barbe vergessen. Ich habe viel zuviel an sie gedacht! Und du weißt nicht, wie ihre Augen und ihr Atem mich nahezu vergiftet haben! Der alte Mann hat uns selbst erzählt, wie die Würgeschlange, um ihre Beute zu verschlingen, sie erst mit ihrem Speichel bespeien muß. Genauso habe ich es empfunden, ihr Wesen hat sich an mir festgesetzt, so daß ich nicht weit davon entfernt war, ein Teil ihrer selbst zu werden! Heute abend will ich sie aus meinen Gedanken tilgen. Ich will wieder ich selber werden, Zosine Tabbernor.»

Lucan saß da und sah ihre Freundin an. War sie nicht selber, dachte sie, mehr vergiftet als Zosine, die die ganze Zeit in Tätigkeit gewesen und bereit war zu kämpfen? Bisweilen kam es ihr so vor, als verstehe sie mehr von dem Wesen der Schlechtigkeit, die sie umgab und bedrohte, als Zosine, und sie konnte dann voller Angst spüren, daß eben dies Verständnis sie weiter von ihrer Freundin entfernte und näher zu den alten Leuten herantrieb.

«Wer ist Zosine Tabbernor?» fragte Zosine, «ein schlechtes Mädel, eine kleine, verwöhnte Krabbe! Ja, aber immerhin doch ein ehrlicher Mensch. Ich habe so viel an meinen Papa gedacht, von der Sekunde an, als wir Pedro Smiths Brief fanden. Es gab so viele, auch unter seinen eigenen Verwandten, die etwas an Papa auszusetzen hatten und ihn einen leichtsinnigen Menschen und einen Sybariten nannten. Aber keiner hat je von ihm gesagt, daß er einen Freund im Stich gelassen hätte oder grausam gegen jemand gewesen wäre, der schwächer war als er und den er in seiner Gewalt hatte. Ich will heute abend Zosine Tabbernor sein, Papas verwöhnte Tochter, um Kraft zu sammeln, damit ich diesem grausamen alten Mann, wenn er zurückkehrt, gewachsen bin.»

Lucan stand vom Sofa auf und ging ans Fenster. «Was für ein Wetter», rief sie aus, «höre nur, wie es stürmt und wie der Regen gegen die Scheiben klatscht. Wir müssen uns auch umziehen, Zosine.» Zosine sah sich im Zimmer um.

«Nun wollen wir Holz aufs Feuer legen», sagte sie, «und alle Kerzen anzünden. Schau, Baptistine hat Fräulein Pinkneys Kuchen hingestellt und den Kirschrum auf dem Tische stehenlassen. Wir haben es heute abend auf Sainte-Barbe gemütlich. Es soll für einige Stunden wieder das alte Sainte-Barbe von vor 1793 sein, ein Ort, wo gute Menschen sich wohl fühlen, wo man vor dem Kaminfeuer sitzt und über schöne, glückliche Dinge spricht.»

Während sie plauderte, hatte sie angefangen, ihre nassen Sachen auszuziehen, sie half auch Lucan aus ihrem durchweichten Mantel und kämmte die langen, aschhellen Locken ihrer Freundin glatt, die durch den Regen dunkler geworden waren.

«Komm, wir wollen uns heute abend schmücken!» rief sie. «Fort mit den Kleidern, in denen uns die Alten jeden Tag sehen. Wir wollen unsere feinen Kleider anziehen, mit denen wir von England hierhergereist sind. Dann ist es so, als seien wir soeben in Sainte-Barbe eingetroffen und hätten hier gar nichts erlebt. Wir werden wieder wir selbst, so als hätten wir niemals Pastor Pennhallow oder seine böse alte Frau gesehen.»

Die beiden halbnackten Mädchen schauten sich im Schein der Kerzen gegenseitig an. Sie waren so jung, daß der Gedanke an ein hübsches Kleid ihr Gemüt in starke Aufregung versetzte. Sie fühlten in diesem Augenblick beide und auf die gleiche Art und Weise, daß sie in diesen Monaten ihrer Jugend und Weiblichkeit Gewalt angetan hatten. Der Blick, mit dem Pastor Pennhallow und seine Frau ihre Schönheit betrachtet hatten, hatte ihnen zuletzt beinahe ein Grauen eingejagt. Jetzt spiegelten sie sich zum erstenmal seit langer Zeit in ihrer beider Augenpaaren.

Ihr alter Lehrer war ihnen in allem, womit sie sich auf Sainte-Barbe abgegeben hatten, unendlich überlegen gewesen und hatte sie fast zermalmt unter seiner Gelehrsamkeit und Einsicht. Sie hätten sich nicht, dachten sie jetzt, dazu überreden lassen sollen, sich in Geschichte und Philosophie zu vertiefen und zu vergessen, daß sie selber große Augen und kleine Füße hatten.

Zosines schönes Haar, das kurz geschnitten gewesen, war jetzt wieder ein ganzes Stück gewachsen, sie wollte es nach einer Mode aufstecken, wie sie sie einmal auf der Abbildung eines alten Gemäldes bei ihrem Papa gesehen hatte. Sie ging dabei halb angezogen zwischen ihrem Zimmer und dem Eßzimmer, wo ein Spiegel hing, hin und her. Vom Eßzimmer aus rief sie Lucan zu, sie solle ihre Reisekleider und die hübschen Schals hervorholen. Sogar ihre Hüte wollten sie heute abend aufsetzen! Der eine davon war mit hübschen weißen Federn besetzt, der andere war ganz aus braunem, kariertem Seidenstoff gemacht und hatte eine feine Tüllrüsche, die unter dem Rande das Angesicht der Trägerin einrahmte. Lucan konnte wählen, welchen von den beiden sie haben wollte.

«Ich weiß noch genau», sagte Zosine, während sie ihr Haar um ihren Finger zu Locken aufwickelte, «als ich die beiden kaufte. Der mit den Straußenfedern war schauderhaft teuer. Den anderen suchte Tante Arabella für mich aus, als wir zum Wettrennen nach Newmarket fahren wollten. Lady Flora Hastings hatte den gleichen, Olympia dachte, es sei die Königin selber, und war sehr stolz darauf. Ach, meine gute Olympia! Und bring mir jetzt meinen Hut», rief sie.

«Ich kann ihn dir nicht bringen», sagte Lucan, «ich kann ihn nirgendwo finden!»

Zosine, die selten Ordnung in ihren Sachen hielt, beeilte sich, eine Entschuldigung vorzubringen. «Ich habe ihn nicht angerührt oder angesehen, seit wir herkamen», sagte sie, «der muß da liegen, wo du ihn hingelegt hast, zusammen mit unseren beiden Schals und den Handschuhen.»

Lucan trat in die Tür der Schlafkammer, nur leicht mit ihrem Hemd und ihrem weißen Barchentunterrock bekleidet, wie das Bild eines Weihnachtsengels, und war ganz verstört.

«Aber weder unsere Schals noch unsere Kleider sind da», sagte sie.

«Ach, Unsinn», rief Zosine ungläubig, «die müssen doch dasein, schau mal richtig nach.»

«Komm und schau selber nach», sagte Lucan.

Die jungen Mädchen hatten nur wenige Fächer für ihre Kleider und konnten sie schnell durchsuchen. Aber wieviel sie auch suchten, Schränke und Schubladen öffneten und einander anblickten, sie fanden weder ihre Hüte noch ihre Kleider. Jedes einzelne Stück, das sie anhatten, als sie aus England nach Sainte-Barbe aufbrachen und das sie so sorgsam weggelegt hatten, war jetzt weg. Nur ihre kleinen, feinen Schuhe waren da und nahmen sich gar einsam aus.

Sie standen in tiefstem Erstaunen ganz still da. Sie konnten sich den Zusammenhang der Dinge nicht erklären. Die Lösungen, die sich zuallererst blitzartig ihnen aufdrängten, waren so phantastisch, daß sie fast in Lachen ausgebrochen wären. Hatte Frau Pennhallow ihre Hüte ausgeliehen, um sich vor dem alten Missionar in Marseille großzutun?

Aber nach einigen Minuten wurden sie ernst. Hier auf Sainte-Barbe konnte man voraussetzen, daß unerklärliche Dinge eine fürchterliche Erklärung fanden. Fast gleichzeitig kam ihnen beiden derselbe Gedanke, und als ihre Augen sich trafen, verstanden sie einander, so als hätten sie ihn in Worten ausgedrückt. Zosine nickte und wurde sehr bleich.

«Sie sind gleich groß», rief Lucan aus, «und ebenso groß wie wir.»

«Und deshalb», sagte Zosine gleich darauf, «fuhren sie mit der Abenddiligence aus Lunel fort. In der ist es dunkel, kein Fahrgast kann die Gesichter der anderen sehen. Wenn sie ihren Schleier heruntergezogen haben, dann gibt es nicht einen einzigen, der Verdacht schöpfte. Niemand wird vermuten, daß nicht wir beide es waren, die mit der Postkutsche weggefahren sind.»

«Und das war der Grund», sagte Lucan nach einigem Schweigen, «weshalb sie uns mit Baptistine aus dem Hause und nach Vaour schickten.»

Zosine stand lange schweigend da, so vertieft in ihre Gedanken, so gespannt und suchend, daß sie Lucan nicht mehr wahrnahm oder hörte, was diese sagte. «Aber unsere Schuhe konnten sie nicht ankriegen», sagte sie schließlich.

Wenn lange Zeit hindurch Tag und Nacht auf dem Gemüt eines Menschen eine schwere Bürde von Angst, Unruhe und Verzweiflung gelastet hatte, so wird sie nicht in einem Augenblick von ihm genommen. Lucan fühlte sich einige Minuten lang so durcheinandergerüttelt, hin- und hergeworfen, wie damals, als sie über den Kanal von England nach Frankreich fuhr. Aber die warme Stube mit den klaren Flammen von der Feuerstelle und den brennenden Kerzen, mit Fräulein Pinkneys Kuchen und der Rumflasche auf dem Tisch und Zosines eigener glücklicher, befreiter Gemütsverfassung kurz vorher, all dies schien ihr zuzureden, daß sie Zuversicht und Hoffnung schöpfen möge. Sie sah Zosine an, schwindlig im Kopf, aber mit sanften, strahlenden Augen.

«Sie sind geflohen!» rief sie. «Sie sind fort, Zosine!»

«Was meinst du?» fragte Zosine.

«O ja, sie sind für immer von hier fortgegangen», wiederholte Lucan. «Sie sind ja in unseren Sachen von Sainte-Barbe geflohen. Sie haben Angst vor uns bekommen», fuhr sie fort, und der Widerschein eines Lächelns huschte über ihr Gesicht, «und sie haben schließlich eingesehen, daß wir alles wußten.»

«Meinst du?» fragte Zosine wieder.

«Es muß doch so sein», sagte Lucan darauf, «weshalb würden sie sonst ihre Abreise so sorgfältig vor uns verbergen und bei Nacht und Nebel fortgehen? Wir haben doch die Geschichte mit dem kranken, alten Missionar niemals geglaubt. Aber wir sind nicht auf den Gedanken verfallen, daß das, was sie damit verbergen wollten – daß das Flucht war.»

Wieder wurden die jungen Mädchen still, tastend suchten sie in den neuen, überwältigenden Umständen festen Fuß zu fassen.

Was Lucan anbetraf, so waren es nicht allein Grauen und Angst, die zum Glück ein wenig von ihr abgefallen waren. Es war mehr noch die verhängnisvolle Aufgabe, die Zosines Entschluß ihnen beiden auferlegt hatte und die sie selbst gefürchtet und an der sie gezweifelt hatte. Die Vergeltung, die Zosine hatte üben wollen und die ihr nicht aus dem Kopf gegangen war, die war ja jetzt vollzogen. Sie waren frei.

Fast gleichzeitig riefen Lucan: «Wir sind gerettet!» und Zosine: «Sie sind uns entwischt!»

Lucan schlang ihren Arm um Zosines Hals und fühlte die kühle, seidenweiche nackte Schulter der Freundin in ihren eigenen glatten, kühlen bloßen Armen. «O Gott, Zosine», sagte sie, «mögen sie dir doch entwischt sein. Sie sind ja jetzt heimatlos, von Grauen geschüttelt, sie müssen ja ihre Gesichter verbergen. Werden sie jetzt nicht gestraft?»

Zosine stand eine Weile schweigend da und sah sich nach allen Seiten um.

«Sie können uns nichts Böses mehr antun», sagte Lucan wieder, «das mußt du doch begreifen. Diese Flucht, die ist ja gerade der neue, der entscheidende Beweis für ihre Schuld, auf den du gewartet hast. Nun können wir zu dem Richter in Lunel gehen und ihm alles sagen. Er kann nicht mehr an dem, was wir ihm berichten, zweifeln, wenn er hört, daß der alte Mann und seine Frau in unseren Kleidern fortgefahren sind. Der Postillion und die Fahrgäste können es bezeugen.»

«Der Postillion und die Fahrgäste», sagte Zosine gedehnt, «die glauben ja jetzt, du und ich, wir seien geflohen!»

Lucan war in der furchtbaren Sache, in die sie hineingezogen worden waren, Zosine bis jetzt gefolgt und hatte ständig die jähe und heftige Gemütsart der Freundin gefürchtet. Zosine hatte sie als erste dazu überredet, an das Grauen und an die Gefahren auf Sainte-Barbe zu glauben, und sie, ohne daß sie deren Absichten so recht verstanden hätte, dort zurückgehalten. In dieser ganzen Zeit war Lucan unschlüssig und in ihrem Innern unsicher gewesen. Jetzt meinte sie, daß sie wieder einen geraden, glatten Weg vor sich erkennen könne und daß es sich nur darum handele, auch Zosine diesen Weg zu zeigen. Sie redete sanft und eindringlich auf die Freundin ein, wie sie in den ersten Tagen nach der Katastrophe auf Tortuga mit ihr geredet hatte, oder früher mit dem blinden Kind auf Fairhill.

«Aber du kannst dir doch denken, daß die Polizei in Marseille nach ihnen fahnden wird», sagte Lucan, «der Richter in Lunel wird sie besser zu verfolgen und einzuholen wissen, als zwei Mädchen dies jemals könnten.»

«Weshalb sind sie mit einemmal so bange vor uns geworden?» sagte Zosine wie vorher. Lucan dachte eine Weile über ihre Frage nach.

«Sie meinen», sagte sie, «daß wir einen Beweis gegen sie gefunden haben. Erinnerst du dich, daß sie gestern früh hier drinnen im Eßzimmer herumwirtschafteten und etwas zu suchen schienen? Und Baptistine», fuhr sie langsam und sinnend fort, «redete heute auf dem Heimweg von Vaour auch von einem Papier, das verschwunden war und das sie in Angst versetzt hatte. Ich glaube», sagte sie kurz darauf, «daß sie an die Zeichnung dachte, mit der der alte Mann so lange beschäftigt war und die er seiner Frau zeigte. Sie haben beide darüber gelacht. Sie waren vorgestern abend zerstreut, sie können sie vergessen und gemeint haben, wir hätten sie gefunden und verwahrt. Ja, die ist es, um derentwillen sie Angst bekommen haben. Meinst du nicht auch?»

Bei Lucans Frage drückte Zosines Gesicht einen so tiefen Abscheu aus, daß sie sich selbst darüber entsetzte. Sie erkannte, daß Zosine sich in Gedanken das Bild vorzustellen suchte, das, wenn andere es erblickt hätten, die bösen Menschen verraten hätte. Sie versuchte, die Gedanken ihrer Freundin schleunigst in andere Bahnen zu lenken.

«Sie sagten uns, sie würden zwei oder drei Tage wegbleiben», sagte sie. «Das würde ihnen genügen fortzukommen. Sie konnten ja nicht ahnen, daß du ausgerechnet heute abend deinen Hut haben wolltest. Sie sind jetzt fort, und wir sind gerettet!»

«Ich hatte nicht gedacht», sagte Zosine, immer sehr langsam, «daß es eine solche Wendung nehmen würde. Ich hatte nicht gedacht, daß es das war, was Rosa von mir erwartete.»

«Zosine», rief Lucan, «rufe doch deine Gedanken zurück! Sie laufen ja in den Spuren der bösen Menschen, so als könntest du sie gar nicht aus den Fingern lassen. Du hast ja einen Sieg über sie errungen, Zosine. Was können sie auf dieser Welt noch Böses anstellen, wenn sie sich verstecken müssen und niemals ihren Namen sagen dürfen? Nun mußt du sie vergessen, sonst haben sie dich ja wirklich in das Dunkel, das Grauen, hineingezogen, das ein Teil von ihnen ist. Ja, ich habe das Recht, dich so zu beschwören», fuhr Lucan in großer Aufregung fort, «denn ich hätte dich nicht im

Stich gelassen, wenn es anders gekommen wäre. So treu, wie du hattest gegen Rosa handeln wollen, Zosine, so treu war ich dir.»

Sie hatte Zosine ein wenig zurückgeschoben, um ihr ins Gesicht sehen zu können, bei diesen letzten Worten zog sie sie wieder fest an sich. Gleich darauf merkte sie, wie ihre Freundin tief und befreit aufatmete.

«Ja», sagte sie und schob ihr Haar, das ihr über das Gesicht gefallen war, nach hinten zurück. «Ich will glauben, daß es so ist, wie du sagst, du gutes, treues Mädchen. Ich will alles tun, worum du mich bittest.»

Während sie noch in dieser Weise fest umschlungen mit glücklichen Gesichtern dastanden, läutete die Glocke an der Gartenpforte. Es war eine kleine Glocke, sie hatte einen spröden, brüchigen Klang, und durch den Regen und Sturm hörte man ihre Stimme nur schwach, und doch war kein Zweifel möglich, daß sie sie gehört hatten. Sie erstarrten in ihrer beider Armen, während sie darauf warteten, den Ton noch einmal zu hören. Wer läutete hier zu so später Stunde?

Das Läuten wurde nicht wiederholt, aber gleich darauf hörten sie Baptistine mit jemand reden. Sie hatten gedacht, Baptistine sei zu Bett gegangen. Gleich darauf kam die Bäuerin selbst in die Stube und sagte, an der Tür sei ein Herr, der bitte, die englischen Fräulein sprechen zu dürfen.

«Ein Herr?» riefen die jungen Mädchen aus, und vielerlei Vermutungen gingen ihnen durch den Kopf.

«Aber wir können doch niemand empfangen, Baptistine», sagten sie, «Pastor Pennhallow hat selber gesagt, wir dürfen keinen einlassen.»

Baptistine stand da, ohne sich zu rühren.

«Sag ihm», befahl Lucan ihr, «daß Pastor Pennhallow nicht zu Hause ist.»

«Er sagt, das wüßte er sehr gut», erwiderte Baptistine.

«Kennst du ihn denn?» fragte Lucan.

«Ja. Es ist Monsieur Tinchebrai», sagte Baptistine.

Jetzt kam den Mädchen ihr mangelhafter Anzug zum Bewußtsein. In Eile, ohne sich ganz loszulassen, zogen sie sich in ihr eigenes Zimmer zurück.

«Er muß warten», sagten sie, «bis wir uns angezogen haben.»

Sie mußten die Sachen anziehen, die sie eben erst auf das Bett und die Stühle gelegt hatten. Sie merkten nicht, daß diese noch naß vom Regen waren. Sie dachten: «Was in aller Welt will Monsieur Tinchebrai auf Sainte-Barbe, während Pastor Pennhallow auf Reisen ist?»

Ein unerwarteter Verbündeter

Monsieur Emmanuel Tinchebrai stand vor dem Kamin, noch seinen nassen Mantel über dem Arm und den Hut in der Hand, so als warte er darauf, daß man ihm gestatte, beides abzulegen.

Die jungen Mädchen schauten ihm mit dem größten Erstaunen entgegen. Sie hatten, ehe das Grauen über Sainte-Barbe hereinbrach, untereinander über den hübschen, schmucken jungen Mann und seine schmachtende Bewunderung für Lucan oftmals ihren Scherz getrieben. Später hatten sie ihn in dieser Stube als Vertreter des Gesetzes kennengelernt, einen stummen, korrekten Amtsschreiber im Kielwasser des alten Richters. Und nun war er zu nächtlicher Stunde im Unwetter zu ihnen gekommen und hatte offensichtlich etwas ganz Außergewöhnliches und Ernstes auf dem Herzen. Lucan, die an die Aufmerksamkeit dachte, die er ihr widmete, hielt sich in der Unterhaltung zurück, es war Zosines Aufgabe, das Wort zu führen.

Daß das Anliegen des jungen Mannes bedeutungsvoll war, ging nicht allein aus den Begleitumständen seines Besuches hervor, sondern noch mehr aus seinem eigenen Aussehen. Er hatte nicht mehr seine rot und weiße Gesichtsfarbe, er war so leichenblaß, daß sein schönes, rotgoldenes Haar gegen sein Gesicht ganz dunkel abstach. Er verneigte sich, als die beiden jungen Mädchen hereinkamen, tief vor ihnen, sah sie aber kaum an und hatte Mühe, mit dem, was er sagen wollte, zu beginnen. Im Laufe der Unterhaltung wischte er sich mit seinem Taschentuch Stirn und Hände ab, und er stotterte, während er sprach.

Zosine dachte: «Dieser vornehme, selbstgefällige junge Herr ist gegen seinen Willen nach Sainte-Barbe getrieben worden von etwas, das stärker ist als er selbst. Ist es die Liebe? Kommt er her, weil der alte Pfarrer weg ist, um sich Lucan zu erklären?»

Ihr fiel ein, daß Baptistine erzählt hatte, Monsieur Emmanuel habe früher im Hause verkehrt, aber dann seine Besuche eingestellt. Das Verhältnis zwischen ihm und Pastor Pennhallow war nach dem Verhör schwerlich besser geworden. Vielleicht war er genötigt, im geheimen nach Sainte-Barbe zu kommen.

«Aber wenn es sich so verhält, dann ist er wiederum», dachte sie wieder, «trotz seiner Kühnheit, hier mitten in der Nacht zu erscheinen, ein außerordentlich verlegener Freier. Er steht sehr brav wie eine Latte da, aber man kann es ihm von außen ansehen, daß er sich innerlich windet.»

«Sie werden sich wundern», sagte Monsieur Emmanuel endlich mir rauher, fast erstickter Stimme, «mich hier um diese Zeit und in der Abwesenheit Ihrer Pflegeeltern zu sehen. Aber es ist für mich notwendig, so anzukommen. Ich bin auch nicht um meiner selbst willen gekommen. Ich bin dazu getrieben worden durch –» er stockte einen Augenblick, «durch den unablässigen Gedanken an Sie.»

Zosine sah ihn an. «Legen Sie Ihre nassen Sachen ab, Monsieur Tinchebrai», sagte sie, «und kommen Sie näher ans Feuer.»

Die drei jungen Menschen setzten sich einander gegenüber, von den Flammen beleuchtet. Der gedeckte Tisch stand unberührt mit den Kerzen und dem Rum, es hätte fast so aussehen können, als habe man einen Gast auf Sainte-Barbe erwartet.

«Aber wie konnten Sie wissen», fragte Zosine aus einer flüchtigen Eingebung heraus, «daß unsere Pflegeeltern fortgefahren sind?»

Monsieur Emmanuels Augen streiften sie eine Sekunde, völlig ausdruckslos. «Pastor Pennhallow kam vor ein paar Tagen aufs Gericht», antwortete er, «um sich ein paar Auskünfte zu holen. Dort erwähnte er, daß er fortzufahren gedenke.

Es trieb mich hierher. Aus ganz demselben Gedanken heraus», nahm Monsieur Emmanuel wieder das Wort und knüpfte dort an, wo er vorher aufgehört hatte, «wie neulich, als ich zuletzt in diesem Haus war. Ich habe dieses Gedankens wegen nicht schlafen können. Es muß Sie wundern, daß ein untergebener Beamter sich erkühnt, ohne Wissen seines Vorgesetzten zu handeln, ja sozusagen gegen ihn zu handeln. Ich schätze Monsieur Belâbres sehr hoch. Aber keiner, keiner», fuhr er mit bebender Stimme fort, «kann gegen die Mächte anrennen, die eines Menschen Geschicke lenken. Selbst wenn ich mir den Zorn meines Vorgesetzten zuziehe, selbst wenn ich durch diesen Schritt mein Amt verliere, so kann ich mich dennoch nicht länger zurückhalten.»

Hier blickte er zum ersten Male Zosine voll an, und das junge Mädchen schien fast Verzweiflung in seinem Blick zu lesen. Lucan hatte er überhaupt nicht angesehen, und er vermied es auch weiterhin während der ganzen Unterhaltung.

«Nein», dachte Zosine erstaunt, «es ist nicht die Liebe, es ist die Sorge um seine Laufbahn, die ihn in diese fürchterliche Aufregung versetzt. Monsieur Emmanuel ist ein ehrgeiziger junger Mann, er führt in diesem Augenblick einen heftigen Kampf zwischen seiner Ambition und seinem Herzen.»

Es war aber das letzte Mal, daß sich das junge Mädchen während der nächtlichen Unterhaltung auf diese Weise mit dem Gemütszustand ihres Besuches befaßte. Als er nach kurzer Pause wieder sprach, taten ihre Gedanken einen großen Sprung.

«Das Verhör», sagte er, «das Monsieur Belâbres zufriedenstellte, das machte mich nicht sicher. Ich ging hier fort mit Unruhe im Herzen. Sie war nicht von vornherein so begründet, aber sie war es später. Ich weiß selber nicht, was zuerst meinen Zweifel wachrief, ob es mit dieser Angelegenheit ganz seine Richtigkeit habe, aber der Zweifel wollte mich nicht loslassen. Diese Zeit ist für mich unerträglich gewesen. Und wenn ich jetzt hierher zu Ihnen komme, weiß ich, wessen ich mich aussetze. Sie werden wohl meinen, ich sei verrückt. Sie werden mich auslachen, vielleicht weisen Sie mir die Tür. Ich bin», er zögerte einen Augenblick, «um der Wahrheit willen gekommen. Denn es gibt andere Gefahren als diese, die mich selber bedrohen. Es kann sein, daß Sie in einer schrecklichen Gefahr sind und daß es in meiner Macht steht, sie abzuwenden.»

Er blickte nieder und schien durch den starken Aufruhr seines Gemüts in seinem Sessel ganz klein zu werden.

«Ich bitte Sie jetzt», fuhr er fort, «mir eine einzige Frage zu beantworten. Wenn sie Ihnen wahnsinnig erscheint, so gehe ich auf der Stelle.» Hier schwieg er lange, und die jungen Mädchen sahen ihn atemlos an.

«Hat sich nicht», fragte er plötzlich mit leiser und heiserer Stimme, «seit jenem Nachmittag, als ich hier war, etwas zugetragen, das Ihre Überzeugung, der Sie in Ihrer Zeugenaussage Ausdruck verliehen haben, erschüttert hat? Sind Sie heute der Unschuld Ihrer Pflegeeltern noch genauso sicher wie an jenem Nachmittag neulich? Ich flehe Sie an, mir zu antworten. Was Sie auch sonst von mir meinen mögen, so müssen Sie mir doch glauben, daß ich keinen anderen Wunsch auf dieser Welt habe, als Ihnen zu helfen und Ihnen zu dienen!»

Als Monsieur Emmanuel so weit gekommen war, verstummte er, als habe er nun gewissermaßen alles gesagt, was er sagen wollte. Aber die jungen Mädchen saßen auch eine lange Zeit so still, daß er schließlich aufblickte, wie wenn er seine Zweifel hätte, inwieweit sie ihm jemals antworten würden.

Sie konnten in Wirklichkeit minutenlang gar nicht antworten. Sie hatten in einer fürchterlichen Einsamkeit gelebt und konnten nicht sogleich fassen, daß sie von der Welt, die sie umgab, anderes erwarten könnten als Grausamkeit und Ränke, sie wußten kaum, was sie mit der Hilfe anfangen sollten, die ihnen angeboten wurde.

Lucan schlotterte plötzlich vom Kopf bis zu den Füßen. Ihr war, als müsse sie sich aus Dankbarkeit vor dem jungen Mann auf die Knie niederwerfen. Und gleich darauf geschah ihr etwas Erstaunliches. Wie Monsieur Emmanuel dort saß mit dem Feuerschein auf seinem schwarzen Anzug, ähnelte er Herrn Armworthy, wie er vor dem Kamin auf Fairhill ausgesehen hatte. Ein Mann machte ihr ein Anerbieten, aber es war in Wirklichkeit von anderer Art, als es den Anschein hatte. Die plötzliche Erinnerung ließ sie zu Stein erstarren, sie kam nicht dazu, in diesem Augenblick ihrer Erregung und Dankbarkeit Ausdruck zu verleihen.

Zosine saß steil aufgerichtet da mit blanken Augen. Sie hatte seit langer Zeit, ihr kam es selbst wie eine Ewigkeit vor, ihr ganzes Wesen auf ein einziges Ziel gerichtet. Die Flucht ihrer Feinde heute abend hatte ihr fast ein Grauen verursacht, so als wisse sie nun nicht mehr, was sie noch auf der Welt zu suchen habe. Selbst

Lucan verstand sie nicht: ihre sanften, flehenden Worte vor kurzem hatten an alte Zeiten gemahnt und Zosine wegen ihrer eigenen Härte unruhig und bange gemacht – und dennoch konnte sie nicht glauben, daß ihre Freundin recht habe. Aber hier saß nun im Wohnzimmer auf Sainte-Barbe ein Mensch, ein Fremder, der zu ihr sprach wie ein Freund und ihr seine Hilfe anbot.

Es rührte sie und versetzte sie in große Aufregung, daß dieser Mensch Lucans verschmähter Anbeter war, über den sie sich selber lustig gemacht hatte. Er war unbedeutend, eitel und schwach. Aber er hatte ihre Not erraten und war einen langen Weg durch das Unwetter gegangen, selber – aus irgendeinem Grunde, den sie nicht kannte – voll tödlicher Angst, weil er ihre Aufgabe zu der seinen machte und ihr beistand.

Sie erhob sich von ihrem Stuhl und wankte fast, als sie aufstand. Ihre Stimme bebte ebenfalls, aber sie war klar und klangvoll.

«Ja!» sagte sie. «Ja, es ist alles so, wie Sie gesagt haben!»

Monsieur Emmanuel atmete tief auf.

Noch einmal Tante Arabellas Brief

«Doch! Doch, es ist alles wahr», rief Zosine aus. «Die beiden alten Leute hier auf Sainte-Barbe sind Mörder! Sie sind schlimmer als Mörder, schlimmer, als sich irgend jemand ausdenken kann. Sie haben ein junges Mädchen ermorden lassen. Ein furchtbarer Mann, ihr Freund, hat sie mit einem Strick erwürgt. Und sie war achtzehn Jahre alt! Gott sei gelobt», rief sie, «daß ich wieder frei reden kann. Gott sei gelobt, daß Sie heute nacht hergekommen sind und mir helfen wollen, so daß diese bösen Menschen sterben können für ihre Taten!»

«Ja, Fräulein, Sie können frei reden», sagte Monsieur Emmanuel mit einer Stimme, die vor Bestürzung und Grauen fast erstickt schien. «Sie können mir alles sagen. Ich bin Ihr Freund. Nun müssen Sie mir erzählen, wann und wie Sie zuerst Verdacht gegen diesen alten Mann und seine Frau schöpften.»

«Wann?» sagte Zosine und forschte in ihrem Gedächtnis nach. «Oh, das ist lange her, das ist eine Ewigkeit her. Niemand kann ermessen, was wir hier, ganz allein auf der Welt, gefühlt haben unter Menschen, die auch uns ermorden wollten.»

«Doch, ich weiß es, ich kann es ermessen», sagte der junge Mann mit derselben heiseren, erstickten Stimme. «Aber das ist nun jetzt vorüber. Und Sie müssen mir mehr erzählen. Was Sie hier gedacht und gefühlt haben, das ist nicht genug. Das ist doch nicht genug, um Menschen in den Tod zu schicken.»

Er hielt inne und fuhr sich mit seinem seidenen Taschentuch über das Gesicht. «Haben Sie nicht», fragte er fast unhörbar, «einen Brief gehabt, ein Stück Papier, an das Sie sich in Ihrer fürchterlichen, verlassenen Lage haben halten können?»

Zosine sah ihn starr an. Er saß nach wie vor zusammengekauert in seinem Armstuhl, noch blasser als vorher, und schien erschütterter und entsetzter als die jungen Mädchen selber. Und dennoch waren seine Augen, als sie den ihren begegneten, verändert. Sie gehörten nicht mehr dem hübschen, verlegenen Jüngling, es waren die Augen des Polizeibeamten. Es waren die Augen eines Jagdhundes, der seine Spur gefunden hat und diese nun nicht wieder losläßt, bis das verfolgte Wild eingeholt und erlegt ist. In diesen großen Augen lag Erbarmungslosigkeit. Von ihnen, dachte Zosine, konnten die alten Leute keine Gnade erhoffen.

Der Eifer des jungen Mannes in dieser Angelegenheit, die ihr so sehr am Herzen lag, packte sie plötzlich und heftig. Sie wußte selber nicht, daß sie in Tränen ausgebrochen war, bis sie versuchte, ihm zu antworten, und merkte, daß sie es nicht vermochte. Da ließ sie ihren Tränen freien Lauf, sie weinte ohne Unterlaß, und ihr heftiges Schluchzen rüttelte sie wie ein Sturm.

Lucan war außer sich vor Schrecken, als sie Zosine weinen sah. Sie selber hatte hier auf Sainte-Barbe häufig geweint, aber sie hatte ihre Freundin so nur ein einziges Mal früher gesehen, in England. Sie verstand, Zosines Weinen bedurfte keines Trostes und würde ihn auch nicht annehmen. Sie selbst war ebenfalls in einem inneren Aufruhr, den sie sich nicht erklären konnte; auch wenn sie gewollt hätte, sie hätte keinerlei beruhigende Worte finden können. Sie stand lediglich von ihrem Stuhl auf und stellte sich neben Zosine.

Monsieur Emmanuel saß völlig regungslos da. Nach einer Weile wiederholte er wie vorher und fast mechanisch seine Frage. «Ich hatte Sie gefragt», flüsterte er, «ob Sie irgendeinen Brief oder ein Papier gehabt haben, an das Sie sich halten könnten?»

Zosine gewann mittlerweile die Herrschaft über ihre Erregung zurück. Ihr Taschentuch an ihre zuckenden Lippen pressend, nickte sie zweimal dem jungen Mann bejahend zu. Es folgte eine Stille, die so lange dauerte, daß Lucan sich zu ihrer Freundin umdrehte. Das junge Mädchen stand unbeweglich, sie blickte Monsieur Emmanuel voll an und fragte: «Was ist das für ein Geräusch?»

Durch den Regen und Sturm hörten sie wirklich von draußen ein schwaches, sich ständig wiederholendes Geräusch, einen regelmäßigen, dumpfen Schlag.

«Irgend jemand gräbt im Garten», sagte Zosine.

Monsieur Emmanuel sprang von seinem Stuhl auf. Er ging wie tastend zum Fenster, hielt inne und wandte sich um, machte abermals einen Schritt und blieb dann stehen.

«Nein», sagte er, «graben tut niemand. Aber irgend jemand haut Holz. Ich weiß», fügte er lauter und mit einer Stimme hinzu, die klarer war als bisher im Verlauf ihrer Unterredung. «Pastor Pennhallow hat sich schon früher darüber beklagt, daß Leute aus der Umgegend im Garten von Sainte-Barbe Holz stahlen. Sie wissen, daß er heute nacht fort ist, sie denken, alle im Hause seien zur Ruhe gegangen. Und der Sturm und der Regen machen hier viel Krach, die Nacht ist gut geeignet, wenn man Brennholz stehlen will.»

Seine Stimme schlug um und klang eigentümlich zischend. «Ich könnte ja hinausgehen und es untersuchen, wenn Sie wollen. Aber es ist ja für nichts zu rechnen gegen das, worüber wir hier drinnen sprechen. Und wer weiß, wieviel Zeit uns dazu bleibt? Lassen Sie die Leute heute nacht Brennholz stehlen, mein Fräulein, und lassen Sie uns mit unserer eigenen Angelegenheit zu Ende kommen.»

Er wandte sich ganz Zosine zu. «Ich verstehe», sagte er, «daß Sie tatsächlich einen Brief in Händen haben, ein Dokument, das man gegen die Menschen verwenden könnte, die wir anklagen. Das ist ein großes Glück! Das ist entscheidend für uns alle!»

Zosine stand noch immer so regungslos da wie eine Statue und starrte den jungen Mann mit weit aufgerissenen Augen an. Sie hatte ihre Hand, die das Taschentuch hielt, sinken lassen, schien aber noch keine Luft zu bekommen. Sie stöhnte oder ächzte ein paarmal mit halbgeöffnetem Mund, ehe sie sprach. Dann sagte sie gedehnt:

«Ja. Einen Brief. Ein Stück Papier. Ich habe es dort drinnen in unserem eigenen Zimmer. Nun werde ich es holen. Dann können Sie es selber sehen.»

Es hatte fast den Anschein, als weiche sie vor ihm zurück. Ihre Augen ließen von seinem Gesicht nicht ab, als sie rücklings die wenigen Schritte bis zur Tür machte und aus der Stube ging.

Lucan folgte Zosines Schritten mit den Blicken. Zosine ging weiter, von ihrem Zimmer aus auf den Flur hinaus und in die Küche. «Wo geht sie hin?» dachte Lucan. «Was sucht sie? Wir haben ja keinen Brief!»

Sie war mit dem jungen Mann allein in der Eßstube. Sie stützte die Hand auf den Stuhl, in dem Zosine gesessen hatte. Durch die Stille im Zimmer vernahmen sie wieder die leisen, kurzen, abgemessenen Schläge aus dem Garten. Ein einziges Mal hob sie die Augen auf und sah auf ihren Gast, und dessen Blick begegnete dem ihren.

Sie hörte Zosine zurückkehren und drehte sich schwankend zu ihr um. Zosine hatte keinen Brief bei sich, aber in ihrer rechten Hand hielt sie das schwere Beil, das immer in der Küche hing und das Baptistine immer benutzte, um Reisig damit für das Herdfeuer zu hacken. Lucan machte, ohne ein Wort zu sagen, einen Schritt auf sie zu, Monsieur Emmanuel, im selben Augenblick und ebenfalls ohne ein Wort zu sagen, einen Schritt nach hinten.

«Ich kann den Brief nicht finden, den ich suchte», sagte Zosine. Ihr eigener Blick ging in dieselbe Richtung wie der des jungen Mannes und Lucans, auf das Beil in ihrer Hand, und sie schien beinahe überrascht und erstaunt über der anderen Bestürzung.

«Es ist das Küchenbeil», sagte sie gleichsam erklärend oder wie um sich zu entschuldigen. «Ich wollte nachsehen, ob die Holzdiebe das auch hatten mitgehen heißen. Aber das haben sie nicht getan.» Sie blieb stehen und überlegte.

«Ich kann den Brief nicht finden, nach dem ich gesucht habe», sagte sie abermals.

«Aber ich kann ihn auswendig. Wir wollen uns so setzen, wie wir vorhin gesessen haben, dann werde ich ihn Ihnen von Anfang bis Ende vorsagen.»

Sie setzte sich ans Feuer, kerzengerade und ständig das Beil in der Hand haltend. Ihre Augen schimmerten in einem eigentümlichen, starken Glanz wie von Stahl. Die beiden anderen setzten sich auch, wo sie vorher gesessen hatten.

«Hören Sie mir nun zu!» sagte Zosine. «Damit Sie sich später daran erinnern. Lucan kennt den Brief sehr gut, sie hat ihn auch gesehen. Sie fragten mich, ob wir nicht einen Brief gehabt hätten, an den wir uns in unserer verlassenen Lage halten könnten. O doch, den haben wir gehabt, wenn ich ihn auch heute abend nicht finden kann.

Ich habe eine alte Tante in England», sagte sie, «Fräulein Arabella Dibdin. Sie ist meine Patentante. Tante Arabella liebt mich, sie wird alles in der Welt für mich tun. Aber bevor ich in London diese Stellung hier annahm, hatten wir beide uns zum erstenmal in unserem Leben entzweit. Sie hatte mich ausgescholten, weil ich verwöhnt und leichtsinnig war. Sie hätte mich gern zu sich genommen, ja, das wäre sicher, wie Lucan sagte, das Glücklichste gewesen, was ihr hätte widerfahren können, wenn sie mir ihr Haus hätte öffnen dürfen. Aber ich war unvernünftig und trotzig und wollte nicht auf sie hören. Ich sagte ihr, daß ich auf eigenen Füßen stehen und mir mein Brot selber verdienen wolle. Da schrieb Tante Arabella mir, ehe ich fortfuhr, und diesen Brief habe ich noch. Er liegt unter meinen Sachen, ich habe ihn nur zu gut verwahrt.»

Zosine hatte, während sie sprach, keinen der beiden anderen angesehen und tat es auch jetzt, als sie innehielt, nicht. Aber Lucans und Monsieur Emmanuels Blicke hingen an ihrem Gesicht wie festgebannt.

«Tante Arabella schrieb», sagte sie mit klarer Stimme, «‹Es ist gut und nützlich, das Leben kennenzulernen. Du wirst noch einmal schwere Lasten zu tragen haben, das ist für uns Menschen unumgänglich. Aber bewahre die Würde, die sich darin ausdrückt, daß man einem Schicksal gehorcht.› Aber sie schrieb auch: ‹Jedes einzige Stück von meinem Hab und Gut wird mir täglich Dein Bild vor Augen führen.› Und Tante Arabella meint, was sie sagt, Monsieur Tinchebrai, sie hält immer ihr Wort!

Dann schrieb sie weiter», fuhr Zosine sehr langsam fort, «obwohl es zuerst nicht so deutlich zu lesen war wie der Anfang des Briefes: ‹Um Deines Vaters willen werde ich immer zu Dir halten, mehr als zu irgendeinem anderen Menschen auf der Welt, und Dich niemals im Stich lassen. Und wenn Du auch jetzt im Trotz fortgehst, kannst Du das Band zwischen uns nicht zerreißen. Ich werde mich erkundigen, wo Du bist und mich ständig über alle Deine Wege gut unterrichten lassen. Daß Du in einem fremden Lande wohnst, hat für mich nichts zu sagen, Menschen wie ich haben überall ihre Verbindungen!›

Ich war damals zu stolz, Monsieur Tinchebrai, ich antwortete ihr nicht. Aber ich weiß, daß sie getan hat, wie sie sagte, wenn ich Ihnen auch nicht genau sagen kann, wie sie es wohl bewerkstelligt hat. Ich habe Beweise dafür gehabt. Ich bin auch jetzt noch stolz. Ich habe nie etwas getan, das ich Tante Arabella nicht erzählen könnte. Wenn sie mich jetzt, in diesem Augenblick, sehen könnte, so würde sie mich sehr wohl verstehen und mir recht geben und sich meiner nicht schämen! Sie schrieb: ‹Ich wußte bisher nicht, daß es derartige Möglichkeiten zu leiden hier im Leben gäbe.› Das tat ich ja damals auch nicht. Ich verstand nicht, was Tante Arabella mit verwöhnten und leichtsinnigen Menschen durchgemacht hatte. Wenn wir uns wiedersehen, dann werde ich es ihr sagen!»

In dem langen Schweigen, das auf Zosines Worte folgte, mußte Lucan, als sehe sie es vor sich, des kleinen Wohnzimmers ihrer Freundin auf Tortuga gedenken, wo sie sie am Fenster stehend gefunden hatte mit Tante Arabellas Brief in der Hand. Sie erinnerte sich auch des Gesprächs zwischen ihnen. Erst hatte Zosine gesagt, daß sie niemals je, und wenn es ihr Leben gälte, diesen Brief erwähnen wolle. Gleich darauf hatte sie über Lucans ernste und erschrockene Miene gelacht, war ihr um den Hals gefallen und hatte gesagt: «Als Vergeltung für alle deine Güte gegen mich verspreche ich dir, daß ich, wenn es einmal wirklich um mein Leben gehen sollte, Tante Arabella und ihren Brief erwähnen werde. Aber vorher niemals!»

Monsieur Emmanuel saß stumm da, versuchte ein paarmal zu reden und gab es dann wieder auf. Nach langer Zeit sagte er: «Aber dann haben Sie ja, Fräulein», sagte er, «trotz allem Freunde gehabt, die wußten, wo Sie waren, und über Ihnen wachten?»

«Ja gewiß, die haben wir gehabt», sagte Zosine.

Der Strick und das Beil

Nachdem Monsieur Emmanuel noch ein Weilchen dagesessen und Zosine angesehen hatte, stand er auf und streckte mechanisch die Hand nach seinem Hut aus. Er stockte mitten in dieser Bewegung, starrte auf das Fenster und blieb stehen. Aber er mußte sich zwingen stehenzubleiben, der Estrich brannte ihm unter den Sohlen.

«Sie haben Freunde», sagte er wieder langsam, «es wird über Ihnen gewacht, man hilft Ihnen! Da bin ich heute abend nicht mehr nötig.»

«O doch, Sie sind wohl nötig, Monsieur Tinchebrai», sagte Zosine, «Sie haben ja auch Freunde und Einfluß. Sie kamen hierher um der Wahrheit und der Gerechtigkeit willen. Nun werden Sie wohl im Dienste dieser Mächte handeln. Nun werden Sie wohl mit dem Richter in Lunel sprechen.»

«Ja», sagte Monsieur Emmanuel wie vorher. «Ja, ich muß mit jemand sprechen. Diese seltsame, glückliche Wendung – ich kann sie im Augenblick nicht so recht übersehen –» er unterbrach sich und sah in seltsamer Spannung zum Fenster hin. Der Regen und Wind waren nach wie vor vom Garten draußen zu vernehmen, aber das gedämpfte, dumpfe Geräusch, das wie eine Trommel das Brausen des Wetters begleitet hatte, war jetzt verstummt.

«Nun haben die da draußen aufgehört», sagte Zosine.

Lucan, die vor Ungewißheit und Grauen halb bewußtlos war, konnte sich nicht länger zurückhalten. Sie hob einen Leuchter vom Tisch und ging auf das Fenster zu, um den Vorhang zurückzuziehen und hinauszuschauen. Im selben Augenblick packte der junge Mann sie am Arm und hielt sie fest.

«Nein!» rief er aus. «Nein! Gehen Sie nicht mit einem Licht ans Fenster! Bleiben Sie hier!» Seine Berührung war ihr so zuwider, daß sie beinahe den Leuchter hätte fallen lassen, und sie fühlte, wie er in ebensolchem Maße davor zurückschauderte, sie zu berühren, und daß er ihren Arm sofort losließ, so als habe er sich verbrannt. Kurz darauf taumelte er, so daß sie einen Augenblick dachte, er werde fallen.

«Mir ist nicht wohl», sagte er, «ich glaube, ich werde krank.» Obwohl es dem jungen Mädchen so unheimlich war, sich ihm zu nähern, stellte sie dennoch den Leuchter aus der Hand, um ihm ein Glas Wasser vom Tisch zu reichen, aber er wich vor ihr zurück und lehnte sich gegen die Wand.

«Um Gottes willen!» rief er mit einemmal mit bebender, schneidender Stimme. «Weshalb sind Sie nicht nach England gereist? Weshalb sind Sie noch hier auf Sainte-Barbe?»

Lucan sagte nichts, entsetzt über seine plötzliche Leidenschaft. Aber Zosine antwortete ihm.

«Wir reisen vielleicht auch», sagte sie, «wir bleiben vielleicht nicht lange auf Sainte-Barbe.»

«Ja, reisen Sie!» rief Monsieur Emmanuel, und im Schein der Kerze, die jetzt woanders stand, sah Lucan, wie ihm der Schweiß über das Gesicht strömte. «Vielleicht kann ich Ihnen noch behilflich sein fortzukommen.»

«Würde es nicht», sagte er nach kurzem Schweigen mit heiserer Stimme, «besser sein, wenn Sie niemals erwähnten, was wir heute abend hier besprochen haben? Sie haben also Freunde, Sie können also in England lang und glücklich leben. Würden Sie nicht davon absehen, sich mit dieser Angelegenheit zu befassen, wenn Sie dort in Sicherheit sind?»

«In Sicherheit?» fragte Zosine gedehnt.

«Ja», fuhr er fort, schnell und stammelnd, «verstehen Sie mich. Es muß doch für Sie unter allen Umständen fürchterlich sein, in eine solche Angelegenheit hineingezogen zu werden. Genauso wie für mich, meine Vorgesetzten des Versäumnisses anzuklagen. Wenn wir uns heute abend dahin einigen, sie niemals zu erwähnen, dann wäre es möglich – dann gibt es eine Möglichkeit –» er beugte sich wie in starkem, körperlichem Schmerze vor. Plötzlich wandte er sich voll zu Zosine um.

«Wenn ich Ihnen nun dazu rate», flüsterte er, «werden Sie mir dann Ihr Wort darauf geben, daß Sie niemals erwähnen, was Sie mir heute abend anvertraut haben?» Zosine gab keine Antwort.

Nach weiterem langem Stillschweigen sagte er, immer noch sehr leise: «Ich muß gehen.» Er ging indes nicht gleich, er blickte sich in der Stube um. Einmal sah er auch Lucan an, und sie sollte niemals den Wahnsinn und die Verzweiflung in diesem Blick vergessen. Aber alsbald nahm er seinen Hut und seinen Mantel.

«Mir ist nicht wohl», sagte er wieder. «Ich brauche Zeit zum Überlegen. Leben Sie wohl. Ich danke Ihnen, daß Sie mich empfangen haben und daß Sie so aufrichtig gewesen sind. Ich sage Ihnen Lebewohl.»

«Ich werde Ihnen hinausleuchten, Monsieur Tinchebrai», sagte Zosine. Der junge Mann wollte abwehren, aber sie hatte schon mit ihrer linken Hand den Leuchter ergriffen und begleitete ihn an die Haustür, die auf die andere Seite des Gartens hinausführte als die, von der sie die Spatenschläge vernommen hatten. Der Regen peitschte ihr heftig ins Gesicht, als sie die Tür aufschloß, aber sie wich nicht von der offenen Tür, bis sie gesehen hatte, daß ihr Gast sich fast rennend entfernte und, während der Wind den Mantel um ihn aufblähte, über den Plattengang zur Pforte in der Mauer lief und durch sie verschwand, ohne daß er sich Zeit nahm, die schwere Pforte wieder hinter sich zuzuschlagen. Dann schloß sie die Haustür.

Sie stellte den Leuchter auf die Truhe im Gang und fiel gegen die Wand zurück, sie sah Lucan, die ihr gefolgt war, voll ins Gesicht.

«Jetzt ist es so gekommen, wie du sagtest», sagte sie. «Du hast die ganze Zeit recht gehabt. Nun erhalten wir den neuen Beweis für die Schlechtigkeit der alten Leute, den ich hatte haben wollen. Und dieser Beweis, das ist unser eigener Tod!»

Lucan wollte sprechen, war aber nicht dazu imstande. «O ja, du hattest recht», sagte Zosine. «Du sagtest, ich solle daran denken, daß diese Menschen, mit denen ich zu tun hätte, unendlich viel klüger seien als ich. Du sagtest, ich solle daran denken, daß sie Blut an den Händen hätten. Nun brauche ich bald nicht mehr daran zu denken.»

«O Zosine», sagte Lucan, «o Zosine.»

«Hast du gehört, wo sie im Garten gegraben haben?» fragte Zosine geistesabwesend, «es war dort, wo der große Brennholzstapel zu stehen pflegt. Du hattest recht, auch darin, daß er gestern abend seinen Platz gewechselt hat. Sie haben ihn beiseite gerückt, um unser Grab zu schaufeln, dort, wo er gestanden hat. Morgen rükken sie ihn wieder an den alten Platz. Und ich bin es, die dich dazu verleitet hat, auf Sainte-Barbe zu bleiben!» Sie lehnte sich gegen die Wand, fast so, als sei sie daran festgenagelt.

«Ich hatte mir gedacht», sagte sie ebenso geistesabwesend und flüsternd wie vordem, «wenn ich an Rosa festhielte, dann könnte ich ihr aus dem Dunkel heraushelfen. Aber es kommt so, daß wir beide, du und ich, ihr dort hinunter nachfolgen. Jetzt sind wir verloren, Lucan.»

«Oh, wir sind immerhin noch am Leben, Zosine», sagte Lucan.

«Nein, da irrst du dich», sagte Zosine langsam, und es klang ein furchtbarer, schneidender Spott hindurch. «Wir sind nicht mehr am Leben. Wir sind schon fort. Nicht um zu flüchten, hatten die alten Leute unsere Kleider angezogen. Es war, um uns fortzuschaffen. Lucan und Zosine sind gestern abend mit der Postkutsche von Lunel weggefahren, der Postillion und die Mitreisenden können es bezeugen. Und wer kann sie widerlegen? Eine alte Engländerin, die keiner kennt und die kindisch geworden ist und sich unserer Namen und unserer Gesichter nicht entsinnt. Nein, wir sind schon weit fort von hier. Wo die Alten wieder ihre eigenen Kleider angezogen und uns zurückgelassen haben, weiß ich nicht, vielleicht war es in Marseille, in einer großen Stadt, wo Lucans und Zosines Spuren sich bald verloren haben. Aber hier sind wir jedenfalls nicht mehr. Hier gibt es nur einen Platz, der unser harrt und uns aufnehmen wird, das ist das Grab, das sie unter dem Holzstoß geschaufelt haben.

Oh, Gott gebe», rief sie wild, «daß es erst morgen abend wäre! Dann wäre es vorbei! Dann liegen wir still, dann gibt es niemand, der uns anrührt! Sie werden mich vorher anrühren, mich ansehen. Es wird dies furchtbarer sein als der Tod selber.

Komm», sagte sie gleich darauf, «wir wollen die Truhe hier vor die Haustür schieben. Sie sollen doch wenigstens einige Mühe damit haben, zu uns hereinzukommen.»

Lucan wollte ihr nicht widersprechen; gemeinsam schoben sie

die schwere Truhe vor die Tür. Zosine wollte nachsehen, ob die Küchentür auch verschlossen war, und auch hier drinnen schoben sie ein schweres Möbel vor den Eingang. Sie wurden warm und gerieten außer Atem von der Arbeit, darin lag eine Erleichterung. Zosine hatte das Beil aus der Hand gelegt, aber sobald sie fertig waren, nahm sie es wieder auf. Sie bat Lucan, den Leuchter hochzuheben und umherzuleuchten, damit sie sähen, ob die Fenster richtig geschlossen waren. Da sahen sie, daß über dem Küchenstuhl, in mehreren losen Schlaufen zusammengewickelt, ein neuer, kräftiger Strick hing, der sonst nicht hier drinnen gehangen hatte.

Sie starrten darauf. Lucan wich einen Schritt zurück, ein leiser, klagender Laut entschlüpfte ihren Lippen. Zuletzt ging Zosine widerstrebend zu dem Stuhl; mit einem Schauder, als sei es eine lange, tote Schlange, nahm sie den Strick und ließ ihn durch ihre Hand gleiten. Es war, als könne sie ihn nicht wieder loslassen.

«Komm doch her», sagte Lucan. Zosine folgte ihr langsam, nahm aber das Seil an sich, es schleifte hinter ihr her über den Küchenfußboden.

Lange Zeit nachdem sie wieder zusammen vor dem Feuer im Eßzimmer standen, sprachen sie miteinander, aber sehr leise.

«Meinst du», sagte Lucan, «daß er alles gewußt hat, ehe er heute abend hierherkam?» Sie wollte Monsieur Tinchebrais Namen nicht aussprechen.

«Ja, das hat er», sagte Zosine. «Sie hatten ihn ja kommen lassen, damit er herausbekommen sollte, wieviel wir über sie wüßten. Denn im Morden liegt immer ein Risiko, wie gut man auch den Mord vorbereitet. Wenn sie es hätten vermeiden können, uns zu töten, dann hätten sie uns lieber am Leben gelassen. Das Licht im Fenster, das war das Zeichen, daß sie hereinkommen sollten.»

«Ich verstehe aber nicht», sagte Lucan, die der Gedanke an den Mann, der sie besucht hatte, ständig verfolgte, «wie er ihr Freund geworden ist. Weshalb hat er sich mit solch bösen Menschen eingelassen?»

«O doch, das verstehe ich schon», sagte Zosine, «er hat sich immer von anderen Leuten in Lunel ausgestoßen gefühlt. Zu Anfang wird er wohl des Verdienstes wegen der Spießgeselle der alten

Leute gewesen sein. Er wollte reich sein, um Macht über die Menschen zu erlangen, die ihn verachteten, und um ihnen selber einmal seine Verachtung zeigen zu können. Aber das war es nicht allein. So furchtbar konnte es ihm, bloß aus diesem Grunde, gar nicht gegangen sein. Als er erst da hineingeraten war, da hat der alte Mann Gewalt über ihn bekommen. Es war nicht das Gesetz, das er heute abend fürchtete. Es war der alte Mann.»

Als sie das Wort «fürchtete» aussprach und an die Furcht dachte, die ihr Feind einem anderen, seinem Verbündeten, eingeflößt hatte, begann sie selber zu zittern, sie knickte ganz zusammen vor Grauen und Abscheu.

«Aber er ist doch wieder weggegangen», sagte Lucan kurz darauf. «Was du erzählt hast, das hat ihn doch unsicher gemacht. Die glauben doch, wir haben Freunde in England, die ein Auge auf uns halten. Vielleicht getrauen sie sich doch nicht, uns jetzt etwas zu tun.»

«O doch, das getrauen sie sich wohl», sagte Zosine wieder. «Wir haben sie allerdings für eine kurze Weile unsicher gemacht. Aber die sind viel zu klug. Es wird nicht lange dauern, dann haben sie die kleine, klägliche List, die wir gegen sie angewandt haben, bis auf den Grund durchschaut. Tante Arabellas Brief kann uns nicht retten. Es gibt nichts, was uns jetzt retten kann.»

«Warum nahmst du das Beil mit?» flüsterte Lucan bebend. «Gedachtest du damit unser Leben zu verteidigen?»

Zosine sah verwundert erst auf ihre Freundin und dann auf das Beil in ihrer Hand.

«Verteidigen?» sagte sie. «Nein, das gedachte ich nicht zu tun. Es hätte uns auch nichts genützt. Wer weiß, wie viele ihrer sind? Sie haben sicher Clon bei sich. Sie haben sicher Baptistine dabei, die uns dazu verleiten wollte, Rum zu trinken! Es können hier draußen auch noch andere sein.

Nein, deswegen tat ich es nicht», sagte sie nach einer Weile des Stillschweigens, «ich tat es, um Stahl in der Hand zu haben. Stahl, der ist ehrlich, Lucan, der ist edel. Den in der Hand zu fühlen mag man wohl nötig haben, wenn man mit einem solchen Menschen sprechen muß wie dem, den wir heute abend hier hatten. ‹Durior ferro›», fuhr sie sehr langsam fort, «ich möchte gern, daß sie ihn mir mit ins Grab legen. Aber nützen kann er uns nichts mehr. Es gibt nichts, was uns noch etwas nützen kann. Nun sind wir verloren, Lucan.»

Noch einmal Olympia

So erschöpft die beiden jungen Mädchen auch waren, blieben sie doch lange Zeit vor dem erlöschenden Feuer im Kamin stehen, als hätten sie vergessen, daß sie sich setzen könnten. Sie sprachen auch nicht mehr, sie horchten. Nur einmal unterbrach Lucan die Stille und rief leise, mit plötzlicher, matter Erregung aus:

«Wir könnten doch immer noch versuchen fortzukommen! Wenn wir nur bis zu Vater Vadiers Haus kommen könnten!»

Zosine erwiderte, leise wie sie: «Die sind doch hier, innerhalb der Mauer, im Garten. Ich will nicht in die Dunkelheit hinaus und ihnen dort begegnen.»

Schließlich war Lucan durch ziehende, reißende Schmerzen und ein Zittern in den Knien gezwungen, auf den Stuhl niederzusinken, auf dem Monsieur Emmanuel vorher gesessen hatte. Zosine setzte sich auch, aber nicht neben sie. Mit Besorgnis spürte Lucan, daß Zosine, ebenso wie kurz vorher der junge Mann, vor ihr zurückwich. Sie verstand nicht, daß ihr einfältiges Wesen den Menschen, die – wie vorher ihr Besucher und jetzt auch ihre Freundin – von dem Gedanken an Tod, Grauen und Wahnsinn erfüllt waren, so etwas wie Furcht einflößte, ihr ganz nahe zu kommen. Zosine blickte beiseite und sah dann Lucan wieder an, ihre Augen in ihrem blassen Gesicht waren groß und dunkel.

«Wie, glaubst du», sagte sie schließlich, «daß es ist, wenn man stirbt – wenn man tot ist?»

Lucan erschrak zuerst über Zosines Frage, dann füllten sich ihre Augen mit Tränen, sie wollte ihrer Freundin gern helfen und ihr Kraft geben.

«Ich glaube, es geht uns gut, und wir sind glücklich», sagte sie und fügte gleich darauf hinzu: «Vielleicht entgeht man vielem Leid und vielen Enttäuschungen hier im Leben, wenn man so jung stirbt wie wir.»

Sie wollte noch mehr sagen, konnte aber nichts hervorbringen. Hätte Zosine oder sie selber auf einem Sterbebett gelegen, dann hätte sie tröstende Worte finden können, aber über den furchtbaren, brutalen Tod, der ihrer harrte, konnten sie keine Macht erlangen.

«Dies ist die dritte Nacht, die du und ich auf Sainte-Barbe wachen», sagte Zosine, «in der ersten kam ich zu dir ins Bett, um dir zu sagen, daß alles, was der Richter vorgebracht hatte, wahr sei – weißt du noch? In der zweiten meinten wir, daß wir von hier flüchten könnten. Weißt du noch?»

Lucan nickte, sie saß unbeweglich und preßte ihre Hände in die Falten ihres Kleides oder rang sie heimlich.

«Nun haben wir nur noch wenig Zeit übrig», sagte Zosine, «nur noch gerade so viel Zeit, daß du mir all das Böse verzeihen kannst, das ich dir angetan habe. Kannst du das, Lucan? Du kamst nach Tortuga und sagtest zu mir: ‹Mein Vater ist tot, ich habe kein Zuhause mehr, wenn du mich nicht aufnimmst, weiß ich nicht, wohin ich mich wenden soll.› Das war an unserem Geburtstag. Nun habe ich dich hierhergeführt, hier in diese Stube.»

«So darfst du nicht reden», sagte Lucan, «du bist ja mit mir hier. Ich war allein und hatte keine Freunde, an dem Tag, als ich nach Tortuga kam. Aber du bist mir eine Freundin gewesen.»

«Sag dennoch, daß du mir verzeihst», sagte Zosine.

«Ja, wenn du es willst», sagte Lucan.

«Oh, wenn du bloß mit der Postkutsche von Neuveglise weggefahren wärest», sagte Zosine gleich darauf, «ich selbst konnte ja nicht von Sainte-Barbe weggehen. Aber du hättest in England glücklich werden können.»

«Ich?» sagte Lucan.

«Ja, ich weiß es wohl», sagte Zosine, «da gibt es etwas in England, woran du denkst und wonach du dich sehnst. Ich habe es die ganze Zeit gewußt. Aber ich habe so lange Zeit schon an kein anderes Mädchen als an Rosa denken können, deshalb habe ich dich nie danach gefragt. Du könntest es mir eigentlich erzählen, während wir hier sitzen. Wir haben keinen Grund mehr, Heimlichkeiten voreinander zu haben. Ich bin so eigensinnig und unruhig, Lucan, jetzt würde es mir wohltun, wenn ich erführe, was du im Kopf gehabt hast. Denn ich weiß, es ist etwas Gutes und Schönes.»

Lucan saß lange still da und dachte nach. Ihre Liebe zu Noël und das Leid, das sie begleitet hatte, lagen so tief in ihrem Innern verborgen, daß sie beides zu keiner anderen Zeit hätte aus der Tiefe emporholen können. Aber mit dem Tod vor Augen konnte sie ihr Geheimnis mit Zosine teilen. Ganz leise, so wie sie auf Fairhill dem blinden Knaben ein Märchen erzählt hatte, begann sie nun, alles zu berichten, was zwischen ihr und dem Mann vorgefallen war, den sie liebte. Sie erinnerte sich noch an jedes von Noëls Worten in der Mondnacht, und als sie sie jetzt wiederholte, kam es ihr so vor, als gleiche ihre eigene Stimme der seinen. Es tat weh, aber es erhob sie und berückte sie. Das Grauen und die Bitterkeit des Lebens, selbst der Tod, wurden in der Nähe der Liebe gemildert, und es war, als leuchte es um sie her.

Zosine hatte gelauscht, ohne sich zu rühren, sie faltete die Hände in ihrem Schoß und neigte sich zu ihrer Freundin vor; ihr Gesicht, das eben erst in Schmerz und Abscheu erstarrt gewesen war, wurde sanft und weich. Selbst als Lucan mit ihrer Erzählung fertig war, saß sie noch eine Weile so da.

«Aber Lucan!» sagte sie schließlich. «Wie konntest du so blind und dumm sein! Sir Noël liebt dich! Er hat niemals an mich gedacht. Er hat hundert Mädchen von meiner Art gesehen und weiß sehr gut, was wir wert sind. Aber ein Mädchen wie dich hat er niemals getroffen. Was, glaubst du, weiß ein Mann von der Farbe unserer Schals, oder glaubst du, daß er daran denkt, welcher Schal der deine und welcher der meine war? Wenn der Mond geschienen hat, wie du sagst, muß er ja auf dein Haar geschienen haben, so wie ich es selbst hier auf Sainte-Barbe an Mondscheinabenden gesehen habe. Und in deinem Haar hat er sich niemals irren können! Während wir ihn auf der Straße nach Lunel begleiteten, hat er allerdings mit mir gesprochen – denn mit solchen Mädchen wie mir zu sprechen ist er gewohnt –, aber du warst es, die er angesehen hat! Und als er und ich einmal allein waren, sprach er von dir, und ich sah auch, was das bedeutete. Du kannst mir ruhig glauben, ich verstehe mich auf junge Leute, die verliebt sind. Er liebt dich und wird dich nie vergessen!»

Lucan war in unbeschreibliche Aufregung geraten, da sie so zum erstenmal ihren Gefühlen Worte verliehen hatte. Es war für sie so, als ob sie in dieser Stunde die ganze Rechnung ihres Lebens aufstellte. Und nun fiel diese nach Zosines Behauptungen ganz anders aus, als sie sich gedacht oder gewußt hatte. Sie hatte geglaubt, die Endsumme sei der Tod – sollte es sich nun herausstellen, daß es das Leben selber war, ein wirkliches und reicheres Leben, als was Menschen im allgemeinen unter diesem Wort verstehen? Inmitten ihrer Angst und Erschöpfung fühlte sie, daß sie, wenn sie nur eine Stunde daran glauben dürfte, daß Noël sie liebe, gern sterben würde. Sie erhob sich. Als habe jemand oder etwas nach ihr gerufen, schien es ihr so, als müsse sie fortgehen, irgendwohin.

Zosine erhob sich mit ihr. «Höre mal!» flüsterte sie.

Schwere, gleichmäßige Schritte kamen den Weg vom Gartentor heraufgegangen, so langsam, daß die beiden jungen Mädchen, ehe diese Schritte noch bis zur Tür gelangt waren, Zeit genug hatten, zu denken: «Der jetzt kommt, ist im Garten gewesen. Denn wir haben nicht gehört, wie die Pforte geöffnet wurde.» Gleich darauf wurde hart, wie mit einer großen, geballten Faust, gegen die Eingangstür gehauen. Jetzt hatten sie nichts mehr zu erwarten!

Zosine faßte um die Tischkante vor sich und ließ sie wieder fahren. «Nein», sagte sie, «ich kann hier nicht stehen und warten. Ich will hinausgehen und ihnen entgegentreten.»

Lucan folgte ihr ein Stück durch den Raum und blieb stehen. Sie konnte in diesem Augenblick weder sehen noch hören, kaum den Boden unter ihren Füßen fühlen. Ihre Augen schlossen sich, und sie flüsterte ein Gebet, das sie als Kind gelernt hatte, an das sie aber seitdem nie mehr gedacht hatte.

Eine tiefe, dröhnende Stimme, die das junge Mädchen schon früher einmal in einem Traum gehört zu haben meinte, rief draußen an der Tür ungeduldig und zornig ein paar Worte. Sie hörte, wie Zosine mit einem jähen und wilden Ruf antwortete, und dann wieder den anderen draußen. Nun mischten sich die Stimmen, Zosine sagte etwas, und im nächsten Augenblick hallte die Stube von dem fürchterlichen, bebenden Schrei wider, den sie ausstieß.

«Lucan, komm her!» wimmerte sie. «Hilf mir! Komm und hilf

mir, die Truhe wegzuschieben!» Lucan lehnte an der Wand. Sie wollte von sich aus Zosine zu Hilfe eilen, aber selbst jetzt, da sie meinte, schon tot zu sein, erfüllte der Gedanke an einen Kampf, an Gewalt und wilde, rohe Berührung sie mit Grauen. Sie hörte, wie Zosine die schwere Truhe durch den Raum schob oder schleppte und hörte sie selber darüber fallen, sie hörte, wie die Haustür aufgestoßen wurde und der Sturm nunmehr lauter lärmte. Der Schein einer Laterne, die der Ankömmling in der Hand hielt, drang zu ihr hinein. Mit einer gewaltigen Anstrengung ging sie ein paar Schritte weiter vor.

Durch die offene Tür sah sie im Halbdunkel des Flurs eine ungeheure, unförmige, kaum noch menschliche Gestalt halb über die Truhe, mit der die Eingangstür versperrt gewesen war, krauchen, sich halb darüberwälzen und Zosine auf sie zustürzen. Im nächsten Nu hatten sich die beiden Gestalten eng umschlungen, und Zosine schrie:

«Olympia! Meine Olympia! Du bist es! Olympia!»

«Ja gewiß, deine Olympia», antwortete die gewaltige, klangvolle Stimme der alten Negerin, halb durch Zosines Arme erstickt, «gewiß doch, mein Lamm, mein Abendstern. Laß mich los, du erwürgst mich, du reißt mir den Kopf ab, hat das einen Sinn?» Das Geräusch von vielen kräftigen und schmatzenden Küssen unterbrach ihre Rede. «Ich muß doch auf meinen Beinen stehen», rief sie, «was hast du vor? Pflegt ihr die Türen hier im Lande der gnädigen Frau so zu verrammeln?»

«Ja», rief Zosine zurück, «schmeiß die Tür zu und schieb die Truhe davor, wir haben Feinde draußen! Wir sind in großer Gefahr, Olympia. Laß dich doch einmal anschauen, halte mich fest! Olympia, wie hast du hergefunden?»

Die dunkle, mächtige Frauengestalt hatte auf dem Erdboden einen Halt für ihre Füße gefunden, obwohl der Mantel und ihr Kleid noch an den Beschlägen der Truhe festhingen und zwei Beine, dick wie Pfähle, bis zum Knie hinauf entblößten. Vom Regen durchweicht, mit Schlamm bespritzt und den Kapotthut schief über das Gesicht gezogen, machte sich Olympia von der Truhe los, trat langsam über die Türschwelle und blickte sich um.

«Na, ist ja gut, daß ihr hier drinnen Feuer habt», sagte sie. «Ihr seid ja weiß wie ein Hemd! Es ist doch mitunter besser, schwarz zu sein. Ich habe sehr wohl gewußt – in der Postkutsche und auf dem Wege habe ich wohl gewußt, daß du in Gefahr bist. Erzähl mir nun, wer ist es, der dir Böses zufügen will! Oh, ich dachte, ich sollte sterben, so habe ich mich nach dir gebangt, mein Osterlämmchen, mein Engel, du Herrn Theodores süßer, feiner, kleiner Finger! Oh, wenn ich dich doch jetzt fressen könnte! Sweetheart, laß mich deinen kleinen Körper in meinen Armen fühlen. Wenn Olympia dich jetzt nicht retten kann, so kann sie jetzt mit dir zusammen sterben!»

«Wie hast du hergefunden?» rief Zosine abermals.

«Oho, das sollte mal einer wagen, mich von dir zurückzuhalten!» sagte Olympia. «Als der Wagen, den ich im Ort gemietet hatte, mich nicht weiterfahren wollte, weil ein Baum quer über die Straße gestürzt war, da hängte ich eine von den Laternen am Wagen ab und kletterte über den Baumstamm und ging im Dunkeln weiter.»

«Hast du nicht», fragte Zosine atemlos, «auf der Straße jemanden getroffen? War niemand hier am Haus?»

«Doch, ich traf einen jungen Herrn auf dem Wege», sagte Olympia, «warum ist er gerannt so doll, wie er nur konnte? War der Teufel ihm vielleicht auf den Fersen? Ich fragte ihn nach dem Weg und hielt meine Laterne hoch, aber als er mein schwarzes Gesicht im Licht sah, brüllte er, als hätte ich ihm die Augen ausgestochen, und rannte weiter. Die Leute», sagte sie, «sind wohl in England verrückter als auf San Domingo. Aber noch verrückter als in England sind sie in diesem Land hier. Was fürchtet ihr denn heute nacht?»

Den jungen Mädchen fiel jetzt ein, daß Monsieur Emmanuel auf seiner überstürzten Flucht aus dem Hause das Tor in der Gartenmauer hinter sich offengelassen hatte, und begriffen nun, daß das der Grund war, weshalb Olympia bis zur Haustür kommen konnte, ohne daß sie gehört hatten, wie das Tor geöffnet wurde.

«Wenn dich aber niemand aufgehalten hat», sagte Zosine langsam und starrte auf Olympia, «und du niemand am Haus gesehen hast, dann sind sie vielleicht wirklich fortgegangen! Das Licht im Fenster war das Zeichen, das sie unter sich verabredet hatten. Wenn das erschien, dann war Monsieur Tinchebrai seiner Sache sicher, und dann wollten die, die draußen waren, hereinkommen und uns töten. Aber es wurde kein Licht ins Fenster gestellt! Und Monsieur Tinchebrai lief davon, ohne ihnen Bescheid zu geben. Nun sind sie unsicher, sie beraten vielleicht und warten. Oh, sie kommen wieder, glaubt mir!» rief sie aus. «Aber es kann sein, daß sie uns noch einige Stunden schenken.»

«Wer sind die bösen Menschen, die dir Böses tun wollen?» fragte Olympia und rollte mit ihren dunklen Augen und zeigte die Zähne. «Wer ist es, der kommen wird und vor dem du die Tür versperrt hast? Sie werden dir nicht zu nahe kommen, solange ich Nägel an den Fingern und Zähne in meinem Mund habe. Laß mich hören, wer sie sind!»

«Ja, das will ich dir sagen», entgegnete Zosine und atmete tief ein, «aber ich möchte etwas warten. Wenn wir noch eine Stunde vor uns haben, Olympia, so zähle mir in dieser Stunde Englands Namen auf und die Namen jener Menschen, die dort drüben leben. Laß mich mir vorstellen, daß es Menschen gibt, die die Wahrheit sprechen und mich lieben. Wer hat dich gesandt, Olympia?»

«Oh, es war ja ein Elend», sagte Olympia, «es war ein rechtes Elend in England. Fräulein Arabella grämt sich, sie trauert Tag und Nacht. Wenn du sie sehen würdest, dann würdest du über sie weinen. Sie will nichts davon sagen, aber sie stirbt.

In der ersten Zeit», erzählte sie, «mochte es noch angehen, obwohl es bitter war, in ihrem Haus zu sein. Denn sie gab nicht einen Penny aus. Sie meinte, wenn sie vor Herzeleid und vor Hunger gestorben sei, dann würdest du ihr vielleicht verzeihen und ihr Geld annehmen. Ach, sie hat nie viel Fleisch auf den Knochen gehabt, das arme Mädel, und nun ist es, als spaziere ein Stock drinnen in ihren Kleidern herum. Ihre Leute hungerten und kündigten ihre Stellungen, ihr alter Haushofmeister und ihre Kammerjungfer und ich waren die einzigen, die bei ihr blieben. Denn irgend jemand mußte doch dasein, um ihr aufzuwarten. Sie kaufte sich nicht einmal ein Paar Schuhe. Und dabei war sie früher die prächtigste Dame, die in Herrn Theodores Haus verkehrte!»

«Aber ärger wurde es noch, als sie von Herrn Theodore auf San Domingo hörte –»

«Hat sie von Papa gehört?» rief Zosine.

«Ja, von Papa, just von Papa», sagte Olympia, «und sie hörte, es gehe ihm gut. Denn jetzt ist der Tabak ja geerntet, und er ist wieder reich und kann allen Leuten auszahlen, was er ihnen schuldig ist. Da wollte Fräulein Arabella tagsüber nicht mehr aufstehen. ‹Ich schäme mich vor dem Tageslicht›, sagte sie, ‹wenn er nach England kommt und mich nach seiner Tochter fragt, was soll ich ihm dann antworten? Ich habe vergessen, daß ich ein altes Mädchen bin, ich habe gedacht und gesprochen und geschrieben wie ein dummes Ding von achtzehn. Was geht mein Schicksal mich an? Man hat kein Schicksal, wenn man fünfzig ist!› Alle im Haus mußten des Nachts arbeiten und essen, und am Tage waren die Läden vor den Fenstern geschlossen.

Da», sagte Olympia, «ging ich zum jungen Herrn Ambrose.»

«Zu Ambrose? Wo ist Ambrose?» rief Zosine.

«Er ist verheiratet», sagte Olympia, «er ist ein anständiger Mensch geworden, so still und trübselig, daß alle Leute ihn achten müssen. Macht er jetzt dumme Streiche, spielt Karten oder geht ins Theater? Ach nein, er denkt wie ein gesegnetes kleines Baby nur daran, was er essen soll. ‹Was essen wir zu Mittag?› fragt er, wenn er morgens aufsteht. In Ambroses Haus habe ich mich zum erstenmal nach vielen Monaten satt gegessen, denn seine Gemahlin war aus, und er ließ für mich einen Stuhl an seinen eigenen Tisch setzen. Er suchte in seinen Schubladen und fand den Namen einer Dame, die Frau Quincy hieß, in deren Haus hattest du zuletzt deinen Fuß gesetzt. Ich ging zu Frau Quincy, ich versprach ihr zuerst hundert Pfund, wenn sie mir sagen würde, wo du bist, und dann drohte ich ihr, ich würde ihr den Hals abschneiden.»

«Aber sie wußte nicht, wo wir waren», sagte Zosine.

«Nein, das tat sie nicht», sagte Olympia.

«Wie konntest du uns dann finden?» fragte Zosine.

Das schwarze Gesicht der alten Frau wurde mit einemmal leer und ausdruckslos, es war, als ob eine Tür zugeschlagen worden sei. «Wer von euch», sagte sie, «kennt unsere Wege? Die schwarzen Menschen haben ihre eigene Seele und ihre eigenen Namen. Davon wollen wir nicht sprechen. Und diesmal», fügte sie hinzu, fast mehr zu sich selber, «kam einer aus alten Tagen und half mir. Die alten Leute von daheim, die kamen und wiesen mir den Weg. Der Neger, mit dem ich verheiratet war, kam hinzu, ja, mein kleines Kind lachte ein wenig vor mir auf der Straße. Aber warum sie das taten, das weiß ich nicht. Und zuletzt, heute nacht, roch ich deine Unruhe und deine Angst – und da sollte mich auch nur ein einziger Mensch dazu verleiten können umzukehren? Aber nach alldem zu fragen oder davon zu hören ist nichts für wohlanständige weiße Damen.»

In Lucans Ohren klang Olympias ganzer Bericht phantastisch und beinahe wahnwitzig. Aber Zosine war daran gewöhnt, die Negerin so reden zu hören, und wußte, daß Menschen und Ereignisse sich für sie anders ausnahmen als für andere.

«Ja, aber du hättest umkehren sollen, Olympia», sagte Zosine. «Du bist weit gereist und hast so gut gesucht, um nun mit uns zu sterben! Oh, mein armer Papa! Was hilft es ihm, daß er reich ist und seinen guten Namen zurückerhalten hat, an den wir gedacht und um den wir uns gegrämt haben, wenn ich tot bin? Das Haus, zu dem du dich durchgeschlagen hast, das heißt Sainte-Barbe, es ist ein Mörderhaus. Die Leute, die hier wohnen, sind gestern allein fortgereist, um nun an diesem Morgen wiederzukommen und uns zu töten. Während du mit der Postkutsche fuhrst, Olympia, und über den gestürzten Baumstamm geklettert bist, schaufelten sie unser Grab hier draußen im Garten.»

«Nun wirst du mir erzählen», sagte Olympia, «wie sie heißen und wie sich das alles zugetragen hat.»

«Ja, ich werde es dir erzählen», sagte Zosine, «Lucan weiß auch alles. Lucan ist hier meine Freundin gewesen, Olympia. Als wir noch auf Tortuga waren, da warst du nicht nett zu ihr, aber nun solltest du ihr die Hände küssen. Aber es gibt auch», fuhr sie mit zuckenden Lippen fort, «ein anderes Mädchen, von dem ich dir erzählen werde. Aber du hast eine lange Reise gemacht, und du bist so alt, du mußt müde sein. Ich werde dir Kirschrum einschenken, einen Kuchen haben wir auch. Dann kannst du essen und trinken, während ich erzähle, damit du nicht einschläfst.»

Die alte Frau trank wirklich während des ersten Teils von Zosines Erzählung den Kirschrum und aß den Kuchen halb auf.

Zu Anfang fiel es Zosine schwer, zusammenhängend zu berichten, sie stockte, rang nach Luft und suchte Beistand bei Lucan. Aber nach und nach wurde sie von ihrer eigenen Geschichte mitgerissen. Es war das erste Mal, daß sie ihren Erlebnissen auf Sainte-Barbe Worte verlieh und diese als ein Ganzes vor sich sah. Sie stand kerzengerade vor der alten Amme ihres Vaters und berichtete genau und gewissenhaft wie ein Kind, das nacherzählt, was es gelesen hat. Die Negerin lauschte, ohne sich zu rühren. Mit einer riesigen Hand auf jedem Schenkel und halbgeschlossenen, gefährlich funkelnden Augen wachte oder lauerte sie auf den Ausgang der Erzählung.

«Was!» unterbrach sie diese mit einemmal mit tiefer, vibrierender Stimme, die dem Knurren eines großen, wütenden Tieres ähnlich war, «verkaufte dieser alte Mann weiße Mädchen auf einem Markt, um Geld? So, wie wir verkauft wurden?»

«Ja, genau so», sagte Zosine.

«Oh, möge dann Gott der Allmächtige ihn schlagen, ihn zerstückeln, seine Knochen zu Mehl zermahlen!» rief Olympia. «Ich möchte mir die Ohren zuhalten, ich möchte umsinken, niemand kann es ertragen, dir zuzuhören, wenn du solche Sachen erzählst! Was? Schickte er weiße Mädchen übers Meer, fort von ihrem Papa, in die Hände fremder Handelsleute? Nein, fahre dennoch fort», rief sie, «laß mich alles hören. Ich werde nicht daran sterben, solange ich dem alten Mann nicht in sein Gesicht gespien habe!»

Zosine fuhr in ihrer Erzählung fort von Monsieur Emmanuels Besuch und ihrer eigenen List mit Tante Arabellas Brief und von seiner kopflosen Flucht aus dem Hause just in dem Augenblick, als die beiden verlassenen Mädchen in der Stube Olympias Schritte draußen auf dem Gartenweg vernahmen.

«Oh, du bist schlau», sagte Olympia und nickte, «du bist so schlau wie Herr Theodore selber, wenn er mit denen sprach, die ihm Böses antun wollten. Du kannst schnurren wie eine Katze, selbst mit Wut im Herzen. Du hast deine Feinde erschreckt, die bösen Menschen, nun trauen sie sich gewiß nicht zurück. Wenn es so hell wird, daß wir den Weg vor uns sehen können, gehen wir von hier fort, und du wirst dies Haus niemals wiedersehen.»

Lucan schöpfte bei Olympias Worten Mut, sie rief aus: «Ja, Zosine, wenn es hell wird, dann können wir hier weggehen. Wir können zu Vater Vadier gehen, er wird uns helfen.»

«Wird er uns dann aber nicht entwischen?» fragte Zosine langsam.

Die alte schwarze Frau hatte sich erhoben, ihre riesigen Arme hingen schlaff herunter, sie öffnete und schloß die Fäuste und atmete schwer.

«Nein, er wird uns nicht entwischen», sagte sie, «nun beginnt die alte Olympia alles zu begreifen. Viele, viele Nächte lang, seit Herr Theodore von mir fortgereist war, habe ich wach gelegen und darüber getrauert, daß ich nicht tot war. Aber es ist gut, daß ich nicht tot bin. Siebzig Jahre lang habe ich gelebt, und manche von diesen waren schwer zu ertragen, aber deren waren nicht zu viele. Mit einem Strick, sagtest du?» fragte sie. «Sie erwürgten das Mädchen mit einem Strick? Und nun haben sie einen zweiten für dich bereit? Laß ihn mal sehen. Es ist ein guter, neuer, starker Strick. Es wird eine Freude sein, ihm diesen um den Hals zu legen.» Sie verlagerte ihr Gewicht von einem Fuß auf den anderen und verdrehte die Augen, daß das Weiß in ihnen aufglänzte.

«Das dachte ich mir schon», sagte sie, «daß hier ein Haken an der Decke wäre. Der hat auf den alten Mann gewartet. Ich werde den alten Mann daran aufhängen.»

«Olympia, was sagst du da nur?» sagte Zosine. «Du bist alt, ich kann dich mit einer Hand umwerfen, du hast täglich über die Treppen auf Tortuga gestöhnt. Wie kannst du glauben, daß du dich behaupten kannst, selbst gegen einen alten Mann? Und würdest du ihn anfassen mögen?» fügte sie mit einem Schauder hinzu. «Du würdest ihn doch niemals anrühren!»

«Nun sollst du stille sein, Püppchen», sagte Olympia, «von diesem hier verstehst du nichts. Die Treppen auf Tortuga? Ich kann heute nacht eine höhere Stufe hinaufklettern!»

Sie schleppte den Schemel, auf dem Lucan gesessen hatte, wenn sie ihrem Lehrer laut vorlas, vom Kaminplatz mitten ins Zimmer. Schwankend kletterte sie mit ihrem schweren Körper hinauf und machte den Strick, den Zosine in der Küche mitgenommen hatte, an einem der Haken an der Decke der Eßstube fest. Sie legte eine Laufschlinge herum und biß hinein.

Lucan konnte ihre Augen nicht von ihr wenden, so übernatürlich sah die schwarze Frau auf dem Schemel aus. Als sie wieder herabgestiegen war, wankte sie und schloß die Augen. Zosine lief herzu, schlang ihre Arme um sie und führte sie zu einem Stuhl. Nach einer Minute oder zweien schlug Olympia die Augen wieder auf und sah zu dem Strick hinauf, der senkrecht herunterhing.

«Es ist die schwarze Schlange», sagte sie dumpf.

«Bist du krank, Olympia?» fragte Zosine.

«Nein, mein Kleines», sagte Olympia, «nun geht es mir gerade gut. Laß ihn nur jetzt nach Hause kommen.»

Pastor Pennhallow kommt nach Hause

Sainte-Barbes Hofhahn krähte, der Morgen kam noch einmal. Lucan und Zosine hatten auf dem Sofa gesessen, zu beiden Seiten von Olympia und Zosine mit dem Kopf auf deren Schulter. Von dem Leib der alten Negerfrau ging Wärme aus; dicht an sie geschmiegt, waren sie sogar im Laufe der Nacht in einen kurzen Schlummer gesunken. Olympia hatte ihre nassen Schuhe abgestreift und saß mit den Füßen auf dem Kaminrost, um sie zu trocknen. Jetzt war das Feuer ausgegangen, und die Kerzen auf dem Tisch waren niedergebrannt, im grauen Schein des frühen Morgens konnte man schon die Stelle in der Wand unterscheiden, wo die Fenster saßen, und die beiden großen Schränke in der Stube. Der Sturm hatte sich gelegt, hier drinnen konnte man nicht hören, ob es regnete.

Irgendwo im Hause ging eine Tür. Die beiden jungen Mädchen sahen, ohne sich zu rühren, einander an. Es folgten andere leise Geräusche, und im selben Augenblick fiel ihnen der Keller unter ihnen ein und die steinerne Treppe, die vom Keller zum Gang vor der Eßstube hinaufführte. Heute nacht hatten sie an ihn gar nicht gedacht. Der Keller auf Sainte-Barbe wurde nicht mehr benutzt, die schwere Tür, die von draußen hinunterführte und an der Giebelseite des Hauses saß, entgegengesetzt dem Giebel mit dem Holzstoß, war die ganze Zeit, seit sie sie gekannt hatten, verschlossen gewesen. Aber einmal, kurz nach ihrer Ankunft, waren sie unten in den langen, düsteren Räumen gewesen. Dieser tiefe Keller war älter als das übrige Gebäude und war der wichtigste Teil gewesen, als Sainte-Barbe noch seine eigenen Weinäcker hatte. Die jungen Mädchen hatten sich die dicken Fässer an den Wänden angesehen und sich über die Dicke der Mauern gewundert und daß von oben kein Geräusch hier herunter dringen konnte.

Entweder, dachten sie, kam der, der jetzt die Tür zur Kellertreppe öffnete, von draußen und hatte vielleicht diesen Weg eingeschlagen, weil er keine Lust hatte, an dem Brennholzstapel vorbeizugehen. Oder er war seit vielen Stunden schon im Haus, von dem Augenblick an, als sie Monsieur Emmanuel hinausgelassen und angefangen hatten, auf jedes Geräusch in der Nacht zu horchen. Kein Lärm von einem Kommen oder Gehen oben über ihm könnte jenen dort unten erreicht haben – oder er würde höchstens einmal, wie ein fernes Zittern im Dunkel um sich herum, Zosines lange, wilde Schreie aufgefangen haben, als sie durch die Haustür Olympias Stimme wiedererkannte.

Ruhige, gedämpfte Schritte kamen über die Fliesen des Ganges näher. Beim Klang dieser Schritte setzte sich Olympia gerade auf. Sie lauschte wieder, und Zosine neben ihr spürte, wie ihr mächtiger Körper einen Augenblick erstarrte. Gleich darauf erhob sie sich. Ganz geräuschlos, mit einer erstaunlichen Leichtigkeit wie eine große, schwarze Katze, glitt sie an der Wand entlang zwischen Tür und Schrank, wo ihre Gestalt fast mit der dunklen Wand zusammenfiel.

Der Ankömmling ließ sich viel Zeit. Er ging zuerst geradewegs auf die Tür zum Eßzimmer zu, blieb dann wieder stehen, als ob er sich besinne, und machte einige Schritte den Flur entlang bis zu der Tür, die in die Schlafkammer der beiden jungen Mädchen führte. So angestrengt, gleichsam mit jedem Nerv und jeder Fiber ihres ganzen Körpers, lauschten die beiden Mädchen, daß sie die Bewegungen des Ankömmlings so genau verfolgten, als könnten sie ihn mit ihren Augen sehen. Er blieb vor ihrer Tür stehen und wartete, um sich zu vergewissern, daß kein Geräusch von drinnen kam. Dann drehte er leise den Türgriff um.

Noch auf der Schwelle zauderte er und machte den Hals lang, bevor er, nach wie vor ganz leise, darüber hinwegschritt und sich in der kleinen Stube umsah. Er bemerkte die beiden unberührten Betten und nickte. Er stieß gegen einen Stuhl, als er zum Fenster ging, und zog den Vorhang hoch. Das Tageslicht bestätigte ihm, was er suchte: keine hatte heute nacht in diesem Zimmer geschlafen. Sein Befehl war ausgeführt, was hier geschehen sollte, war vollzogen. Er hatte recht getan, nach Hause zu kommen. Er nickte abermals und räusperte sich.

Lucan und Zosine hatten Pastor Pennhallows Schritte bereits wiedererkannt. In diesem kurzen Geräusch, einem kleinen, beifällig glucksenden Lachen, erkannten sie auch seine leise, heisere Stimme wieder. Kurz darauf wurde die Tür zum Eßzimmer ganz leise geöffnet, und der alte Mann steckte den Kopf hinein und warf einen spähenden Blick umher.

Als sie hörten, wie die Tür vom Flur zu ihrem Schlafgemach geöffnet wurde, waren die beiden jungen Mädchen vom Sofa auf den Boden niedergesunken oder gerutscht. Lucan lag mit dem Gesicht auf dem Sofasitz, Zosine saß in der Hocke mit dem einen Arm auf dem Sitz. Sie waren dem Eintretenden durch die hohe Rückenlehne verborgen, aber Zosine konnte ihm zwischen dieser und der Wand mit den Augen folgen.

Der alte Mann sah aus wie an jenem Tag, als er sanftmütig den Türknauf von Frau Quincys Büro umdrehte und in das Büro in London eintrat. Er hatte denselben langen schwarzen Mantel an, die gleichen groben Stiefel und den alten Zylinderhut. Er kam ebenso zaghaft wie damals heran, und sein klares, mildes Lächeln machte genau wie damals den Eindruck, als könne er tiefer lächeln als andere Leute, halte aber sein Lächeln zurück, weil er fürchtete, daß es zu stark auf den wirken könne, dem er zulächelte. An jenem Tage hatte Zosine in Eile ihr Taschentuch vor ihren Mund gehalten, um ein Lachen zu unterdrücken, jetzt preßte sie den Mund zusammen, um ihren Schrei zu ersticken.

Pastor Pennhallow ließ langsam und forschend seinen Blick im

Eßzimmer umherwandern. Er kam aus einem Raum, in den er das Licht eingelassen hatte, und es währte eine Weile, bis er die Gegenstände in der länglichen Stube unterscheiden konnte. Er sah einen Augenblick auf den gedeckten Tisch mit den Kerzen, die in ihren Haltern niedergebrannt waren, und auf die Stühle, die zurückgeschoben standen.

Er ging zum Fenster und zog den Vorhang beiseite, und das fahle Morgengrauen fiel auf sein Gesicht. Dies war grau wie gewöhnlich, sogar noch farbloser, als es zu sein pflegte. Entweder hatte er die Nacht in einer Diligence zugebracht oder im Keller von Sainte-Barbe, auf alle Fälle hatte sie ihm nicht viel Schlaf gewährt, der alte Mann war müde. Aber als er sich jetzt umsah, stieg eine feine, fahle Röte der Zufriedenheit in sein Gesicht. Er ließ seine Zungenspitze über die Lippen gleiten.

Im selben Augenblick, als sein altes, glückliches Gesicht von der Morgendämmerung beleuchtet wurde, stieß Olympia aus der Ecke beim Schrank ein langgezogenes, fürchterliches Gebrüll aus, so als ob das große Tier, das vorher am Feuer geknurrt hatte, jetzt zu seinem Sprung ansetzte.

«Papa le Roi!» rief sie.

Pastor Pennhallow machte vor Überraschung und Schrecken einen kleinen Schritt nach hinten, und die schwache Färbung seines Gesichts erlosch. Aber dann blieb er stehen wie vorher, und seine grauen, hellen Augen begegneten denen der alten Negerin.

«Es ist Papa le Roi!» rief Olympia wieder, jetzt mitten im Zimmer, während sie die Arme schwenkte und den Körper nach vorn warf und wieder zurück. «Es ist der graue Mann aus den Wäldern, der zurückgekommen ist.»

Zosine hatte sich aufgerichtet, ohne darüber nachzudenken. Hinter Olympias wilder und mächtiger Gestalt wurde Pastor Pennhallow ihr weißes Gesicht gewahr. Für eine Sekunde funkelte es in seinen Augen. Zosine vergaß dies Funkeln niemals; viele Jahre lang wagte sie nicht, es sich ins Gedächtnis zurückzurufen, und später dachte sie: «Es war wie das Auge einer Schlange, die merkt, daß sie ihren Stoß verfehlt hat.»

Dann wandte er sich wieder von ihr ab. Ganz ruhig, als sei nichts Ungewöhnliches vorgefallen, ging er an das mittlere Fenster der

Stube und zog auch hier die Gardine zur Seite. Er maß die Negerfrau mit seinem Blick, sprach aber noch nicht.

«Wen», fragte er schließlich sehr sanft das junge Mädchen, «habt ihr heute nacht hier eingelassen? Hat diese unglückliche, wahnsinnige schwarze Frau Obdach gegen das Wetter auf Sainte-Barbe gesucht? War dem so, dann ist es gut und menschlich gewesen, sie aufzunehmen.»

Zosine gab keine Antwort. Sie fühlte mit einem Schwindel, daß dieser alte Mann, wenn die beiden allein im Hause gewesen wären, sie noch einmal in jene Welt der Lüge und Verstellung zurückgedrängt hätte, in der sie mit ihm gelebt hatten. Aber Olympia stand zwischen ihnen im Zimmer wie eine massige und unverrückbare Wirklichkeit, und ihr Schrei hallte noch von den Wänden wider. Olympia gehörte nach Tortuga und in Zosines eigenes Leben, sie würde in diesem Augenblick für die Tochter ihres Herrn sterben, und sie schrie dem alten, lächelnden Mann ins Gesicht. Die schwarze Frau redete und benahm sich wie eine Wahnsinnige, und dennoch war es ihre Anwesenheit, die die Lüge auf Sainte-Barbe zum Rückzug zwang, genauso wie die Morgendämmerung nun die Finsternis in die Ecken der Stube zurückdrängte.

«Warum», fragte Pastor Pennhallow wieder, «seid ihr so frühzeitig auf? Was ist heute nacht hier im Hause vor sich gegangen?»

Zosine antwortete auch diesmal nicht, aber sie sah den Sprechenden voll an. Zum erstenmal während ihres Zusammenlebens drückte ihr junges Gesicht den Haß, den Abscheu und die Verachtung aus, die er ihr einflößte. Im Blick des Mädchens lag eine klarere und tiefere Drohung als in der Anklage der alten Negerin. Das längliche, graue Gesicht des alten Mannes verwandelte sich, das Lächeln auf ihm breitete sich aus und wurde fast ekelerregend in seiner Sanftmut, wie ein Grinsen. Er schien sich ein wenig zurückzuschlängeln, auf den Fensterrahmen zu.

«Ja gewiß, meine lieben Kinder», sagte er, «nun wollen wir davon sprechen, was heute nacht hier geschehen ist. Und davon, was heute hier geschehen wird.»

Olympia stand plötzlich ganz still, wie ein majestätisches, düsteres Standbild, machte dann einen Schritt auf den Mann zu und starrte ihn an.

«Wie kommst du hierher?» rief sie mit tiefer, tönender Stimme. «Du grauer Mann, der mein Kind gefressen hat! Du warst vor fünfzig Jahren so alt wie jetzt. Hast du in deinem Grabe keine Ruhe finden können?»

Noch einmal der Strick

Pastor Pennhallow sah Olympia gar nicht an, ließ aber noch einmal den Blick durch das Zimmer schweifen. Dieser streifte dabei Lucans zusammengesunkene Gestalt am Sofa und wurde durch den Strick am Haken unter der Decke gebannt. Der alte Mann brach in ein leises, glucksendes Lachen aus.

«Was habt ihr hier drinnen vorgehabt?» fragte er. «Welche Komödie habt ihr aufführen wollen? Kommt, erzählt mir alles.»

Olympia griff tastend in die Falten ihres Kleides und zog einen schweren Gegenstand daraus hervor. Es war eine dicke alte Pistole. Es war dieselbe Pistole, mit der sie auf Tortuga das Leben ihres Herrn hatte schützen wollen. Sie hob sie hoch und richtete sie genau auf den Mann am Fenster, und der Hahn gab ein kleines, scharfes Knacken von sich, als sie ihn spannte.

«Nein», sagte sie, «nun wirst du mir erst einmal von all dem Schlechten berichten, was du verübt hast. Solange du sprichst, schieße ich nicht. Hast du mein Kind gefressen? Schmeckte sein süßes Fleisch dir gut? Wolltest du Herrn Theodores Kind verkaufen, du Satan und Schwein von den Sklavenschiffen, so wie du die hübschen schwarzen Mädchen verkauft hast? Ja, denke nach! Du entwischst mir nicht. Nun müßtest du das Fleisch von deinen eigenen Fingern abnagen, bevor ich dich laufenließe!»

Pastor Pennhallow fuhr fort, ganz lautlos zu lachen.

«Dort!» rief Olympia und wies mit der Mündung der Pistole auf den Schemel unter der Laufschlinge. «Dort oben sollst du dich hinstellen und mir alles erzählen!»

«Dort?» sagte der alte Mann. «Auf meinen eigenen Schemel? Denselben, auf dem meine jungen Schülerinnen gesessen haben, während sie mir fromme Geschichten vorlasen? Ja, es ist eine würdige Kanzel für die Predigt, die ich euch halten werde.»

Er stellte sich auf den Schemel, ununterbrochen sanft lächelnd, so als füge er sich lieben Kindern, an deren Spielen er sich beteiligte.

«Leg den Strick um deinen Hals», rief die Negerin.

«Um meinen Hals?» sagte Pastor Pennhallow. «Ja, ich werde ihn um meinen Hals legen. Ich habe nicht übel Lust, auszuprobieren, wie er sich dort anfühlt. Es ist ein schmucker Priesterkragen. Ist es nicht so, wie ihr es euch wünscht? Dann laßt uns miteinander reden. Wir könnten ein Vergnügen davon haben.»

Er legte tatsächlich den Strick um seinen Hals. Sein Gesicht war aschfahl, und seine großen, dunklen Hände, die schlaff herunterhingen, zitterten. Aber seine sanfte, glückliche Würde verließ ihn nicht, während er auf dem Schemel stand und die wilde Frau die Pistolenmündung auf ihn gerichtet hielt.

«Ihr Einfältigen», sagte er langsam, «ihr Unwissenden! Ich werde euch aufklären und euch die schwarze Grube zeigen, an deren Rand ihr steht. Ihr meint in eurer Ahnungslosigkeit, daß ihr mir etwas anhaben könntet. Aber keine Menschenseele kann mir etwas anhaben! Wenn du deine Pistole abdrückst, altes schwarzes Weib, dann wirst du ein Klicken hören und nichts weiter. Nicht ich bin in Gefahr, sondern du selbst und deine Mädels. Ihr seid in einer furchtbaren Gefahr. Es drückt mir's Herz ab euretwegen.

Weshalb sollte ich euch nicht», fragte er, «ebenso höflich und eingehend antworten, wie ich dem Richter aus Lunel geantwortet habe, der hier unter der Hoheit des Gesetzes herkam und mit einer demütigen Bitte um Entschuldigung von dannen ging? Ich habe mich niemals geweigert, achtungsgebietenden Menschen zu antworten, die Fragen an mich richteten. Aber ich kann euch auch noch mehr sagen, als ihr fragt.

Ihr habt Angst gehabt, heute nacht sterben zu müssen, und ihr freut euch jetzt, weil ihr dem Tod entronnen seid. Aber es gibt etwas anderes, und dem entrinnt ihr nicht. Und das ist der Wahnsinn. Du, meine Alte, meinst wohl, du seiest in Sicherheit, weil du schon verrückt bist. Aber es wird dennoch trübselig für dich sein, das Mädchen zu sehen, dem zu helfen du gekommen bist, verrückter als du selber, so wahnsinnig, daß sie schreit, wenn sie dich sieht, und dich beißt, wenn du sie hätscheln willst. Und davor wird dich keiner bewahren können.

Ich selber, ich bin in Sicherheit und in Freude, wo ich auch gehe», fuhr der alte Mann fort, und obwohl ihm die Zähne in seinem Munde ganz leise klapperten, breitete sich ein feines, klares Licht über seinem ganzen Gesicht aus.

«Meine Zufriedenheit kann mir niemand nehmen. Der Handel, den ich abgeschlossen hatte, ist fester gefügt, als man ahnt. Aber ihr, meine Kinder, habt viel zu fürchten. Ihr habt euch gefürchtet zu sterben, ihr, die ihr fromm und ehrbar seid und ins Paradies kommt? Ich sage euch, es wird schlimmer für euch sein zu leben.

Ich werde euch keinerlei Schaden zufügen, meine Kinder», sagte er sanft, «das werdet ihr schon selber besorgen. Glaubt mir, ich kenne fromme Menschen und ihr Gewissen. Mein Vater und mein Großvater, und auch sogar mein Urgroßvater waren Propheten in ihren Gemeinden in meinem kalten Heimatland. Ihr Gewissen erlaubte ihnen nichts auf dieser Welt. Es besaß stärkere und feinere Marterinstrumente, als ich sie mir in den Kellern alter Schlösser angesehen habe, und sie waren unter seiner Zucht ebenso nackt, mit den Armen auf den Rücken gefesselt, wie die Gefangenen, die dort unten verhört wurden.

Ach», fuhr er langsam fort, «wie mußten sie verzichten und entbehren, wie mußten sie ihre Körper und ihre Seelen darben lassen auf Geheiß des Gewissens. Zum Ausgleich nahmen sie fromme Worte in den Mund und erhielten einen kleinen, blassen Strahlenkranz um den Kopf, womit sie anderen Menschen zeigen konnten, daß sie besser waren als diese. Wieviel Buße taten sie nicht für die Freude eines Augenblicks! Wie kniff und brannte und zerrte nicht ein kleiner, unkeuscher Gedanke, ein kleine, unbedachte Lüge sie nächtelang! Und auch über die Seelen ihrer Kinder mußten sie wachen und sie ebenfalls darben lassen, um das Böse vom Hause fernzuhalten. Das Gewissen grub ihnen lange Furchen ins Gesicht wie Narben von Brandwunden, es stach ihnen die Augen aus und ließ sie im Finstern zittern und schlottern. Und der bittere, fürchterliche Neid auf jene Menschen, die nicht in der Gewalt des Gewissens waren, stak mitten in ihnen, wie der Pfahl, auf dem die alten Opfer aufgespießt wurden, ihre Seelen faulten um diesen herum! Glaubt mir, ich kenne die Qualen guter Menschen so genau wie kaum einer hier auf der Welt.

Und meint ihr nun, meine einfältigen Kinderlein», fragte er, «ihr könntet einen Menschen töten und danach weiterleben? Ich selbst stehe ausgezeichnet hier auf diesem Schemel. Der Strick ist mir ein alter Bekannter. Ich hege nicht mehr den Wunsch, einen besseren Anblick abzugeben. Aber wie werde ich mich in euren nächtlichen Träumen auf dem Schemel ausnehmen? Euch wird übel, wenn ihr Hanfleinen spannt, um Wäsche auf ihnen zu trocknen. Zwölfmal im Jahre werdet ihr ohnmächtig umsinken beim Anblick von Blut.»

Lucan hatte sich aufgerichtet. Außerstande, noch weiterhin dem alten Mann zuzuhören, stand sie einen Augenblick totenblaß vor ihm und wankte dann auf die Tür ihres Zimmers zu. Aber er hielt sie sanft zurück.

«Komm her, mein frommes Töchterchen», sagte er, «ich habe einen Brief für dich, den ich lange für dich verwahrt hatte. Nimm ihn jetzt und lies ihn.»

Er holte einen Brief aus der Tasche und reichte ihn ihr; da sie nicht imstande war, näher zu ihm hinzugehen, ließ er ihn fallen, und das Papier blieb auf dem Fußboden vor ihr liegen und lächelte sie an.

«Dein Geliebter in England will herüberkommen und dich holen, wenn du ihm eine Zeile schickst. Seine Braut hat ihn wieder verlassen, und es steht euch nun kein Hindernis mehr im Wege, daß ihr heiraten und glücklich werden könnt. Denkst du nun, du erträgst es, daß sein Ring mit Blut an deinen Finger geklebt ist? Dein Kind wird mit einem roten Ring um den Hals geboren werden, und er wird dich fragen, was das bedeutet. Wenn du es lesen lehrst, gehören die Buchstaben in unsere Lehrbücher hier auf Sainte-Barbe und bauen sich zu gemeinen Wörtern um. Ich werde hinter dir auf dem Schemel stehen, wenn du in deinem hübschen Haus in die Spiegel schaust, bis du sie kreischend entzweischlägst, und dein Ehegefährte muß dich einsperren mit Gittern vor den Fenstern und mit einer Wächterin, die dir die Zwangsjacke überziehen kann.»

Er stand eine Weile stumm da, und wieder leuchtete sein Gesicht klar und ruhig.

«Ich selbst», rief er alsdann aus, «ich bin in Sicherheit, wo ich auch gehe. Alles ist mir erlaubt! Ich kann tun, was ich will. Ich brauche überhaupt nichts auf dieser Welt zu tun. Mein Glück ist tiefer als dies!

Die Taten, derentwegen ihr mich verdammt, meine guten Kinder», fuhr er fort, «sie waren nur kleine Gefälligkeiten gegen den, der mich glücklich gemacht hat. Sie waren nur ein kleiner Spaß von Zeit zu Zeit, womit ich ihm meine Dankbarkeit erwies. Mein alter Onkel, an den du dich erinnerst und für den du mich hältst, du verrücktes Weib, pflegte auch seinen Eifer im Dienste zu beweisen, und dennoch hätte er es ebensowenig nötig gehabt wie ich selbst. Als er dein Kind fraß, gute Mutter, da geschah es, um seinem Herrn ein Vergnügen zu bereiten. Wenn ich unschuldige Mädchen von England übers Meer zu meinen Freunden hinschickte, da geschah es in der demütigen Hoffnung, für einen Augenblick sein Lachen schauen zu können. Ach, es konnte mir hin und wieder einmal fehlschlagen, so wie es bei eurer Freundin Rosa der Fall war, und ich schämte mich und war verlegen wie ein Kind, das ein Geburtstagsgedicht aufsagen soll und steckenbleibt. Aber das Glück war mir auch manchmal hold, ich habe ihm einige Male Vergnügen bereitet. Ich sah ein anderes von meinen Mädchen auf meiner Reise nach drüben wieder, als sie am Ende der Laufbahn angelangt war, auf die ich sie geschickt hatte. Die zartrosa duftende Rose aus einem Garten in England war schwarz geworden, und sie stank. Das Böse war dort gut gediehen und hatte sich ausgebreitet. Ich denke seither gern an sie. Ich möchte jetzt an sie denken.»

«Bring ihn zum Schweigen, Olympia!» rief Zosine mit zitternden Lippen.

«Und ich selbst», sagte der alte Mann in tiefer Freude, «kann ganz still dasitzen und meine Daumen drehen und in meinem Herzen die Gewißheit haben, daß das Böse immer den Sieg davonträgt. Was will ich denn mehr?

Glaubt ihr vielleicht, meine Kinder», sagte er mit einem kleinen Lächeln, «daß ich für mein Glück hier auf Erden in einer anderen Welt werde bezahlen müssen? Oh, ihr irrt. Meine Zufriedenheit wird fortdauern. Wie kann es anders sein dort, wo alles meines eigenen Geistes ist? Wenn ich dort unten meinen Mädchen begegne, dann werden sie wieder heulen und die Zähne gegen mich fletschen. Aber ich werde noch einmal über sie lachen.»

«Oh, bring ihn zum Schweigen, Olympia!» rief Zosine.

Olympia hob ihren dicken Arm, der herabgesunken war, und zielte.

Drinnen in der anderen Stube lag Lucan auf den Knien. Jetzt sprang sie auf und kam ins Eßzimmer gerannt.

«Zosine!» rief sie. «Olympia! Ihr dürft ihn nicht töten! Begreift ihr nicht, daß er recht hat? Wir können nicht leben, wenn wir es tun. Keiner von uns kann es ertragen weiterzuleben.»

Völlig außer sich packte sie beide Arme der Negerin und klammerte sich an sie. Olympia machte sich mit einer heftigen Bewegung aus ihrer Umklammerung frei. In der tiefen Stille des Augenblicks, der jetzt folgte, hörten sie einen kleinen, trockenen Schlag, als die Pistole der schwarzen Frau versagte. In großer Eile spannte Olympia den zweiten Hahn der Waffe und drückte auf den Abzug. Die Pistole versagte abermals.

«Ja, gewiß doch», sagte der alte Mann auf dem Schemel. «Das Pulver ist heute nacht im Regen feucht geworden! Lade deine Pistole noch einmal, meine schwarze Schwester. Sie wird dir noch einmal versagen.»

«O Olympia! O Zosine!» rief Lucan. «Verschont ihn! Seht ihr denn nicht, daß er wahnsinnig ist? Er ist nicht so schlecht, wie er selber meint! Und wenn er es auch wäre, dann gibt es dennoch Vergebung für alle Menschen. Es gibt eine unendliche Gnade in der Welt! Schont auch ihn! Erweist auch ihm Gnade!»

Ihre flehende Stimme wurde durch ihre Erregung erstickt und erstarb im selben Augenblick, als ein entsetzlicher Schrei aus der Kehle des alten Mannes hervorquoll und von allen vier Wänden der Stube widerhallte.

«Was!» schrie er. «Was! Ein junges Mädchen bittet um Vergebung für mich? Eine Jungfrau ruft nach Gnade für mich! Es ist Rosa, die für mich betet! Das darf nicht geschehen! Gerade das darf nie und nimmer geschehen! Stopft ihr den Mund. Schlagt sie nieder und bringt sie zum Schweigen! Jagt sie hinaus! Fort! Fort!»

«Ja. Um Gnade!» rief Lucan und fiel auf die Knie.

Pastor Pennhallow hob die Hand wie in furchtbarer, wahnwitziger Qual und schüttelte seinen breiten, knochigen Zeigefinger in der Luft. Sein Gesicht verzerrte sich. Er sperrte den Mund ganz weit auf und verdrehte seine Augen, so daß nur das Weiße in ihnen zu sehen war. Er versuchte zu reden, aber seine Lippen waren steif, Schaum troff von ihnen nieder. Schneller, als sie seinen Bewegungen folgen konnten, so als flüchte er vor einer heranstürmenden Feuersbrunst, legte er die Schlinge fester um seinen Hals und trat über den Rand des Schemels hinaus.

Ein leiser, schauriger Laut, ein gebrochenes Röcheln drang aus des alten Mannes Halse. Einen Augenblick zappelten seine Füße ohne Halt in der Luft, und sein Leib drehte sich in dem leeren Raum im Kreise um sich selbst. Wenige Sekunden später hing der Strick wie vorher senkrecht vom Haken an der Decke nieder mit einem schweren, toten Gewicht.

Zosine war ebenso wie Lucan neben der alten Negerin in die Knie gesunken, sie verbarg ihr Gesicht in deren Kleid. Aber Lucan blickte noch mit weit offenen, klaren Augen bebend auf das Gesicht in der Luft vor sich.

«Ja, Gnade», wiederholte sie flüsternd, ohne selber zu wissen, daß sie sprach, «Vergebung, Erbarmen.»

Zwei Briefe

Als Lucan sich wieder vom Erdboden aufrichtete, wie es ihr schien, nach einer Ewigkeit des Grauens, war in ihrer Seele nur ein Gedanke –: fort! Fort von Sainte-Barbe, dem für immer verdammten Ort! Sie faßte Olympia bei der Hand, um sie und Zosine mit sich auf die Flucht aus der Stube und aus dem Hause zu reißen.

Die alte Negerfrau stand regungslos. Als der wahnsinnige Mann vor ihr seinen letzten rasenden und verzweifelten Schrei ausstieß, schwoll ihre eigene Kehle an, wie wenn sie ihm seinen Fluch wieder zurückschleudern wollte. Als er aber über den Rand des Schemels hinaustrat, sank ihr Unterkiefer nieder, und der Arm mit der Pistole tat desgleichen, und nun starrte sie stumm auf ihren toten Feind. Bei Lucans Berührung löste sich die Erstarrung in ihren Gliedern langsam, sie flüsterte ein paar Worte in einer Sprache, die das junge Mädchen nicht verstand, bekreuzigte sich dann feierlich dreimal und tat einen Schritt vor, um ihr zu folgen.

Aber Zosine lag zusammengesunken auf dem Erdboden, so ohne Bewegung, daß ein furchtbarer Schreck ihre Freundin durchfuhr. Sie und Olympia stellten sie auf die Beine, aber sie hing leblos in ihren Armen, und ihre Augen waren weit offen und dunkel, als ahme ihr Körper das grausige, tote Gewicht am Stricke nach und als spiegele ihr Blick den letzten Anblick wider, dem er begegnet war, und sei nun für andere Eindrücke auf immer unempfänglich.

Lucan und die Negerin, die laut wimmerte und ihren Liebling streichelte, stützten sie halb, und halb trugen sie sie zur Tür. Keine von ihnen dachte daran, einen Hut oder Schal zu nehmen, sie flohen, wie sie waren, in ihren regenfleckigen und zerdrückten Kleidern.

Sie sprachen auch nicht darüber, wohin sie sich wenden sollten. Aber Lucan hatte zweimal Vater Vadiers Haus erwähnt, und ihre Gedanken suchten ihn.

Ehe sie die Stube verließ, warf sie noch einen letzten, verstörten und schmerzvollen Blick um sich und gewahrte den Brief auf dem Fußboden, den Pastor Pennhallow ihr vom Schemel aus gereicht hatte und den sie nicht aus seiner Hand hatte annehmen können. Sie hatte kaum begriffen, was er darüber gesagt hatte, aber in ihrem Bewußtsein dämmerte ihr doch, daß es ein Brief an sie aus England sei, den sie in dieser fürchterlichen Stube nicht zurücklassen dürfe. Im letzten Augenblick hob sie ihn mit einem Schauder vom Boden auf.

Mit Olympias Hilfe schleppte sie die schwere Truhe, die sie und Zosine in der Nacht vor die Eingangstür geschoben hatten, von dieser fort. Zosine stand unterdes an die Wand gelehnt, zitternd und ohne Worte.

Nie, solange sie lebte, vergaß Lucan die frische Luft dieses Morgens, die ihr entgegenströmte, als sie die Tür öffnete. Es war jetzt hell. Über den Feldern lag ein weißlicher Nebel, die Bäume troffen vom Regen, auf den Gartenwegen standen Regenlachen.

Um Zosine zu stützen, mußte Lucan den Brief aus der Hand legen, den sie noch festhielt. Sie sah ihn an, unschlüssig, was sie damit machen sollte. «Aber es sind ja zwei Briefe!» sagte sie.

Der eine war aus England und trug ihren Namen, er war geöffnet worden. Der zweite war nur ein zusammengefaltetes Stück Papier. Lucan wollte es wegwerfen, aber Olympia hinderte sie daran.

«Nein», sagte sie, «da kann etwas auf einem Stück Papier stehen, was man wissen müßte. Lies es, du kannst ja lesen.»

Das junge Mädchen strich den Bogen glatt. Sie erkannte Pastor Pennhallows Schrift aus ihren Schulstunden wieder, und sie schauderte davor zurück, Worte zu lesen, die er niedergeschrieben hatte. Der Brief enthielt nur wenige Zeilen. Da stand:

«Kommen Sie sofort nach Sainte-Barbe. Ich habe Ihnen etwas mitzuteilen, worüber wir sofort unsere Entscheidung treffen sollten.»

Er war nicht datiert, aber an Monsieur Emmanuel Tinchebrai in Peyriac gerichtet.

Lucan überlegte. «Es ist der Brief», sagte sie, «den Pastor Pennhallow vorgestern – gestern – ich weiß es nicht mehr, geschrieben hat! Er hat zuerst Clon beauftragt, ihn fortzubringen, hat ihn dann aber zurückgerufen. Er ist statt dessen selber mit dem Bescheid fortgegangen, den der Brief enthielt.»

Sie konnte hier draußen in der Morgenluft nicht fassen, daß die Mitteilung, die weitergegeben werden sollte, von ihrem und Zosines Wissen um die Verbrechen auf Sainte-Barbe handelte und die Entscheidung, die getroffen werden sollte, der Beschluß war, die Mädchen zu töten. Sie wollte gerade den Brief zerreißen, als Zosine ihre Hand faßte.

«Nein, warte ein wenig», sagte sie und blieb eine Weile schweigend stehen. «Irgend jemand», sagte sie schließlich mühsam, «muß ja kommen und Sainte-Barbe durchsuchen. Mag er es also sein. Er wird glauben, dieser Brief sei an diesem Morgen geschrieben. Ich muß doch einmal allen Menschen erklären, was ich heute nacht getan habe. Monsieur Tinchebrai ist im Dienste der Polizei. Es ist das beste, die Polizei selber öffnet diese Tür.»

«Wie sollen wir ihm aber diesen Brief zukommen lassen?» fragte Lucan. Es dauerte lange, bis Zosine antwortete, so als arbeite ihr Hirn mit unendlicher Anstrengung.

«Wir müssen ihn jemand geben, dem wir begegnen», sagte sie.

Kaum hatte sie das gesagt, da gewahrten sie und Lucan an der Gartenmauer einen Menschen. Es war nicht verwunderlich, daß sie ihn vorher nicht gesehen hatten, denn er stand völlig unbeweglich da, und er war an Schuhen, Bluse und Händen so sehr mit Erde und Ton beschmiert, und selbst sein Gesicht war ganz von Erde besudelt, daß seine Gestalt beinahe mit der Mauer zusammenfiel. Es war Clon.

Der Junge stürzte sich halb gegen die Gartenmauer und halb auf seinen schweren Spaten. Er war vom Regen durchweicht und sah aus, als könne er sich kaum auf den Beinen halten. Er starrte mit aufgerissenen Augen die drei Frauen an, war aber offensichtlich zu erschöpft und elend, um wirklich zu begreifen, was er sah. Selbst Olympias unerwartete und seltsame Erscheinung entlockte seinem Mund nur ein breites und trottelhaftes Grinsen, als traue er seinen eigenen Augen nicht.

Zosine blieb auch stehen und sah ihn kurz an. «Clon», rief sie sanft, «komm her zu uns, Clon.»

Clon zögerte und sah aus, als wäre er am liebsten davongelaufen. Aber er stellte dennoch seinen Spaten aus der Hand und kam halb zur Seite gewandt näher.

«Sprich du mit ihm, Lucan», sagte Zosine, «dich versteht er besser als mich. Sag ihm», fuhr sie fort, «daß er mit diesem Brief von Pastor Pennhallow zu Monsieur Tinchebrai gehen solle. Er soll ihn ihm aushändigen und wieder gehen, ohne mit ihm zu reden.»

Ohne richtig zu verstehen, was Zosine eigentlich wollte, wiederholte Lucan dem Jungen gegenüber ihre Worte und steckte ihm das Papier in die lehmige Hand. Diese zitterte, als sie es nahm.

«Er ist krank», dachte Lucan, «er hat die ganze Nacht hier draußen gestanden, und jetzt hat er Fieber.»

Clon las Mitgefühl in ihrem Blick und wich in einem so offensichtlichen Erschrecken darüber, angeredet oder berührt worden zu sein, zurück, daß Lucan schwieg und von ihm abließ. Er steckte indessen den Brief zu sich.

Lucan sah auf ihren eigenen Brief. Sie kannte die Schrift nicht, wer schrieb ihr aus England? Langsam kehrten einige von Pastor Pennhallows Worten wieder zu ihr zurück, und sie starrte Zosine an, um eine Bestätigung zu erhalten, ehe sie den Brief in ihre Kleidertasche steckte. Während sie weiter den Weg hinunter und durch den Wald gingen, fühlte sie zweimal nach.

Als Lucan, Zosine und die alte Negerin ein Stück weiter in den Wald hineingelangt waren, setzten sie sich auf einen Baumstamm, damit Zosine sich ausruhen konnte. Zosine blickte sich um und sagte:

«Clon und ich, wir sind uns doch eigentlich ähnlich.»

Sie sprach so langsam und geistesabwesend, und ihre Worte waren an sich schon so erstaunlich, daß Lucan nichts darauf zu antworten wußte. Kurz darauf fügte Zosine hinzu:

«Es ist ja auch kein Wunder.» Und diesmal lag hinter den Worten so deutlich ihr Gedanke: «Wir sind ja beide Mörder», daß Lucans Herz einen Augenblick fast aussetzen wollte vor Angst und Mitgefühl um ihrer Freundin willen.

Joliet

Vater Vadiers Haus, an dem Lucan und Zosine auf ihren Spaziergängen so häufig vorbeigekommen waren, lag ein wenig abseits, bevor man ins Dorf hineingelangte. Es war von einem Garten mit einer niedrigen Steinmauer umgeben, ein großer, alter Maulbeerbaum beschattete den Eingang. Das Haus war grau, niedrig und unansehnlich, und das Dach senkte sich auf der einen Seite, aber als die jungen Mädchen und die Negerfrau auf dem Weg gegangen kamen, hielt ein hübscher, vornehmer Wagen vor der Tür. Vater Vadier stand daneben und sprach mit dem Kutscher auf dem Bock.

Vater Vadier sah den Ankömmlingen entgegen, beschattete die Augen mit der Hand, um sie besser zu erkennen, unterbrach sein Gespräch mit dem Kutscher und ging auf sie zu. Er begrüßte sie freundlich und ergriff Zosines Hand.

«Kommen Sie und setzen Sie sich, Fräulein», sagte er und geleitete sie zu einer steinernen Bank an der Mauer. «Ich freue mich, daß Sie in mein Haus gekommen sind.»

Lucan war betroffen, als sie daran dachte, wie seltsam und ungeheuerlich sie alle drei sich im Tageslicht ausnehmen mußten. Zosine hatte sich gesetzt, mechanisch wie eine Puppe und bleich wie eine Tote. Olympia sank neben ihr auf den Sitz, ihre Kleider waren unordentlich und besudelt von dem Schmutz des gestrigen Tages.

«Und ich», dachte das junge Mädchen, «sehe wohl selber nicht besser aus.» Sie blieb aufrecht vor Vater Vadier stehen. Sie meinte, sie müsse ihm alles erklären, was sich auf Sainte-Barbe zugetragen habe. Sie dachte an die strengen und eifernden Pfarrer in England, die ihren eigenen Vater verdammt hatten, und raffte bebend alle Kraft zusammen, um Vater Vadiers Fragen zu begegnen und ihre Freundin zu verteidigen.

Aber Vater Vadier stellte ihr keinerlei Fragen. Er hob nur die Stimme ein wenig und rief ins Haus hinein. Als eine Bäuerin mit einer weißen Haube und einem rundlichen Gesicht in der Tür erschien, sagte er zu dieser: «Bring sofort ein paar Tassen guten, starken Kaffee heraus. Die jungen Damen, die uns besuchen, sind müde und brauchen etwas Warmes.»

Lucan dachte: «Will er uns nicht in seinem Haus haben?»

Vater Vadier ging zum Kutscher zurück, um ihm einen kurzen Bescheid zu geben, und blieb vor der Bank stehen, während die Bäuerin den Kaffee brachte und einschenkte. Es kam den jungen Mädchen fast unmöglich vor, an diesem Morgen etwas so Alltägliches zu tun, wie Kaffee zu trinken, und Zosine konnte nicht die Hand heben, um ihre Tasse in Empfang zu nehmen. Aber Vater Vadier wies die Bäuerin an, sie ihr an den Mund zu führen, und nötigte ihr mit einem kleinen Lächeln den heißen, stärkenden Trunk auf.

«Und nun», sagte er sanft, «müssen Sie mich nach Joliet begleiten.» Ein plötzliches Zittern, das kein Ende nehmen wollte, durchlief Zosines Körper. «Sie und Ihre Schwester», sagte Vater Vadier zu Lucan, «und diese Frau, von der ich annehme, daß sie Ihre Begleiterin oder Ihre Magd ist, werden auf Joliet willkommen sein. Ihre Schwester ist nicht wohl. Sie müssen Ihre Kleider wechseln, und Sie bedürfen einer besseren Pflege, als ich sie Ihnen hier angedeihen lassen kann. Es war ein glücklicher Zufall, daß Madame de Valfonds gerade heute morgen ihren Wagen zu meinem Haus schickte.»

Zosine hatte sich von der Bank erhoben. «Nein», flüsterte sie, «ich kann nicht nach Joliet mitkommen. Ich will weitergehen. Sie müssen mich weitergehen lassen.» Aber sie wankte und mußte innehalten. Vater Vadier nahm ihren Arm und stützte sie.

«Doch, mein liebes junges Fräulein», sagte er, «Sie müssen mit mir nach Joliet kommen. Dort wird man für Sie sorgen. Die gnädige Frau auf Joliet hat, seit sie Sie beim Winzerfest gesehen hat, Teilnahme für Sie gezeigt. Sie wird den Wunsch haben, mit Ihnen zu reden und alles über Sie zu erfahren.»

Zosine blickte zu ihm auf. «Möchte die gnädige Frau auf Joliet», sagte sie gedehnt, «alles über mich erfahren?»

«Ja, mein Kind», entgegnete Vater Vadier. Sie stand eine Weile regungslos da.

«Ja», sagte sie, «dann lassen Sie uns hinaufgehen.»

Lucan war es, als träume sie, da sie am Morgen nach der entsetzlichen Nacht die lange Allee nach Joliet hinauffuhr zwischen den Baumgruppen und Terrassen, die sie so häufig von weitem gesehen hatte. Olympia war, kaum daß sie im Wagen Platz genommen hatte, in einen plötzlichen schweren Schlaf gesunken und seufzte und stöhnte im Schlummer. Zosine saß so still, als höre und sehe sie nichts. Einmal legte sie ihre Hand auf das glatte Tuch des Wagenpolsters und befühlte es gleichsam erstaunt oder prüfend. Vater Vadier redete während der Fahrt ein wenig mit den jungen Mädchen. Er sprach von dem Unwetter, das für diesmal vorüber, und von der Sonne, die im Begriff sei durchzukommen, und er zeigte ihnen einen alten Baum im Garten, in den der Philosoph Montesquieu seinen Namen eingeschnitten hatte.

«Baron Thesée», sagte er, «ist für einige Tage von Joliet abwesend, er ist zu seinen Verwandten nach Nîmes gefahren. Seine Großmutter war beunruhigt wegen seiner Abwesenheit, sie ist alt und braucht Frieden in ihrem Haus und im Herzen. Sie hat sich heute nacht geängstigt und hat nicht schlafen können, das ist der Grund, weshalb sie, wie schon manches Mal, heute morgen nach mir geschickt hat. Aber sie weiß nicht, daß ich ihr zwei junge Gäste ins Haus bringe.»

Am Fuße der Treppe zu dem länglichen, weißen Schloßbau begann Zosine abermals zu zittern und warf Vater Vadier einen fast flehenden Blick zu. Er reichte ihr die Hand und nahm Lucans mit der anderen. Olympia blieb an der Treppe stehen, im Vorgemach sah Lucan, wie der Diener, der sie empfing, beim Anblick ihrer mächtigen Gestalt völlig zu Stein erstarrte.

Die längliche Stube, in die Vater Vadier die beiden jungen Mädchen führte, war hell und luftig. So viele hübsche Dinge schienen sie hier drinnen freundlich anzublicken, so daß Lucans Augen sich mit Tränen füllten, als sie sich langsam und furchtsam umsah.

Aber bei dem ersten Gegenstand, auf den ihr Blick fiel, verschlug es ihr den Atem. Es war ein großes Gemälde von einer jungen Dame in einem grünen Garten und mit einem Blumenkorb über dem Arm, und diese junge Dame war von Gestalt und Angesicht und mit dem glücklichen und zuversichtlichen Lächeln, mit dem sie dem Besucher entgegenzutreten schien, Zosine so ähnlich, daß Lucan nahe daran war, ihren Namen auszurufen. Sogar die halb nachlässige Art und Weise, wie ihr braunes Haar hochgebunden war, erinnerte sie daran, wie Zosine am Abend vorher ihr eigenes hübsches Haar angeordnet hatte. Wie erstaunlich, Zosine hier an der blauen Wand zwischen den beiden hohen Fenstern zu begegnen! Und ach, wie schmerzlich war doch der Gegensatz zwischen der glücklichen Anmut der Gestalt in der idyllischen Umgebung und der Gestalt der Freundin hier, die dem Umsinken nahe war.

Am Fenster im entferntesten Teil der Stube saß eine alte Dame in einem tiefen Lehnsessel. Eine jüngere, schlanke und steife weibliche Gestalt, dieselbe Gesellschafterin, die Lucan und Zosine im Wagen in Peyriac gesehen hatten, rückte ihr die Kissen zurecht und zog sich beim Anblick der Eintretenden hinter ihren Sessel zurück.

«Madame», redete Vater Vadier die alte Dame ehrerbietig und sanft an, «ich bringe Ihnen hier die beiden jungen englischen Fräulein, die in Ihrer Gegend gelebt haben. Sie haben Sainte-Barbe verlasen. Irgend etwas, das sich dort zugetragen hat – aber ich weiß nicht, was –, hat sie erschreckt und erschüttert. Sie haben dringend Zuflucht vor der Unruhe und dem Schmerz der Welt nötig, die Joliet ihnen gewähren kann.»

Madame de Valfonds sah überrascht und nach Art sehr alter Leute mit einem gewissen Vorbehalt auf die Fremden.

Die gnädige Frau auf Joliet war eine außerordentlich stattliche und anmutige Erscheinung. Es war zu sehen, daß sie in ihrer Jugend eine Schönheit gewesen war und voller Leben. Aber sie war seit dem Winzerfest gealtert, ihr edles Gesicht und die feinen Hände waren fast durchsichtig, die dunklen, ausdrucksvollen Augen lagen tief in ihren Höhlen. Sie stand, von der Gesellschafterin gestützt, aus ihrem Sessel auf, machte einen kurzen Schritt vorwärts und begrüßte vornehm und artig den Priester und die jungen Mädchen. Ihr Blick streifte mit Wohlgefallen Lucans schönes Antlitz. Als er aber auf Zosine fiel, blieb die alte Dame wie angewurzelt stehen.

«Man hat mir Ihren Namen genannt, meine jungen Damen», sagte sie nach langem Schweigen mit zitternder, aber klarer Stimme, «aber Sie müssen mir verzeihen, ich erinnere mich seiner nicht mehr. Wie heißen Sie?» Ihre Augen wichen nicht von Zosines Antlitz.

Das junge Mädchen atmete tief auf. «Ich heiße Zosine Tabbernor», sagte sie.

Madame de Valfonds wurde blaß, ihre Augenlider flatterten.

«Nach wem», fragte sie gedehnt, «heißen Sie Zosine?»

«Nach Mama», sagte Zosine, «und nach deren Mutter wiederum.»

Madame de Valfonds griff sich mit der Hand ans Herz. «Und wie heißt Ihre Grandmaman mit Nachnamen?» fragte sie mit flüsternder Stimme.

«Grandmaman war Französin», sagte Zosine, «und hieß Zosine d'Aciers de l'Orville.»

Eine klare, schöne Röte stieg in die Wangen der alten Dame, ihr Angesicht leuchtete, obwohl ihre Augen gleichzeitig in Tränen gebadet waren.

«Zosine!» rief sie.

Die heftige, plötzliche Erregung, die Freude, die überwältigende Fülle der Erinnerungen lähmten die alte Frau für einen Augenblick, sie hielt ihre Arme fest an die Seiten gepreßt, im nächsten hob sie sie beide mit einer majestätischen und glücklichen Gebärde empor, streckte sie aus und umschlang das junge Mädchen.

Zosine sank in die Arme der alten Dame, aber nur, um sich sofort wieder loszureißen. «Nein, Madame», sagte sie, «Sie dürfen mich nicht anrühren!»

«Oh, nenne mich nicht Madame», rief Madame de Valfonds aus, während ihr die Tränen über die Wangen liefen. «Wir sind verwandt. Deine Grandmaman war meine geliebte, verlorene Kusine und Freundin. Nenne mich Grandmaman an ihrer Statt!»

«Madame», wiederholte Zosine klagend, «Sie dürfen mich nicht umarmen, Madame, ich habe einen Menschen getötet. Ich tötete ihn aus Gerechtigkeitsgründen, er war schlecht, ein Mörder. Aber ich kann nicht auf Joliet sein. Lassen Sie mich gehen, lassen Sie mich wegkommen. Grandmaman», rief sie plötzlich mit bebender, fürchterlicher Stimme, «ich sterbe, wenn du mich anrührst!»

Langsam schien es in das Bewußtsein der alten Dame einzudringen, daß etwas Seltsames und Unheilvolles geschehen sein mußte. Ihr Gesicht wurde aufmerksam und ernst. Als sie aber das junge Mädchen prüfend ansah, das sich wankend von ihr abwandte, wich dieser Schatten wieder einer stolzen, tiefen, edelmütigen Weichheit, und sie streckte ihr die Hände entgegen.

«Zosine», rief sie, «Zosine! Durior ferro –»

Zosines weit aufgerissene Augen starrten noch einmal voll in die der alten Dame.

«Purior auro!» antwortete sie laut und klar, wie wenn sie selbst nicht wüßte, daß sie sprach, und sie wäre zu Boden gesunken, wenn Vater Vadier nicht rasch seinen Arm um sie gelegt und ihren bewußtlosen Körper hochgehalten hätte.

Madame de Valfonds Geschichte

«Zosine d'Aciers de l'Orville war die Tochter von meines Vaters Schwester. Zosine war, wie du gewiß weißt, der Name von König Tigranes' Gemahlin, die Pompejus im Triumph nach Rom führen ließ. Meine Tante hatte deren Rolle in einer Tragödie am Hofe gespielt und darin so viel Erfolg gehabt, daß sie ihre Tochter nach dieser Königin benannte. Es wurde behauptet, meine Kusine und ich seien einander ähnlich. Wir spielten mit denselben Puppen, und wir waren im Kloster zusammen. Ich war zwei Jahre verheiratet gewesen, und Zosine verlobte sich um dieselbe Zeit, als die Revolution in Paris ausbrach, die viele Leute außer Landes trieb, unter diesen Zosines Zukünftigen. Sie kamen auf dem Wege nach England nach Joliet, und unser Priester traute sie in diesem Zimmer. Da versprach mir meine Kusine unter Tränen, wenn die fürchterliche Zeit vorüber sei, dann wolle sie nach Joliet zurückkommen. Meinst du nun nicht, meine Zosine, daß es sinnvoll und entzückend wäre, wenn du mir auf Joliet meine letzten Jahre so glücklich gestalten würdest, wie deine Großmutter meine Kindheit und Jugend glücklich gemacht hat?»

Es war Madame de Valfonds, die im Zimmer des jungen Mädchens auf Joliet so zu Zosine sprach. Zosine hatte einige Stunden geschlafen, war dann aber wieder aufgestanden und hatte sich angezogen. Sie saß jetzt sehr bleich am Fenster und hörte der alten Dame zu, die im Lehnstuhl ihr gegenübersaß und mit ihr sprach.

«Ich kann nicht auf Joliet bleiben», sagte sie nach langem Schweigen, «es geht nicht, daß die Pflegetochter aus Joliet vom Richter in Lunel verhört wird und die Leute in Peyriac nachher mit Fingern auf sie weisen. Du mußt mich gehen lassen.»

«Es gibt aber keinen Finger in Peyriac», sagte Madame de Valfonds, «der auf eine Pflegetochter auf Joliet weisen wird.»

«Nein», sagte Zosine, «keinen außer ihrem eigenen.» Wieder waren die beiden Frauen lange Zeit stumm.

«Weißt du», sagte Madame de Valfonds mit Mühe, «daß mein Enkel mir gesagt hat, wenn er das Mädchen, das er liebt – nämlich dich –, nicht zur Gemahlin bekommt, dann werde er nicht heiraten? Möchtest du, daß ein Geschlecht, welches seinen Namen Hunderte von Malen in Frankreichs Geschichte eingeschrieben hat, aus dieser ausgelöscht werden soll?»

«Ich kann ihn nicht wiedersehen», sagte Zosine, «als wir uns kannten, da war ich schuldlos und froh. Das Fürchterliche, das mich töten wird, war noch nicht in mein Leben getreten. Er soll mich am liebsten so im Gedächtnis behalten, wie ich damals war. Du mußt mir erlauben, hier fortzureisen.»

«Mein Enkel», sagte Madame de Valfonds in starker Erregung, «gibt mir in seinem Herzen die Schuld dafür, daß du dich von ihm zurückgezogen hast und daß ihr euch nicht mehr gesehen habt. Er hat mich immer geliebt, er ist mein Augapfel, ein Engel. Willst du, daß ein Kind auf Joliet seine Großmutter hassen soll? Oh, Zosine, ich habe in dieser Zeit deinetwegen furchtbar gelitten. Jetzt flehe ich ein junges Mädchen aus einem fremden Land an, so lange auf Joliet zu bleiben, daß mein Kind mit ihr sprechen kann. Wirst du mir das abschlagen?»

«Ich würde ja auf Joliet bleiben», sagte Zosine, «ich würde ihn ja sehen und mit ihm sprechen, wenn es möglich wäre. Aber es ist nicht zu machen. Ich bin keine vierundzwanzig Stunden auf Joliet gewesen. Aber ich glaube, ich habe in diesen Stunden auf eine andere Weise empfinden und unterscheiden gelernt als je zuvor in meinem Leben. Ich fühle, hier leben gute Menschen, die einander zugetan sind, hier ist nicht gehaßt und gelogen worden, alle haben hier vielmehr dasselbe Ziel gehabt und aus Joliet ein rechtschaffenes und glückliches Heim gemacht. Selbst die Möbel in den Stuben und die Bäume, die ich draußen im Park sehe, haben mich das gelehrt. Ich will nicht die Erinnerung an Schlechtigkeit und Lüge hier hereinziehen. Die Spiegel auf Joliet dürfen nicht ein Gesicht zurückwerfen, das so bleich und dunkel von Haß gewesen ist wie das meine. Ich bin zu lange auf Sainte-Barbe gewesen. Madame, Grandmaman, du mußt mich reisen lassen.»

Die alte Dame saß lange Zeit da, ohne ein Wort zu sagen. Zosine hob die Augen zu ihr auf und sah mit Erstaunen, wie eine feine und tiefe Röte ihr langsam ins Antlitz stieg, ebenso langsam wieder wich, so daß es hinterher bleich wirkte wie Alabaster.

«Zosine», sagte Madame de Valfonds, «glaubst du, eine Frau könne nicht furchtbarer sündigen als durch Haß?

Ich werde dir eine Geschichte erzählen», sagte sie nach einer Weile.

«Du weißt», begann sie, «daß es in unserer Familie eine Tradition gibt, die uns nicht gestattet, außer wenn der König ruft, unsere eigene Provinz zu verlassen. Aber du weißt nicht, wie es zu dieser Tradition gekommen ist. Daher möchte ich es dir jetzt erzählen. Ich selbst habe nur einmal früher, vor acht Jahren, als mein Enkel das erstemal zum Abendmahl ging, zu Vater Vadier darüber gesprochen. Aber du bist die Enkelin meiner Zosine, und ich möchte mit dir sprechen, so wie ich damals, als wir beide junge Mädchen waren, ohne Vorbehalt und der Anteilnahme sicher, mit deiner Großmutter gesprochen habe.

In unserer Familie gab es eine Dame», sprach sie weiter, «die mit einem edlen Mann verheiratet war, er war viele Jahre älter als sie selbst. Sie hatten einen Sohn. Ihr Mann, der Herr auf Joliet, war ein wahrer Edelmann, seinem Boden ein Freund und seinen Bauern ein Vater. Er kannte jedes Kind im Dorf, jede Eiche in seinen Wäldern, jeden kleinen Wasserlauf in den Wiesen, und eines jeden Menschen Not lag ihm mehr am Herzen als seine eigene. Er war seinem König treu, er wußte nichts von Lüge und glaubte nicht, daß andere ihn hintergehen könnten.

Aber seine junge Frau langweilte sich auf Joliet. Sie träumte davon, zu reisen und fremde Länder zu sehen, das tägliche Leben hier erschien ihr eintönig und einfältig. Sie war eine begabte und rastlose Natur, in ihrem Müßiggang fing sie an, die neuen Philosophen zu lesen und mit den gewaltigen und gefährlichen Gedanken der Zeit zu spielen. Sie glaubte nicht an das Königtum von Gottes Gnaden und bald kaum noch an Gottes Gnade selbst. Sie nannte König Ludwig schwächlich und sein Geschlecht verderbt. Als in Paris die Revolution ihr Haupt erhob, ward sie davon begeistert und schwärmte für deren Männer und ihre Reden. Ihr Mann lächelte wohl über ihren Unverstand, aber nach und nach, als die Zeiten düster wurden und sie selbst in ihrem Unverstand immer eigensinniger, ängstigte ihn dieser. Er trug Sorge, daß die Vormundschaft für ihren Sohn im Falle seines eigenen Ablebens der Mutter des Kindes genommen und seinem Vetter übertragen werde, der ein hoher Geistlicher war. Die junge Frau liebte ihr Kind sehr, sie empörte sich über die Bestimmung ihres Mannes, grämte sich deswegen, es entstand Mißtrauen zwischen den Ehegatten, es war, als hielten beide, jeder für sich, an dem Kinde fest.

Gerade um jene Zeit kam auf der Flucht aus Paris ein junger Mann nach Joliet. Es war ein Prinz von königlichem Geblüt, aber seinen Namen kann ich dir nicht nennen, denn ich habe geschworen, es niemals zu tun. Drei Wochen lang verbarg der Herr auf Joliet diesen jungen Mann in einem Pavillon im Garten und versorgte ihn selber, um nicht seine Leute in Gefahr zu bringen. Seine Frau wollte ihm zuerst dabei nicht helfen, aber nachher fügte sie sich ihm aus Neugierde und weil die Zeiten so unruhig waren, daß sie auch irgendwelchen Anteil daran haben wollte. Sie brachte dem Flüchtling Essen und unterhielt sich mit ihm im Pavillon.

Da der junge Fürst nun nichts weiter zu tun hatte, beschloß er, mitten in seinem Unglück die Frau seines Wohltäters zu verführen. Sie war fast noch ein Kind und ahnungslos über die große Welt, sie glaubte ihm, als er sie seiner Liebe versicherte. Sie gestattete ihm schließlich den Zugang zu ihrer Kammer in einer Nacht, als ihr Mann auf einem seiner Pächterhöfe einen Besuch machte.

In derselben Nacht wurde der Flüchtling von Baptiste Labarre auf Sainte-Barbe an die Leute des Konvents verraten, die in der Gegend waren, und die Soldaten kamen nach Joliet, um ihn zu suchen. Baron de Valfonds wurde auf der Landstraße angehalten und zu seinem Hause zurückgebracht. Der Kommissar des Konvents ließ den Pavillon aufbrechen, und sie fanden ihn leer, fanden aber auch Spuren davon, daß jemand hier gewohnt haben müsse, und sie durchsuchten nun das ganze Haus.

Zuletzt kamen sie in das Zimmer der jungen Frau. Da sie aber gehört hatten, daß sie für die Ideen der Revolution schwärmte, brachen sie dort nicht ein wie in die anderen Zimmer, sie klopften an ihre Tür. Sie ließ sie ein, im Nachthemd und mit aufgelöstem Haar, und sah, daß sie ihren Mann zwischen sich mitführten. Sie stellten ein kurzes Verhör über sie an und sahen sich flüchtig in der Stube um.

Aber sie glaubten trotzdem genügend Beweise zu haben, um ihren Ehemann zu verurteilen, und sie eröffneten ihm, daß er ihnen nach Sainte-Barbe folgen solle.

Da bat er sie, ein wenig zurückzutreten, damit er einige Worte mit seiner Frau sprechen könne, und das wurde ihm bewilligt. Er sagte zu ihr: ‹Ich habe bemerkt, daß das Porträt meiner Mutter in Ihrem Schlafgemach schief an seinem Haken hängt. Ich erkenne, daß Sie unter Gefahr für Ihr eigenes Leben unseren Gast hier heraufgeführt und in dem geheimen Verlies hinter dem Gemälde versteckt haben. Ich bitte Sie um Verzeihung, wenn ich jemals an Ihrer Treue gegen die gute Sache gezweifelt habe. Wir haben jetzt nur wenig Zeit. Nehmen Sie in meinem Schreibtisch den Brief, der Sie Ihrer Vormundschaft über unser Kind beraubt, und zerreißen Sie ihn vor den Augen dieser Leute.› Denn seine eigenen Hände,

Zosine, waren gefesselt. ‹Es ist das beste›, sagte er weiter, ‹daß Sie morgen früh unseren Gast in Ihre eigenen Kleider stecken und in Ihrem eigenen Wagen die Allee hinunter fortfahren lassen. Denn diese Leute können wiederkommen. Sagen Sie ihm, ich ginge mit Freude und Stolz für ihn in den Tod.› Als das junge Weib tat, wie ihr Ehemann geheißen hatte, und das Papier in der Mitte durchriß, lachten die Leute des Konvents, und einige von ihnen klatschten in die Hände. ‹Und nun bitte ich Sie, meine Gemahlin›, sagte Baron de Valfonds, ‹Joliet zu verwalten und unseren Sohn in dem gleichen Geiste zu erziehen, in dem Sie heute nacht gehandelt haben. Und schließlich bitte ich Sie, zum Zeichen dafür, daß Sie mir vergeben, sich vorzuneigen und mir einen Kuß zum Abschied zu geben. Wir sehen uns nicht wieder.› Gleich darauf führten die Soldaten ihn ab.

Die Herrin auf Joliet saß, nachdem ihr Ehegefährte sie verlassen hatte, lange vor dem Gemälde. Sie dachte: ‹Ich werde die Tür nicht aufmachen, ich werde den Eingesperrten vor Hunger und Durst dahinter umkommen lassen.› Aber im Laufe der Nacht dachte sie an die Worte ihres Mannes und holte den Schlüssel zu dem geheimen Verlies hervor. Dreimal steckte sie ihn hinein, und dreimal zog sie ihn wieder heraus. Sie dachte: ‹Wie soll ich morgen dem Tageslicht begegnen, und all die Tage, die danach kommen, ebenso? Welches Gesicht werden mir die Spiegel auf Joliet zeigen?› Aber als der Tag nahte, beschloß sie, so zu leben, wie ihr Gemahl es sie geheißen hatte, für Joliet.

‹Keiner von meinem Geschlecht›, sagte sie nun zu sich selber, ‹soll jemals unsere Provinz verlassen, damit die Welt draußen ihn nicht verderbe. Wir wollen unsere Herzen in Joliets Erde begraben und ihr treu sein bis an den Tod.›

Als es hell wurde, machte ich die Tür auf. Ja, Zosine, ich selbst war diese Frau, und der Mann, den sie nach Sainte-Barbe brachten, das war mein Mann. Ich reichte meinem Gast meine Kleider und sagte zu ihm: ‹Hier ist das Gewand, das Ihnen am besten passen wird, Königliche Hoheit. Denn es ist ein Weibergewand. Um Ihretwillen ist heute nacht ein Mann erschossen worden.›

Er war in Gefahr, er hatte Eile. Dennoch sagte er zu mir, als er sich angezogen hatte: ‹Ohne einen Kuß reise ich nicht von Joliet fort.› Denn ich hatte ihn noch nie geküßt. ‹Ich habe›, sagte ich, ‹auf meinem Mund den Kuß von Baron de Valfonds, dessen letztes Wort an mich lautete, er sterbe mit Freude und Stolz für Sie. Es würde sich für Ew. Königliche Hoheit nicht geziemen, wenn auf diesen Kuß irgendein anderer folgte!›»

Auf Sainte-Barbe wird es still

Am Abend desselben Tages, als sie nach Joliet gekommen war, saß Lucan in ihrem Zimmer und nähte eine Garnierung an ihrem Kleide fest, in die sie hineingetreten war, als sie die Truhe auf Sainte-Barbe beiseite schob. Zosine lag im Zimmer nebenan im Bett. Sie hatte Fieber, dämmerte hin und wieder ein wenig ein und wimmerte im Schlaf, war aber stumm, wenn sie wach war.

«Sie hat», dachte Lucan, «zum Glück eingesehen, daß sie zum Reisen zu schwach ist. Aber wie soll ihr Gemüt je zur Ruhe kommen?»

Zosine wollte allein sein, sie schickte die weinende Olympia fort und blickte Lucan mit finsteren, stummen Augen an.

Lucan selbst befand sich in einem seltsamen, traumhaften Zustand, in welchem sie zwischen dem Augenblick und der Erinnerung nicht recht unterscheiden konnte. Wenn Madame de Valfonds mit ihr sprach, wußte sie nichts zu erwidern. Sie wußte nicht, was die Zukunft ihr bringen werde, auch nicht, wieviel Schuld sie selbst an der Tragödie auf Sainte-Barbe hatte. Wenn ihre Gedanken nach England wanderten und zu dem, was man dort wohl sagen würde, wenn man ihren Namen in den Zeitungen sah und hörte, daß sie in Frankreich vernommen oder verurteilt worden sei, schreckten sie sofort wieder zurück. Andere mochten nun über ihr Schicksal verfügen und bestimmen.

Einige Male im Lauf des Tages war ein Wagen vor Joliet vorgefahren, und Leute waren ausgestiegen. Vater Vadier hatte die alte Dame besucht. Lucan wartete darauf, daß man ihr sagen werde, was gesprochen und entschieden worden war.

Während sie saß und nähte, kam Vater Vadier herein. Sein Antlitz war sehr ruhig, als er sie begrüßte und ihr gegenüber Platz nahm.

«Ich habe Ihnen und Ihrer Freundin etwas zu sagen», begann er, «falls Fräulein Zosine zu Kräften gekommen ist und mich anhören kann.»

Vater Vadier und Madame de Valfonds hatten inzwischen erfahren, daß Lucan und Zosine nicht Schwestern waren.

«Wie kann sie zu Kräften kommen?» sagte Lucan traurig. «Sie hat viele Monate lang alle ihre Kräfte auf eine einzige Sache gerichtet, so wie es niemand anders hätte tun können. Und diese Sache endete entsetzlich.»

Vater Vadier saß ein Weilchen da und sah sie nur an. «Fräulein Lucan», sagte er, «würden Sie mir alles erzählen, was Ihnen und Ihrer Freundin in Frankreich widerfahren ist?»

Lucan wurde blasser. «Ja», sagte sie.

Sie faltete die Hände im Schoß. Es ist gut, dachte sie, daß sie diejenige war, die zuerst über die Ereignisse auf Sainte-Barbe berichten sollte. Zosine würde sich selber zu heftig angeklagt haben.

Sie griff in ihrem Bericht weit zurück, bis zu ihrer ersten Begegnung mit Frau Pennhallow vor dem Gasthaus in Staines, und nahm alles, was ihr seitdem begegnet war, langsam und gewissenhaft vor. Auch dies alles zu erzählen war wie ein Traum, und dieser Traumzustand hatte zur Folge, daß sie, fast so, als handele es sich um jemand anders, und ohne daß ihr die Stimme versagte, den Brief wiedergeben konnte, den sie in Frau Pennhallows Schublade gefunden hatte, und ebenso die letzte Nacht auf Sainte-Barbe beschreiben konnte. Als sie mit ihrer Erzählung zu Ende war, sah sie Vater Vadier voll an und wartete auf sein Urteil.

Vater Vadier saß lange da, ohne sich zu rühren. Zuletzt sagte er:

«Ich muß trotzdem mit Ihrer Freundin sprechen. Ich verstehe, daß sie jetzt leidet. Aber es gibt für sie keinen anderen Ausweg, als einem anderen Menschen die Wahrheit zu erzählen. Ich glaube, daß sie in diesem Augenblick selber den Wunsch hat.»

Da hörten sie gerade, wie Zosine sich im anstoßenden Zimmer bewegte.

«Gehen Sie zu ihr hinein», sagte Vater Vadier, «und lassen Sie mich wissen, ob ich kommen kann.»

Lucan ging zu Zosine hinein. «Mit wem hast du gesprochen?» fragte Zosine.

«Mit Vater Vadier», sagte Lucan, «er sagt, er habe uns etwas mitzuteilen.» Zosine atmete tief auf.

«Es ist gut, daß er gekommen ist», sagte sie. Lucan rückte ihr die Kissen zurecht, so daß sie aufrecht sitzen konnte, und zog einen Armstuhl an das Bett. Hier drinnen war es dunkel, Zosine bat sie, die Lampe anzuzünden. Als Lucan die Milchglasglocke darüber hochob, sah sie mit Betroffenheit, wie blaß und erschöpft ihre Freundin war.

«Ja, es ist gut, daß Sie gekommen sind, Vater Vadier», sagte Zosine, «hier meinen sie nämlich alle, daß ich weiterhin unter anderen Menschen leben kann, ebenso wie vordem. Aber das geht nicht für einen Menschen, der einen anderen in den Tod getrieben hat. In diesen Monaten habe ich immer wieder geträumt, daß ich den alten Mann mit dem Strick um seinen Hals sehe! Und meine Träume waren stark, Vater Vadier – zuletzt mußte er ihn umlegen. Hören Sie mich an, ich möchte Ihnen alles erzählen.»

«Sie sollen mir nicht erzählen, was sich auf Sainte-Barbe ereignet hat», sagte Vater Vadier, «ich weiß es und wußte es, ehe ich heute abend hierherging. Wir werden davon sprechen, was Sie nun selbst tun wollen.»

«Glauben Sie nicht, daß ich bereue, was ich getan habe», sagte Zosine und bewegte den dunkelhaarigen Kopf auf dem Kissen, «ich würde es ja wieder tun, wenn ich wieder nach Sainte-Barbe käme und alles wieder wie jetzt wäre. Der alte Mann verdiente es zu sterben, es war gerecht, daß er starb. Aber wissen Sie, Vater Vadier, daß die Gerechtigkeit eine entsetzliche Sache ist? Wer ohne Gerechtigkeit nicht leben kann und im Leben einem so bösen Menschen begegnet wie Pastor Pennhallow, muß verzweifeln. Ein solcher Mensch ist selber verloren und kann niemals mehr unter Menschen leben. Sie meinen hier, Vater Vadier – Madame de Valfonds, Olympia und Lucan meinen –, daß ich mein Haar hochstecken könne, ausreiten, unter der Lampe mit ihnen sitzen. Aber es ist unmöglich, Vater Vadier, ich müßte jetzt in einem Gefängnis leben. Wenn ich aber hierbleiben muß, dann sterbe ich.»

«Gestatten Sie mir, daß ich Ihnen sage, weswegen ich gekommen bin», sagte Vater Vadier.

«Gestern morgen in der Frühe», sagte er, «erhielt Monsieur

Tinchebrai in Peyriac einen Brief. Der kam von Sainte-Barbe, seine Wirtschafterin kannte den Boten. Er sagte zu ihr, er müsse in einer Angelegenheit ausgehen, und er ist nicht zurückgekommen, niemand hat ihn seitdem gesehen. Aber ich verstand, daß er nach Sainte-Barbe gegangen war. Als ich selber im Laufe des Tages, nachdem ich Sie hier heraufbegleitet hatte, nach Sainte-Barbe ging, stand die Tür offen, aber es war kein Mensch im Haus. In der langen Eßstube fand ich, was Monsieur Tinchebrai dort gefunden haben muß. An den beiden Haken an der Decke hingen Pastor Pennhallow und die Frau, die sich seine Ehefrau nannte, und sie waren beide seit mehreren Stunden tot. Ich kann mir denken, daß die Frau nach Haus gekommen ist, nachdem Sie selbst das Haus verlassen haben, und daß sie beim Anblick des Toten ihrem Leben ein Ende gemacht hat. Der Strick, den er benutzt hatte, war lang, sie hatte ihn mit einem Beil durchgehauen, das auf dem Tisch lag.»

«Die Arme», dachte Lucan, «sie konnte ihn nicht überleben! Aber in seiner letzten Stunde, als er zu uns sprach, da nannte er ihren Namen nicht!»

«Im Hause gab es», fuhr Vater Vadier fort, «genügend Beweise dafür, was diese beiden Menschen in den Tod getrieben hat. Der Richter in Lunel hat ihre Schubfächer geöffnet und Beweise für eine lange Reihe furchtbarer Verbrechen gefunden. Pastor Pennhallow war, ohne daß man seinen Namen kannte, von unserer Polizei gesucht, und falls man ihn gefunden hätte, würden bereits Frankreichs Gesetze ihn zum Tode verurteilt haben, so wie er sich nun selbst gerichtet hat. Aus Papieren und Briefen ging gleichzeitig hervor, daß diese beiden auf Sainte-Barbe in Wahrheit nicht Eheleute waren, sondern Bruder und Schwester.

Es wird zu keinem Verhör oder Urteil in dieser Angelegenheit kommen, Fräulein Zosine. Madame de Valfonds und ich selbst haben mit Monsieur Belâbres gesprochen. Durch einen sonderbaren Glückszufall hatte er gerade von dem Postillion in Peyriac erfahren, daß Sie und Ihre Freundin am Abend vor diesen Ereignissen mit der Diligence von Peyriac nach Les Matelles gefahren waren, wo man den Wagen wechselt. Es sei, erklärte Monsieur Belâbres mir, zweifellos Ihre Flucht gewesen, die Pastor Pennhallow bewiesen habe, daß Sie von seinen Taten wüßten. Und diese

Gewißheit sei es gewesen, die den Mörder zum Selbstmörder gemacht habe. Baptistine Labarre war nicht auf Sainte-Barbe.»

Eine Weile saßen sie alle drei stumm da.

«Und Clon?» flüsterte Lucan.

«Der Junge von Sainte-Barbe», sagte Vater Vadier, «wurde in einem Schuppen aufgefunden, in den er sich geflüchtet hatte, nachdem er von Monsieur Tinchebrai nach Hause gekommen war. Er ist krank. Er hat uns im Fieber viel von dem erzählt, was in der letzten Nacht und vorher geschehen war. Er scheint Ihnen ergeben zu sein, Fräulein», fügte er hinzu und schaute Lucan an, «aber er entsinnt sich nicht Ihres Namens, er nennt Sie Fräulein Rosa. Er sagt, er habe nicht dabei helfen wollen, Sie zu töten, sei aber von den Leuten dazu gezwungen worden, die er ‹die anderen› nennt. Als er lange dagestanden und gewartet hatte, ob das Licht im Fenster stünde, welches das Zeichen sein sollte, daß er und diese anderen ins Haus kommen sollten, ging er auf die andere Seite hinüber und blieb hier die Nacht hindurch im Regen und Sturm stehen. Es ist nicht sicher, daß er mit dem Leben davonkommt.»

Es wurde still, auch in der Stube auf Joliet, als Vater Vadier seine Erzählung beendet hatte.

Er war selbst der erste, der wieder sprach. «Sie fragen mich, Zosine», sagte er, «ob ich wisse, daß die Gerechtigkeit eine fürchterliche Sache sei. Ja, sie ist in unseren Händen eine fürchterliche Sache. Und die Rache schlägt den nieder, der sie auf sich nimmt. Um Gerechtigkeit unter den Menschen zu üben, ist die Obrigkeit eingesetzt, die ohne Haß, im Namen der ganzen Menschheit, den Verbrecher aburteilen und das Urteil vollstrecken kann. Es war gerecht, daß dieser böse Mann sterben sollte. Aber es war hoffärtig, es war vermessen von Ihnen, daß Sie sich selbst zu seinem Richter einsetzen wollten.

Aber sehen Sie nicht, Zosine», sagte er, «daß die Vorsehung in ihrer Gnade Sie davor bewahrt hat, wirklich sein Richter zu sein? Sie haben keinen Menschen getötet, und es gibt kein Gefängnis, das für Sie offenstünde. In der Hand, die sich selbst zum Richter aufwerfen wollte, versagte die Pistole. Es war das Erbarmen in Gestalt dieses guten Mädchens, das Sie und Ihren Haß und Trotz zunichte machte und das den bösen Mann zerschmetterte. Sein finsterer Geist ertrug nicht den Lichtstrahl der Vergebung. Und vor der Fürbitte eines jungen, unschuldigen Mädchens wich er an den Abgrund zurück und stürzte hinein.»

Ihre Freundin hat mir erzählt», fuhr er fort, «daß Pastor Pennhallows letzter, furchtbarer Schrei gewesen sei: ‹Rosa betet für mich!› Sie sehen demnach, daß Rosa, deren Sache Sie auf sich genommen hatten und deren Unglück Sie rächen wollten, größere Macht gehabt hat als Sie selber. Sie vertrat eine höhere, reinere Gerechtigkeit in dem Augenblick, als sie von der Rache abließ und vergab!»

Er nahm Lucans Hand und führte sie näher an Zosines Bett heran.

«Zosine», sagte er, «du wirst deiner Freundin jetzt einen Kuß geben, während ich zuschaue.»

Lucan beugte sich bewegt und zögernd zu Zosine hinab. Nach einem Augenblick fühlte sie die Arme ihrer Freundin um ihren Hals und ihr Gesicht an ihrem eigenen.

«Du kannst wohl unter Menschen leben, Zosine», sagte Vater Vadier, «du wirst unter ihnen lernen, Erbarmen entgegenzunehmen und zu üben.»

Als Lucan eine Weile neben Zosines Bett gesessen und gesehen hatte, wie ihr blasses, erstarrtes Gesicht ruhig wurde, so daß sie wieder dem Kind ähnlich war, das in der Schule im Bett neben ihrem eigenen einschlummerte, kam ihr eine Eingebung: «Ich will hineingehen und meinen Brief lesen», dachte sie.

Es war kein säuberlich geschriebener oder wohlabgefaßter Brief, sein Inhalt war kurz, er hatte aber eine lange Nachschrift. Er lautete folgendermaßen:

«Fräulein Lucan Bellenden!

Bin ich es wert, daß Sie einen Brief lesen, den ich geschrieben habe? Ich habe mich dies viele Male gefragt. Aber Sie sind es, die meine Frage entscheiden wird, so wie Sie alles im Leben für mich entscheiden werden. Ich bin ein junger Mann ohne Tugenden oder Verdienste, ein ungeschliffener Seemann, vielleicht ein Sünder vor Gott und Menschen. Aber so wie wir auf See nach den Sternen steuern, so muß ich hier in dieser Welt meinen Kurs nach Ihrem Willen ausrichten.

Ich schreibe diesen Brief, um Ihnen zwei Dinge zu sagen.

Ich möchte Sie um die Erlaubnis bitten, Ihnen zu sagen, daß ich frei bin. Das Gelübde, das mich band, als wir uns in Frankreich sahen, ist mir zurückgegeben worden. Ich wollte es so gut halten oder hätte es getan, so gut ich es vermocht hätte. Aber die Dame, die meine Ehefrau hätte werden sollen, hat, Gott segne sie dafür, den reichsten alten Mann in England gefunden, der ihr besser als ich geben kann, was sie sich von dieser Welt erhofft. Dies ist eins von den Dingen, die ich Ihnen sagen wollte.

Danach möchte ich Sie um die Erlaubnis bitten, Sie zu fragen, ob ich Sie noch ein einziges Mal aufsuchen darf? Senden Sie mir aus Erbarmen, aus Ihrem milden Herzen, eine Zeile zur Antwort.

Ihr bis in den Tod Ihnen ergebener und eherbietiger Diener

Noël Hartranft.

P. S. Fräulein Bellenden. Sie haben mich niemals ein einziges verständiges Wort sagen hören außer dem allerletzten Satz, den ich mich erkühnte, im Garten auszusprechen. Wäre es denkbar, daß Sie mir erlauben, diesen mein ganzes Leben lang nicht nur in Worten, sondern in allen meinen Taten zu wiederholen, so ist es immerhin möglich, daß Sie zu guter Letzt ein wenig besser von mir denken werden, als Sie es jetzt tun können.

P. S. Fräulein Lucan, was ich von allem in der Welt am wenigsten möchte, das ist, daß Sie mich anspruchsvoll oder anmaßend finden. Glauben Sie nicht, weil Sie so gütig sind, diesen Brief zu lesen, daß ich in Ihrer Freundlichkeit etwas anderes sehe, als was sie ist. Ich schwöre Ihnen, ich bin, während ich diesen Brief schreibe, der demütigste Mann der Welt. Aber ich sehe dennoch, daß mein Brief die himmelhohe Hoffnung verrät, die gewaltige Freude, die mich bei dem Gedanken erfüllt, daß ich helfen, dienen oder Sie durch irgend etwas, sei es, was es sei, in der Welt erfreuen könnte. Dies ist nicht so, wie es sein müßte, aber es kann nicht anders sein. Ich habe diesen Brief an Sie mehrmals umgeschrieben, und er ist nicht anders geworden. Ich schließe ihn daher, damit er Sie nicht noch weiterhin erzürne.

Ihr Diener Noël Hartranft.»

Glaubst du es nicht?

Damals, als die erste Zosine während der Revolution nach Joliet gekommen war, hatte sie ihre ganze Brautausstattung mitgebracht. Aber die Verhältnisse waren zu unsicher, und jede Stunde war zu kostbar, als daß die Fliehenden mit einer Wagenladung voller Kisten und Kästen hätten reisen können. Die jungverheiratete Frau trennte sich nur unter Tränen von ihren Schätzen.

«Wie», dachte sie, «wird es sein, wenn man ohne feines Leinen und Spitzen leben muß?» Ihre Kusine ließ die Kisten auf den Boden hinauftragen, und die beiden jungen Frauen hatten sich gegenseitig dadurch getröstet, daß sie sich darüber unterhielten, wie sie sie dereinst zusammen öffnen würden. Seither hatten die schweren Kisten den Staub fast eines halben Jahrhunderts auf Joliets Boden aufgespeichert.

Jetzt ließ Madame de Valfonds sie herunterholen. Alles, was sie enthielten, fiel ja der jungen Zosine zu. Zosines Ankunft auf Joliet und ihr Verbleiben hatten das Gemüt der Herrin in ungewohnte Aufregung versetzt, ihre eigene Jugend war zurückgekehrt und hatte ihr Haus in Besitz genommen. Die alte Dame unterschied nicht immer klar zwischen Vergangenheit und Gegenwart. Zosine war wiedergekommen, welche Freude! Die ehemalige Liebe zu der Freundin, die neue Süße, Jugend und Schönheit im Hause zu haben und die Hoffnung auf das Glück eines geliebten Kindes, die diese mit sich brachten, flossen in ihrem Gemüte zu einer seltsamen, verzückten Leidenschaft zusammen. Aber es lag ein Schatten auf ihrer Freude – es war unsicher, ob Zosine nun auch auf Joliet bleiben werde. Sie ließ die Kisten in Zosines Stube stellen und bat Lucan, sie dazu anzuregen, daß sie sich deren Inhalt ansehe. «Sie denkt», sagte sie mit Tränen in den Augen, «sie kann nicht mehr leben und glücklich werden.» Lucan wußte, daß die alte Dame in ihrem Herzen hinzufügte: «Und was auf dieser Welt kann wohl ein kummervolles Frauengemüt trösten, wenn nicht feines Linnen und Spitzen?»

Vor Zosine, die im Lehnstuhl saß, hielt Lucan Stück für Stück hoch, und sie mußte während der Arbeit daran denken, wie sie auf Tortuga ihre Freundin Schubladen und Schränke von fast ebenso feinen Dingen hatte leeren und diese nach allen Seiten im Zimmer umherstreuen sehen.

«Ach, sie hat sich verändert!» dachte sie. «Damals entschied sie im Handumdrehen, was jedes Ding auf dieser Welt wert sei, und je nachdem, wie ihr der Kopf stand, nahm sie sie und warf sie fort. Aber jetzt wägt und überlegt sie. Sie schaut sich die Aussteuer an, über die ihre Großmutter Tränen vergossen hat, als ob sie dächte: ‹Ist es wert, das zu besitzen?›» Der tiefernste Blick ihrer Freundin griff Lucan seltsam ans Herz.

«Ist das meines?» fragte Zosine schließlich.

«Ja, gewiß», meinte Lucan.

«Dann nimm du es», sagte Zosine. «Du darfst als Braut nicht mit leeren Händen nach Wanlock Hall kommen. Wenn dein Noël meinen Namen darauf sieht, mußt du ihm sagen, daß du ihn dir dort hast einarbeiten lassen, damit du dich ab und zu, wenn du dich zwischen dieser Wäsche und auf diesen Kissen zur Ruhe niederlegst, meiner erinnerst.»

«Denkst du», rief Lucan aus, «daß ich zwölf Dutzend Nachthemden haben möchte? Ich, die ich nie in meinem Leben mehr als sechs Stück auf einmal besessen habe?»

«Doch», sagte Zosine, «du wirst ja leben, um alle Menschen zu erfreuen, bis du eine reizende alte Dame bist und sie alle aufgebraucht hast. Und du wirst in jedem einzigen von ihnen froh und glücklich sein.»

Lucan legte das Stück, das sie in der Hand hatte, fort. «Und du selbst, Zosine», fragte sie, «glaubst du nicht, daß du glücklich wirst?»

«Das eben weiß ich nicht», sagte Zosine. Als sie aber Lucans betrübtes Gesicht sah, fuhr sie fort: «Ich bin nicht unglücklich. Ich bin nicht mehr verzweifelt. Ich bin froh, daß ich das ausgeführt habe, was ich mir vorgenommen hatte und woran ich immer gedacht hatte. Aber ich bin nicht mehr dasselbe Mädchen, das ich vorher war, und ich glaube nicht, daß ich so leben kann, wie ich es früher getan habe. Ich habe daran gedacht, wenn ich Mamas Religion hätte, so würde ich jetzt gern in ein Kloster gehen.»

Lucan trat an ihren Sessel heran. «Weißt du», fragte sie, «daß

Baron Theseé seinen Aufenthalt in Nîmes beendet hat und daß er morgen wiederkommt?»

«Ja, das hat seine Großmutter mir erzählt», sagte Zosine.

«Dann wirst du ihn doch sehen und mit ihm sprechen?» fragte Lucan leise.

Zosine saß eine Weile schweigend da. «Wenn ich ihn wiedersehe», sagte sie, «so kann ich auf das antworten, wonach du mich vorhin gefragt hast. Aber wie kann ich ihn wiedersehen? Wie sollte ich ihn wohl sehen und mit ihm sprechen können?»

«O doch», sagte Lucan, «das wirst du bestimmt können, verlaß dich drauf.»

Baron Theseé de Valfonds kam am nächsten Tag nach Joliet zurück. Noch in seinem großen Reisemantel trat er ins Wohnzimmer, wo seine Großmutter und Lucan saßen. Die alte Dame ging ihm entgegen und umarmte ihn.

Sie nahm sich nachher viel Zeit, um ihrem Enkel alles zu erzählen, was sich begeben hatte, während er fort gewesen war. Sie erinnerte sich aber nicht genau der Reihenfolge der Ereignisse und suchte bei Lucan Hilfe. Sie wollte nicht bei dem Drama auf Sainte-Barbe verweilen, so als habe sie den Pachthof ein für allemal aus ihrem Bewußtsein getilgt und wolle sich jetzt auch in Gedanken ihm nicht nähern. Aber sie kam mehrmals auf die Ankunft der jungen Mädchen auf Joliet zurück, auf Zosines Verbindung mit der Uhr, die der alte Trödler in Peyriac gekauft hatte, und auf die unverhoffte Enthüllung ihrer Verwandtschaft mit der Familie auf Joliet. Zuletzt zog die alte Dame die Sache in die Länge, sie fürchtete die Ungeduld ihres Enkels, mehr aber noch die Entscheidung, die bevorstand. Zosine sei nicht wohlauf, sagte sie, sie habe zu Bett gelegen. Sie wolle erst sehen, ob das junge Mädchen imstande sei, Besuch zu empfangen. Sie erhob sich und ging aus dem Zimmer.

Lucan blieb mit dem jungen Mann allein. Sie entsann sich von ihrer ersten Begegnung her seines Gesichts und seiner Gestalt. Aber als er sie jetzt so artig begrüßte und, nachdem seine Großmutter sie verlassen hatte, sie bat, ihm alles zu erzählen, was auf Sainte-Barbe vorgefallen, war sie betroffen von dem eigentümlich Vornehmen, Edlen und Offenen in seiner Haltung, in Blick und Stimme. Er war so jung, sicherlich nur wenige Jahre älter als sie selber, und doch hatte er in seinem ungekünstelten Wesen ein Gleichgewicht oder eine Klarheit, von der man vermuten mußte, daß ein Menschenalter oder mehr dazu gehört habe, diese hervorzubringen. Sie sah, daß er blaß wurde, während sie sprach, und daß ihr Bericht ihn entsetzte und schmerzte, wurde aber selber nur froher und sicherer dadurch.

«Wir beide können gute Freunde werden», dachte sie. Ehe sie schloß, schoß ihr ein anderer Gedanke durch den Sinn. «Doch», sagte sie bei sich selber, «ich könnte mir vielleicht trotzdem erklären, daß Zosine ihn lieben könnte, obwohl Noël mit Sainte-Barbe in Zusammenhang stand.»

Als sie gerade ihren Bericht beendet hatte, kam Madame de Valfonds, mit Olympia hinterdrein, in großer Unruhe und Aufregung ins Wohnzimmer zurück. Zosine war nicht in ihrem Zimmer, und sie konnten sie im Haus nicht finden. Als sie den Wagen vor der Tür hätte vorfahren hören, hätte sie sich eiligst von Olympia anziehen lassen; während sie aber die schwarze Frau mit einem Auftrag wegschickte, war sie selber fortgegangen, und Olympia wußte nicht, wohin.

Einen Augenblick befiel Lucan ein furchtbarer Schrecken. Sie hatte ja selbst Pastor Pennhallows letzte höhnische Warnung an sie und Zosine gehört, wie er mit Olympias Schlinge um seinen Hals dastand, sie hörte ihn noch in ihren Träumen. Klang diese nun vielleicht in Zosines Ohren wider, so daß sie es nicht wagte, sich von einem Mann einen Ring an ihre Hand stecken zu lassen und sich selber im Spiegel zu betrachten? Ob die leise, lockende Stimme des alten Mannes sie mit sich gezogen hatte, von ihren Freunden weg? Sie fühlte, daß sie sehr blaß wurde, und sah, daß irgend etwas in ihrem Gesicht die anderen entsetzte. In ihrer Not, während es ihr beinahe schwarz vor Augen wurde, folgte sie einer Eingebung.

«Vielleicht», rief sie aus, «ist sie in den Stall hinuntergegangen.»

Der junge Mann nahm die steinerne Treppe in zwei Sätzen, Lucan folgte ihm zitternd mit den Augen bei seinem Lauf quer über den Hofplatz.

Die Pferdeställe auf Joliet waren immer der Stolz des Hauses gewesen und blitzten jetzt auch wieder, geputzt und sauber. Die

Nachmittagssonne fiel durch die niedrigen Fenster auf die blankgestriegelten Pferde und auf die goldenen Buchstaben in ihren Namen über den Ständen.

Dort, wo der Schimmel seinen Platz hatte, den sie nach ihres eigenen Vaters Reitpferd «Mazeppa» getauft hatte, stand Zosine; sie hielt das Pferd an der Stirnlocke fest und fütterte es mit Zucker aus ihrer Hand.

Die Luft im Stall und der Geruch der Pferde schlugen Thesée als etwas Vertrautes und Freundliches entgegen, und der Anblick des jungen Mädchens mit dem Schimmel war so schön, daß er einen Augenblick stehenblieb. Zosine sah ihn, kümmerte sich aber nicht um ihn.

«Lita», rief Thesée aus, «warum bist du vor mir geflohen?»

Mazeppa drehte den Kopf und wieherte leise, als er die Stimme seines Herrn hörte, aber Zosine antwortete nicht.

«Lita», sagte der junge Mann wieder, «du hast mich furchtbar leiden lassen um deinetwillen.» Er machte einen Schritt in den Stand hinein auf das Mädchen zu, aber im selben Augenblick bückte sie sich unter den Hals des Pferdes, so daß sie auf der anderen Seite stand.

«Du wolltest mir nicht antworten, als wir uns das letztemal sahen», rief er, «und du bist nicht wiedergekommen! War es nicht genug, daß ich dir nachtrauern mußte? Nun weiß ich, daß du in Gefahr und in Angst gewesen bist hier auf meinem eigenen Grund und Boden. Und du hast nicht nach mir geschickt!» Wieder ging er auf sie zu um den Kopf des Pferdes herum, und wieder schlüpfte sie unter dessen Halse hinweg und entzog sich ihm.

«Du hast selbst gesagt, wir könnten Freunde sein», rief er aus. «Wem hier auf Joliet käme es denn zu, einem jungen Mädchen beizustehen und ihre Verfolger zu bestrafen – wenn nicht mir? Wenn nicht mir – der ich dich liebe!»

Die beiden jungen Menschen waren in stärkster Erregung, aber der Schimmel stand ruhig zwischen ihnen und rieb nur leicht das Maul an Zosines bebender Hand, die es unablässig streichelte.

«Wie willst du denn, daß wir nach diesem allen weiterleben sollen?» rief er. «Wie kann ich dir jemals verzeihen, Lita?»

Außer sich und verzweifelt über ihr Schweigen, stützte er eine

Hand auf Mazeppas Rücken, in einer einzigen plötzlichen, ausholenden Bewegung schwang er sich quer über das Pferd und zu ihr hinüber.

Um sie nicht gegen die Stallwand zurückzudrängen, mußte er sich im Stroh auf das eine Knie fallen lassen. Noch in dieser demütigen Haltung und ihre beiden Hände ergreifend, zog er sie zu sich heran und wiederholte: «Wie soll ich dir verzeihen?»

Zosine, die selber etwas von Pferden verstand, hatte der schnelle, kühne Sprung den Atem geraubt. Sie ließ ihm ihre Hände und blickte zu ihm nieder. Gleich darauf flüsterte sie, aber etwas in ihrer Kehle, Weinen oder Lachen, erstickte halb ihre Stimme:

«Doch, ich weiß jetzt sehr gut, wie wir leben müssen, nachdem ich mit Mazeppa gesprochen habe. Er sagt, ich solle auf Joliet Gänse hüten und meinem Mann beim Pflügen zusehen! Er ist klüger als wir, ich glaube ihm. Und das mußt du auch tun, Thesée.»

An diesem Abend, ehe man auseinanderging, nahm Madame de Valfonds Zosine bei der Hand und führte sie vor ein großes Gemälde an der Wand. Zwischen ihren unklaren und schwachen Stunden hatte die alte Herrin Augenblicke von großer Klarheit und Würde, in denen sie machtvoll wie eine Sibylle redete.

«Zosine», sagte sie, «du erwähntest an dem Tag, als du kamst, die Spiegel auf Joliet. Jetzt werde ich dir den Spiegel zeigen, in dem du dich selber sehen mußt. Er hat auf dich gewartet, seit jener Zeit, ehe du geboren wurdest. Als dies Antlitz ihm zulächelte und mit ihm redete, schenkte Joliet ihm als Vergeltung, wie du siehst, alle seine Blumen. Glaubst du nicht, daß es wieder so werden kann?»

Zosine blickte mit großer Verwunderung auf das Bildnis. Sie hatte seit jenem Tag, als sie hier ankam, ihr Zimmer nicht verlassen, und damals hatte sie nichts um sich her bemerkt. Jetzt blieb sie lang vor dem Gemälde stehen. Denn sie war es ja selbst, die sie darauf sah, sorglos und glücklich in dem sommergrünen Garten von Joliet. Als sie sich Madame de Valfonds zuwandte, die noch ihre Hand festhielt, strahlte das zärtliche, geheimnisvolle Lächeln des Porträts der alten Dame in den tränennassen Augen.

«Aber gewiß glaube ich das, Grandmaman», sagte sie. «Ich habe es ja immer geglaubt!»

Ausklang

Der hübsche Wagen mit dem Viergespann davor, der Sir Noël Hartranft und seine junge Ehefrau nach Lunel bringen sollte, dem allerersten Abschnitt ihrer Hochzeitsreise, fuhr die Schloßallee hinab. Man hatte sich wieder und wieder Lebewohl gesagt und von der Treppe wie vom Wagen aus zum Abschied gewinkt; nun wandte Lucan den Kopf, nachdem sie ein letztes Mal mit ihrem Taschentuch nach einer Ecke der Terrasse gewinkt hatte, die auf den Weg hinausging. Sie hatte in Zosines Armen geweint, sie weinte noch und versuchte nicht, ihre Tränen vor ihrem Mann zu verbergen. Das erschien ihr gerade ein Teil ihres neuen, unfaßlichen Glücks zu sein, daß sie in dieser Weise frei an seiner Seite weinen durfte.

Vor drei Tagen hatte die Hochzeit der beiden jungen englischen Mädchen auf Joliet stattgefunden.

Sir Noël war aus England gekommen, um seine Braut zu holen. Er wollte sie, ehe er sie in sein Haus heimführte, mit nach Italien und Griechenland nehmen, wo er in früherer Zeit zu Schiff vorübergekommen war. Der Priester des englischen Konsulats in Marseille hatte die Trauung in der Stube vollzogen, in die Lucan, ratlos und erschöpft, am Morgen nach der verhängnisvollen Nacht auf Sainte-Barbe geführt worden war.

Am nämlichen Tage war Zosine Thesée de Valfonds Gemahlin geworden. Sie hatte ihrem Papa geschrieben und sein Einverständnis zu ihrer Eheschließung erbeten, und sie erwartete ihn nun mit großer Freude auf Joliet. Aber sie hatte gewünscht, ihn erst wiederzusehen, nachdem ihr eigenes Schicksal entschieden und sie selbst an ihr neues Land und ihre neue und alte Familie gebunden wäre.

Es waren bei der Trauung nur wenige Zeugen im Wohnzimmer auf Joliet zugegen. Aber abends wurde im Schloßhof die Hochzeit mit einem großen Fest für die ganze Bevölkerung aus der Umgebung gefeiert. Die Vorfälle auf Sainte-Barbe, über die niemand etwas Genaues wußte, bildeten einen dunklen Hintergrund zu der lichten Gestalt der Braut. Joliets Bauern hatten das Empfinden, als sei sie ihnen auf fast wunderbare Weise zugeführt worden.

Sainte-Barbe selbst stand leer. Es wurde erzählt, das Haus solle abgerissen werden. Es wurde auch erzählt, daß Baptistine Labarre, von der niemand seit dem Tode der fremden Mieter etwas gesehen hatte, nachts dort oben umgehe, gleich einem unseligen und ruhelosen Geist, der sich nicht an dem Ort zu zeigen wagte, wo er beheimatet war, und sich nicht von ihm trennen konnte.

Der Kutscher hielt die Pferde an. Ohne sich umzuwenden und die jungen Leute zu stören, machte er sie mit dem Peitschenstiel am Hute ehrerbietigst darauf aufmerksam, daß man von dieser Stelle des Weges, aus weiter Entfernung, noch einmal das weiße Hauptgebäude von Joliet sehen könne.

Inhalt

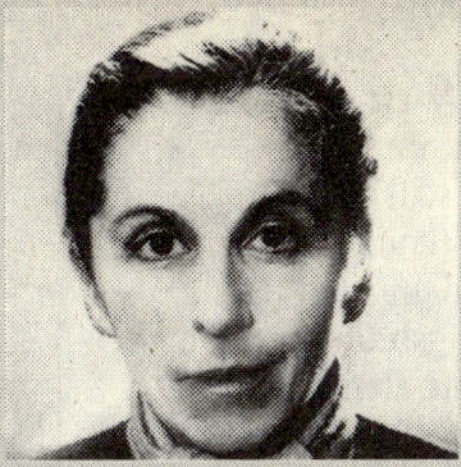

Tania Blixen

«Jenseits von Afrika», der Film nach ihrem 1940 erschienenen Roman «Afrika – dunkel lockende Welt», hat **Tania Blixen** weltberühmt gemacht. Geboren wurde die Dänin Karen Christentze Dinesen 1885 auf dem Familienbesitz Rungstedlund. Mit ihrem Ehemann, dem schwedischen Baron Bror Blixen, ging sie 1914 nach Kenia. Dort verliebte sich in den gutaussehenden Denys Finch-Hatton – ihre große Liebe, die tragisch endete. In Afrika entdeckte sie auch ihr literarisches Talent und begann zu schreiben. Tania Blixen starb im September 1962.

Gespensterpferde *Nachgelassene Erzählungen*
(rororo 5711)
«Gleichnishaft und voller Geheimnisse verbindet sich in diesen zehn Geschichten Märchenhaftes und Mystisches, Psychologisches und Phantastisches.» Hamburger Abendblatt

Schicksalsanekdoten
Erzählungen
(rororo 5421)
«Es ist eine kleine Kostbarkeit, die dem Leser da an die Hand gegeben wird. Es ist eine Lektüre, wie man sie selten findet...» Stuttgarter Zeitung

Sieben phantastische Geschichten
(rororo 5006)
Tania Blixen verknüpft Realität und Übersinnliches miteinander und erzählt phantastische Geschichten, die heute zur klassischen Literatur unserer Zeit gehören.

Wintergeschichten
(rororo 5951)
«Jeder dieser Menschen – und das ist überhaupt das zentrale Thema dieser Dichterin – lebt mit einer tiefen Sehnsucht im Herzen, die sich fast nie erfüllt; sie sind auf der Suche nach ihrem Schicksal, nach ihrer Bestimmung, sie haben den Wunsch, sich selbst zu leben...» Frankfurter Allgemeine Zeitung

«Tania Blixen ist eine verdammt viel bessere Schriftstellerin als sämtliche Schweden, die den Nobelpreis je bekommen haben.» Ernest Hemingway anläßlich seiner eigenen Verleihung des Nobelpreises für Literatur 1954

rororo Literatur

3204/1

Paul Bowles

Paul Bowles' Romane gehören «zum Besten, was ein Amerikaner je geschrieben hat» (Gore Vidal)
Gerade zwanzig geworden, brannte **Paul Bowles** 1930 nach Paris durch. Gertrude Stein entdeckte den jungen Dichter und machte ihn mit Ezra Pound, Jean Cocteau und André Gide bekannt. In New York feierte Bowles exzentrisch seine frühen Erfolge als Schriftsteller, Drehbuchautor und Komponist. 1947 zog er sich nach Tanger zurück. Nach langjährigen Aufenthalten in Nordafrika, auf Ceylon und in Südamerika lebt er seit vielen Jahren wieder in Marokko. Die Flucht vor der Zivilisation wird das zentrale Motiv seiner Romane.

Allal *Stories aus Marokko*
(rororo 5975)
«... halluzinatorische Exkursionen in die mythische Welt arabischer Nomadenvölker, wo der zivilisierte Europäer oder Amerikaner in unheilvolle Verstrickungen gerät. Bowles schreibt jeweils aus der Optik seiner Figuren, läßt durch sie eine Handlung aufkommen. Seine Stories sind durch den Flair orientalischer Phantastik von einer Bildhaftigkeit, die die abendländische Phantasie zu entzünden vermag.» Basler Zeitung

Himmel über der Wüste *Roman*
(rororo 5789)
In seinem Hauptwerk schildert Bowles die Flucht eines amerikanischen Ehepaars vor der Leere ihres Daseins in die Wüste. Beide suchen einen Lebenssinn, im

rororo Literatur

letzten die Liebe. Aber sie finden nur Abenteuer, Hetzjagd, Öde und Tod. Bernardo Bertolucci verfilmte «Himmel über der Wüste» mit Debra Winger und John Malkovich in den Hauptrollen.
«Ein erstklassiger Abenteuerroman von einem wirklich erstklassigen Schriftsteller!» Tennessee Williams

Robert Briatte
Paul Bowles. *Ein Leben*
(rororo 12911)
Robert Briattes Biographie ist mehr als ein Lebenslauf, sie zeigt uns Paul Bowles in der faszinierenden Welt seiner Romane, als Chronist des Mythos Afrika.